INSUPPORTABLE

LE PHŒNIX CLUB

LIVRE TROIS

DARCY BURKE

Traduit par
SOPHIE SALAÜN

Zealous Quill Press

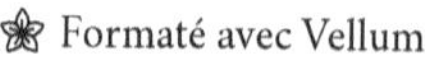 Formaté avec Vellum

INSUPPORTABLE

L'invitation la plus exclusive de la bonne société…

Bienvenue au Phœnix Club, où les ladies et gentlemen les plus audacieux, peu recommandables et intrigants de Londres trouvent scandale, rédemption et seconde chance.

Tous les trois ans, avec la régularité d'une horloge, Ruark Hannigan, comte de Wexford, tombe amoureux. Hélas, il a promis à son père qu'il ne se marierait pas avant l'âge de trente ans, afin d'être sûr de son choix. La sœur de son meilleur ami lui demande de se faire passer pour un prétendant potentiel, afin de faire parler d'elle sur le marché du mariage, et il serait le candidat idéal… si seulement il ne l'avait pas embrassée en cachette.

Lady Cassandra Westbrook ne peut oublier ce qui s'est passé entre Wexford et elle, et elle a beaucoup de mal à se concentrer sur la recherche d'un mari. Le fait que son père intimide tous les gentlemen a rendu sa démarche insupportable, et ses deux frères, qui pourraient l'aider, se révèlent totalement inutiles. Seulement, si elle n'arrête pas son choix sur quelqu'un, son père arrangera un mariage « acceptable » d'ici la fin de la saison.

Finalement, un homme décide de courtiser Cassandra, mais, à sa grande frustration, ce n'est pas l'Irlandais impulsif et irrésistible que son père déteste, mais qu'elle désire. Cependant, lorsque Ruark voit la femme qu'il désire passionnément, bien malgré lui, tomber dans les bras d'un autre homme, la perspective de la perdre devient insupportable.

CHAPITRE 1

Avril 1815, Londres

Enfin, lady Cassandra Westbrook avait retrouvé sa meilleure amie. Elle regrettait seulement que leurs retrouvailles aient lieu lors de ce bal à Portman Square, plutôt que dans un salon privé, où elle aurait pu poser une douzaine de questions sur la fugue de Fiona pour se marier. Tout ceci était très romantique et fantastique, et dépassait complètement la capacité de compréhension de Cassandra. Mais, d'un autre côté, elle n'avait jamais été amoureuse, et l'idée de s'enfuir en Écosse pour se marier lui semblait tout droit sortie d'un roman.

Malheureusement, elle ne pouvait pas bombarder Fiona de questions. Mais elle l'avait serrée très fort dans ses bras, attirant les regards et sans doute le mépris des autres invités qui avaient assisté à leur étreinte joyeuse, ou entendu leurs cris enthousiastes.

L'époux de Fiona, lord Overton, était présent également,

bien sûr, et il échangeait des banalités avec le frère aîné de Cassandra, Constantine. Puis il présenta Fiona à la charmante femme de ce dernier, Sabrina.

Bien qu'elle se soit résolue à ne pas interroger son amie, Cassandra ne pouvait contenir sa joie. Elle lui saisit la main et la serra.

— Je ne saurais te dire à quel point je suis heureuse que tu sois revenue. Ces dernières semaines ont été particulièrement éprouvantes. J'ai tant de choses à te raconter ! Et, bien entendu, je veux connaître tous les détails de ton voyage. Tu es une comtesse, maintenant !

Cassandra n'arrivait toujours pas à y croire. En riant, Fiona lui serra la main à son tour.

— Oui. C'est plutôt étrange, confirma-t-elle en se rapprochant de son amie. Tu ne t'es pas fiancée pendant mon absence, n'est-ce pas ?

— Non, mais ce n'est pas faute de pression de la part de mon père à ce sujet. Si je ne convole pas avant juin, il a menacé de me marier à un gentleman de son choix.

Cassandra regarda sa belle-sœur. Sabrina était parfaitement consciente du comportement odieux du duc concernant les perspectives matrimoniales de la jeune femme.

— N'est-ce pas ?

— C'est ce qu'il a dit.

Cassandra plissa les yeux.

— J'ai décidé que j'épouserai le prochain homme que je rencontrerai. J'espère qu'il sera particulièrement malicieux. Mon père va détester !

À ce moment précis, le comte de Wexford arriva et salua le mari de Fiona avec son délicieux accent irlandais. Délicieux ? Non ! Elle ne devait pas penser à lui ainsi !

Prudence Lancaster, la merveilleuse dame de compagnie de Cassandra, et son amie de confiance, se rapprocha.

— Tu devrais lui demander de t'aider. Peut-être que, s'il

t'accorde de l'attention, cela attirera d'autres prétendants.

Cassandra lui coula un regard plein d'admiration.

— C'est brillant ! murmura-t-elle, puis, se tournant vers Wexford, elle poursuivit. My lord, je crois que vous devriez danser avec moi.

Overton se tourna vers elle, les sourcils froncés.

— Euh… Peut-être voudriez-vous danser avec moi, à la place ?

Cassandra ne comprenait pas pourquoi il semblait inquiet, mais elle lui adressa un sourire rassurant.

— Merci, mais non. Je pense que ce devrait être Wexford, répliqua-t-elle, avant de se tourner vers le comte irlandais. En attendant, que diriez-vous de faire une promenade ?

En guise de réponse, il lui offrit son bras. Cassandra posa sa main sur sa manche et observa l'homme du coin de l'œil. Grand, bien bâti, avec des cheveux d'un noir d'encre et des yeux bleus captivants, Wexford était d'une beauté presque éblouissante. Seulement *presque*, car il avait un défaut : son nez était tordu. Il avait été cassé lors d'un combat de boxe, du moins selon les dires de Lucien, le frère de Cassandra, qui était l'un des amis les plus proches du comte. En réalité, Cassandra trouvait que la courbe de son nez ne faisait qu'ajouter à son charme malicieux.

Malicieux. Précisément le genre de gentleman que son père détesterait. Ce qui rendait Wexford incroyablement attrayant, car Cassandra en avait plus qu'assez du comportement dominateur de son père.

— C'est très audacieux de votre part de m'inviter à danser, remarqua Wexford avec un sourire charmant.

Il posa brièvement son regard sur elle, tandis qu'ils commençaient à faire le tour de la salle de bal, attendant que le *set** en cours se termine.

---

* Note de la traductrice (NdT) : série de morceaux de musique.

— Cependant, nous savons tous les deux que vous avez une tendance à l'effronterie.

— Vous n'êtes pas censé le mentionner ! Nous avons un accord.

Cassandra garda les yeux rivés droit devant elle. Elle ne s'autorisait pas à repenser à cet *incident*… à son effronterie. Cela aurait été de la folie. De plus, ils avaient convenu de tout oublier, ils avaient conclu un pacte.

— Je n'ai rien dit de particulier.

Son ton était léger et innocent, mais d'une certaine manière, son accent irlandais donnait une connotation pécheresse à tout ce qu'il disait. Il baissa la voix.

— Dois-je ignorer tout ce que je sais sur vous, my lady ?

Cassandra, elle, ignora le délicieux frisson qui remonta le long de sa colonne vertébrale.

— Essayez.

Il souffla.

— Pourquoi m'avez-vous demandé de danser, alors ?

— J'ai besoin de votre aide, et vous m'avez offert votre soutien, si jamais je venais à en avoir besoin.

En réalité, il lui était déjà venu en aide quelques semaines auparavant lors d'une assemblée du Phœnix Club, lorsqu'un gentleman éméché avait fait preuve d'une trop grande audace avec ses mains.

— En quoi puis-je vous aider ? Gardez à l'esprit que, la dernière fois que je l'ai fait, votre frère a failli me frapper.

Cassandra fronça les sourcils.

— Je ne comprends toujours pas son comportement.

Son frère Lucien, le deuxième de la fratrie, Constantine étant l'aîné, était une personne joviale et généreuse, dotée d'un charme exceptionnel. Cependant, lorsqu'il avait découvert que Cassandra avait dansé avec son ami Wexford lors de l'assemblée du Phœnix Club, il leur avait signifié avec colère que cela ne devait pas se reproduire. Quand Cassandra avait exigé de savoir pourquoi, Lucien s'était contenté d'affirmer qu'elle devait écouter son frère aîné.

— Je ne comprends pas non plus votre comportement, ajouta-t-elle en jetant un bref coup d'œil à Wexford alors qu'ils arrivaient près des portes ouvertes de la salle de bal, qui donnaient sur le jardin. Pourquoi laisseriez-vous Lucien vous dicter avec qui vous pouvez danser ?

— Ce n'est pas le cas, en général. Mais, Lucien est l'un de mes amis les plus chers, et vous êtes sa jeune sœur. Comme j'ai moi-même quatre sœurs plus jeunes, je comprends l'instinct de protection d'un frère aîné.

Cassandra se hérissa en entendant le mot « jeune », et pinça les lèvres.

— J'aurai bientôt vingt-deux ans. Pourquoi aurais-je besoin que l'on me protège de vous ? C'est *cela* que j'aimerais savoir.

Elle s'arrêta brusquement, tirant sur son bras pour le forcer à faire de même.

Autour d'eux, le bal était animé par une atmosphère intense et sonore, entre la lumière scintillante des bougies, les beaux invités, la musique et les rires. Il faisait également chaud, mais la chaleur était plus supportable ici, près des portes ouvertes.

Wexford était, bien sûr, l'une des plus belles personnes présentes. Sa veste noire impeccable et raffinée enveloppait à la perfection ses épaules musclées, et le bleu vif de son gilet rendait son regard encore plus captivant. Le blanc presque éblouissant de sa chemise et de sa cravate, qui contrastait avec le noir de ses cheveux et de sa veste, rehaussait son allure pour faire de lui un gentleman extrêmement élégant et remarquablement séduisant.

Comme il ne disait rien, elle tira à nouveau légèrement sur son bras.

— Alors ?

— Alors, quoi ?

Il semblait amusé, et elle aurait aimé pouvoir lui donner un coup de pied dans le tibia.

— Pourquoi Lucien pense-t-il avoir besoin de me protéger de vous ?

L'espace d'une seconde, Wexford regarda par-delà la tête de la jeune femme, avant de lever sa main libre.

— Comment le saurais-je ? Comme je l'ai dit, les frères ont tendance à agir de manière très protectrice lorsqu'il est question de leurs sœurs. Je voudrais comprendre pourquoi vous cherchez à provoquer sa colère en me demandant de danser avec vous.

— Je n'essaie pas de le contrarier. Il n'est même pas là, si cela peut vous rassurer.

Même si, pour elle, cela n'avait pas d'importance. Elle aurait de toute façon demandé à Wexford de danser. L'idée de Prudence s'imposa à elle.

— De toute façon, il apprendra mon plan bien assez tôt.

— Et si nous poursuivions notre promenade ? demanda poliment Wexford avant de continuer, dans un murmure. Les gens regardent dans notre direction.

Cassandra inclina la tête et ils reprirent leur promenade.

Wexford leur fit contourner un groupe de personnes qui ne semblaient pas avoir conscience de leur approche ni du fait qu'elles bloquaient le parcours de promenade non balisé.

— Puisque vous m'avez demandé mon aide, ce plan m'implique, je suppose.

— Oui. Je suppose que vous êtes au courant que mon père a décrété que je devais me marier cette saison.

Le duc s'était montré indulgent en lui permettant de retarder son entrée dans la société de quelques années, mais, maintenant qu'elle avait fait ses débuts, il s'attendait à ce qu'elle se marie avant la fin de la saison. Ce qui était précisément la raison pour laquelle elle avait demandé un délai. Il était de la plus haute importance pour lui que sa seule fille connaisse une première saison *très* réussie, ce qui signifiait qu'elle devait être populaire et se marier.

— Je suis au courant, en effet.

— Je n'ai reçu qu'une seule visite. Mon père est pour le moins déçu.

Presque tous les jours, il exprimait son mécontentement à propos d'un tel échec. Elle était magnifique, elle était la fille d'un duc, et elle n'était en aucun cas « dépourvue d'intelligence ». À ses yeux, elle aurait déjà dû être fiancée. Ce qu'il ne comprenait pas, c'était qu'il intimidait presque tous les membres de la bonne société, et qu'il y avait malheureusement très peu de gentlemen sur le marché du mariage qui possédaient le courage nécessaire pour courtiser la fille du duc d'Evesham.

— Comment pourrais-je vous aider ? demanda à nouveau Wexford, qui semblait plutôt sceptique.

— Vous pouvez danser avec moi ce soir, et me rendre visite lundi. Par ailleurs, vous pouvez encourager d'autres gentlemen à faire de même. Personne, pas même vous, n'a besoin de me courtiser officiellement, ou de vouloir sérieusement obtenir ma main. J'ai simplement besoin que mon père voie que je suis populaire, et qu'il existe peut-être une certaine concurrence. Cela apaisera sa colère, et peut-être me laissera-t-il tranquille un moment.

Elle détestait avoir l'air aussi mécontente, mais c'était malheureusement ce qu'elle éprouvait à ce moment-là. Par la faute de son père.

— Je me permets de vous demander pourquoi vous n'adressez pas cette requête à votre frère. C'est Lucien qui est réputé pour accorder des faveurs.

En tant que propriétaire du Phœnix Club, une organisation exclusive qui recrutait des membres souvent en marge de la bonne société, ou rejetés d'une manière ou d'une autre, que ce soit de façon modérée ou radicale, Lucien avait acquis la réputation d'aider les personnes dans le besoin, en leur trouvant un emploi, en les mettant en relation avec des tiers, ou en leur apportant une aide plus personnelle.

Cassandra adressa un regard malicieux au comte.

— Il ne peut pas vraiment me rendre visite, n'est-ce pas ?

Wexford sourit, et la jeune femme ne put réprimer le frisson ridicule qui lui parcourut la poitrine.

— Je suppose que non. Comment comptez-vous l'empêcher de m'arracher les membres quand il apprendra que, non seulement nous avons dansé, mais que je vous ai rendu visite ?

— Je m'occupe de lui.

Cassandra n'avait pas l'intention de laisser les pénibles hommes de sa famille, pas plus son père que ses deux frères, s'immiscer dans ses projets. Elle se marierait lorsqu'elle serait totalement prête, et pas une seconde plus tôt. Elle se marierait quand elle le *voudrait*, pas quand la bonne société ou son père le lui dicteraient. Jusqu'à présent, c'était très loin d'être le cas.

Wexford posa sur elle son regard captivant et pétillant.

— J'aimerais voir *ça*.

— S'il veut s'immiscer dans ma vie, il devra me dire exactement pourquoi il ne veut pas que je danse avec vous.

Avec un petit rire, Wexford les conduisit vers la piste de danse, car le *set* était terminé, et le prochain allait commencer.

— Vous serez peut-être déçue d'apprendre qu'il n'y a rien de malveillant derrière la… fraternité de votre frère. Croyez-moi, nous n'apprécions tout simplement guère l'idée que nos sœurs aient, euh… des relations amoureuses.

— C'est idiot. Je n'ai aucune difficulté à penser à mes

frères de cette manière. Je souhaite qu'ils soient épanouis dans leur vie amoureuse.

En particulier son frère Constantine, marié depuis deux ans, et dont l'union avait semblé extrêmement malheureuse jusqu'à très récemment. Elle était ravie que lui et son épouse, Sabrina, que Cassandra adorait, semblent enfin être tombés amoureux. Cela lui donnait de l'espoir.

— C'est une bonne chose que cela ne vous dérange pas, car Lucien donne l'impression que ce comportement est aussi naturel que respirer, plaisanta Wexford.

— Ce qui fait de lui un hypocrite absolu.

L'accompagnant sur la piste de danse, Wexford les mit en position, tandis que d'autres couples se rassemblaient autour d'eux.

— Je dirais que ses relations sont moins romantiques et plus, euh… peu importe.

Il jeta un regard autour de lui, comme pour lui faire comprendre discrètement qu'ils devaient changer de sujet, car d'autres personnes pourraient les entendre.

La musique commença, et leur conversation devint beaucoup plus banale à mesure que de nouveaux danseurs arrivaient. Tout au long du *set*, ils se touchèrent régulièrement, et Cassandra tenta de prétendre que la sensation qui la traversait n'avait aucune signification, qu'elle éprouvait la même chose, dans une moindre mesure, lorsqu'elle touchait l'autre gentleman de leur carré. Il lui aurait été beaucoup plus facile d'ignorer Wexford s'il n'avait pas été aussi séduisant.

Et si l'*incident* n'avait pas eu lieu.

Elle ne voulait pas y penser. Au lieu de cela, elle réfléchit aux options qui s'offraient à elle en matière d'époux, et elle se demanda si elle souhaitait se marier avant la fin de la saison. Après avoir vu Constantine et Sabrina trouver leur chemin l'un vers l'autre, Cassandra était prête à envisager l'idée de ne pas être amoureuse de son mari au moment de la cérémonie, mais elle choisirait quelqu'un pour qui elle espérerait éprouver de l'amour un jour.

Et si cela n'arrivait pas ?

Elle refusait de songer à cela aussi. Du moins pas ce soir-là. Elle prenait un jour de la saison, ou plutôt un événement, à la fois. Pour le moment, elle était simplement ravie que sa meilleure amie soit de retour en ville. Elle s'était sentie très seule dans sa frustration au cours des trois dernières semaines, pendant que Fiona se rendait à Gretna Green pour se marier avec le comte d'Overton. Cependant, à présent, Fiona était de retour, et Cassandra allait à nouveau avoir une partenaire dans son malheur.

Sauf que ce n'était pas vraiment le cas. Fiona n'endurait pas une saison où l'on attendait d'elle qu'elle se marie. Elle *l'avait fait*, quand elles s'étaient rencontrées avec Cassandra, au mois de février. Mais, entre-temps, Fiona était tombée amoureuse de son tuteur, et ils étaient à présent mariés et heureux.

Wexford prit la main de Cassandra au cours de la danse, et ses yeux croisèrent ceux de la jeune femme. Leur contact atteignit alors un tout autre niveau, tandis que leur lien se renforçait et se maintenait. Au plus profond d'elle-même, elle savait qu'il pensait à l'*incident*. Une vague de chaleur l'envahit, sans rapport avec la température étouffante de la salle de bal bondée ni avec l'effort physique de la danse.

Reportant son attention sur l'autre jeune femme de leur carré, Cassandra lui posa une question anodine au sujet de sa robe. Elle aurait tout fait pour empêcher son esprit de s'égarer là où il ne *pouvait pas* aller.

Lorsque le *set* s'acheva enfin, Cassandra regretta de ne pas pouvoir rejoindre Prudence seule, car cela aurait été mal vu. Elle prit donc le bras de Wexford et quitta la piste de danse.

— À quelle heure souhaitez-vous que je vous rende visite lundi ? s'enquit-il. Dois-je apporter des fleurs ?

— Vous allez m'aider ?

Elle avait eu des doutes à ce sujet, même s'il s'était engagé à l'aider de toutes les manières possibles.

— Même si cela m'expose considérablement aux foudres de Lucien, oui.

— Je vais lui expliquer la situation, dit Cassandra, impatiente de remettre son frère à sa place s'il tentait de la contrôler. Venez au moment qui vous conviendra le mieux. Les fleurs ne sont pas nécessaires, mais elles constitueraient une attention agréable.

Ils étaient revenus auprès de Prudence. Pâle, avec des yeux couleur de mousse, Prudence dégageait une image éthérée, en totale contradiction avec son attitude pragmatique. Si elle avait été issue d'une famille plus aisée, elle aurait certainement été considérée comme l'*incomparable* lors de sa première saison.

— Merci pour la danse, my lord, dit Cassandra, retirant sa main du bras de Wexford.

— Ce fut un plaisir, lady Cassandra. Profitez du reste de votre soirée. Je me réjouis de vous revoir bientôt.

Il s'inclina avant de les quitter. Tandis qu'il s'éloignait, Cassandra observa l'ondulation de ses muscles sous le tissu noir, avant de détourner les yeux et de se tourner vers Prudence.

— Va-t-il t'aider ? s'enquit cette dernière, sans préambule.

— Il me rendra visite lundi. Mais il est certain que Lucien se mettra en colère. Je vais devoir essayer de lui parler demain.

Surtout qu'elle avait dit à Wexford qu'elle le ferait. Et aussi parce qu'elle voulait vraiment savoir pourquoi Lucien se montrait aussi odieux avec lui. Ils étaient amis, après tout.

Prudence coula un regard vers la piste de danse.

— Et qu'en est-il de lord Glastonbury ?

Le vicomte de Glastonbury était le seul gentleman à lui

avoir rendu visite. Ils avaient également dansé quelques fois ensemble au cours des quinze derniers jours. Elle l'avait brièvement aperçu ce soir-là, mais il ne l'avait pas invitée à danser à nouveau.

— Il ne semble pas avoir envie de me courtiser.

Ce qui était bien dommage. C'était l'un des seuls hommes qu'elle ait rencontrés et qui ne la faisait pas grincer des dents. Il possédait à la fois du charme et de l'esprit, et il n'était pas totalement intimidé par le père de la jeune femme. Ce seul fait le plaçait dans une classe à part.

— Es-tu sûre que ton père ne l'a pas effrayé après sa visite ?

— Je ne crois pas.

Cassandra était entrée dans le salon, où elle avait trouvé son père en train de discuter avec Glastonbury. La conversation ne lui avait pas semblé tendue, et le vicomte n'était pas parti avant le quart d'heure requis. Il s'était montré détendu et amusant, comme lorsqu'ils avaient dansé. Elle se rendit compte qu'ils n'avaient dansé qu'une seule fois ensemble depuis. Peut-être son père avait-il dit quelque chose, après tout. Non, assurément, non. Il avait déclaré que Glastonbury était un bon candidat, et le vicomte ne l'aurait pas invitée à danser après cela s'il avait reçu un avertissement.

Pressée de changer de sujet, de ne plus parler de ceux qui pourraient ou non la courtiser, Cassandra balaya la salle de bal du regard.

— Où est allée Fiona ?

Avec son époux, elle était en compagnie de Prudence lorsque Cassandra était partie se promener avec Wexford, tout comme son frère Constantine et son épouse Sabrina.

— Overton et elle sont allés se mêler aux invités. On ne parle que d'eux. Une fois de plus, ajouta Prudence.

Trois semaines plus tôt, leur fugue avait été *le* sujet de conversation de la saison, mais la mère d'Overton, la comtesse douairière, avait fait taire les soupçons d'écarts de conduite. Elle avait déclaré qu'ils étaient amoureux, mettant ainsi fin aux spéculations sur ce qui avait pu se passer entre Overton et sa pupille. Cela importait-il, étant donné qu'ils étaient mariés légalement et qu'ils étaient heureux ?

Pour beaucoup de membres de la bonne société, c'était le cas. Ces gens étaient des rapaces, avides de notoriété et de scandale.

— Espérons que ce soit dans le bon sens, déclara Cassandra.

Elle ne voulait pas que son amie soit victime de harcèlement, ou que les gens se montrent impolis envers elle.

— Nous ne pouvons pas rattraper le temps perdu ce soir, mais nous aurons peut-être l'occasion de le faire demain.

Ou pas. Fiona était une jeune mariée, et Cassandra allait devoir la partager avec Overton, maintenant. Au moins elle avait toujours Prudence, qui avait été la dame de compagnie de son amie avant sa fugue. Cassandra avait été ravie lorsque son père l'avait engagée pour jouer ce rôle, d'autant plus que sa marraine était sa tante Christina, une femme négligente. La jeune femme l'aimait beaucoup, mais elle l'abandonnait toujours lors des événements. Ce soir-là ne faisait pas exception, puisqu'elle était arrivée avec Cassandra et Prudence plus tôt, et qu'elles ne l'avaient pas revue depuis. La jeune femme ne comprenait pas pourquoi son père exigeant avait autorisé sa sœur à continuer à assumer ce rôle, d'autant plus que Sabrina avait proposé d'être sa marraine, et qu'elle s'était acquittée de cette tâche de manière remarquable pendant une courte période. Jusqu'à ce que le duc se mette en colère contre Constantine et le punisse en démettant son épouse de ses fonctions.

Le fait que Cassandra ne puisse même pas choisir sa propre marraine constituait un autre sujet d'irritation. D'une certaine manière, elle était impatiente de se marier, juste pour échapper à son père autoritaire. Elle ne comprenait pas son comportement cette saison-là. Il avait toujours été bourru, voire froid, en particulier après la mort de sa mère, lorsqu'elle avait sept ans. Mais il s'était également montré indulgent envers elle. Jusqu'à cette année. À présent, il était impatient de se débarrasser d'elle.

Avait-elle fait quelque chose de mal ?

Eh bien… oui, c'était le cas, mais personne n'était au courant. Personne d'autre que Wexford.

Et personne d'autre ne le saurait.

— Glastonbury arrive par ici, chuchota Prudence.

Cassandra redressa les épaules, chassant les pensées persistantes concernant son père et Wexford. Affichant un sourire radieux, elle fit une légère révérence à l'arrivée du comte.

— Bonsoir, lady Cassandra, la salua-t-il, lui prenant la main avant de s'incliner. Le bal est beaucoup plus passionnant en votre présence.

Alors que Wexford était sombre, avec une touche de danger et de malice, Glastonbury était radieux et élégant. Il avait l'allure d'un gentleman londonien accompli. Ses cheveux blonds retombaient gracieusement sur son front, tandis que ses yeux bleu-vert pâle brillaient comme la mer. Son sourire tranquille captivait toutes les femmes, car il avait le don de donner à chacune l'impression d'être la seule dans la pièce. C'était la tante Christina qui avait fait cette observation. Alors qu'elle savourait la chaleur de ce sourire, Cassandra tenta de se raccrocher à cette sensation.

Mais elle ne l'éprouvait pas… Ils se trouvaient dans une salle de bal bondée. Il lui était impossible d'imaginer qu'elle était la seule femme présente. Peut-être n'était-elle tout simplement pas encline à la romance.

— C'est un plaisir de vous voir, lord Glastonbury, répondit Cassandra lorsqu'il lui lâcha la main.

— J'espérais que nous pourrions danser après la pause. J'ai cru comprendre qu'il s'agissait d'une valse.

Ses sourcils dorés s'arquèrent brièvement et il lui lança un regard séducteur.

Ils avaient déjà valsé ensemble une fois, et il était un danseur extrêmement doué, sans doute le meilleur avec lequel elle ait jamais dansé. Cassandra afficha un sourire modeste.

— Ce serait formidable.

— Je m'en réjouis d'avance. Avant cela, je dois faire un tour rapide. Je vous retrouve ici ?

La jeune femme se demanda pourquoi il ne lui proposait pas de se promener, mais cette préoccupation passa au second plan quand elle vit Fiona revenir vers elles.

— Parfait, répondit-elle.

Elle lui lança un bref sourire, espérant qu'il prendrait congé immédiatement, afin qu'elle puisse passer quelques minutes seule avec son amie. Et avec Prudence, bien sûr.

— À bientôt donc.

Il s'éloigna, et Cassandra se rendit compte que Fiona et elle avaient assez de temps pour se rendre à la salle de repos avant qu'il soit temps de danser avec Glastonbury.

Fiona arriva, pressant ses mains sur ses joues rougies.

— J'ai mal au visage à force de sourire.

Cassandra rit doucement.

— Bienvenue dans la vie d'une comtesse.

— Tobias m'a chuchoté presque la même chose à l'oreille il y a moins d'un quart d'heure, répondit-elle avec un petit sourire. Il s'est rendu dans la salle de jeux, et il y restera un petit moment, alors je suis ravie de profiter de ce répit.

— Parfait ! Je me disais que nous pourrions aller dans la salle de repos, suggéra Cassandra.

Les yeux bruns et chauds de Fiona s'illuminèrent.

— Cela me rappelle le jour de notre rencontre, quand tu

m'as emmenée dans la salle de repos pour que nous fassions connaissance, dit-elle, avant de se tourner vers Prudence. Pas seulement avec moi, bien sûr. Comment allez-vous, Pru ?

— Très bien, my lady.

— Non ! Ne faites pas ça ! s'exclama Fiona, qui rit et secoua vigoureusement la tête. Je suis toujours Fiona, pour vous. D'ailleurs, je pense que nous pouvons nous tutoyer, à présent.

Prudence acquiesça.

Alors qu'elles se rendaient dans la salle de repos, Fiona leur raconta son voyage en Écosse. De toute évidence, elle était extrêmement heureuse. Cassandra était ravie pour son amie, mais elle ressentait également une pointe d'envie. L'une des choses qu'elles avaient en commun, c'était le fait qu'elles étaient relativement seules. Les deux parents de Fiona étaient décédés, et elle n'avait plus que la vieille femme de chambre de sa famille, qui était venue à Londres avec elle pour la chaperonner. Cassandra avait un père et des frères, mais elle se sentait toujours seule, sans doute parce qu'elle était la seule femme de la famille. Ou bien parce que sa mère lui manquait, surtout cette année, tandis qu'elle commençait sa première saison.

Une fois qu'elles furent installées dans la salle de repos, Fiona lui posa des questions à ce sujet.

— Je sais que tu n'es pas encore fiancée, mais as-tu des prétendants ?

— Seulement Glastonbury pour le moment.

— Qu'en est-il de Wexford ? Je t'ai vue danser avec lui une fois encore.

Fiona était présente à l'assemblée du Phœnix Club, quand Cassandra avait dansé avec lui. C'était le soir avant qu'Overton et elle ne s'enfuient.

— Il ne s'agissait que d'un stratagème pour provoquer d'autres prétendants, répliqua Cassandra, qui coula un regard amusé vers Prudence. Remercions notre Pru, qui a eu la brillante idée de suggérer que Wexford fasse semblant de s'intéresser à moi. Il me rendra visite lundi. Avec un peu de chance, cela calmera mon père, et il me laissera tranquille un moment.

Fiona grimaça.

— A-t-il à ce point intensifié ses pressions concernant le mariage ?

— Quotidiennement, confirma Cassandra, qui s'adossa à son fauteuil et tapota l'accoudoir du bout des doigts. Il insiste pour que je me marie avant la fin de la saison. Si je ne trouve pas de mari, il en choisira un pour moi.

— Quelle horreur ! s'exclama Fiona, lui adressant un regard compatissant. Je suis navrée de n'avoir pas été là pour te soutenir… mais je suis ravie que tu aies Prudence.

Elle sourit à son ancienne dame de compagnie.

— Honnêtement, je ne sais pas ce que je ferais sans elle, affirma Cassandra, qui adressa un regard reconnaissant à Prudence.

— Donc, tu dois te marier, remarqua Fiona d'un ton détaché. Nous allons te trouver un mari acceptable. Non, pas acceptable. Nous allons te trouver quelqu'un qui te ravira, et dont tu tomberas éperdument amoureuse.

— Je préférerais qu'il tombe follement amoureux de moi d'abord, répliqua la jeune femme.

Ainsi, Cassandra *saurait* que les choses allaient s'arranger, que son mariage ne serait pas froid et solitaire. Elle ne voulait surtout pas se retrouver dans une situation où son amour ne serait pas réciproque.

— Comment pourrait-il en être autrement ? demanda Fiona en souriant.

— Parce qu'il serait terrifié par mon père, répliqua Cassandra, laissant échapper un grognement plutôt indélicat. Il semblerait que ce soit la raison pour laquelle je n'ai pas de prétendants. Il les intimide tous. Il ne s'agit pas seulement de rassembler leur courage pour une seule entrevue avec lui, mais ils doivent également posséder la force intérieure nécessaire pour le supporter tout au long de leur vie.

Prudence, semblant contrariée, intervint alors, à la grande surprise des deux autres femmes.

— Ils sont tous ridicules. S'ils ne sont pas assez audacieux pour te donner une chance, ils ne méritent pas ton attention. Glastonbury pourrait être le partenaire idéal. Tu l'aimes bien, n'est-ce pas ?

— Oui. C'est un excellent danseur.

— J'espère que ce n'est pas la seule chose que tu apprécies chez lui, remarqua Fiona.

Que pouvait-elle dire ? Jusqu'à présent, leurs conversations avaient été superficielles. Elle le connaissait à peine. Pourtant, il possédait la bravoure qui manquait à d'autres. Pour cela, elle lui accorderait de nombreux points supplémentaires.

— J'apprends encore à le connaître. Jusque-là, il est plutôt agréable.

— C'est un début, répondit Fiona, qui baissa la voix, puis se pencha légèrement vers Cassandra. Provoque-t-il une sorte de... magnétisme ?

Cassandra avait utilisé ce terme pour décrire l'attirance sexuelle à Fiona après son arrivée à Londres. Cette dernière ignorait tout de ces questions, même si Cassandra n'était pas une experte en la matière.

— Pas encore. Mais il est très beau.

Le mot « magnétisme » lui faisait penser à un homme et à un seul : Wexford. Depuis l'*incident*, elle se sentait attirée par lui. Mais c'était normal, compte tenu de ce qui s'était passé. Cela ne signifiait pas qu'elle éprouvait quelque chose pour lui ni qu'elle souhaitait répéter ce qui s'était passé.

— Eh bien ! C'est un début prometteur, déclara Fiona.

Nous allons arranger tout cela, et, d'ici la fin de la saison, je prévois que tu seras mariée et heureuse en ménage, comme moi.

L'envie revint, brûlant la poitrine de Cassandra. C'était ce qu'elle souhaitait, mais elle doutait que cela se produise.

CHAPITRE 2

Ruark Hannigan, comte de Wexford, entra en sifflant dans Grosvenor Square. Le temps était couvert, mais la pluie ne semblait pas vouloir tomber. Du moins, pas encore.

Inspirant profondément, il tenta de repérer le parfum des tulipes qu'il tenait, mais conclut qu'elles ne dégageaient pas de fragrance particulière. Enfin, elles étaient disponibles, jolies, et les jaunes lui rappelaient la robe que Cassandra portait au bal l'autre soir.

Il aurait dû penser à elle comme à *lady Cassandra*. Mais c'était plutôt impossible, à cause de l'incident qui s'était produit entre eux quelques semaines auparavant. Incident qu'il était *supposé* oublier, mais qu'il n'avait pas réussi à effacer de sa mémoire, du moins pas entièrement.

Et il *avait* essayé. Un petit nombre de courtisanes pouvaient en témoigner. Fronçant les sourcils, il se rendit soudain compte qu'elles étaient toutes blondes et pâles, aussi différentes que possible de Cassandra, avec ses magnifiques cheveux noirs et ses yeux sensuels, couleur de sherry. L'avait-il fait exprès ?

Sans doute que oui. Elle n'était pas la première femme que Ruark devait s'efforcer d'oublier.

Il arriva en vue de la résidence du duc d'Evesham. La maison était l'une des plus grandes de la place, un modèle d'opulence et de richesse. Elle était à mille lieues de la demeure médiévale biscornue de Ruark dans le Gloucestershire, où vivaient sa mère, son beau-père et ses demi-sœurs, et elle était beaucoup plus grande que sa maison de George Street. Et il n'y avait aucune comparaison possible avec son domaine en Irlande, une vieille ferme délabrée qui aurait horrifié tous les membres de la bonne société.

Le majordome ouvrit la porte, et Ruark lui présenta sa carte. Avec un sourire, il leva les fleurs à hauteur de sa poitrine.

— Je suis ici pour rendre visite à lady Cassandra.

— Très bien, entrez, répondit le majordome.

Il devait avoir sans doute deux fois l'âge de Ruark, qui avait vingt-sept ans. D'apparence robuste, avec une chevelure grise et raide, il dégageait une impression de stoïcisme. Il avait l'allure typique d'un majordome londonien.

Ruark pénétra dans le hall d'entrée au marbre étincelant.

— Merci ! dit-il d'un ton joyeux.

— Le valet de pied va vous conduire au salon. Monsieur le duc vous rejoindra sous peu.

— Lady Cassandra aussi, j'espère.

Ruark lui décocha un clin d'œil, avant de reporter son attention sur le valet de pied qui s'était avancé.

Vêtu d'une impeccable livrée gris foncé, le valet de pied conduisit Ruark dans le hall d'escalier lambrissé, puis gravit les marches à un rythme incroyablement lent. À ce rythme, il pourrait bien arriver le lendemain. Il devina que cette lenteur était destinée à accorder au duc et à lady Cassandra le temps de le rejoindre. *S'il* arrivait jusqu'au salon.

Durant le trajet, qui lui sembla aussi long que le temps

nécessaire pour aller de Londres à sa maison sur la côte ouest de l'Irlande, en passant par le pays de Galles et en traversant la mer d'Irlande, Ruark examina les portraits qui ornaient le mur au-dessus de l'escalier. Il en reconnut un de son ami, Lucien, et un autre de son frère aîné, Constantine. Ils étaient jeunes, ils devaient avoir cinq et sept ans, et, même à cet âge, on remarquait déjà la nature plus sérieuse de Constantine, tandis que Lucien était manifestement plein d'espièglerie.

Enfin, ils atteignirent le sommet de l'escalier, et le valet de pied accéléra légèrement le pas. Lorsqu'ils arrivèrent dans le salon, Ruark eut l'impression d'avoir accompli quelque chose de monumental.

— Je crois que j'ai besoin de m'asseoir, plaisanta-t-il.

Le valet, un homme au visage impassible qui devait avoir le même âge que Ruark, se contenta de le regarder fixement. Apparemment, la maisonnée du duc était aussi dépourvue d'humour que lui. Non pas que Ruark le connaisse particulièrement bien. Il l'avait rencontré plusieurs fois, bien sûr, en tant qu'ami de Lucien, mais là, il s'agissait d'une entrevue totalement différente.

— Une domestique arrivera bientôt pour prendre les fleurs, l'informa sèchement le valet.

— J'espère que ce ne sera pas avant que lady Cassandra ait le temps de les voir.

L'une de ces personnes savait-elle comment fonctionnaient les visites ? D'un autre côté, Cassandra n'en recevait pas beaucoup. Ce qui, en soit, était un crime, tout autant que le comportement du valet et du majordome. Ruark se surprit à espérer que la femme de chambre esquisserait un petit sourire.

Il fut déçu.

Dès que le valet de pied disparut, la domestique arriva. Elle devait avoir une dizaine d'années de plus que Ruark, le regardait avec une intensité qui rappelait celle d'un faucon, et lui faisait penser à sa nourrice.

— Puis-je prendre les fleurs et les mettre dans l'eau pour lady Cassandra ?

— Je préférerais attendre qu'elle les voie d'abord. Si elles ne sont pas là lorsqu'elle arrivera, je crains que l'effet que je cherchais en les apportant soit gâché.

Il lui adressa son sourire le plus désarmant, mais elle ne cilla même pas.

Heureusement, ils furent interrompus par l'arrivée d'une autre personne. Malheureusement, il s'agissait du duc, et non de Cassandra. Ruark s'inclina, brandissant les fleurs tout en tendant la jambe.

— Bonjour, my lord.

— Lowell, prenez ces fleurs ! aboya le duc.

— Sont-elles pour moi ? s'enquit Cassandra en entrant dans la pièce.

Elle était radieuse et ravissante dans sa robe printanière, les petites fleurs corail et bleues brodées offrant un contraste agréable avec le fond blanc. Sa dame de compagnie, Mlle Lancaster, la suivait.

— Effectivement, elles sont pour vous.

Il lui présenta le bouquet de tulipes jaunes, violettes et rouges, et lui fit une révérence encore plus élégante.

Elle prit les fleurs avec un sourire, puis se tourna vers la femme de chambre.

— Lowell, si vous pouviez les placer dans un vase, je vous en serais reconnaissante. Et, s'il vous plaît, apportez-les dans mon salon, pour que je puisse en profiter.

La domestique prit les tulipes, fit la révérence, puis quitta la pièce. Mlle Lancaster alla s'asseoir près des fenêtres.

— Et si nous nous asseyions ? suggéra Cassandra, qui s'installa sur un canapé au centre de la grande pièce.

Son invitation à s'asseoir à côté d'elle était tacite, mais claire.

Ruark observa rapidement le père de la jeune femme, dont les yeux sombres étaient figés dans un regard maussade. Lorsqu'ils furent assis ensemble sur le canapé, le duc prit place dans le fauteuil en face d'eux, le corps raide et le visage inflexible.

— Quelle charmante surprise de vous voir, lord Wexford ! s'exclama Cassandra, et Ruark faillit esquisser un petit sourire narquois.

— Pourquoi êtes-vous là ? intervint le duc.

Il agrippait l'accoudoir de son fauteuil avec sa main droite. La gauche semblait sur le point de faire de même.

— Je rends visite à votre charmante fille, expliqua Ruark d'un ton aimable.

Il savait que, même dans les meilleurs jours, il devait s'attendre à l'irritation du duc. Celui-ci se renfrogna.

— Vous ne pouvez pas envisager de la courtiser.

— Est-elle déjà fiancée ? s'enquit Ruark, qui lança un regard faussement choqué à Cassandra.

— Non, pas du tout ! s'empressa de répondre la jeune femme, avant de se tourner vers son père. S'il te plaît, sois gentil avec le comte.

— C'est un Irlandais.

Comme si cela expliquait exactement pourquoi il ne pouvait jamais se montrer aimable, et encore moins poli.

— Je suis protestant, précisa Ruark, d'un ton affable. Cela améliore assurément mon statut.

— À peine. Votre mère était catholique, n'est-ce pas ?

— Elle s'est convertie lorsqu'elle a épousé mon père, affirma le comte.

Le fait que la famille éloignée de Ruark, du côté de sa mère, soit toujours catholique, s'était parfois avéré problématique, en particulier pendant la rébellion survenue une quinzaine d'années auparavant.

— Aujourd'hui, c'est une protestante plutôt heureuse, et elle vit dans le Gloucestershire.

C'était là qu'il avait passé la plus grande partie de sa vie depuis le remariage de sa mère.

— Votre père, le comte de Wexford. Pas l'homme avec lequel votre mère est mariée aujourd'hui.

— C'est exact. Mon père était Sir Joseph Hannigan de Lechlade. Cette baronnie *anglaise* remonte au XVe siècle.

Ruark ne s'était pas attendu à devoir travailler aussi dur. Il ne s'agissait même pas d'une véritable visite mondaine.

— C'était quand même un Irlandais.

— Avec un peu de sang anglais aussi. Une partie de ma famille, originaire du Gloucestershire, s'est installée en Irlande au XVIe siècle dans le cadre de la colonisation de l'Ulster. Ils sont partis ensuite vers le sud.

Cassandra décocha un regard noir à son père.

— Il n'est pas nécessaire de harceler le comte. Après tout, il s'agit de *ma* visite, affirma-t-elle, coulant un regard vers sa dame de compagnie. Prudence peut nous chaperonner. Je suis certaine que de nombreuses choses requièrent ton attention.

— Il est de ma responsabilité d'interroger toute personne qui estime pouvoir mériter ta main.

Ruark supposa que cet homme possédait des chiens. En tout cas, il avait perfectionné une manière de parler qui s'apparentait à un grognement.

— Tout va bien, lady Cassandra. Je répondrai volontiers aux questions de votre père concernant mes ancêtres.

Le duc poursuivit son interrogatoire.

— Le mari actuel de votre mère est totalement irlandais, n'est-ce pas ?

— Ceci ne concerne pas mes ancêtres, et cela n'a aucun rapport avec notre conversation.

Ruark étendit son bras le long du dossier du canapé, de sorte que sa main se trouvait derrière la tête de Cassandra. C'était une décision audacieuse, voire peu judicieuse, mais il avait presque atteint ses limites.

— Cependant, votre mère *a* un rapport avec notre conversation, et elle a épousé un intendant irlandais.

Le père de Cassandra prononça ces derniers mots comme s'il parlait d'une bouse de vache qu'il aurait traînée dans la maison. Ruark garda le contrôle de sa colère.

— Est-ce qu'un intendant *anglais* aurait été plus acceptable ?

Le duc marmonna quelque chose entre ses dents, qui n'était certainement pas approprié en présence de femmes, avant d'ajouter :

— *Vous* n'êtes pas acceptable.

— Papa ! s'exclama Cassandra, serrant les poings sur ses genoux.

Ses sourcils s'abaissèrent au-dessus de ses yeux d'un brun doré.

— Il n'y a pas lieu d'être impoli. Par ailleurs, *je* choisirai moi-même qui est acceptable, et je trouve que lord Wexford répond largement à mes exigences en matière de mari.

Vraiment ? Non, tout cela n'était qu'une mise en scène. Pendant un instant, la poitrine de Ruark se serra, et il eut du mal à respirer.

— Ne me provoque pas, Cassandra.

Le duc et sa fille se défièrent du regard. Ruark était presque envoûté par la fureur brûlante qui les animait. C'était comme assister à un combat de boxe entre deux adversaires de force égale. Qui en sortirait vainqueur ?

Le duc se leva, puis tira son gilet sur sa taille épaisse.

— Je préfère Glastonbury. J'espère que tu ne l'as pas effrayé.

Cassandra se leva d'un bond à son tour.

— *Moi ?* s'exclama-t-elle, coulant un nouveau regard vers sa dame de compagnie.

Ruark vit qu'elle était totalement sidérée.

— Ce n'est pas moi qui intimide qui que ce soit. C'est entièrement de ton fait. C'est uniquement ta faute si seuls Glastonbury et maintenant Wexford m'ont rendu visite. À présent, le comte va informer tout le monde de ton comportement effroyable, et c'est sans doute *cela* qui fera fuir Glastonbury.

Glastonbury lui faisait-il la cour ? Ruark l'avait rencontré au Black Boar, son club de boxe.

— Wexford ne fera pas une telle chose. C'est un ami de Lucien, n'est-ce pas ?

C'était comme si Ruark n'était pas là. Soudain, le duc sembla se rappeler sa présence, et il tourna son regard glacial vers lui.

— Vous ne parlerez pas de cette entrevue.

Ruark le fixa du regard, comme s'il lui était apparu un troisième œil.

— Pourquoi diable le ferais-je ?

Le père de Cassandra pinça les lèvres. Ruark s'attendait presque à voir ensuite de la vapeur lui sortir du nez et des oreilles.

— Vous ne rendrez plus visite à ma fille non plus. Pas plus que vous ne l'inviterez à danser.

— Tu n'as pas le droit de décider de cela, répliqua Cassandra d'une voix grave, montrant qu'elle aussi maîtrisait l'art du grognement.

Peut-être s'agissait-il d'un trait de famille. Ruark demanderait à Lucien s'il pouvait le faire, lui aussi. Reportant son attention sur cette visite désastreuse, il esquissa un sourire fugace.

— Je dois admettre que la perspective de vous avoir pour beau-père est plutôt intimidante. J'imagine que je ne suis pas le seul à penser ainsi. Avec tout le respect que je vous dois, vous devriez peut-être repenser votre stratégie, my lord, déclara Ruark.

Il se leva ensuite, avant que le duc ne décide de le jeter dehors, puis il s'inclina devant Cassandra.

— Comme toujours, ce fut un plaisir. J'attends avec impatience notre prochaine rencontre.

Il n'aurait pas dû prononcer ces derniers mots, mais il n'était pas du genre à se dérober, même si cette visite était une mascarade. Ce qu'il n'avait pas prévu, c'était que sa déclaration déclencherait une explosion de chaleur dans les yeux de Cassandra, qui lui rappela l'incident qu'ils avaient convenu d'oublier. Il commençait à penser que ce serait impossible. Ou bien qu'ils devraient recommencer, afin de démontrer, une fois pour toutes, que cela ne méritait pas qu'ils s'en souviennent.

Se soustrayant à l'emprise de son regard sensuel, Ruark inclina la tête vers le duc.

— Au revoir.

Il battit ensuite en retraite précipitamment vers le hall d'entrée, environ dix fois plus vite qu'il n'était arrivé de ce même endroit. Un valet de pied ouvrit la porte, et Ruark quitta avec empressement la résidence ducale.

Lorsqu'il sortit sur la place, il se heurta à Lucien, qui plissa aussitôt les yeux.

— Wex ! Que faisais-tu chez mon père ?

Ruark envisagea de lui dire qu'il le cherchait, mais son ami se rendrait compte qu'il mentait. Lucien passait la majeure partie de son temps au Phœnix Club ou sur sa terrasse élégante près de Saint-James, et Ruark le savait. Jamais il n'irait le chercher chez son père.

— Je rendais visite à ton père.

Les yeux de Lucien se plissèrent davantage, et il devint clair que Cassandra ne l'avait pas mis au courant de son stratagème.

— À quoi joues-tu, bon sang ?

Apparemment, Lucien *pouvait* grogner.

— Pourquoi le blason d'Evesham ne comporte-t-il pas de loup ? s'enquit Ruark.

Clignant des yeux, Lucien le regarda comme s'il était devenu fou en l'espace de cinq secondes.

— Qu'est-ce que tu racontes ?

— J'ai remarqué que vous grognez tous, même Cassandra. En fait, je ne peux pas attester des compétences d'Aldington dans ce domaine, mais je parierais qu'il peut le faire.

Lucien avança vers lui, jusqu'à ce qu'ils soient presque nez à nez.

— Comment diable sais-tu si Cassandra peut grogner ? Et pourquoi appelles-tu ma sœur par son prénom ?

Bon sang !

— Je l'ai vue grogner contre ton père il y a quelques instants. Je la connais depuis des années, Lucien. J'ai du mal à penser à elle comme à lady Cassandra. En fait, je suis certain qu'elle m'a demandé de l'appeler par son prénom à un moment donné.

Il n'en était pas sûr du tout, mais ce n'était pas impossible. C'était une jeune femme amicale. Affichant un rictus, Lucien ne recula pas.

— Lui as-tu *rendu visite* ?

— À titre de faveur, oui.

Ruark tint bon. Il n'allait pas non plus battre en retraite.

— Elle était censée te parler. Je l'ai avertie que tu serais en colère.

Se renfrognant, Lucien fit un pas en arrière.

— Quelle faveur ?

— Elle espère que le fait que je lui rende visite montrerait aux autres qu'ils n'ont pas à avoir peur de votre père. Je prévois de dire à tout le monde que cela s'est bien passé, que le duc s'est montré étonnamment charmant.

— Tu vas mentir.

— Bien évidemment.

Lucien secoua la tête.

— Tu es un homme bien, de l'aider ainsi. Pourquoi te l'at-elle demandé ?

— Nous sommes amis, Lucien… parce que c'est ta sœur. Tout comme j'ai dansé avec elle lors de l'assemblée du Phœnix Club pour la sauver de je ne sais plus qui, je l'aide à résoudre son problème actuel. Elle ne parvient pas à attirer un intérêt suffisant, et ton père n'a absolument pas conscience de son influence négative.

— Je ne suis pas sûr de cela. Je pense qu'il s'en moque, ricana Lucien. En fait, je pense qu'il aime intimider tout le monde, surtout les prétendants de Cassandra. Il voudra un gendre qu'il pourra diriger.

— Ta sœur n'épousera pas quelqu'un comme ça.

Une partie de la colère de Lucien jaillit à nouveau dans ses yeux sombres.

— Tu crois la connaître si bien ?

— Je crois *te* connaître, et que vous vous ressemblez, surtout quand il est question d'écouter votre père.

— C'est sans doute vrai. Notre père ne nous facilite pas la tâche. Même Constantine ne suit plus ses ordres. Tu aurais dû entendre comment il a remis le duc à sa place, remarqua Lucien, avec un grand sourire. C'était très agréable à voir. Quoi qu'il en soit, revenons au plan ridicule de Cass. Tu vas laisser entendre que mon père n'est pas le crétin dominateur que tout le monde pense qu'il est ? Je ne sais pas si les gens te croiront.

— Dans ce cas, Aldington et toi devriez peut-être apporter votre aide. Puisque tu as dit qu'il n'écoutait plus ton père, il serait sûrement prêt à aider sa sœur dans cette affaire. Il faut que vous accordiez vos violons, et que vous encouragiez quelques gentlemen à se manifester.

— C'est justement le problème. Nous n'en connaissons aucun. Je n'en vois aucun qui pourrait intéresser Cass.

— Est-ce vrai, ou bien n'y a-t-il personne que tu trouves assez bien ? l'interrogea Ruark, arquant un sourcil en direction de son ami. Je sais que c'est ce que tu penses de moi.

— Ce n'est pas la question, et tu le sais.

Le grognement était revenu dans la voix de Lucien. Comment Ruark avait-il fait pour ne pas le remarquer avant ? Il n'avait simplement jamais entendu trois membres d'une famille faire le même bruit en l'espace d'une heure avant ce jour-là.

— Tu as promis de ne pas te marier avant d'avoir trente ans, tu te souviens ?

Comment Ruark pourrait-il jamais oublier la promesse qu'il avait faite à son père alors qu'il n'avait que six ans ? Son père, blessé et malade, était mort quelques jours plus tard.

« Jure-moi de me promettre que tu ne te marieras pas avant d'être suffisamment mature pour savoir vraiment ce que tu veux, et ce que tu ressens. Ne fais pas comme moi, ne cède pas au désir en pensant qu'il s'agit d'amour. »

Ruark ne comprenait pas ce qu'était le désir, mais il avait entendu et vu le sérieux de son père lorsqu'il lui avait transmis ce message. Il était de la plus haute importance que Ruark écoute, comprenne et s'engage à faire ce que son père disait. L'homme était si malade que le petit garçon lui aurait promis n'importe quoi.

« Quand le saurai-je, Da ? » avait demandé Ruark.

« *Si tu penses être amoureux, sache que cela ne durera pas. Ni pour toi ni pour elle. Cela peut se produire plusieurs fois. Peut-être l'une d'entre elles se révélera-t-elle être l'amour véritable, mais tu ne pourras le savoir qu'après avoir vécu et appris. J'avais tout juste vingt et un ans quand j'ai épousé ta mère. C'était bien trop jeune pour savoir ce que je pensais, et ce que j'avais dans le cœur.* »

« *Alors, je devrais attendre d'avoir vingt-huit ans, comme toi, Da ?* »

« *Disons trente, par sécurité. Promets-moi de ne pas te marier avant cela, Ro.* »

Son père l'avait toujours appelé Ro.

« *Je te le promets.* »

Ruark avait fait le signe de croix sur son cœur et serré la main de son père.

— Exact. Il me reste encore trois ans avant de pouvoir me marier, et je ne le ferai peut-être même pas à ce moment-là.

C'était un nombre arbitraire, symbolique d'un moment où il était censé savoir ce qu'il voulait, et ce qu'il ressentait. Jusqu'à présent, les conseils de son père s'étaient révélés à la fois prémonitoires et utiles. Ruark aurait sans doute épousé la première femme qui avait conquis son cœur quand il n'était qu'un ignorant de dix-huit ans. Ou bien il aurait provoqué un véritable scandale en tentant d'épouser sa maîtresse trois ans plus tard. Cela suffisait à prouver que Ruark était un romantique borné, qui ne devait pas se marier avant un certain temps. La seule chose qu'il savait avec certitude, c'était qu'il ne se marierait pas avant d'avoir *au moins* trente ans. Quoi qu'il arrive.

— En attendant, j'aiderai ta sœur si je le peux, poursuivit Ruark d'un ton bienveillant. N'est-ce pas ce que tu devrais souhaiter ? Et pas seulement parce que c'est ta sœur, mais parce que tu as en quelque sorte fait de l'aide aux autres ton métier.

Lucien grimaça, à la grande surprise de son ami.

— Il se pourrait que je prenne du recul par rapport à ce travail. Il semblerait que j'aie dépassé les bornes récemment.

— Tu as aussi fait beaucoup de bien.

Ruark ne connaissait sans doute qu'une fraction des personnes qu'il avait aidées à trouver un emploi, ou qu'il avait soutenues dans une situation difficile. Mais cela suffisait pour comprendre que Lucien était l'un des hommes les plus généreux et les plus bienveillants qu'il ait jamais connus. Le Phœnix Club était en soi une initiative attentionnée et bienveillante, un lieu exclusif où ceux qui n'auraient jamais été acceptés ailleurs étaient chaleureusement invités et intégrés. En tant qu'Irlandais, Ruark était bien au fait des préjugés, et il savait ce que cela faisait d'être exclu, comme le père de Cassandra venait de le lui rappeler.

— Cela me touche que tu me le dises, répondit Lucien, jetant un regard vers la maison de son père. Je suppose que je devrais lui rendre visite, comme je l'avais prévu. Je discuterai avec Cassandra de son plan.

Ruark acquiesça.

— Nous nous verrons plus tard au club ?

Il était l'un des membres fondateurs du Phœnix Club et siégeait même au comité secret des adhésions, désormais connu sous le nom peu flatteur de *Chambre étoilée*.

— Oui, confirma Lucien, qui passa devant lui. Promets-moi simplement que tu ne courtises pas ma sœur, et que tu ne le feras pas.

Ruark se retourna pour voir son ami qui l'observait avec impatience.

— Si tu crains que ta sœur m'ait conquis, et que j'aie développé un penchant pour elle, je te rassure, ce n'est pas le cas. À plus tard.

Tournant les talons, Ruark s'éloigna à grands pas. Il

n'éprouvait peut-être pas de penchant pour Cassandra, mais, grâce à une rencontre fortuite dans un placard, elle l'avait assurément conquis.

CHAPITRE 3

Cassandra et Prudence arrivèrent à Overton House, sur Brook Street, pour la première fois depuis que Fiona était devenue la maîtresse de la maison. Le majordome les conduisit dans le salon, où Fiona les attendait.

— Fiona, tu ressembles subitement beaucoup à une matrone, et je le dis dans le sens le plus élogieux du terme. Le mariage te va bien, remarqua Cassandra, tandis qu'elle retirait ses gants et s'asseyait sur le canapé au centre de la pièce.

La maîtresse de maison prit place sur un fauteuil à côté, et Prudence sur un canapé en face de Cassandra.

— Merci, dit Fiona avec un léger rire. Je n'ai pas l'impression d'être une matrone. Je ne me sens pas si différente, à vrai dire.

Cassandra lui adressa un regard sceptique.

— C'est impossible, tu es mariée, maintenant. Beaucoup de choses doivent avoir changé.

Fiona rougit.

— Certaines choses, oui, murmura-t-elle. Oh! Je suis désormais officiellement membre du Phœnix Club. C'est nouveau.

Un sentiment de jalousie envahit Cassandra, mais c'était ridicule d'être contrariée par quelque chose qu'elle ne pouvait pas contrôler. En tant que jeune lady célibataire, elle ne pouvait recevoir d'invitation. Elle s'efforça de sourire et dit la vérité :

— Je suis ravie pour toi ! Maintenant, tu peux assister à toutes les assemblées, et même visiter le côté du club réservé aux hommes le mardi.

Le Phœnix Club était une organisation singulière, dont Lucien, le frère de Cassandra, était propriétaire. La liste des membres était plutôt inhabituelle, car elle ne comprenait aucun duc. Cependant, elle croyait savoir qu'elle comptait quelques héritiers de duchés, dont son frère Constantine. La particularité de ce club était que des femmes en étaient adhérentes. Un club exclusif, composé d'hommes *et* de femmes, n'existait tout simplement pas dans la bonne société. Toutefois, ils restaient séparés, avec un côté réservé aux femmes, et l'autre réservé aux hommes. Les dames étaient autorisées à entrer dans la partie réservée aux hommes le mardi soir, tandis que la réciproque était strictement interdite, sauf lorsque la salle de bal, qui séparait les deux parties, était ouverte pour une assemblée. Et même là, ils n'étaient pas autorisés à quitter la salle de bal, sauf pour se rendre à l'extérieur, dans le jardin des dames.

Le club organisait des assemblées tous les vendredis de la saison à partir du mois de mars. Les jeunes ladies célibataires, accompagnées de marraines, ou dont un parent était membre, étaient autorisées à y assister. C'était ainsi que Cassandra avait pu assister à sa seule et unique assemblée quelques semaines auparavant.

— Nous prévoyons d'y aller ce soir, précisa Fiona, une lueur d'excitation dans le regard. Mais, ce ne sera pas la même chose sans toi.

Cassandra et Fiona s'étaient déguisées en femmes de

chambre du Phœnix Club plusieurs semaines auparavant, et elles s'étaient introduites dans le club, certaines qu'elles n'auraient jamais l'occasion d'en voir l'intérieur. Au cours de leur visite, elles s'étaient faufilées dans la partie réservée aux hommes, atteignant le premier étage avant de manquer de se faire surprendre et de se retrouver séparées pendant un moment.

— Au moins, cette fois-ci, tu ne courras pas le risque d'être découverte. Tu auras parfaitement le droit d'être là.

Cassandra fut prise d'un nouvel accès de jalousie. Peut-être recevrait-elle une invitation une fois mariée. Cela dépendrait sans doute du fait que son mari soit membre ou non. Cependant, il y avait des membres dont les conjoints n'appartenaient pas au club. En fait, sa belle-sœur Sabrina avait reçu une invitation avant son frère Constantine. Mais Tine ne voulait pas être membre, du moins, pas avant que sa femme ne le devienne. Cassandra, quant à elle, était prête à tout pour recevoir une invitation.

Pour quelle raison ?

Parce qu'elle s'était toujours sentie seule, et l'idée d'avoir un endroit où se rendre chaque jour, où elle trouverait de la camaraderie, était irrésistible.

— Je suppose que oui, dit Fiona. J'espère que tu te marieras bientôt. Ainsi, tu pourras devenir membre, et nous pourrions y aller ensemble.

— Je doute que cela se produise. Wexford m'a rendu sa fausse visite hier, et cela ne s'est pas bien passé, expliqua Cassandra avec une grimace.

Fiona fronça les sourcils.

— Je suis navrée d'entendre cela. Que s'est-il passé ?

— Mon père s'est montré odieux, comme toujours. Tu aurais dû l'entendre interroger Wexford au sujet de ses origines ! Il était horrible, raconta la jeune femme, se remémorant la conversation, et en particulier la réaction et les réponses de Wexford. Cependant, le comte a tenu bon.

— Tu sembles impressionnée.

— Je l'ai été. La plupart des hommes auraient fait des courbettes ou se seraient enfuis. Wexford a fait savoir qu'il poursuivrait sa cour, aussi fictive soit-elle, bien que mon père ait déclaré qu'il ne l'approuverait pas.

— Je ne peux pas dire que je sois surprise. Wexford ne me semble pas être du genre à se laisser intimider ou contrôler. Je ne le connais pas très bien, mais c'est l'impression que j'ai, remarqua Fiona en inclinant la tête. Pourquoi ton père n'approuve-t-il pas ?

— Parce qu'il est Irlandais et que sa mère était catholique. Mais surtout parce qu'elle a épousé l'intendant irlandais de leur domaine après la mort du père de Wexford, expliqua Cassandra.

Elle se pencha en avant, puis baissa la voix, la réduisant à un chuchotement dramatique.

— Un *total scandale* !

Fiona leva les yeux au ciel.

— C'est ridicule ! Je n'ose imaginer ce qu'il pense de moi, une inconnue de la campagne qui épouse un comte… et mon *tuteur*, qui plus est !

— S'il a une opinion négative à ce sujet, il la garde pour lui.

— Je l'espère, vu que nous sommes des amies proches.

— Oh ! Cela ne l'arrêterait pas. Après tout, Wexford est l'un des amis les plus chers de Lucien. Il ne fera pas de commentaires sur toi, parce que la comtesse douairière vous a donné son aval. C'est le genre de soutien que mon père apprécie beaucoup.

Ce fut au tour de Cassandra de lever les yeux au ciel.

La comtesse douairière était la grand-mère de l'époux de Fiona. Elle était arrivée la veille de leur fugue pour se marier et avait balayé toutes les rumeurs et les commérages négatifs avec la force d'un ouragan. Un ouragan très distingué et maîtrisé, mais qui n'en possédait pas moins la force d'une tempête.

— Alors, Wexford va poursuivre sa fausse cour ? s'enquit Fiona.

— Je crois que oui. Nous n'avons pas parlé depuis qu'il est parti hier. Je le chercherai demain soir à la fête des Farrowsby, et nous discuterons de nos plans.

Cassandra n'était pas certaine que la ruse fonctionnerait. Personne ne voulait lui faire la cour, parce que son père était terriblement intimidant. Son comportement envers Wexford était exactement celui que tout le monde redoutait.

— Dis-lui la vérité, intervint Prudence, prenant la parole pour la première fois.

Il n'était pas rare qu'elle ne dise rien quand elles sortaient, car c'était une femme peu loquace. Cependant, dans le cas présent, elle connaissait bien Cassandra et Fiona, et elle se sentait probablement à l'aise. Aussi à l'aise que Prudence pouvait l'être, et Cassandra n'était pas certaine que sa dame de compagnie le soit jamais vraiment. Elle était peut-être la personne la plus réservée qu'elle ait jamais rencontrée. Malgré cela, elle était d'un soutien remarquable, et c'était une excellente confidente.

— De quelle vérité parles-tu ? l'interrogea Cassandra, feignant l'ignorance.

Prudence plissa les yeux d'un air amusé, avant de reporter son attention sur Fiona.

— Cassandra reste plutôt mitigée quant à la perspective du mariage.

— Ce n'est pas surprenant, répondit Fiona. Je suis sûre que je le serais aussi, si je n'étais pas tombée amoureuse de Tobias.

Cassandra et Fiona s'étaient retrouvées unies dans leur

désir d'éviter le mariage, du moins à court terme, pendant qu'elles profitaient de leur première saison. Cependant, toutes deux avaient subi des pressions pour se marier : Fiona, parce que son ancien tuteur souhaitait se défaire de ses responsabilités à son égard, et Cassandra parce que, selon son père, il était « grand temps ». Elle savait qu'il considérerait comme un échec personnel le fait que sa fille unique ne se marie pas au cours de sa première saison.

Fiona lui adressa un regard compatissant.

— Serait-il envisageable que tu dises simplement à ton père que tu souhaiterais reporter ton mariage à l'année prochaine ?

— Je ne suis pas certaine de vouloir faire ça. En fait, je crois que j'aimerais m'éloigner de lui, répondit-elle, car il devenait de plus en plus éprouvant de supporter ses sermons quasi quotidiens sur ses devoirs. Si je pouvais simplement trouver un homme qui ne soit pas totalement intimidé par mon père, et qui puisse m'aimer, je serais satisfaite.

Fiona fronça les sourcils.

— « Satisfaite » ne semble pas très romantique.

— Dit la femme qui vient de s'enfuir à Gretna Green avec l'homme qu'elle aime ! s'exclama Cassandra en riant. Nous ne pouvons pas tous vivre un conte de fées, Fi. Je serais ravie de m'installer avec un homme avec lequel je partage des affinités, dans l'espoir que nous tombions amoureux.

Ce n'était pas ce qu'elle préférait, bien sûr, mais il devenait évident qu'il lui faudrait peut-être accepter un *compromis*.

— Je ne cesserai jamais d'espérer que l'amour passe avant tout.

Cassandra l'espérait aussi, mais elle s'efforçait également toujours d'être optimiste, même si c'était parfois difficile.

— Mon frère n'a pas commencé par tomber amoureux. Le mariage de Tine et Sabrina était arrangé, et maintenant, regarde-les. Enfin, tu ne le sais peut-être pas, mais ils sont entièrement dévoués l'un à l'autre. C'est vraiment merveilleux.

— C'est donc un exemple.

Fiona donnait l'impression d'essayer elle aussi d'être optimiste, mais peut-être n'était-elle pas entièrement convaincue.

— Ma mère m'a dit un jour que, si mon père l'avait séduite au début, ce n'est qu'après leur mariage qu'ils étaient tombés amoureux, déclara Cassandra d'une voix douce, timide.

Fiona et Prudence la regardèrent. Et toutes deux tentèrent de masquer leur surprise, car la jeune femme parlait rarement de sa mère.

— Je l'ignorais, répondit Fiona avec un sourire. Quel joli souvenir ! Je suis ravie que tu nous l'aies raconté.

— J'aurais aimé en savoir davantage, avoua Cassandra. Cependant, mon père refuse de parler d'elle, et, comme elle est morte quand j'avais sept ans, je n'ai pas beaucoup de souvenirs.

Mais elle n'avait pas oublié celui-ci. Sans doute parce qu'au cours des années qui avaient suivi, elle s'était accrochée à l'idée que ses parents s'étaient aimés. Son père n'en parlait pas, pas plus qu'il n'utilisait le mot « amour » quand il était question de ses enfants. Pas même Constantine, qu'il adorait pourtant.

— J'ai appris quelque chose d'assez choquant juste avant de partir avec Tobias, annonça Fiona à voix basse, les yeux rivés sur ses genoux.

Elle releva ensuite la tête, pour regarder Prudence et Cassandra.

— Cela reste entre nous, bien sûr. Mon père et celui de Tobias étaient amants. C'est ainsi que je suis devenue la pupille du père de Tobias après la mort de ma mère. Ensuite, à la mort du comte d'Overton, je suis devenue la pupille de Tobias lui-même. Cela explique en grande partie pourquoi ma mère semblait souvent triste.

Cassandra prit la main de Fiona et la serra.

— Je ne m'étais pas rendu compte que ta mère était triste. Je suppose que j'ai évité de parler de nos mères.

Elle renifla, avant de relâcher son amie.

— C'est aussi un peu ce que j'ai fait. J'aimais ma mère, mais il y a une partie d'elle que je n'ai jamais connue, constata Fiona en se tournant vers Prudence. Qu'en est-il de ta mère, Pru ? Je ne crois pas que tu aies jamais parlé de ta famille.

Prudence, qui était déjà pâle, sembla blêmir davantage.

— Ma famille, euh… je n'ai plus de famille. Ma mère est décédée il y a deux ans. Nous étions très proches. Elle me manque beaucoup.

Sa voix était douce et fluette, et Cassandra résista à l'envie de se précipiter vers elle pour la serrer dans ses bras. Prudence ne semblait pas être une personne très démonstrative.

— Je suis vraiment désolée, Pru, lui dit Cassandra avec beaucoup de chaleur.

Si elle ne pouvait pas la prendre physiquement dans ses bras, elle voulait au moins essayer de lui transmettre son soutien émotionnel.

— Moi aussi, dit Fiona. Sache que si tu veux nous parler d'elle, j'en serais ravie.

Cassandra acquiesça.

— Oui, s'il te plaît.

Les lèvres de Prudence tressaillirent légèrement, mais ce n'était pas vraiment un sourire.

— Merci. Il n'y a pas grand-chose à dire, mais je suis sensible à votre compassion. Et si nous reprenions la discussion concernant ta fausse cour avec Wexford ?

Comme Prudence ne voulait manifestement pas parler de

sa mère, Cassandra n'insista pas. Elle n'était pas une bête insensible comme son père.

— Je m'entretiendrai avec Wexford demain soir et élaborerai un plan. J'espère qu'il acceptera de continuer à m'inviter à danser de temps en temps, et peut-être de m'emmener faire une promenade à l'occasion. Je ne suis pas certaine de pouvoir le convaincre de me rendre à nouveau visite, ajouta-t-elle avec ironie. Il se peut que rien de tout cela ne l'intéresse. Je ne serais pas surprise qu'il ait hâte d'en avoir fini de m'aider, même s'il s'est bien défendu devant mon père hier.

Fiona intervint.

— Je ne suis pas sûre d'être du même avis. Mais, je suppose que tu le découvriras demain.

Oui, elle le découvrirait, même si une petite voix agaçante dans sa tête lui disait qu'il était insensé de continuer cette association avec lui. Elle avait le plus grand mal à oublier l'*incident*, et, à en juger par leurs remarques à ce sujet lors du bal de l'autre soir, il semblait en être de même pour lui. Ou peut-être n'était-ce là qu'un vœu pieux.

Elle regarda son amie et sa dame de compagnie, qui garderaient tout secret qu'elle voudrait leur révéler. Malgré cela, elle ne pouvait pas leur parler de l'incident. Wexford et elle avaient juré de garder cela entre eux.

Ils avaient également promis d'oublier ce qui s'était passé. Jusqu'à présent, cela ne fonctionnait pas très bien.

Six semaines plus tôt...

— Chut. As-tu entendu cela ? chuchota Cassandra, les yeux rivés vers des portes fermées menant à la salle de bal du Phœnix Club.

Elle avait entendu des voix provenant de l'autre côté.

Habillées en femmes de chambre, avec des copies des tenues du club composées de robes grises, de tabliers verts et de coiffes blanches, Fiona et elle s'étaient introduites dans le club pour en voir l'intérieur. Et elle n'avait pas l'intention de les laisser se faire prendre.

Cassandra saisit la main de Fiona et l'entraîna vers une large arcade fermée par un rideau épais. Elle libéra ensuite son amie et ouvrit lentement la tenture.

— Un hall d'escalier.

Inclinant la tête pour inviter Fiona à la suivre, Cassandra retint le tissu jusqu'à ce qu'elle soit passée. Depuis l'escalier, elles voyaient directement l'entrée, où un valet de pied se tenait près de la porte. Lui ne pouvait les voir, mais, s'il se tournait… *Zut !* Cassandra mourait d'envie de voir l'immense portrait de Pan que Lucien avait commandé.

— À l'étage ! murmura-t-elle d'un ton pressant en se précipitant vers les escaliers.

Fiona la suivit, et, alors qu'elles gravissaient les marches, Cassandra ne put s'empêcher de murmurer :

— Nous sommes si proches de voir le portrait de la bacchanale !

En haut de l'escalier, elles atteignirent un palier. Une autre voix retentit sur la droite, renforçant l'appréhension de Cassandra.

Elle ne pouvait pas se faire prendre, pas dans le club de son frère. Elle traversa précipitamment le palier jusqu'à une porte fermée. Elle l'ouvrit, puis la tint pour Fiona, après s'être glissée à l'intérieur.

Mais son amie ne la suivit pas. Lorsqu'elle jeta un coup

d'œil hors du grand placard, Cassandra la vit filer vers la gauche, en direction de la voix. Que diable était-elle en train de *faire* ?

D'autres voix se firent alors entendre, et Cassandra referma précipitamment la porte avec un léger déclic. Enveloppée dans l'obscurité, elle se plaqua contre les étagères, le souffle court et le pouls battant à toute vitesse.

Il n'y avait aucun doute : des gens se déplaçaient devant la porte. Où était Fiona ? S'était-elle fait prendre ?

La panique saisit la gorge de Cassandra, qui se réfugia de l'autre côté du placard, large d'environ un mètre vingt. Elle préférait être derrière la porte au cas où quelqu'un l'ouvrirait. Avec un peu de chance, elle pourrait rester cachée.

Son inquiétude au sujet de Fiona le disputait à sa crainte d'être découverte. Puis elle entendit des bruits de pas dans les escaliers, et les voix se firent plus discrètes. Apparemment, elle était en sécurité…

Expirant, elle relâcha sa tension et se laissa aller en arrière. Quelque chose s'écrasa sur le sol, ravivant sa peur. Elle s'avança, puis se figea, retenant sa respiration.

Alors même qu'elle priait pour que personne n'ait entendu le bruit, elle aurait pu jurer avoir entendu un bruit de pas à l'extérieur du placard. La porte s'entrouvrit avec un grincement : elle plaqua une main sur sa bouche pour ne pas haleter.

— Il y a quelqu'un ici ? Est-ce que tout va bien ?

Oh, mon Dieu ! Elle connaissait cette voix. Le doux accent irlandais était parfaitement reconnaissable.

— Je vous entends respirer, remarqua-t-il.

Cassandra retint sa respiration et resserra sa poigne sur sa bouche. Puis elle ferma les yeux, ce qui était ridicule. Comment cela l'empêcherait-il d'être découverte ?

— Pourquoi êtes-vous ici dans le noir ? s'enquit-il. Vous

cachez-vous ? Dois-je informer quelqu'un de votre présence ici ?

Cédant à la panique, Cassandra tendit la main et poussa la porte, espérant qu'il comprendrait et partirait.

— *Non !* murmura-t-elle, la voix aussi pressante que craintive.

La porte se referma avec un petit bruit, et elle comprit qu'il était maintenant à l'intérieur avec elle.

— Je savais qu'il y avait quelqu'un ici, remarqua-t-il, et on aurait dit qu'il souriait. Est-ce que vous allez bien ? J'ai entendu un fracas.

— Je vais bien. Vous pouvez y aller. *Je vous en prie, partez.*

— Pourquoi vous cachez-vous dans l'obscurité ?

L'esprit de Cassandra s'embrouilla. Elle s'efforça d'approfondir sa voix, afin qu'il ne la reconnaisse pas comme elle l'avait reconnu.

— Je suis une nouvelle femme de chambre. Je, euh… je prends un instant de repos, affirma-t-elle, presque en chuchotant.

— Ah ! Je n'aimerais pas être surpris dans un moment de relâchement non plus, ricana-t-il. Je peux comprendre. Bienvenue au Phœnix Club. Je ne savais pas que Lucien, enfin, lord Lucien, avait engagé quelqu'un récemment.

Wexford était-il tenu informé de ce genre de choses ? Était-il membre du comité secret d'adhésion ?

— C'est mon premier jour, précisa la jeune femme, comme si cela expliquait quelque chose. J'avais juste besoin d'un répit. Je devrais me remettre au travail.

— Je vais vous laisser y retourner.

Oh, non ! Il allait ouvrir la porte et la raccompagner à l'extérieur, sans doute. Ce qui signifiait qu'il allait la voir et la reconnaître. Elle ne pouvait pas laisser une telle chose arriver.

— Allez-y en premier, my lord. Je ne voudrais pas que l'on me voie en train de sortir de ce placard avec vous.

Il y eut un moment de silence, et l'atmosphère dans le petit espace sembla changer.

— Savez-vous qui je suis ? demanda-t-il doucement, et, comme elle ne répondait pas, il poursuivit. Vous me semblez familière, et, pour être honnête, vous ne ressemblez pas du tout à une femme de chambre.

Bon sang !

— Je vous en prie, partez, le supplia-t-elle. Avant de m'attirer des ennuis.

— J'ai l'impression que vous êtes déjà dans le pétrin.

Il semblait bien trop amusé. Cassandra avait envie de lui décocher un coup de pied dans le tibia.

— Êtes-vous vraiment une femme de chambre ?

Il se rapprocha. Elle sentait sa proximité, même si elle ne pouvait pas le voir.

— Oui.

Elle tendit la main et trouva celle de l'Irlandais. Il ne portait pas de gants, et elle non plus, car les femmes de chambre n'en avaient pas. Elle lui prit la main et la posa sur sa taille.

— Sentez-vous mon tablier ? Je porte également une coiffe.

Il saisit délicatement sa taille et toucha le tissu.

— Mmm, je suppose que cela ressemble à un tablier.

Il remonta sa main, et frôla son sein, la faisant haleter. Il recula le bras.

— Ce n'était pas très approprié de ma part. J'essayais seulement de déterminer si vous portiez réellement un tablier. Il s'agissait d'une entreprise risquée.

Le contact de sa main sur son sein avait fait resurgir la panique qu'elle avait ressentie plus tôt. Non, pas de panique, mais une sensation similaire, qui l'empêchait de respirer correctement. Une excitation défendue se développa en elle. Elle avait parlé à Fiona de magnétisme, cette attirance que l'on peut ressentir envers quelqu'un. Cassandra se doutait que c'était ce qu'elle éprouvait.

— Vous savez ce que font généralement deux personnes qui se retrouvent seules dans un espace sombre, n'est-ce pas ?

Sa question avait été formulée d'une voix grave et rauque, et elle avait glissé sur sa peau comme de la soie luxueuse.

— Non.

La réponse de Cassandra ressemblait à un croassement, comme si elle avait avalé une grenouille. Et les grenouilles lui faisaient toujours penser aux baisers. *Oh !* À présent, elle connaissait la réponse à sa question.

— Elles s'embrassent, affirma-t-il, confirmant sa supposition. Mais je ne peux pas embrasser une femme de chambre. Ce ne serait pas correct.

— Je ne suis pas une femme de chambre, balbutia-t-elle.

— Et qu'en est-il de votre tablier ? s'enquit-il, posant une main sur la tête de la jeune femme pour tirer délicatement sur sa coiffe. Et de ceci ? Et vous avez insisté sur le fait que vous en étiez une. Assurément, vous avez l'air d'une femme de chambre.

— Allez-vous m'embrasser ou non ? Si ce n'est pas le cas, vous devez partir.

Pourquoi cherchait-elle à attirer son attention ? C'était de la folie. Venir ici, déguisée en femme de chambre, avait été une folie aussi. Elle aurait dû exiger qu'il s'en aille, et prier pour pouvoir s'échapper sans qu'il découvre son identité. Ou sans se faire surprendre par quelqu'un d'autre.

Et… qu'était-il arrivé à cette pauvre Fiona ?

— Je *devrais* m'en aller, murmura-t-il. Mais vous êtes plutôt autoritaire, et j'aime ça.

Soudain, il l'attira contre lui et sa bouche effleura la joue de la jeune femme. Puis, alors qu'il semblait avoir retrouvé ses esprits, ses lèvres se posèrent sur celles de Cassandra, dont toutes les pensées s'envolèrent. Elle était submergée de chaleur et de sensations.

Elle posa les mains sur les épaules du jeune homme, s'ancrant solidement, tandis que son monde basculait. Il la serra plus fort contre lui, un bras autour de sa taille, l'autre tenant sa tête, tandis que ses lèvres et sa langue dansaient joyeusement contre sa bouche.

En matière de premier baiser, elle était bien obligée de reconnaître que celui-ci était plutôt remarquable, mais comment aurait-elle pu le savoir ?

Parce qu'elle *savait*. Son ventre s'était métamorphosé en une source bouillonnante de désir, évoquant des envies dont elle avait entendu parler, mais qu'elle n'avait jamais éprouvées elle-même. Alors que la langue du jeune homme glissait le long de sa lèvre inférieure, elle poussa un petit halètement et ouvrit la bouche.

Il s'écarta.

— Qui êtes-vous ?

En guise de réponse, elle enroula les mains autour du cou de l'homme, l'attirant à elle pour l'embrasser encore. Elle n'en avait pas terminé. Qui savait quand elle vivrait à nouveau une telle expérience ? Ou *si* cela arriverait ?

Copiant ce qu'il avait fait, elle lui lécha la lèvre. Il ouvrit la bouche, et sa langue vint à la rencontre de celle de Cassandra. Leur baiser changea alors, intensifiant chaque sensation, déclenchant des frissons dans tout son corps, et des picotements sur sa peau. Une sensation de chaleur naquit dans la partie la plus intime de son être, celle que sa gouvernante lui avait autrefois recommandé d'ignorer jusqu'à son mariage.

Elle ne pouvait pas l'ignorer, maintenant, pas plus qu'elle n'en avait envie. Elle vibrait de désir, d'un besoin d'être touchée. Wexford attira ses hanches contre lui, déclenchant en elle un nouvel élan de désir intense. C'était *spectaculaire*. Et cela ne pouvait pas continuer.

Apparemment, il était parvenu à la même conclusion, car ils s'éloignèrent l'un de l'autre au même moment. Cassandra s'adossa aux étagères, et il recula d'un pas. Du moins, elle en eut l'impression, car elle ne sentait plus sa proximité ni sa chaleur enivrante.

— Je dois vraiment y aller, maintenant. J'espère sincèrement que vous n'êtes pas une femme de chambre. Je n'ai pas l'habitude de faire des avances ou de prendre des libertés.

— Je vous ai invité, affirma-t-elle, comme si elle était une dévergondée. Ne vous blâmez pas. Faites comme si rien ne s'était passé.

— Voilà qui sera très difficile à faire. Et, de toute façon, même si vous n'êtes pas une femme de chambre, je n'aurais pas dû me montrer aussi audacieux, invitation ou non.

Il semblait n'éprouver qu'un tout petit peu de regret, ce qui la rendit heureuse, car elle ne ressentait absolument aucun remords. La jeune femme entendit la pointe d'humour dans sa voix, et elle lui en fut reconnaissante.

— Partez, maintenant.

L'air se déplaça quand il bougea à nouveau, puis la porte s'ouvrit, laissant pénétrer la lumière dans le placard. Toujours cachée derrière la porte, Cassandra tourna la tête vers le coin du réduit, au cas où il se retournerait.

— *Cassandra ?*

Elle aurait dû se *coller* dans le coin du placard et baisser la tête. Mais, au lieu de cela, elle entendit son nom et réagit sans y penser.

Tournant la tête, elle croisa les yeux de l'Irlandais, et vit avec consternation ses yeux s'arrondir quand il la reconnut.

— *Sacré bon sang !*

CHAPITRE 4

Ruark ferma la porte et fixa dans l'obscurité la sœur de son meilleur ami. Qu'il venait d'embrasser passionnément. *Deux fois.* Et qu'il envisageait d'embrasser une troisième fois.

Ce qu'il ne pouvait *pas* faire.

— Vous êtes pire qu'une femme de chambre ! gronda-t-il.

— Dans quelle mesure ?

— Dois-je vraiment m'expliquer ? répliqua-t-il, et le silence de la jeune femme fit office de réponse. Vous êtes la fille d'un maudit *duc*, et plutôt effrayant, qui plus est. Vous êtes la sœur de mon meilleur ami, qui m'embrocherait au bout d'une pique s'il apprenait ce qui s'est passé. Vous êtes une jeune lady célibataire, qui a été compromise.

Oh, bon sang ! Il allait devoir l'épouser. Des gouttes de sueur froide apparurent dans son cou et sur son front.

— Absolument pas. Personne ne nous a vus, et personne, surtout pas Lucien, ne doit apprendre ce qui s'est passé. Je ne suis même pas censée être ici ! ajouta-t-elle, l'air affolé.

Non, elle n'était pas censée être ici. Il s'agissait d'un club privé, dont elle n'était pas membre.

— Êtes-vous vraiment habillée en femme de chambre ?

— Oui.

— Pourquoi ?

— Je voulais voir l'intérieur du club. Je me suis déguisée en femme de chambre pour pouvoir visiter les lieux.

Pendant un bref instant, Ruark se retrouva incapable de parler, la gorge obstruée par un sentiment d'incrédulité.

— Portez-vous vraiment un tablier vert ?

Sous le choc, il n'avait même pas remarqué ce qu'elle portait avant de refermer la porte, et de les plonger à nouveau dans l'obscurité.

— Oui.

Elle semblait fière, et il devait admettre qu'il éprouvait une certaine admiration pour son souci de la précision.

— Cependant, je ne savais pas qu'il devait comporter le symbole du club.

— Ce détail aurait été difficile à reproduire, à moins de voler l'un des tabliers du club.

Pourquoi se tenait-il ici, dans un placard sombre, à discuter de cela avec elle ? Elle devait partir !

— Vous avez choisi un jour particulièrement inopportun pour votre projet audacieux. Des réunions sont en cours, auxquelles participent plusieurs membres de la bonne société. Les chances que l'on vous voie sont bien plus grandes que n'importe quel autre jour.

— *Bon sang !* C'est parfait ! marmonna-t-elle. Que vais-je faire ?

— Je dois me rendre dans la salle de bal. Il est probable que l'on ait déjà remarqué mon absence, alors je vais devoir trouver une excuse pour mon retard. Je pense que tout le monde sera dans cette pièce pour encore au moins un quart d'heure. Ce serait le moment idéal pour que vous vous en alliez. Pourrez-vous retrouver la sortie ?

Cassandra hésita.

— Je ne crois pas. Je suis venue par la salle de bal. De toute évidence, je ne peux pas repartir par ce chemin.

— Non, vous ne pouvez absolument pas ! Lorsque vous sortirez du placard, allez à gauche. Trouvez la porte donnant sur la terrasse, puis descendez dans le jardin. Il y a une porte cachée dans le mur à gauche. Elle vous mènera sur Bury Street.

Et ensuite, quoi ? Elle hélerait un fiacre ? Il ne pouvait pas envoyer la fille du duc d'Evesham seule dans les rues de Londres.

— Bon sang ! Êtes-vous ici *seule* ?

— Oui.

Elle hésita légèrement avant de lui répondre, ce qui fit penser à Ruark qu'elle lui mentait. Mais, il manquait de temps, et il ne voulait pas insister.

— Je devrais simplement vous raccompagner chez vous. Je dirai à Lucien que j'ai oublié un rendez-vous.

— Je suis arrivée ici par mes propres moyens et je repartirai par mes propres moyens, dit-elle avec l'arrogance qu'il attendait de la fille d'Evesham. Vous devriez partir.

Pour une raison qu'il ignorait, Ruark était comme cloué au sol.

— Je n'aurais pas dû vous embrasser. Je ne l'aurais pas fait si j'avais su qui vous étiez.

Malgré cela, il ne ressentait pas le moindre regret.

— Comme je l'ai déjà dit, faisons comme si rien ne s'était passé.

C'était exactement ce qu'ils devaient faire.

— Oui. Nous n'en parlerons jamais. Ni à quelqu'un d'autre ni entre nous.

— Je suis d'accord.

— J'espère que vous vous en sortirez sans incident.

— Je pense que nous n'en sommes déjà plus là.

Ruark ne put s'empêcher de rire. Il avait toujours

apprécié Cassandra. Elle possédait un esprit et une intelligence supérieurs.

— J'espère que vous vous en sortirez sans *autre* incident. Gardez la tête baissée et déplacez-vous rapidement.

— Je le ferai dès que vous serez *parti*.

— Je pars maintenant. Je vous en prie, soyez prudente. Lucien ne me le pardonnera jamais s'il vous arrive quelque chose.

Lucien ne lui pardonnerait jamais s'il découvrait ce qui venait de se passer. Cassandra laissa échapper un petit bruit guttural.

— Il sera furieux s'il me surprend.

Sans le moindre doute.

— Dépêchez-vous, Cassandra, la pressa Ruark juste avant de s'éclipser du placard.

Le palier était vide, et il se hâta de rejoindre la salle de bal. Son corps vibrait encore d'une passion brûlante, attisée par les baisers de Cassandra.

Cassandra.

La sœur de Lucien.

Ruark *devait* oublier que cela s'était produit. Un sentiment de regret fit finalement surface dans son esprit quand il atteignit la salle de bal. Malheureusement, c'était parce qu'il ne l'avait pas embrassée une troisième fois.

Présent...

*L*e coup atteignit Ruark en plein dans le ventre ; il se retrouva plié en deux, parcouru par une vague de douleur qui se propagea jusqu'à sa colonne vertébrale.

— Où étais-tu parti ? s'enquit Morti, son entraîneur de boxe et partenaire d'entraînement, alors que Ruark reculait en titubant.

— Nulle part. J'étais là tout le temps, comme le prouve le coup que tu viens de m'assener.

Il passa sa main nue sur son ventre.

— Pas physiquement, espèce d'idiot ! Dans ta tête, précisa Morti, se tapotant la tempe. Tu n'étais pas concentré, ton esprit était ailleurs.

Morti était bien trop malin, et c'était l'une des raisons pour lesquelles Ruark l'avait engagé comme entraîneur trois ans plus tôt. Ruark était resté prisonnier du souvenir de l'étreinte de Cassandra, un phénomène frustrant qui se produisait régulièrement depuis plusieurs semaines.

— Je suis juste fatigué. Tu me fais travailler dur, aujourd'hui.

Il passa une main sur son front ruisselant de sueur.

— Bof ! Pas plus que d'habitude.

À cinquante ans, Mortimer Dodd était en meilleure forme physique que la plupart des hommes pouvaient en rêver. Avec des épaules aussi larges qu'un chêne centenaire, et une capacité à distancer des hommes deux fois plus jeunes que lui, y compris Ruark, il était parfaitement qualifié pour entraîner de jeunes boxeurs qui espéraient faire fortune sur le ring. Il disposait également des équipements nécessaires pour travailler avec des nobles oisifs qui aimaient frapper les gens. Non, pour Ruark, c'était plus que cela. Il appréciait la stratégie consistant à affronter un adversaire et à repousser ses limites.

— Tu es distrait, insista Morti, dont le large front, légèrement dégarni, luisait de sueur. Je l'ai remarqué depuis au moins quinze jours.

Ruark ricana en sortant du ring d'entraînement.

— J'en doute. Tu me confonds sans doute avec quelqu'un d'autre.

Morti le suivit hors du ring.

— Continue à te raconter des histoires, Wexford.

Le rire de l'homme plus âgé dégageait une assurance agaçante. Mais il avait raison. Il n'était pas plus près de confondre Ruark avec un autre que celui-ci de se trouver un nouvel entraîneur. Car Morti était bien plus que cela. D'une certaine manière, il était le père que Ruark aurait aimé avoir.

— Il se peut que je sois un peu distrait. J'ai accepté de rendre service à quelqu'un, et cela ne fonctionne pas très bien.

Parce que son père était un imbécile, et que son frère était une plaie. Morti s'essuya le visage avec une serviette qu'il attrapa sur un crochet au mur.

— Comment s'appelle-t-elle ?

Ruark attrapa une autre serviette sur un crochet non loin.

— Il ne s'agit pas d'une femme, mentit-il.

— Nous nous sommes rencontrés il y a trois ans, quand tu es venu dans le club de mon cousin pour oublier quelque chose. Ou plutôt, *quelqu'un,* comme je l'ai appris plus tard. Je me souviens encore de son nom, et toi ?

Bien sûr qu'il s'en souvenait. Ruark se rappelait leurs noms. Et leurs visages. Ainsi qu'une myriade d'autres détails. Cependant, Cassandra était différente. Tout attachement entre eux était purement fictif et n'avait pour but que d'encourager d'autres gentlemen à la courtiser. L'incident entre eux était juste… un incident. Qui ne se reproduirait plus.

Bon sang ! Il n'aurait jamais dû accepter de l'aider, alors qu'il n'avait pas réussi à la chasser de son esprit ni surtout à oublier l'*incident*. Cependant, lorsqu'il l'avait revue après leur incartade, il lui avait proposé de l'aider, si elle avait un jour besoin de lui. Depuis lors, il se sentait redevable.

Vraiment ? Ne voulais-tu pas simplement l'aider ? Ou, plus exactement, n'espérais-tu pas avoir un moyen de rester en contact avec elle ?

— Pourquoi es-tu si renfrogné ? insista Morti, affichant un sourire de travers.

Ruark lissa ses traits, tout en passant sa serviette sur sa nuque.

— Parce que tu évoques une vieille histoire.

— Une histoire qui aime à se répéter, si je me souviens bien. Nuala n'était pas la première femme à avoir attiré ton attention.

— De toute évidence, je me suis trop dévoilé à toi.

— Ce n'était pas moi, mais le gin, répliqua-t-il.

Il adressa un clin d'œil à Ruark, affichant un large sourire. Il révéla ainsi l'espace laissé vide, à l'endroit où l'une de ses dents supérieures, située derrière la canine, avait été cassée lors d'un combat.

— Un sacré sérum de vérité.

Ruark grogna.

— Je vais me changer, annonça-t-il, puis il tourna les talons et se dirigea vers les vestiaires.

— Fais le nécessaire pour la chasser de ton esprit avant notre prochain entraînement, lui cria Morti. Une bonne partie de jambes en l'air arrangerait les choses, je parie.

Comme si Ruark pouvait simplement coucher avec Cassandra pour en finir avec cette histoire. Ce ne serait que le début. Il avait eu peur de devoir l'épouser. Lorsqu'un gentleman compromettait une lady, c'était généralement ce qui se produisait ensuite. Mais, sur le moment, il n'avait pas su que c'était une lady !

Non pas que ce détail ait la moindre importance.

Personne ne les avait vus, alors, techniquement, elle n'était pas compromise. D'ailleurs, il ne s'agissait que d'un baiser. *Deux* baisers. De nombreuses jeunes ladies avaient embrassé un prétendant une ou deux fois. *N'est-ce pas ?* Ou bien était-ce simplement sa propre expérience, car il avait laissé les choses aller un peu trop loin avec Freya et Nuala, avant de mettre fin à leur relation ?

— Excusez-moi.

Ruark s'arrêta net. Clignant des yeux, il se rendit compte qu'il avait été sur le point de foncer droit sur le vicomte Glastonbury. S'il ne le connaissait pas intimement, ils se croisaient ici au club, puisque ce dernier s'entraînait avec Fred, le propriétaire et cousin de Morti.

Glastonbury ! Cassandra avait dit qu'il lui avait rendu visite, et Ruark l'avait vue danser avec lui au bal, l'autre soir. Une valse, donc peut-être souhaitait-il réellement la courtiser. Ruark l'espérait, car il semblait qu'Evesham l'approuvait.

Il sourit à l'autre homme.

— Désolé. Je pensais à mon entraînement avec Morti.

Il jeta un coup d'œil à la tenue du vicomte, ou plutôt à son manque de vêtements, et en conclut qu'il devait être en route pour son propre entraînement. Le regard pâle de Glastonbury se fixa sur le menton de Ruark.

— Je constate qu'il vous a bien amoché.

Avec un petit rire, Ruark frotta ses jointures contre sa chair endolorie.

— Je n'étais pas assez rapide, aujourd'hui.

— Il est difficile d'être rapide avec l'un ou l'autre des Dodd, mais je miserais plutôt sur Fred.

Étant le plus nerveux des deux, Fred était *un peu* plus rapide, les bons jours.

— Pour un combat, je parierais sur Morti, répondit Ruark. Il est capable de faire tomber un arbre.

Glastonbury sourit.

— Effectivement.

— Dites, ne vous ai-je pas vu danser avec lady Cassandra Westbrook, l'autre soir ?

C'était une transition peu élégante, mais Ruark ne voyait pas d'autre moyen d'aborder le sujet.

— Sans doute. J'ai dansé avec elle quelques fois, confirma l'autre homme, fronçant légèrement les sourcils. Éprouvez-vous un attachement particulier à son égard ?

— Son frère, Lord Lucien, est un ami proche.

— Vous a-t-il envoyé me mettre en garde au nom du duc ? s'enquit Glastonbury en se renfrognant. Je croyais avoir été à la hauteur lorsque je lui ai rendu visite.

Deux jeunes hommes se dirigèrent vers eux, semblant enthousiastes.

— Glastonbury, nous avons entendu dire que Fred organiserait un combat primé ? Que savez-vous à ce sujet ?

Le vicomte sourit.

— Vous allez devoir en parler avec lui, je n'ai pas entendu cette rumeur.

Les deux gaillards échangèrent des regards déçus, avant de passer leur chemin. Se penchant vers Ruark, Glastonbury baissa la voix.

— Il y a effectivement un combat primé, mais vous savez comment ces choses fonctionnent.

Elles étaient tenues secrètes jusqu'au dernier moment, afin d'éviter qu'elles ne soient empêchées, car de tels événements n'étaient pas légaux.

— Comment êtes-vous au courant ?

— Parce que je combats, annonça Glastonbury, une lueur d'excitation dans les yeux.

Étrangement, Ruark se sentit exclu : pourquoi ne lui avait-on pas demandé de combattre ? Il était l'un des meilleurs du club. Et, pour Ruark, être tenu à l'écart était l'une des choses qu'il détestait le plus au monde.

— Comment est-ce advenu ?

— Je le fais pour rendre service à Fred.

— Vous pourriez être gravement blessé, remarqua Ruark, même s'il ressentait une pointe d'envie.

Combattre devant une foule nombreuse devait être une expérience remarquable. Glastonbury haussa une épaule.

— C'est peu probable. Je suis plutôt bon, si je peux me permettre. Et je suis rapide. Qui ne voudrait *pas* le faire ?

— J'aurais accepté également.

En fait, il envisageait sérieusement de briguer une autre place. Peut-être même pourrait-il se battre contre Glastonbury.

— Vous devriez en parler à Morti ou Fred. Ou bien aux deux. Il y a peut-être une possibilité dans le combat précédent.

— Il y en a plus d'un ? s'étonna Ruark.

— Deux. Sans doute au cas où l'un d'eux se terminerait rapidement.

— Glastonbury ! s'écria Fred Dodd depuis la grande salle. Tu viens ou pas ?

— J'arrive ! s'exclama Glastonbury, qui adressa un sourire d'excuse à Ruark. À bientôt, Wexford.

Il passa devant Ruark.

— À plus tard, répondit ce dernier, qui poursuivit son chemin vers le vestiaire.

Alors qu'il se lavait et changeait de vêtements, l'idée de combattre devant une foule persistait. Il n'avait jamais fait cela, et il devait bien avouer que cette perspective l'enthousiasmait. L'idée prit racine dans son esprit, réussissant à repousser Cassandra. Jusqu'au moment où il quitta le vestiaire et aperçut Glastonbury dans le ring, qui s'entraînait avec Fred.

Le vicomte était *effectivement* rapide. Et agile. En deux coups rapides, il frappa l'épaule et le ventre de Fred, impressionnant Ruark. En fonction de l'adversaire de Glastonbury, le combat pourrait se révéler vraiment très intéressant.

Mais le vicomte lui faisait penser à Cassandra… *bon sang* ! Apparemment, le vicomte *pourrait* lui faire la cour, s'il le souhaitait. Cassandra semblait disposée à accepter, et le duc avait déclaré qu'il le préférait à Ruark.

Certes, le duc lui aurait préféré un rat.

En quittant le club, Ruark entra dans Covent Garden, où il héla un fiacre pour se rendre à Mayfair. Les paroles de Morti tournaient en boucle dans son esprit : *une histoire qui aime à se répéter, si je me souviens bien.*

Ruark avait beau vouloir le nier, il n'avait pas tort. C'était pour cela qu'il ne pouvait pas laisser la situation se répéter. Pas cette fois. Pas avec Cassandra.

Il devait prendre ses distances avec elle… et vite.

CHAPITRE 5

Le lendemain soir, lorsque Cassandra arriva en bas de l'escalier, elle manqua de trébucher sur la dernière marche, car son père l'attendait. Les mains croisées dans le dos, la panse proéminente, ses yeux noirs fixes et attentifs posés sur elle, il affichait une allure imposante. Du moins, cela aurait été le cas pour quelqu'un d'autre. Pour elle, il n'était que son père, qui se tenait entre elle et la berline qui la délivrerait de son ingérence.

Affichant un sourire qui, elle l'espérait, atténuerait l'impact de la réprimande qu'il s'apprêtait à lui adresser, elle fit une brève révérence, sachant qu'il apprécierait ce geste.

— Bonsoir, papa. Tu ne viens sûrement pas avec nous à la fête.

Il n'était pas habillé pour cela, *Dieu merci.*

— Bien sûr que non. Mais, peut-être le devrais-je.

Il semblait réfléchir à son commentaire, qu'elle regrettait désormais.

— Mais, Prudence et moi sommes prêtes à partir, annonça Cassandra d'un ton serein en jetant un regard à sa compagne par-dessus son épaule, tandis que Prudence descendait la partie inférieure de l'escalier.

— Je voulais vous voir avant votre départ.

Il balaya Cassandra d'un regard approbateur, et celle-ci poussa un soupir de soulagement, à la fois parce qu'elle semblait répondre à ses attentes, mais aussi parce qu'il n'allait pas assister à la fête avec eux. Jetant un regard autour de lui, il fronça les sourcils.

— Où est ma sœur ?

— Ma marraine a dit qu'elle nous rejoindrait à la fête.

Cassandra ne prit pas la peine de masquer son ton laconique. Cela ne la dérangeait pas qu'il sache qu'elle était contrariée par le comportement de sa tante. En réalité, elle aurait souhaité qu'il confie à nouveau à sa belle-sœur Sabrina le rôle de marraine.

— Ce n'est pas acceptable, tonna-t-il, le ton profondément désapprobateur.

Ce fut plus fort qu'elle, Cassandra ne put s'empêcher de murmurer :

— *Sabrina* serait là, elle.

Le duc fronça les sourcils.

— Quelle raison Christina a-t-elle invoquée pour ne pas venir ici pour vous escorter ?

La jeune femme croisa le regard de son père.

— Aucune.

Marmonnant quelque chose entre ses dents, son père décroisa les mains et fit un pas vers elle.

— Je parlerai à ma sœur. En attendant, si elle ne t'attend pas à la fête, tu devras rentrer immédiatement. Peut-être ne devrais-tu même pas t'y rendre.

— Qu'en est-il de mes perspectives de mariage ? demanda-t-elle avec une détresse feinte, comme si elle se préoccupait autant que lui de trouver un mari cette saison.

Il plissa les yeux.

— Ne sois pas insolente ! Très bien. Tu peux y aller, mais tu reviens tout de suite si Christina ne t'attend pas, affirma le duc, avant de reporter son attention sur Prudence. Mademoiselle Lancaster, je compte sur vous pour gérer cette situation.

Prudence inclina la tête.

— Vous avez ma parole, my lord.

Étant donné que Cassandra ne compromettrait jamais le poste de Prudence, elle se demandait si elles n'étaient pas sur le point de se lancer dans une aventure folle qui les conduirait à la fête, avant qu'elles ne fassent demi-tour et ne rentrent chez elles. Une idée lui traversa l'esprit, et elle décida de saisir cette occasion pour faire valoir une demande que son père lui avait jusqu'alors refusée avec fermeté.

Elle reprit d'une voix douce.

— Avec un peu de chance, elle sera là. Dans le cas contraire, je ne saurai pas si la visite de Wexford l'autre jour a incité d'autres gentlemen à se manifester. Il serait peut-être alors plus prudent de me permettre d'assister à l'assemblée du Phœnix Club vendredi. Elle est très fréquentée, et de nombreuses jeunes ladies présentes sur le marché du mariage y participent.

Cassandra retint son souffle. Il lui avait donné la permission d'assister à la première de la saison, quand le club avait modifié son règlement pour autoriser les familles des membres à y assister. Jusqu'à présent, cela avait contribué à dynamiser le marché matrimonial lors des assemblées du club cette saison. Comme son frère en était propriétaire, et que son autre frère et sa femme en étaient désormais membres, Cassandra pouvait facilement y assister.

— Je ne crois pas que les perspectives soient très bonnes là-bas, remarqua son père avec une pointe de dérision.

Il ne soutenait pas le projet de son fils, et il semblait

ignorer à quel point c'était un club très populaire dont les invitations étaient très convoitées.

— Comment pourrais-tu le savoir ? l'interrogea Cassandra, gardant un ton égal. Ce que je veux dire, c'est que tu n'y es jamais allé. Mais Sabrina pense qu'il serait bénéfique que j'assiste à l'assemblée. Pourrais-tu au moins y réfléchir ?

Elle marqua une pause, puis sourit à nouveau.

— S'il te plaît, papa ?

Les traits du duc se radoucirent.

— Je vais y réfléchir, dit-il d'un ton bourru. Mais je ne promets rien.

Cassandra s'avança vers lui, puis elle se dressa sur la pointe des pieds pour déposer un baiser sur sa joue.

— Merci. Nous rentrerons directement à la maison si tante Christina n'est pas à la fête.

Elle se retourna vers Prudence, puis dirigea son regard vers la porte pour lui signifier en silence qu'elles devaient partir immédiatement.

Sa compagne fit une révérence au duc, puis suivit Cassandra hors de la maison. Une fois installée dans la berline ducale, la jeune femme expira.

— Pendant un moment, j'ai cru qu'il allait nous obliger à rester à la maison.

— Il se pourrait bien que nous finissions par y retourner, remarqua Prudence d'un ton un peu sombre.

— C'est vrai, confirma-t-elle.

Parce que la tante Christina était une femme peu fiable et égocentrique.

— J'ai peur d'espérer que mon père me permette d'assister à l'assemblée du Phœnix Club vendredi.

— C'est très sage de ta part.

— Mais, s'il me laisse y aller, je crois que je porterai ma robe en soie corail.

Prudence rit doucement.

— Je te dirais bien de ne pas trop t'enthousiasmer, mais je sais que c'est une bataille perdue d'avance.

Cassandra sourit tandis que la berline les conduisait à Berkeley Square pour la fête.

— Il faut bien que j'aie quelque chose à attendre avec impatience.

Ce n'était certainement pas un mariage imminent. *Pour l'instant.*

Son père allait forcer la décision, ou du moins c'était ce qu'il avait menacé de faire. En juin, elle pourrait être contrainte de se rendre à l'autel. Non, elle ne le permettrait pas, et son père ne lui ferait jamais ça. À moins que… ?

Un frisson d'inquiétude lui parcourut l'échine. Elle s'adossa à la banquette et regarda par la vitre, tandis que la berline traversait Mayfair.

— Tu as beaucoup de raisons d'être enthousiaste, remarqua Prudence.

Cassandra se rendit compte à quel point elle avait pu paraître insensible. *Tout le monde* avait besoin de quelque chose à attendre avec impatience.

— Qu'attends-tu avec impatience, Pru ? l'interrogea-t-elle d'une voix douce, tournant la tête vers sa compagne, assise à côté d'elle.

Prudence sourit.

— L'assemblée du Phœnix Club vendredi. La fête de ce soir. Les mêmes choses que toi.

Cassandra ne savait pas vraiment ce qu'elle en pensait. Elle ne voulait pas que Prudence se contente d'aimer les mêmes choses qu'elle. Ou plutôt, elle espérait que sa compagne ne disait pas simplement ce qu'elle pensait que Cassandra souhaitait entendre. Mais non. Elle la connaissait suffisamment pour savoir que ce n'était pas le cas.

— Qu'en est-il du mariage ?

— Pour moi ? demanda Prudence avec une petite grimace. Je ne l'ai jamais envisagé.

— Mais, tu *pourrais* te marier.

— Sans doute que oui. Mais, où pourrais-je rencontrer ce gentleman ? Personne parmi les invités d'une réception ne voudrait m'épouser.

La berline s'engagea dans la file d'attente menant à la maison des Farrowsby.

— Peut-être que quelqu'un du Phœnix Club le ferait, poursuivit-elle. Certains membres ne seraient pas les bienvenus dans la bonne société. Le propriétaire du café préféré de Lucien est membre, et il ne serait jamais invité à la fête des Farrowsby ce soir.

— Si ma mémoire est bonne, ledit propriétaire a également soixante ans, remarqua Prudence. Mais peut-être n'étais-tu pas en train de suggérer qu'il pourrait être un mari potentiel.

Son ton était sec et teinté d'humour.

Cassandra s'esclaffa.

— Je confirme, ce n'est pas ce que je suggérais. Tout ce que je disais, c'est que tu pourrais rencontrer quelqu'un là-bas. Peut-être le rencontreras-tu un samedi matin ? suggéra-t-elle avec un petit sourire en coin.

Depuis quelques semaines que Prudence faisait partie de leur maisonnée, elle passait son temps libre le samedi à l'extérieur. Cassandra se demandait où elle allait, mais elle était également consciente que cela ne la regardait pas.

Prudence pinça brièvement les lèvres en réponse silencieuse à l'insinuation de Cassandra. Puis elle évita complètement le sujet.

— Crois-tu avoir déjà rencontré ton mari ?

Cassandra souffla.

— Sans doute.

Une succession de gentlemen lui traversa l'esprit, au

premier rang desquels Glastonbury et Wexford. Ce dernier s'attarda.

Aucun d'entre eux ne soulageait la douleur dans sa poitrine, qui fleurissait lorsqu'elle pensait à un mari potentiel. Elle se languissait de se lier à quelqu'un, de découvrir cette *chose* qui les unirait. Plus important encore, elle craignait de ne pas la trouver. La solitude était une chose terrible. Elle voulait à la fois y échapper, et, en même temps, elle était prête à tout, à dresser tous les obstacles possibles autour d'elle pour se protéger du rejet et de la douleur.

La berline s'arrêta devant la maison.

— Nous n'avons plus qu'à espérer que tante Christina nous attend dans le vestibule.

— Dois-je aller voir ? s'enquit Prudence. Je crois que je devrais.

— Oui.

Cassandra ne prit même pas la peine de masquer sa frustration face au comportement de sa tante. Avec un hochement de tête compatissant, Prudence sortit de la berline. Elle se précipita vers la maison et, un instant plus tard, en ressortit pour lui adresser un signe de la main.

Dieu merci ! Cassandra descendit à son tour du véhicule et se dirigea vers l'intérieur, où elle rejoignit Prudence. La tante Christina l'accueillit avec un large sourire.

— Je suis tellement ravie que tu sois là ! lui dit-elle.

Sa tante la scruta avec les mêmes yeux noirs que son frère.

— J'ai dit que je serais là.

— Tu dis beaucoup de choses, marmonna Cassandra. Je te préviens, papa n'était pas content que tu ne sois pas venue à la maison pour nous escorter. Cela ne doit pas se reproduire.

Hochant la tête, tante Christina pivota vers l'escalier.

— Bien sûr. La situation était particulière ce soir. Venez,

montons au salon, lança-t-elle, faisant signe à sa nièce de la précéder.

— As-tu l'intention de m'abandonner immédiatement ou resteras-tu un peu, parce que tu te sens coupable de n'être pas arrivée avec nous ? l'interrogea Cassandra.

La tante Christina poussa un soupir plutôt dramatique.

— Je ne t'ai jamais *abandonnée*. Peux-tu, en toute honnêteté, prétendre que tu voudrais que je reste collée à toi lors de ces événements ?

Elle n'avait pas tort, ce qui était frustrant. Cependant, était-ce à ce point difficile de venir la voir régulièrement ? Pour s'assurer que tout allait bien ? Pour peut-être encourager la présence de prétendants ?

Non pas que Cassandra comprenait exactement comment cela devait se passer. La tante Christina, en tant que sa marraine, était-elle censée trouver des prétendants potentiels et les diriger vers Cassandra ? C'était ce que faisaient de nombreuses mères dont les filles étaient sur le marché du mariage. Cassandra ne put s'empêcher de se demander, pour la centième fois, ce que ferait sa mère si elle était là.

Une douleur familière, semblable à celle qu'elle avait éprouvée dans la berline, se répandit le long de ses côtes.

— Peut-être pourrais-tu m'orienter vers un ou deux prétendants potentiels ? proposa Cassandra en arrivant dans le salon.

Les invités se promenaient en admirant les différentes œuvres d'art que les Farrowsby avaient exposées pour la réception de ce soir-là.

— Je vais essayer, répondit la tante Christina, mais son attention était déjà ailleurs.

Cassandra était consciente qu'elle ne ferait que peu, voire pas d'efforts. Elle toucha brièvement l'avant-bras de sa tante.

— J'espère que tu nous raccompagneras à Grosvenor Square. Cela satisferait mon père.

Le sous-entendu était clair.

— Certainement ! Maintenant, si tu veux bien m'excuser.

La tante Christina s'en alla, laissant Cassandra et Prudence seules, comme d'habitude.

— Et si nous tentions de trouver lady Aldington, ou peut-être lady Overton ? lui suggéra Prudence.

— Fiona n'apprécierait pas que tu l'appelles ainsi, l'avertit Cassandra, passant son bras sous le sien. Oui, mettons-nous en quête de visages accueillants.

En entrant dans la salle, elles faillirent heurter un homme plutôt corpulent. Cassandra se rappelait lui avoir été présentée plus tôt dans la saison. M. Philip Trowley, veuf d'une quarantaine d'années, s'inclina. Son crâne brillait de transpiration, et son nez était plutôt rougeaud.

— Bonsoir, lady Cassandra. C'est un plaisir de vous voir ici !

Il ne daigna pas couler un regard vers Prudence, mais ses yeux se posèrent sur la poitrine de Cassandra. Celle-ci serra brièvement les dents.

— Monsieur Trowley, permettez-moi de vous présenter ma compagne, Mlle Lancaster.

Il tourna les yeux vers Prudence.

— Bonsoir.

Il reporta ensuite toute son attention sur Cassandra ; ses lèvres s'écartèrent en un sourire jovial, qui dévoila des dents droites, mais tachées. Cependant, il continuait de la lorgner, et la jeune femme mourait d'envie de s'enfuir. Ou peut-être bien de lui donner un coup de pied dans la jambe, en particulier s'il se concentrait à nouveau sur sa poitrine.

— Voudriez-vous vous promener avec moi, lady Cassandra ?

Cette dernière envoya à Prudence un regard désespéré, implorant son aide en silence. Prudence s'approcha et murmura :

— Dis-lui que tu as déjà prévu de retrouver quelqu'un, mais que tu seras ravie de le voir plus tard.

— Brillant ! remarqua Cassandra, parcourant le salon du regard, dans l'espoir de trouver ce « quelqu'un ».

Son regard se posa sur Wexford, et son pouls s'accéléra, tandis qu'un frisson dansait sur ses épaules. Elle adressa à Trowley un sourire éblouissant.

— Je crains d'avoir déjà des engagements pour le moment. Peut-être vous verrai-je plus tard.

La déception se lut brièvement sur son visage, mais il la dissimula rapidement.

— Je m'en réjouis d'avance, répondit-il, puis il fit un pas vers elle et baissa la voix. Je pensais que nous pourrions discuter de la possibilité que je vous rende visite plus tard dans la semaine. Je crois que nous avons beaucoup en commun.

Cassandra ne pouvait imaginer de quoi il s'agissait.

— Eh bien ! Voilà qui semble… fascinant. Bonne soirée, monsieur Trowley.

Prudence et elle passèrent devant lui ; Cassandra ne voyait plus Wexford. Tournant la tête, elle chercha ses cheveux noirs, mais c'était comme s'il avait disparu.

— Vous cherchez quelqu'un ? s'enquit le vicomte Glaston-bury, un sourire dans la voix.

— Vous, mentit la jeune femme en souriant.

— Je suis flatté, répondit-il, avant de se tourner vers Prudence. Bonsoir, mademoiselle Lancaster.

Il reporta ensuite son regard derrière les jeunes femmes.

— J'ai vu Trowley s'approcher de vous, et j'ai pensé que vous pourriez avoir besoin d'aide. Cependant, vous semblez vous être sauvée toute seule.

Une lueur d'approbation brillait dans ses yeux bleu-vert.

— Comme c'est galant de votre part ! Oui, Trowley m'a

invitée à me promener, mais je crains de ne pas avoir pu me résoudre à accepter.

— Il est en quête d'une mère pour sa progéniture. Mais, je suppose que vous le savez déjà. Vous avez sans doute chez vous une liste des célibataires éligibles, avec toutes les informations les concernant.

Il lui décocha un clin d'œil.

— Non, mais je suis sûre que d'autres jeunes femmes en ont, remarqua Cassandra en fronçant le nez. Ou, plus exactement, *leurs mères* en ont.

Une nouvelle fois, elle pensa à sa mère, et à ce qu'elle ferait maintenant. Cassandra aurait tant aimé qu'elle soit là ! Au lieu de cela, elle avait un père qui excellait dans l'art de l'ignorer jusqu'à ce qu'il exige qu'elle se marie, deux frères qui avaient toujours été très absorbés par leur propre vie, et une tante vaniteuse et distraite. Au moins, elle avait une compagne attentionnée. Cassandra espérait que Prudence l'appréciait vraiment, même si elle était payée pour le faire.

— C'est sans doute exact, répondit Glastonbury en riant. Cependant, pas de mère intrusive pour vous. Cela devrait suffire à faire de vous la jeune lady la plus populaire de cette saison. Et être la fille d'un duc ne fait pas de mal.

En ce qui la concernait, c'était le cas.

— Mon père ne vous intimide pas ?

Glastonbury haussa une épaule bien musclée.

— Pas particulièrement, mais j'ai tellement de proches que mes deux mains ne suffiraient pas à les compter : j'ai donc appris à être aimable avec tout le monde.

Cassandra ignorait tout de la famille du vicomte, en dehors du fait que son père était mort, puisqu'il était détenteur du titre.

— Votre famille est-elle en ville ?

Il écarquilla brièvement les yeux, l'air inquiet.

— Heureusement, non. Cela serait particulièrement dérangeant. Heureusement, ils préfèrent le Wiltshire.

Il semblait soulagé, mais Cassandra trouvait l'idée d'une grande famille plutôt agréable.

— J'imagine que cela n'a rien d'ennuyeux, remarqua-t-elle. Peut-être me parlerez-vous d'eux un jour.

— Cela vous ennuiera à mourir. La prochaine fois que nous danserons, je vous parlerai de ma grand-tante Flora, et de sa passion pour le séchage des plantes et des fleurs. Oui, elle prenait son nom très au sérieux lorsqu'elle était enfant.

Cassandra rit.

— Cela ne semble pas du tout ennuyeux. Elle a l'air charmante.

— Oh, oui ! Elle l'est. Jusqu'à ce que vous trouviez des fleurs qui sèchent sous votre matelas, ainsi que dans presque tous les livres de la bibliothèque. Et ce ne sont pas des spécimens intéressants ou uniques, mais des centaines de violettes ordinaires.

— Je crains d'être encore sous le charme.

Ce fut au tour du vicomte de laisser échapper un petit rire. Puis son regard se posa sur Cassandra.

— Vous êtes plus complexe qu'on ne s'y attend, je trouve, dit-il doucement.

Cassandra ne savait pas vraiment comment le prendre.

— À quoi les gens s'attendent-ils ?

— Je suis sincèrement désolé, mais vous devez m'excuser. Je vois une personne avec qui je dois m'entretenir, puis je crains de devoir enchaîner avec mon engagement suivant. Peut-être vous verrai-je dans le parc cette semaine, au vu de ce temps agréable.

Il s'inclina et s'éloigna avant que Cassandra ne puisse répondre.

— C'était un peu étrange, remarqua la jeune femme, se tournant vers l'endroit où il était allé.

Il était à présent en pleine conversation avec un gentleman plus âgé.

— La façon dont il est parti si rapidement ? s'enquit Prudence.

— Et son commentaire au sujet de ce à quoi les gens s'attendent en ce qui me concerne, répondit Cassandra, se tournant vers son amie. Qu'est-ce que cela pouvait bien vouloir dire ? Y a-t-il des rumeurs à mon sujet ?

— Pas que je sache.

— Peut-être devrais-tu essayer de le découvrir.

Cassandra fronça les sourcils. Si une rumeur affectait sa réputation, ce pourrait être la raison pour laquelle elle n'avait pas de prétendants. Et dire qu'elle pensait que c'était la faute de son père !

De quoi pourrait-il s'agir ? Elle s'était bien comportée tout au long de la saison, sauf le jour où Fiona et elle s'étaient introduites dans le Phœnix Club. Mais personne n'était au courant. Personne, à l'exception de Mme Renshaw, l'une des dames patronnesses du club, qui les avait aidées à s'échapper sans être vues. Et, bien entendu, Wexford.

Il réapparut dès qu'elle songea à son nom, sa tête brune bien visible au-dessus des autres personnes présentes dans la pièce. Peut-être pourrait-il déterminer s'il existait une rumeur à son sujet.

— Allons parler à Wexford, dit-elle à Prudence, avant de partir dans sa direction.

Comme s'il sentait son approche, il tourna la tête et croisa son regard. Puis il s'avança vers elles, les rattrapant près de la porte.

Il fit une révérence.

— Bonsoir lady Cassandra, mademoiselle Lancaster.

— Bonsoir, lord Wexford. Je suis heureuse de vous croiser ce soir. Nous avons des choses à nous dire.

Il haussa un sourcil.

— Vraiment ?

Cassandra se rapprocha de lui, parlant à voix basse.

— À propos de la visite que vous m'avez rendue l'autre jour.

— Ah, oui ! Ce moment mémorable où votre père n'a cessé de m'insulter.

Il le dit avec un sourire, mais le ton de sa voix trahissait une certaine irritation, ce qui lui fit comprendre qu'il s'était effectivement senti offensé. Et pourquoi ne l'aurait-il pas été ? Le père de la jeune femme l'avait terriblement mal traité.

— Voudriez-vous vous promener ? s'enquit-elle.

— J'ai cru comprendre qu'il y avait d'autres œuvres d'art dans le jardin, puisqu'il fait beau et chaud, ce soir. Allons voir cela, lui proposa Ruark, avant de lui offrir son bras.

Cassandra se tourna vers Prudence.

— Veux-tu venir avec nous ou attendre ici ?

— Je vais descendre avec vous, mais je resterai à l'intérieur.

Enroulant sa main autour de la manche de Wexford, Cassandra ignora la vague de chaleur qui envahit son bras et se propagea dans tout son corps.

— Je vous présente mes excuses pour le comportement de mon père.

— J'apprécie, même si je sais bien que vous n'avez aucun contrôle sur lui. Et soyez assurée que j'ai fait savoir, dans la mesure de mes capacités, que cette visite avait été très agréable et que j'avais trouvé le duc bourru, mais accueillant.

— Vraiment ? Vous devez être un menteur accompli.

Quelque chose brilla dans ses yeux, mais disparut aussi vite qu'il était apparu.

— Je ne pouvais pas vraiment raconter qu'il s'était montré tout sourire, et que notre conversation avait été chaleureuse.

Cassandra éclata de rire, tandis qu'ils quittaient le salon et descendaient l'escalier. Des invités circulaient au rez-de-chaussée, traversant le salon pour se diriger vers les portes ouvertes sur le jardin. Plusieurs personnes se trouvaient également à l'extérieur, contemplant les statues, quelques peintures exposées sur des chevalets, ainsi qu'une série de bibelots disposés sur une table.

— Je n'éprouve pas vraiment le besoin urgent de voir tous ces objets, déclara Cassandra. Pourrions-nous faire le tour du jardin ?

— Certainement, répondit-il.

Il la conduisit vers la droite. Ils contournèrent un groupe de personnes qui observaient une peinture étrange, représentant le visage souriant d'un gentleman devant une coupe de fruits.

— Que diable ! s'exclama-t-il en riant. Je pense que je serais terrifié si ma coupe de fruits ressemblait à cela.

— J'en perdrais sûrement l'appétit ! confirma la jeune femme, qui s'agrippa plus fermement à son bras, attirant ainsi son attention.

Leurs regards se croisèrent un instant, et, alors qu'ils se dirigeaient vers une partie du jardin où il y avait moins de lumière, puisqu'ils étaient plus loin de la maison, elle se rappela qu'elle était dans le noir avec lui, et ce qui pouvait se produire.

Ce fut à ce moment-là qu'elle comprit qu'elle avait espéré que cela se reproduirait. Elle posa sa question sans préambule.

— Y a-t-il des rumeurs à mon sujet ?

Ruark fronça les sourcils.

— Pas à ma connaissance. Vous voulez parler de quelque chose de péjoratif ?

— Je n'en sais rien. Glastonbury a déclaré qu'il y avait en moi plus que ce que l'on pourrait imaginer. Qu'est-ce que les gens s'imaginent ? Y a-t-il des attentes particulières à mon sujet ?

Wexford s'arrêta et se tourna vers elle.

— Je pense que vous réfléchissez trop. Peut-être voulait-il simplement dire que vous êtes plus que ce que l'on voit au premier abord, c'est-à-dire que vous êtes plus que la magnifique fille d'un duc.

Elle était happée par son regard et elle n'aurait voulu être nulle part ailleurs.

— Est-ce ce que vous pensez ?

— Oui.

Cassandra se rapprocha de lui, la main toujours enroulée autour de sa manche. Le parfum de Ruark l'enveloppa : des notes fruitées et épicées, une fragrance séduisante et agréable qu'elle se rappelait avoir senties lorsqu'ils étaient dans le placard du Phœnix Club.

— Vous ne devriez pas me regarder comme ça, affirma-t-il d'une voix grave et rauque.

— Je sais. Nous avons convenu de ne pas parler de ça.

— Nous ne parlons pas de « ça ». Cependant, il est clair que vous pensez à « ça ».

— Pas vous ?

Il grommela un juron.

— Parfois, je me dis que nous devrions simplement nous embrasser à nouveau pour éliminer cela de notre organisme. Peut-être alors pourrions-nous mettre l'incident derrière nous.

Oh, oui ! Cassandra aimait beaucoup cette idée. Son regard glissa au-delà du jeune homme, avant de se poser à nouveau sur lui.

— Il y a un buisson à environ un mètre cinquante derrière vous.

— Cassandra, s'il n'existe pas de rumeurs à votre sujet

pour le moment, seriez-vous en train de vous assurer qu'il y en aura ?

— Je me contente de suivre votre suggestion de nous embrasser. Cela me semble être une idée raisonnable.

— *Raisonnable,* répéta-t-il, agrippant sa taille de sa main libre. C'est de la folie pure !

CHAPITRE 6

De la folie, et pourtant il était là, à envisager de sentir la douceur soyeuse de ses lèvres sous les siennes. Il appuya sa paume plus fermement contre son flanc, son corps prenant le dessus sur son esprit.

Embrasse-la. Une fois. Ensuite, plus jamais.

Bon sang ! Cassandra était si profondément ancrée en lui qu'il allait devoir recourir à la chirurgie pour s'en libérer. Ce n'était rien que le temps et la distance ne pouvaient réparer. Il l'avait déjà fait auparavant.

Relâchant la taille de la jeune femme et retirant son bras de sa prise, il recula d'un pas.

— Oubliez ma suggestion. Ce n'était ni raisonnable ni réel… Ce n'était qu'une plaisanterie.

Elle plissa légèrement les yeux, une lueur sceptique dans le regard. Puis, tout aussi vite, elle enfouit ce qu'elle ressentait derrière un masque placide.

— Bien. Alors, parlons de cette rumeur potentielle. Pourriez-vous vous renseigner, s'il vous plaît, et me tenir informée quand cela vous conviendra le mieux ?

Rien ne lui convenait lorsqu'il était question de Cassandra. Elle était la définition même de l'inconvenance.

— Je ne peux pas vous aider.

Elle lui adressa un regard méfiant.

— Du tout ? J'espérais que vous continueriez à m'inviter à danser de temps en temps. Ou peut-être que je pourrais vous convaincre de me rendre à nouveau visite d'ici une semaine. À moins qu'un prétendant qui n'a pas peur de mon père ne tombe miraculeusement du ciel.

Ruark détestait la décevoir, en particulier quand il n'avait qu'une envie : la serrer dans ses bras, l'embrasser et lui assurer que tout irait bien. Il ne pouvait pas permettre que cela se reproduise. Pas avec elle. Il devait mettre un terme à leur relation avant qu'ils ne deviennent trop liés.

— Je crains de ne pas pouvoir.

Cassandra pinça les lèvres, puis détourna le regard.

— Mon père vous a dissuadé. Je suis sincèrement désolée pour les choses qu'il vous a dites. Je ne peux pas vous reprocher de ne pas vouloir susciter sa colère.

En réalité, c'était bien la dernière chose à laquelle pensait Ruark. En ce qui le concernait, son père pouvait aller au diable. Et pourtant, il était sans doute plus facile, et mieux, qu'elle croie que c'était là son problème. Il ne voulait pas lui avouer qu'il devait rester complètement à distance, avant de faire quelque chose de stupide, comme l'embrasser encore, lui envoyer des poèmes ou tomber amoureux d'elle.

Ils s'étaient mis d'accord pour oublier l'*incident*, et, même s'ils semblaient tous deux échouer de manière assez spectaculaire, cela ne signifiait pas qu'ils devaient revenir sur leur parole.

— Pardonnez-moi, Cassandra, lui dit-il.

Une voix hurla dans son esprit : *lady Cassandra, bon sang* !

— Je sais bien que je vous ai proposé mon aide si vous en aviez besoin, mais je ne devrais pas continuer à vous apporter mon concours dans ce domaine. Peut-être Lucien pourrait-il vous assister ?

Ruark ne lui avait pas parlé depuis qu'il l'avait croisé devant la maison de son père, l'autre jour. Il avait probablement discuté avec sa sœur de la manière d'encourager davantage de prétendants, comme il l'avait promis.

Elle laissa échapper un petit ricanement.

— Il ne l'a pas encore fait. Je suppose qu'il est trop occupé à aider d'autres personnes.

Ruark éprouva une soudaine envie de mettre une raclée à son meilleur ami.

— Je vais m'assurer qu'il soit présent pour vous.

Il lui offrit à nouveau son bras, car il détestait l'idée qu'il était en train de l'abandonner. Cassandra hésita un instant, avant de poser une main légère sur sa manche. Ce n'était pas la même chose qu'avant : elle le touchait à peine.

— Retournons à la maison.

Après l'avoir ramenée à Mlle Lancaster, Ruark quitta la fête aussi vite qu'il le pouvait. Il se rendit aussitôt au Phœnix Club, à la fois pour y chercher le frère de Cassandra, mais aussi pour trouver du réconfort dans son whisky irlandais préféré, entouré de ses amis.

Dès qu'il pénétra dans le vestibule, il expira tandis qu'un sentiment familier de réconfort l'envahissait. Il leva les yeux vers l'immense tableau représentant une bacchanale avec Pan. Ce que personne ne savait, c'était que, lorsque Lucien avait commandé le tableau, il avait demandé à l'artiste, une Flamande au talent exceptionnel, d'y inclure des représentations de lui-même et de certains de ses amis. Le regard de Ruark s'attardait toujours sur les fêtards dans le coin gauche de la scène. On y trouvait non seulement le propriétaire du club, mais également ses trois amis les plus proches, qui étaient non seulement membres fondateurs de l'établissement, mais faisaient également partie de son comité d'adhésion secret.

Ruark se dirigea vers le salon des membres. À peine avait-il franchi le seuil qu'un valet de pied lui présenta un verre de son whisky préféré, ce dont Ruark le remercia chaleureusement. Il en but une gorgée, puis ferma brièvement les yeux pour savourer la douceur fruitée qui se mariait à merveille avec le chêne et l'orge. Cette boisson était incroyablement supérieure à la version écossaise, ce dont il discutait régulièrement avec l'un des autres hommes du tableau.

Il ouvrit les yeux, chercha du regard son ami écossais, Dougal MacNair, mais ne le vit pas. À la place, il trouva Morti. Ruark rejoignit l'homme, qui était assis près de l'âtre, et s'installa dans le fauteuil en face du sien.

— Bonsoir, Morti.

L'homme costaud plissa les yeux vers Ruark.

— J'espérais te voir ici ce soir. Est-ce ton premier whisky ?

Ruark avala une nouvelle gorgée.

— Oui. Pourquoi ?

— Je vais attendre que tu en aies bu un autre, répondit-il, prenant une longue gorgée de sa bière.

— Quand ma langue sera plus déliée, peut-être ? s'esclaffa Ruark. Que veux-tu savoir ?

— Son nom.

Morti l'observait avec une curiosité non dissimulée, défiant Ruark de se dévoiler. Au lieu de cela, Wexford ricana.

— Il n'y a personne.

— Foutaises. Je continuerai à te poser la question jusqu'à ce que tu me répondes.

— Depuis quand es-tu devenu une mère poule ? Cesse de m'interroger, parce qu'elle n'est pas un problème.

— Ce qui veut dire qu'elle existe ?

— Je ne discuterai pas d'elle.

Cela impliquerait qu'il pense à elle, et il allait faire tout son possible pour ne pas le faire. Après avoir trouvé son frère, et fait en sorte qu'elle soit *son* problème.

— Ce dont je *veux bien* discuter, en revanche, c'est du combat primé que Fred organise. J'ai cru comprendre que Glastonbury allait combattre. Pourquoi ne m'a-t-on pas sollicité ?

Haussant les épaules, Morti but une nouvelle gorgée.

— Il faudrait poser la question à mon cousin.

— Je le ferai.

— Es-tu offensé ? Je le serais sans doute, à ta place. Tu es un aussi bon combattant que Glastonbury. Sans doute meilleur, s'il fallait que je parie.

— Eh bien ! Merci !

— Si tu veux, j'en toucherai un mot à Fred. Je suppose que c'est ce que tu veux ? s'enquit-il avec un petit sourire.

— Cela ne me dérangerait pas. Ne voudrais-tu pas que l'un de tes meilleurs élèves prouve à quel point tu es un formateur efficace et compétent ?

Il secoua la tête avec le même sourire narquois.

— Inutile de me flatter, affirma-t-il, avant d'afficher une expression sérieuse. Un combat primé n'est pas la même chose qu'un entraînement. C'est long et épuisant, et cela peut être brutal. Certains hommes ont subi de terribles blessures. Certains n'ont jamais été les mêmes.

— Cela ne devrait pas être si terrible, surtout si je me bats contre Glastonbury. Je suis convaincu que nous ferions tout notre possible pour permettre à l'autre de repartir sans trop souffrir, répliqua Ruark, qui aperçut Lucien du coin de l'œil et se leva. Excuse-moi, Morti. Je dois parler à lord Lucien.

Morti inclina la tête, et Ruark traversa la pièce en direction de l'entrée, afin d'intercepter son ami. Les yeux sombres de Lucien s'illuminèrent.

— Wex, je suis heureux de te voir ! Pourrais-je te dire un mot ?

Il inclina la tête vers la porte, ou, plus probablement, vers la salle de réunion privée qui se trouvait derrière.

— Oui, s'il te plaît.

Ruark le suivit hors du salon des membres, puis ils entrèrent dans le sanctuaire du comité d'adhésion.

Meublée d'une longue table autour de laquelle se réunissaient les membres du comité, la pièce était décorée dans des tons verts soutenus, couleur emblématique du club. Lucien s'installa dans le coin salon près de la cheminée, puis choisit une bouteille dans le bar situé dans le coin, avant de se servir un verre.

— J'ai le regret de t'informer que mon père a expressément interdit à Cassandra de te considérer comme un prétendant.

Ruark répliqua, feignant d'être offusqué.

— Je me sens profondément insulté.

— C'est parce que tu es Irlandais, expliqua Lucien en levant les yeux au ciel.

— N'oublie pas le fait que ma mère est une ancienne catholique. Et que son mari est d'une classe sociale inférieure.

— Oui, il y a cela aussi, confirma Lucien, qui fronça les sourcils devant son brandy, avant d'en boire une gorgée.

Mais Ruark n'avait pas oublié l'irritation qu'il avait éprouvée plus tôt envers son ami.

— Ce n'est pas comme si tu ne m'avais pas déjà interdit de simplement danser avec elle.

— Tu sais pourquoi, répliqua Lucien, qui s'assit dans l'un des fauteuils.

— Tu penses qu'il existe une bonne raison, mais y en a-t-il vraiment une ?

— Voyons voir... il y a eu la fille à Oxford. Puis ta

première maîtresse. Aussi, la femme en Irlande. Et ce ne sont que celles dont j'ai connaissance.

Il n'y en avait pas d'autres, du moins pas qui lui aient fait perdre la tête. Ruark devenait… épris, puis il se détachait, il cessait d'être épris, et il passait à autre chose.

— Ne crois pas que je ne sois pas au courant de cette malédiction des trois ans, poursuivit Lucien. À supposer que ce soient les seules. Il s'agit peut-être d'une malédiction annuelle. Quoi qu'il en soit, j'ai toutes les raisons de me montrer particulièrement vigilant à ton égard en ce qui concerne Cassandra. Je ne te laisserai pas la blesser comme tu l'as fait avec la fille d'Oxford, et sans doute avec celle d'Irlande.

Il avait raison, bien sûr, mais Ruark n'en doutait pas : il s'y attendait depuis l'âge de six ans.

— Tu n'as pas à t'inquiéter pour moi et ta sœur, affirma-t-il, mais il avait envie de lui dire qu'il n'avait *plus* à le faire. J'essayais seulement de l'aider, mais j'en ai terminé.

— Le sait-elle ?

— Oui. Tout comme elle sait que j'avais l'intention de te demander de l'aider. Il semblerait que tu ne lui aies pas parlé l'autre jour, quand nous nous sommes vus devant chez ton père.

Lucien fit tourner son brandy dans son verre.

— Je n'en ai pas eu l'occasion. Je devais voir mon père, et, le temps que nous ayons terminé, elle était partie se promener avec Mlle Lancaster.

— Puis-je me permettre l'audace de te faire une suggestion ? Donne la priorité à ta sœur. Je ne crois pas que tu te rendes compte à quel point elle est seule.

Ruark commençait à peine à l'entrevoir lui-même.

— Elle n'est pas seule. Elle a Mlle Lancaster.

Wexford inclina la tête.

— Depuis combien de temps se connaissent-elles ?

Les lèvres de Lucien formèrent une fine ligne.

— Elle nous avait, Tine et moi, ajouta-t-il d'une voix basse et peu convaincante.

Il but une bonne rasade de brandy.

— Je lui parlerai dès que possible. Je te le promets, affirma-t-il, puis il leva les yeux vers Ruark, l'air surpris. Tu as été un bon ami pour elle. Je m'excuse d'avoir supposé le pire.

Réprimant une grimace, Ruark sirota son whisky. Les choses auraient pu être bien pires que quelques baisers volés.

— J'espère que tu diras à ton père de se mêler de ses affaires et de laisser lady Cassandra choisir elle-même son mari, quand bien même il serait Irlandais, et sa mère une ancienne catholique, poursuivit Ruark, qui éclata de rire quand Lucien tourna la tête vers lui. Je plaisante.

Avec une grimace, son ami se massa le front.

— Je me sens vraiment mal. Je me suis tellement concentré sur les autres, allant même jusqu'à m'immiscer dans le mariage de mon frère, que je n'ai absolument pas remarqué que ma chère sœur avait besoin d'aide, déclara-t-il, avant de se redresser dans son fauteuil. *Bon sang !* Son anniversaire est la semaine prochaine. Je devrais organiser une fête.

Ruark était heureux de constater que Lucien éprouvait du remords.

— Le duc le permettra-t-il ?

— Nous l'organiserons chez Tine. J'inviterai Deane et Fiona.

Deane était à présent comte d'Overton, et l'un des autres amis représentés sur le tableau de la bacchanale. Par habitude, tous l'appelaient encore par son titre de courtoisie, et Deane préférait cela. Il venait tout juste d'épouser Fiona, l'amie la plus proche de Cassandra. Ruark se rendit alors compte que les deux jeunes femmes ne se connaissaient pas depuis longtemps non plus, seulement depuis cette saison, car Fiona n'était arrivée à Londres qu'en février. Qui avaient été les camarades et les confidentes de Cassandra auparavant ?

Ruark n'était pas sûr d'avoir été un ami pour elle, mais il voulait l'être. Ce qui serait sacrément difficile, puisqu'il s'était promis de rester loin d'elle.

Soudain, il fut de retour dans le jardin avec elle ce soir-là, mais, au lieu de retirer sa main de sa taille, il la conduisait derrière l'arbuste qu'elle lui avait montré. Une fois là, il l'attirait contre lui. Elle relevait la tête, plissant les yeux d'une manière provocante et séductrice. Comme s'il avait besoin d'être encouragé. Il l'avait désirée dans l'obscurité totale, alors qu'il ne pouvait pas la voir, qu'il ne pouvait que sentir son parfum de rose et de lavande, et entendre le ton sensuel de sa voix… qu'il aurait dû reconnaître, il s'en rendait compte maintenant. Mais comment aurait-il pu imaginer que la sœur de son meilleur ami se cacherait dans un placard en se faisant passer pour une femme de chambre ?

De retour dans le jardin, dans sa tête, comme elle était une chipie effrontée, elle lui demandait s'il allait l'embrasser. Et, parce qu'il était un séducteur, et qu'elle l'avait complètement captivé, il lui souriait, puis posait sa main sur sa joue, afin de pouvoir passer son pouce sur sa lèvre. « Oui », répondait-il, juste avant de ravir sa bouche.

— Oui, quoi ? s'enquit Lucien, faisant voler en éclats la rêverie qui se jouait dans l'esprit de Ruark.

Bon sang ! Il était à moitié excité, assis ici avec le frère de la femme sur laquelle il fantasmait. Il était pire qu'une bête.

Il avala le reste de son whisky d'une traite.

— Je suis prêt à jouer.

— Je viens avec toi.

Ils se levèrent, et Lucien serra le haut du bras de Ruark.

— Je te remercie pour tes conseils. J'irai voir Cass demain.

Son anniversaire a lieu lundi prochain. Je veux que tu y assistes… Elle voudra que tous ses amis soient présents.

Lucien passa devant lui. Alors que Ruark le suivait, il se demanda s'il serait sage non seulement d'assister à la fête de Cassandra, mais aussi d'entretenir une amitié avec elle. Le problème était qu'il n'avait jamais été particulièrement sage quand il était question de femmes.

~

*L*es tulipes de Wexford étaient toujours aussi belles et éclatantes, trônant bien en évidence sur la table ronde du salon où Cassandra prenait son petit déjeuner. Elle les observait maintenant, distraite de sa lecture, comme elle l'était depuis qu'elle s'était assise une demi-heure plus tôt.

Dans son esprit, Ruark la conduisait derrière les buissons du jardin des Farrowsby, l'autre soir, lors de la réception. Au lieu de se comporter correctement, ils se laissaient emporter par la passion et faisaient ce qu'il avait suggéré : ils s'embrassaient une nouvelle fois, afin de chasser cet incident de leur esprit.

Avant qu'elle ait pu imaginer si leur stratagème avait fonctionné ou savourer le souvenir de ses lèvres sur les siennes, son père entra, la ramenant brusquement au présent.

— Bonjour, ma chère, la salua-t-il d'un ton plutôt aimable. Il fait si beau que nous allons faire un tour dans le parc. Rejoins-moi en bas tout de suite.

Une balade dans le parc semblait une merveilleuse idée, mais, avec son père ? Elle se disait qu'elle pourrait supporter sa compagnie, mais elle espérait seulement qu'il ne ferait rien pour l'embarrasser. Se levant, elle posa son livre sur la table.

— Je vais devoir me changer, et Prudence aussi, mais cela ne sera pas long.

— Oui, faites vite. Nous ne voudrions pas manquer l'heure *fashionable**.

Il tourna les talons et quitta le salon. Cassandra se rendit dans sa chambre et appela sa femme de chambre, au moment où Prudence entrait.

— Ai-je entendu le duc ? s'enquit-elle.

— Oui. Nous allons nous promener dans le parc. Je vais me changer et porter une robe de marche. Vite. Peux-tu faire de même ?

— Tu veux que je vienne ?

— Bien sûr ! Comment pourrais-je m'aventurer sur le champ de bataille sans mon aide de camp ? demanda-t-elle avec un sourire.

— Le parc est-il actuellement le théâtre d'une guerre ? l'interrogea Prudence, une lueur de malice dans le regard.

— Lorsque je dois accompagner mon père, oui. C'est pourquoi nous devons vraiment nous dépêcher.

Moins d'un quart d'heure plus tard, elles rejoignaient le duc au rez-de-chaussée, et ils se mirent rapidement en route vers Hyde Park. Ils devaient y arriver juste avant cinq heures, exactement à l'heure voulue.

— Je pense que je devrais commencer à assister à davantage d'événements avec toi, annonça le duc, tandis que leur véhicule traversait Grosvenor Gate.

Cassandra aurait dû s'y attendre, vu le comportement de sa tante l'autre soir.

— Est-ce parce que tante Christina ne m'a pas accompagnée à la fête ?

— En partie. Cela montre simplement que je devrais m'impliquer davantage. Je ne peux pas attendre de ma sœur qu'elle soit à ton entière disposition.

---

* NdT : heure à laquelle toute la bonne société se retrouve dans les parcs pour se promener et être vue.

Déconcertée et plus qu'irritée, Cassandra le dévisagea. Une marraine n'avait pas vocation à être à la disposition de quelqu'un, et, non seulement Cassandra ne s'attendait pas à cela, mais elle ne l'exigeait pas non plus. Cependant, il était du devoir de Christina d'accompagner sa protégée à des événements.

— S'il te plaît, promets-moi que tu ne regarderas pas qui que ce soit de travers ni n'intimideras d'une quelconque manière les prétendants potentiels.

L'idée d'affronter le duc avait peut-être suffi à dissuader des gentlemen de la courtiser, mais le voir en personne, aux côtés de Cassandra, risquait fort de faire en sorte que personne ne la regarde plus pendant le reste de la saison.

— Je ne regarde pas les gens de travers.

Exaspérée, Cassandra se tourna vers Prudence, assise en face d'eux. Ses traits étaient un masque parfait d'impassibilité. La jeune femme s'efforçait d'imiter sa capacité à rester calme et réservée en toutes circonstances. Malheureusement, le plus souvent, elle échouait.

— Au moins, tu conviens que tu peux être intimidant, lança Cassandra, en retirant délicatement de sa jupe un pétale rose qui venait de s'y poser, apporté par la brise.

— Je ne conviens absolument de rien. Si quelqu'un me trouve intimidant, c'est qu'il n'est pas digne de ta main.

— Lord Wexford n'était pas intimidé, pourtant tu ne le trouves pas à la hauteur.

Elle attisait la colère de son père, mais elle ne pouvait s'en empêcher. Il semblait totalement inconscient de l'effet qu'il produisait sur les gens.

— Quand on parle du loup…, marmonna le duc, dont les yeux dérivèrent sur la gauche.

Cassandra suivit son regard et aperçut aussitôt Wexford, qui se tenait au milieu d'un petit groupe. Les autres auraient pu être des trolls, pour autant qu'elle le sache. Elle ne voyait que Wexford.

Vêtu d'un manteau vert foncé et d'un pantalon à la coupe impeccable, il incarnait une image très séduisante de la virilité.

— Le trouves-tu vraiment si détestable ? demanda la jeune femme à son père.

— Il est insupportable, et pour de multiples raisons.

Elle avait envie d'argumenter, mais, à quoi bon ? Ce n'était pas comme s'il était un véritable prétendant.

— Ah ! *Voilà* un prétendant acceptable.

L'attention du duc se porta sur Glastonbury, qui se tenait juste en bordure du chemin. Le vicomte croisa leur regard, inclinant la tête. Le duc demanda à leur cocher de s'arrêter, et Glastonbury s'approcha d'eux.

— Bonjour, my lord, lady Cassandra, mademoiselle Lancaster. J'espérais vous voir aujourd'hui, ajouta-t-il, adressant cette dernière phrase directement à Cassandra.

— Vous me l'avez dit l'autre soir, à la fête.

Avant de s'en aller rapidement.

— Oui. Quelle chance que le temps soit resté agréable !

— J'ai entendu dire que vous participiez à un combat de boxe ? l'interrogea le père de Cassandra.

Une lueur de surprise passa dans les yeux bleus du vicomte.

— Vous en avez entendu parler ? Je vais combattre pour rendre service au propriétaire de mon club de boxe. Je m'entraîne avec lui depuis des années, et il voulait qu'une « célébrité » se batte.

Le duc s'appuya sur le côté de la calèche, en direction de Glastonbury.

— Êtes-vous bon ?

Glastonbury éclata de rire.

— Comment pourrais-je répondre à cette question sans paraître insupportable ?

Cassandra ignorait que Glastonbury était un boxeur. Elle n'appréciait pas ce sport, car il impliquait généralement des effusions de sang. Et le simple fait d'y penser lui donnait la nausée.

— De manière honnête, si vous le voulez bien, proposa le duc. Je dois savoir comment placer mon pari.

Cassandra faillit rester bouche bée quand elle vit son père esquisser un petit sourire.

— Dans ce cas, je dois admettre que je suis plutôt doué.

Il décocha un clin d'œil à Cassandra, et elle dut à nouveau lutter pour ne pas rester bouche bée. Que le vicomte ait eu le culot de fleureter ainsi devant son père était plus que choquant. Elle attendit que son père fasse une remarque désagréable, mais, au lieu de cela, il rit.

Il *rit.*

— Je vous aime bien, Glastonbury. Un homme qui a confiance en lui est un homme qui se connaît, et qui sait ce qu'il vaut. J'attends avec impatience votre combat. Ne me décevez pas, hein ?

— Je ne ferais jamais une chose pareille.

Cassandra avait le sentiment qu'elle aurait dû dire quelque chose, mais elle en était tout simplement incapable. Le comportement de son père n'était que trop surprenant.

— J'espère que vous prévoyez de rendre bientôt visite à ma fille, lança le duc d'un ton vif. Ne tardez pas trop, sinon vous risquez de laisser passer votre chance. Nous avons des points à discuter.

Il demanda ensuite à leur cocher de poursuivre sa route. Glastonbury adressa une belle révérence à la jeune femme.

— Je vous rendrai bientôt visite, my lady.

Cassandra attendit qu'ils soient hors de portée des oreilles de Glastonbury avant de se tourner vers son père.

— Qu'est-ce que cela veut dire, « des points à discuter » ? Tu donnais l'impression de vouloir négocier des conditions.

— C'est le cas. Je pensais ce que j'ai dit : il ne doit pas tarder. S'il veut se marier avec toi, qu'il le fasse savoir.

— Nous nous connaissons à peine, papa ! Je n'ai même pas encore décidé si je voulais l'épouser.

— Alors, tu ferais bien d'apprendre à le connaître. Tu aurais peut-être dû aller te promener avec lui.

Cassandra tourna la tête pour voir si le vicomte était toujours là, mais il s'était déplacé et discutait maintenant avec une autre jeune lady. *Zut !* Mais avait-elle vraiment envie de s'unir à quelqu'un qui aimait se battre ?

— Je te prie de ne pas t'immiscer autant, déclara-t-elle d'un ton sévère. Tu m'as promis que je pourrais choisir mon propre mari.

Et pourtant, il l'en avait déjà empêchée en disant qu'elle ne pouvait pas épouser Wexford. Et si c'était lui qu'elle choisissait ?

— Jusqu'à présent, tu n'as pas fait beaucoup de progrès. Une seule sortie au parc cet après-midi, et j'ai déjà fait plus avancer ta recherche de mari que tu ne l'as fait tout au long de la saison.

— Tu exagères nettement.

— Tu es renfrognée. Et tu m'as demandé de ne pas regarder les gens de travers.

Il parlait d'un ton léger… joyeux. Il savourait ce moment.

— Si tu veux que ma recherche d'un mari avance, tu devrais m'autoriser à assister à l'assemblée du Phœnix Club vendredi.

Le duc passa une main dans ses cheveux.

— Bah ! Ce ne sera pas nécessaire, car il semblerait que Glastonbury soit presque prêt pour la victoire ! répondit-il, riant *à nouveau*. Tu vois ce que j'ai fait, là ? Un peu d'humour de boxe.

Cassandra le fixa du regard, de plus en plus agitée.

— Je ne veux pas que tu négocies cela pour moi. Je veux un mari qui me montre… de l'affection.

Elle voulait quelqu'un à aimer et qui l'aimerait en retour. Et elle ne savait pas encore si Glastonbury était cet homme.

— Si tu m'imposes une union comme tu l'as fait avec Tine, je m'enfuirai en Écosse. Ou pire… en *Irlande* ! Et, de toute manière, pourquoi es-tu à ce point pressé de me marier ? La saison est encore loin d'être terminée.

Il plissa ses yeux sombres, mais avant qu'il ne puisse parler, Cassandra demanda au cocher de s'arrêter.

— Prudence et moi allons nous promener. Nous te retrouverons près du chemin, à côté de Grosvenor Gate.

Le tigre* sauta de l'arrière du véhicule et ouvrit la portière pour permettre à Cassandra et Prudence de descendre.

— J'ai hâte que tu me parles des prétendants potentiels que tu rencontreras, ma chère.

Le duc ne leur jeta pas un regard lorsque la calèche poursuivit sa route.

— Tu es encore renfrognée, remarqua Prudence d'une voix douce.

Cassandra appuya ses mains sur ses joues, obligeant ses traits à se détendre.

— Il est tellement contrariant !

— Je crois bien ne l'avoir jamais vu rire auparavant.

— Cela ne se produit que rarement.

Cassandra glissa son bras sous celui de Prudence, et elles se dirigèrent vers Grosvenor Gate. Il leur faudrait presque autant de temps pour y revenir à pied qu'il en faudrait à la

---

* NdT : valet en livrée, généralement petit et jeune, installé à l'arrière du véhicule, et qui s'occupait des chevaux en l'absence du cocher ou du propriétaire.

calèche pour revenir après avoir parcouru le *Ring* à un rythme tranquille.

— Il semble vraiment apprécier Glastonbury, fit remarquer Prudence avec bienveillance.

— Oui. Mais Glastonbury m'apprécie-t-il, *moi* ? Il s'est montré superficiel jusqu'à présent.

— Peut-être devrais-tu passer plus de temps avec lui. Il peut être difficile de converser pendant une danse, ajouta-t-elle, et c'était bien vrai. Tu pourrais lui demander d'aller faire une promenade, comme tu l'as fait avec Wexford l'autre jour.

— En réalité, j'ai demandé à Wexford de danser et j'ai proposé que nous fassions une promenade en attendant.

Il l'avait qualifiée d'effrontée, pour avoir agi ainsi. Mais il avait également fleureté avec elle, elle en était certaine. Cassandra regarda autour d'elle, pour voir si elle pouvait le trouver parmi la foule. C'était une très belle journée de printemps, et le parc était plein à craquer. Il lui était impossible de l'apercevoir.

— Cherches-tu Wexford ? lui demanda Prudence.

— Pourquoi me poses-tu cette question ?

— Parce que tu le cherches souvent. Et ne te donne pas la peine de dire que ce n'est pas le cas. Je ne suis pas idiote.

— Je n'ai jamais pensé une telle chose, répondit Cassandra, qui serra le bras de Prudence de sa main libre. Tu es très observatrice. J'oserais même dire que ton remarquable cerveau recèle une multitude d'informations. Tu pourrais sans doute rédiger une chronique à scandales.

Soudain, elle tourna la tête vers Prudence, qui écrivait parfois le soir.

— En fait… le fais-tu ?

Prudence laissa échapper un rire, chose rare chez elle.

— Je ne suis pas certaine de posséder des connaissances particulièrement intéressantes. Si je remarque le comportement des gens, ce que j'en déduis n'est que supposition.

— Et que supposes-tu au sujet de Wexford et moi ?

Cassandra était curieuse de savoir si sa compagne avait bien perçu l'attirance qui existait entre eux.

Prudence hésita avant de répondre.

— Je n'en suis pas certaine. Tu sembles… intéressée par lui, mais je n'arrive pas à dire s'il s'agit d'un penchant romantique.

— Mon frère serait consterné.

Prudence confirma, ironique.

— Tout comme le duc. Peut-être devrais-tu le choisir, juste pour les contrarier.

Ce fut au tour de Cassandra de rire.

— Tu possèdes un merveilleux sens de l'humour, Pru. Merci, car j'avais besoin d'un peu de légèreté.

Elles marchèrent en silence un moment, avant que Prudence ne reprenne la parole.

— J'espère que tu ne me trouveras pas trop directe, mais l'amour est-il la condition la plus importante pour toi dans un mariage ? Je pense que, sur ce sujet, il est important que tu sois honnête, au moins envers toi-même.

Cassandra mit un certain temps à répondre, non pas parce qu'elle ne savait pas, mais parce que Prudence avait touché le cœur du problème.

— C'est ce que je veux. Je veux quelqu'un qui m'aimera inconditionnellement, comme ma mère le faisait.

Sa voix s'adoucit lorsqu'elle prononça ces derniers mots, tandis que les souvenirs de l'attention et de l'affection exceptionnelles de sa mère lui revenaient à l'esprit.

— Je comprends ce que tu ressens, lui dit Prudence d'une voix douce. Ma mère m'aimait de la même façon. Je crains que l'amour d'une mère soit sans égal. Même si nous pouvons faire l'expérience de l'amour des autres, ce ne sera jamais la même chose. Il ne pourra jamais… combler le vide de ce que nous avons perdu.

La gorge de Cassandra se serra.

— Tu comprends vraiment.

Elles évitèrent de parler à qui que ce soit et se rendirent en silence à l'endroit où le père de Cassandra attendait dans sa calèche. Lorsqu'elle y monta et s'assit à nouveau à côté de lui, elle essaya d'imaginer l'homme dont sa mère était tombée amoureuse. C'était difficile, mais elle arrivait à se remémorer le père qui lui avait donné sa toute première leçon de danse, sous le regard ravi de sa mère. Ce souvenir était le plus clair qu'elle avait d'eux trois ensemble, une famille heureuse.

Elle lui sourit.

— J'espère que je trouverai un mari qui nous conviendra à tous les deux, papa.

Il toussa.

— Oui. Bien, j'ai décidé de t'autoriser à assister à cette assemblée vendredi.

Cela lui ressemblait bien d'éviter de prononcer le nom du club « infernal » de Lucien. Un sentiment de joie surgit dans la poitrine de la jeune femme.

— Merci.

— Toutefois, j'ai une réserve.

Évidemment qu'il y en avait une. Elle se prépara à l'entendre.

— Tu dois danser avec Glastonbury et t'assurer qu'il te rendra bientôt visite.

Bon sang ! Le vicomte n'était même pas membre. Elle s'apprêtait à en informer son père, quand son regard croisa celui de Prudence. Celle-ci secoua très légèrement la tête pour lui indiquer de ne rien dire.

Cassandra pinça les lèvres. Elle parlerait à Lucien. Peut-être pourrait-il envoyer une invitation au vicomte avant... le lendemain.

C'était *impossible*.

— Je ferai de mon mieux, répondit-elle, espérant que son

père ne découvrirait pas que Glastonbury n'était pas membre, ou qu'elle était au courant de ce fait.

Et, même s'il l'apprenait, que pourrait-il arriver de pire ?

— Si tu y vas et que tu ne danses pas avec Glastonbury, il n'y aura plus d'assemblées dans cet *endroit*, et tu ne demanderas plus l'autorisation de t'y rendre. De plus, j'assisterai à tous les bals avec toi jusqu'à la fin de la saison, et je veillerai à ce qu'un troupeau de gentlemen se disputent tes faveurs.

Un troupeau ? Devoir endurer les talents d'entremetteur de son père, qui comparait ses prétendants à des oies, suffisait à lui faire peur.

Elle devait parler immédiatement à Lucien.

assandra se rendit dans le salon dès qu'elle apprit l'arrivée de Lucien.

— Oh, bien ! Tu es venu.

Vêtu d'une élégante tenue de soirée, il était manifestement attendu quelque part. Elle, en revanche, passerait la soirée à la maison, ce qui ne la dérangeait pas. Le tourbillon social pouvait être vertigineux.

— Je ne te retiendrai pas longtemps.

— Tout va bien. Ta note était assez inquiétante par sa brièveté.

À son retour du parc plus tôt, elle avait immédiatement envoyé une courte missive à son frère, qui disait simplement : « *Tu dois venir me voir. Maintenant.* »

Elle le regarda, haussant un sourcil.

— Et pourtant, il t'a fallu plus d'une heure pour venir jusqu'ici.

Elle parlait d'un ton ironique, et il le savait.

— J'étais sorti lorsque ton message est arrivé, et je reconnais que je me suis habillé pour me rendre au club. Je me suis dit que j'allais m'arrêter ici en chemin. Et, si tu veux être précise, cela m'a pris *à peine* plus d'une heure.

Comme elle lui avait dit qu'elle serait brève, elle lui fit signe de s'asseoir près de l'âtre, puis elle s'installa face à lui.

— J'ai besoin de ton aide.

À peine les mots avaient-ils franchi ses lèvres qu'il répondit :

— Tout ce que tu veux.

— Tu dis cela, mais tu n'as pas entendu ma requête.

Elle était touchée par sa volonté de l'aider, même sans savoir ce qu'elle voulait. Il se pencha en avant sur son siège, le corps tendu par l'énergie. Ou peut-être était-ce de la nervosité, ce qui était étrange pour lui.

— Peu importe. Je ferai tout ce qui est en mon pouvoir pour que cela se fasse, affirma-t-il, et il soutint son regard, tandis que sa bouche se tordait en une légère grimace. Je dois m'excuser de ne pas avoir été disponible pour toi. Je suis tellement occupé à aider les autres, ou à m'immiscer dans leurs affaires, comme le dit Tine, que je ne remarque pas quand ma propre sœur a besoin de mon soutien. Je suis désolé, Cass.

Elle ne s'était pas attendue à cela, et il lui fallut un moment pour répondre.

— Merci. Pourquoi Tine dit-il que tu t'immisces dans les affaires des autres ?

— Parce que cela m'arrive, de temps en temps. Je crains de… euh… m'être un peu mêlé de son mariage. Pour ma défense, Sabrina et lui avaient grand besoin d'aide. Néanmoins, j'ai dépassé les bornes et je n'aurais pas dû.

— Voilà qui ressemble à une histoire que j'aimerais entendre lorsque tu auras plus de temps. Je ne suis jamais incluse dans les choses intéressantes.

C'étaient là les inconvénients d'être une sœur beaucoup

plus jeune. Lucien avait sept ans de plus qu'elle, et Constantine neuf.

— C'est une histoire que tu devras soutirer à Tine, je le crains, répondit-il avec une moue. J'ai fait assez de dégâts.

Cassandra était plus curieuse que jamais.

— S'il te plaît, dis-moi comment je peux t'aider et je te promets de ne pas dépasser les limites.

— Comme tu le sais, papa insiste pour que je me marie, et il a commencé à s'impliquer dans le processus. Il m'a demandé d'aller au parc avec lui aujourd'hui.

Lucien tressaillit.

— Je te présente mes plus sincères condoléances. Était-ce affreux ?

— Si tu peux passer outre le fait qu'il a dénigré Wexford, pas tout à fait.

— Pourquoi discutiez-vous de Wex ?

— Nous l'avons vu, et papa n'a pas pu s'empêcher de me dire à quel point il lui était *insupportable* de l'envisager comme un potentiel mari pour moi. Il ignore que la visite de Wexford était une mise en scène, mais, même si cela n'avait pas été le cas, je ne peux imaginer que le comte souhaiterait m'épouser après la façon dont notre père s'est comporté.

— J'ai cru comprendre qu'il avait été assez odieux.

— De toutes les manières possibles. C'est tout le contraire avec Glastonbury. En fait, j'oserais même dire qu'il serait capable de nous escorter lui-même jusqu'à Gretna Green.

Il n'aurait que ce qu'il méritait si elle décidait de s'y enfuir avec la personne de son choix. Elle garderait cette idée à l'esprit.

En riant, Lucien s'adossa à son fauteuil, puis il croisa les jambes.

— S'il ne le fait pas, c'est moi qui m'en chargerai. Tu n'as qu'un mot à dire.

— Tu ne peux pas quitter Londres aussi longtemps. Qu'en

serait-il de ton club ? En fait, papa a décidé de m'autoriser à assister à l'assemblée de demain soir.

— Je n'en reviens pas ! s'exclama Lucien, avant de faire claquer sa langue. Comment l'as-tu fait changer d'avis ?

— Il m'a fait promettre que je danserais avec Glastonbury, et d'obtenir son assurance qu'il me rendrait visite prochainement.

Décroisant les jambes, Lucien agrippa les accoudoirs du fauteuil et fronça les sourcils.

— Glastonbury n'est pas membre.

— Je le sais, confirma Cassandra, posant sur lui un regard plein d'attente. C'est pourquoi j'ai besoin d'une faveur.

— *Bon sang !* Cass, c'est impossible. Pas dans un délai aussi court. L'assemblée a lieu demain soir.

— Je suis consciente que c'est une requête délicate, mais il s'agit de ton club. Tu peux certainement lui obtenir une invitation avant.

— S'il s'agit effectivement de mon club, je ne prends pas seul les décisions relatives aux adhésions. Il y a un... processus en place.

— Si c'est ton club, tu peux outrepasser ce processus.

Lucien expira, et ses traits se plissèrent en un profond renfrognement.

— Ce n'est pas si simple. Je ne peux pas entrer dans les détails, je suis désolé.

— Ne vas-tu pas au moins essayer ? Si je ne danse pas avec lui, notre père m'interdit d'assister à d'autres assemblées pour le reste de la saison, et il m'accompagnera à tous les bals, expliqua Cassandra, qui se pencha en avant. Essaie d'imaginer à quoi cela pourrait ressembler !

Lucien se passa une main sur le front.

— J'imagine.

Marmonnant quelque chose d'incompréhensible, il tourna la tête vers les fenêtres, le regard perdu dans le lointain pendant un moment. Il croisa le regard de sa sœur, mais il y avait de la réticence dans ses yeux.

— Je vais essayer.

— Tu ne sembles pas très enthousiaste. Ou optimiste.

— Je ferai de mon mieux, mais c'est une tâche presque impossible. Et si je parlais à notre père, et lui expliquais que Glastonbury n'est pas membre ?

— Alors il dira que je ne peux pas aller à l'assemblée, répliqua Cassandra, qui vit dans les yeux de Lucien qu'il se demandait si ce ne serait pas la meilleure solution. Jusqu'à présent, je n'ai pas rencontré de succès sur le marché du mariage, et les gentlemen du Phœnix Club sont différents de ceux que l'on trouve ailleurs.

Il répondit avec hésitation.

— C'est vrai. Mais il y a des chevauchements. Beaucoup des gentlemen que tu vois dans les bals et les soirées seront également présents à l'assemblée.

— Oui, et peut-être pourrais-tu en profiter pour leur faire comprendre qu'ils n'ont pas à être intimidés par notre père.

Lucien grimaça à nouveau.

— J'aurais dû le faire depuis le début. J'en avais l'intention, et puis… en fait, je n'ai aucune excuse pour avoir été un très mauvais frère cette saison.

Cette saison. Pas depuis des années. Pas depuis la mort de leur mère. Ce n'était pas juste. Il n'était pas un *très mauvais* frère, simplement, il n'était pas très présent. Et il essayait, maintenant, ce qu'elle appréciait.

— Fais-moi savoir si tu ne peux pas inviter Glastonbury. Dans ce cas, je resterai à la maison. De toute façon, ce n'est pas comme si j'allais trouver un mari demain soir.

Probablement. Lucien esquissa un léger sourire.

— Cass ? Espères-tu vraiment trouver un mari, ou bien essaies-tu simplement d'apaiser notre père ?

Les deux.

— Cela a-t-il de l'importance ?

— Cela en a pour moi, répondit-il tranquillement. Es-tu vraiment intéressée par Glastonbury ?

— Je l'aime bien. Mais je ne le connais pas encore assez bien. Il faut que je le fasse avant que notre père ne lui force la main. Ensuite, il sera trop tard pour que je fasse un autre choix.

— Tu veux un mari auquel tu tiens.

Ce n'était pas une question : Lucien cherchait une confirmation. Elle répondit d'un ton ferme.

— Au minimum. Je ne veux pas d'une union arrangée sans que j'aie mon mot à dire. Comme ce qui s'est passé avec Tine.

— Les choses se sont plutôt bien finies pour lui.

— Parce que tu t'en es mêlé, apparemment.

Lucien éclata de rire.

— Il est fort possible qu'ils en soient arrivés là par leurs propres moyens. Au bout d'un moment. Si tu veux que je me mêle de ton mariage, je pourrais sans doute être convaincu.

— J'espère que tu m'accorderas le même soutien qu'à Tine.

Elle avait prononcé ces mots avec plus de dédain qu'elle ne l'aurait voulu. En réalité, elle n'avait pas voulu du tout se montrer dédaigneuse, mais l'envie qu'elle éprouvait depuis longtemps envers ses frères aînés et leur complicité, même lorsqu'ils semblaient en désaccord, semblait être plus forte qu'elle ne le pensait.

— Absolument. Tu as ma parole, lui jura-t-il en se levant. Je devrais m'atteler à la tâche. Et que se passera-t-il si tu décides que Glastonbury ne te convient pas ?

— Craindrais-tu que je n'ajoute à ton club un membre dont tu ne veux pas vraiment ?

— Cela ne m'a pas traversé l'esprit, mais un membre du comité d'adhésion soulèvera certainement ce point.

— Serait-ce Wexford ou Mme Renshaw ? Ne te donne pas

la peine de nier leur présence au sein du comité. Je suis attentive.

En réalité, elle ignorait s'ils faisaient partie du comité, mais cela semblait logique.

— J'ai toujours dit que tu étais trop intelligente pour ton propre bien. Je ne confirmerai rien.

— Tu ne le nies pas non plus.

— Garde cela pour toi, lui intima-t-il, secouant la tête en souriant.

Cassandra se leva, et Lucien lui prit la main, la surprenant par ce geste.

— Je te promets de faire de mon mieux, Cass. Prépare-toi comme si tu y allais demain soir.

— Tu as l'air bien sûr de toi, remarqua-t-elle. Oserais-je espérer ?

— Je pense que c'est déjà ce que tu fais, sans cela, tu ne m'aurais pas convoqué, nota-t-il avec un sourire, puis il lui serra la main avant de la relâcher. Au-delà de cette tâche particulière, tu peux compter sur moi. Si tu ne veux pas te marier cette saison, ne le fais pas. Tine et moi interviendrons auprès de notre père.

— Merci. Cela me touche beaucoup. Maintenant, vas-y et fais ce qu'il faut pour convaincre les gens de te suivre.

— Je suis juste moi-même, Cass.

Il partit en haussant les épaules.

C'était beaucoup d'efforts à fournir simplement pour pouvoir assister à une assemblée, qui ne pouvait pas lui garantir le moindre succès sur le marché du mariage. Mais elle pourrait lui rappeler un certain incident, ainsi qu'une danse, quand elle avait été sauvée de l'attention non désirée d'un homme.

Elle espérait voir Wexford. Et, peut-être, si elle avait beaucoup de chance, pourraient-ils finir dans un placard sombre.

~

Ruark entra dans la bibliothèque des hommes du Phœnix Club. Les invités commençaient à arriver pour l'assemblée, mais ils n'afflueraient sérieusement que dans une heure environ. Il avait largement le temps de prendre d'abord un verre avec ses amis.

Dougal MacNair était assis dans un fauteuil près des fenêtres donnant sur Ryder Street, ses longues jambes étendues devant lui, tout en dégustant un verre de ce qui devait être du whisky écossais. En tant que Highlander, MacNair buvait rarement autre chose.

— Je vais me servir un whisky de qualité supérieure, si jamais tu veux échanger cette piquette que tu es en train de boire, proposa Ruark, magnanime, tout en se dirigeant vers le meuble à alcool près du fauteuil de son ami.

Les yeux noirs de MacNair s'animèrent lorsqu'il se pencha vers le comte.

— Il y a un autre whisky des Highlands, là-dedans ?

Ruark ricana en finissant de se servir, puis il rejoignit MacNair et s'installa dans un fauteuil à proximité.

— Santé ! s'exclama-t-il, avant de boire une gorgée de son délicieux whisky irlandais. Je viens d'apprendre que ma mère et deux de mes sœurs viennent en ville la semaine prochaine.

— Tu n'as pas l'air content.

— Je suppose que je dois grimacer ?

Et pourquoi en aurait-il été autrement ? Sa mère le harcèlerait pour qu'il trouve une épouse, comme elle le faisait à chaque fois qu'elle en avait l'occasion. Elle aimait à lui rappeler que son père était déjà marié depuis six ans à son âge. Ce dernier ne précisait jamais que, apparemment, il l'avait regretté. Pas plus qu'elle ne précisait si leur union avait été heureuse ou malheureuse.

— Ma sœur aînée participera à la saison, apparemment.

Ils viennent tout juste d'en décider. Je voudrais les persuader d'attendre l'année prochaine, mais essayer de faire changer ma mère d'idée, c'est comme tenter de changer la direction du vent.

Dougal sourit.

— Ta mère a l'air charmante. J'ai hâte de la rencontrer, ainsi que tes sœurs.

Ruark comprit soudain l'agitation de Lucien. L'idée que MacNair, ou l'un de ses amis, fasse la cour à l'une de ses sœurs le… perturbait un peu.

Deane entra en souriant, comme il semblait le faire presque constamment depuis qu'il était rentré de sa fugue. Son regard se posa sur Ruark et MacNair, et il s'approcha d'eux.

— Est-ce qu'il est en train de flotter ? demanda Ruark.

— J'en ai bien l'impression, confirma MacNair. S'il n'arrête pas de sourire à un moment donné, son visage va rester figé comme ça.

— C'est ce que me disait toujours ma mère quand j'avais l'air renfrogné. Je suppose que cela fonctionne dans les deux sens.

MacNair l'étudia un instant.

— Je ne t'imagine pas renfrogné. Tu es toujours si jovial !

— Ma mère ne tolérait pas que l'on fronce les sourcils, alors j'ai largement compensé en étant outrageusement aimable.

— Je suis d'accord avec la partie outrageuse.

Le regard de Deane passa de Ruark à MacNair.

— Qu'est-ce qui est outrageux ?

— Ton pur ravissement, répondit MacNair, qui leva son verre pour porter un toast. Santé !

Ruark ricana et porta lui aussi un toast avant de boire.

— Moquez-vous tant que vous voulez, déclara Deane. Lorsque vous vous marierez, vous ressentirez la même chose que moi. Du moins, je l'espère. Je vous recommande vivement de tomber amoureux. Je ne saurais vous décrire à quel point c'est merveilleux.

Son sourire était large et sincère, et Ruark savait exactement ce qu'il ressentait. Ou du moins le croyait-il. D'un autre côté, le but d'attendre jusqu'à l'âge de trente ans pour se marier était de s'assurer qu'il sache ce qu'était l'amour.

— *Si* nous nous marions, précisa MacNair, ses sourcils d'ébène s'arquant brièvement. Enfin, je suppose que Wexford y est obligé, parce qu'il a besoin d'un héritier, et tout ça. Je n'ai aucune obligation de ce genre, puisque mon frère est à présent le comte de Stirling.

S'adossant à son fauteuil, il afficha un sourire satisfait. Il profitait d'une vie faite de voyages fréquents et de loisirs tranquilles.

— Je finirai par le faire, remarqua Ruark, avant de boire une gorgée de whisky.

Il regarda MacNair par-dessus le bord de son verre.

— Peut-être tomberas-tu éperdument amoureux. Qui peut le dire ?

— C'est vrai, et je peux personnellement attester que les plans ne se déroulent pas toujours comme prévu, observa Deane. Sinon, je pourrais bien épouser Jessamine Goodfellow.

MacNair adressa un regard taquin à Ruark.

— Peut-être que le projet de Wexford d'attendre jusqu'à ses trente ans échouera. Y aurait-il une chance que cela se produise ?

— Aucune.

Il ne lui restait plus que trois ans à attendre. MacNair le fixa d'un regard inquisiteur.

— Pourquoi attends-tu ce moment précis ?

Ruark n'avait jamais révélé la promesse qu'il avait faite à son père, ni à Lucien, ni à aucun de ses amis proches. Pas plus qu'aux femmes dont il avait brisé le cœur. Il grimaça intérieurement. C'était mieux de les avoir quittées à ce moment-là plutôt que de les épouser, et de vivre une vie de malheur quand ils auraient inévitablement fini par ne plus s'aimer.

— Je pense qu'il est préférable de savoir ce que l'on veut avant de prendre un tel engagement. Je ne prends pas le mariage à la légère.

— Et, trente ans, c'est l'âge que tu as choisi ? Cela semble plutôt arbitraire.

Ruark haussa les épaules, espérant qu'ils pourraient rapidement changer de sujet.

— Je ne me marierai peut-être même pas à ce moment-là. Il s'agit simplement d'un minimum. Peut-être ne me sentirai-je prêt qu'à trente-cinq ans.

Ou peut-être ne se sentirait-il jamais prêt. Il repoussa cette sombre pensée dans les recoins de son esprit.

Tobias lui lança un regard amusé.

— Et si tu tombais amoureux avant ?

Ruark se força à rire.

— Toutes ces discussions sur l'amour ! Il me faut davantage de whisky.

Il se leva pour aller remplir son verre, même s'il n'était pas tout à fait vide. Alors qu'il regagnait son fauteuil, Lucien se dirigea tout droit vers le meuble à alcool, devant lequel se tenait Ruark, et se servit un whisky irlandais.

Avec un rire sincère, Ruark inclina la tête vers le verre de son ami.

— Tu bois de l'irlandais, tu sais.

— Vraiment ?

Son regard paraissait fatigué, tandis qu'il buvait une longue gorgée, avant de prendre place sur le dernier fauteuil libre de leur coin salon.

— As-tu réussi ? s'enquit MacNair, faisant sans doute

référence à ce qui avait occupé Lucien toute la journée, ainsi que la soirée précédente.

— Oui, heureusement. L'invitation a été remise à Glastonbury il y a une heure.

Tous faisaient partie du comité d'adhésion secret du club, que Lucien avait convoqué tard la veille au soir pour discuter de l'invitation du vicomte Glastonbury. Lorsque Evie Renshaw, l'une des dames patronnesses du côté féminin, et assistante de facto de Lucien dans la gestion du club, lui avait demandé la raison, celui-ci avait hésité. En général, ils invitaient des personnes qui avaient un caractère aimable ou généreux, ou qui étaient souvent exclues de la société ou d'autres clubs, mais qui avaient beaucoup à offrir en termes de gentillesse et de camaraderie. Cependant, dans ce cas précis, Lucien avait déclaré sans détour qu'il invitait Glastonbury dans le but de jouer les entremetteurs pour sa sœur. Il avait ajouté que le vicomte était un homme affable.

Evie avait froncé les sourcils, arguant que ce n'était pas une recommandation assez forte. L'autre femme présente, Ada Treadway, qui s'occupait de la comptabilité du club, avait acquiescé.

Pour pouvoir lancer une invitation, la règle en vigueur exigeait que les membres votent à l'unanimité en faveur de celle-ci. Cela incluait les votes de deux membres qui n'assistaient pas aux réunions, et dont l'identité était confidentielle, même pour les autres membres du comité. Sauf pour Lucien.

Par le passé, le comité se réunissait, votait, et, si tous les présents votaient en faveur de l'invitation du membre potentiel, Lucien présentait la proposition aux deux membres secrets. Jusqu'à présent, ils avaient voté comme le reste du comité presque à chaque fois.

Quand Evie et Ada avaient exprimé leurs doutes, Lucien s'était efforcé de vanter les qualités de Glastonbury, ce qui n'avait fait que révéler qu'il ne connaissait pas suffisamment cet homme. Il avait convenu de se renseigner davantage sur le vicomte, et ils avaient prévu de se revoir ce matin-là. Ensuite, Lucien avait demandé à ses trois amis, qui étaient assis ici maintenant, de l'aider à préparer le dossier pour l'admission de Glastonbury en tant que membre.

Ruark et MacNair s'étaient rendus au Black Boar, dont Glastonbury était également membre, et avaient discuté avec le plus grand nombre de personnes possible. Tout le monde s'accordait à dire qu'il était charmant et plein d'esprit, et qu'il était un excellent boxeur. Mais personne ne pouvait fournir d'informations plus détaillées, comme ce que sa famille pensait de lui, ou comment il traitait les autres au-delà de… son charme et de son esprit.

Deane avait profité de son nouveau poste à la Chambre des lords pour voir ce qu'il pouvait apprendre. Malheureusement, Glastonbury était presque aussi nouveau que lui, car il avait hérité de son siège l'été précédent. Il n'assistait pas aux réunions aussi régulièrement que certains, mais il était meilleur que d'autres. Il ne présidait aucun comité, et il ne semblait pas non plus manifester de passion particulière pour les questions de gouvernance.

Dans l'ensemble, ils n'avaient rien trouvé de négatif à son sujet, mais ils n'avaient rien découvert d'exceptionnel non plus. Cela suffit cependant pour qu'Evie et Ada votent en faveur de son adhésion ce matin-là. Ensuite, Lucien avait dû aller trouver les deux autres membres et les convaincre. L'un d'eux avait donné son accord immédiatement, tandis que l'autre avait résisté, apparemment jusqu'à il y a une heure.

— Après tout ça, j'espère bien qu'il va accepter, remarqua MacNair avec un rictus.

Ruark ne put s'empêcher d'espérer le contraire. Mais c'était totalement égoïste et horrible de sa part. C'était comme s'il voulait avoir Cassandra pour lui. Il allait simplement devoir surmonter sa jalousie.

— Il l'a fait, heureusement, répondit Lucien. Et il prévoit de venir plus tard, pour que ma sœur puisse apaiser mon père et danser avec lui.

— Tous ces efforts pour une danse ! s'exclama Deane, secouant la tête. Crois-tu qu'ils se conviendront ?

— Je ne saurais le dire. Cela dépend entièrement de Cassandra, et, pour l'instant, elle n'a pas encore pris de décision. Elle souhaite mieux le connaître, mais, après avoir passé la journée à essayer d'en savoir plus sur lui, je me demande si *qui que ce soit* le connaît.

Ruark fronça les sourcils.

— Voilà qui ne joue pas en sa faveur.

— Ou bien c'est simplement le genre de personne qui ne laisse pas les gens s'approcher de lui, dit Lucien. Mon frère est un peu comme ça.

— Plus qu'un peu, murmura Deane.

Lucien l'admettait sans problème.

— Tu as raison. Cependant, derrière cette façade impérieuse, Tine possède une profondeur de sentiments et une attention qui le distinguent des autres.

— Alors, nous n'avons plus qu'à espérer que Glastonbury soit d'une nature similaire. Comme tu l'as dit, ce sera de toute façon à ta sœur d'en décider. Nous ne faisons que lui offrir une opportunité.

— Oui, et, à cette fin, si vous pouviez faire tout votre possible pour aider à les rapprocher, je vous en serais reconnaissant. Vous n'en aurez peut-être pas l'occasion, mais, le cas échéant, saisissez-la.

Tout le monde hocha la tête en signe d'assentiment. Tout le monde, sauf Ruark, qui était occupé à boire son whisky.

— Wex ? insista Lucien. Ne vas-tu pas aider ?

— Bien sûr que si.

Ruark espérait que l'occasion ne se présenterait pas. S'il

ne voulait pas lui faire la cour, il ne pouvait pas non plus se résoudre à pousser Cassandra vers un autre homme.

— J'apprécie votre soutien, répondit Lucien, levant son verre. Aux meilleurs amis qu'un homme puisse avoir.

Il reporta ensuite son regard sur les mains vides de Deane.

— Deane, où est ton verre ?

— Il était trop occupé à se languir de sa femme pour s'en servir un, remarqua MacNair.

— Attends !

Deane se leva d'un bond et alla se servir un brandy. Une fois de retour dans son fauteuil, il leva son verre, et tous portèrent un toast à l'amitié.

La conversation se poursuivit autour de Ruark, tandis que son esprit revenait sur leur discussion avant l'arrivée de Lucien. Sur le mariage et l'amour. Le second ne lui était pas étranger, mais il allait continuer à éviter le premier pendant au moins trois années supplémentaires.

Il ne romprait pas la promesse qu'il avait faite à son père. Il ne l'avait pas fait jusqu'à présent, et il ne le ferait pas. Pas même pour Cassandra. Surtout pas pour elle. Il ferait tout son possible pour protéger le cœur de la jeune femme de sa propre perfidie.

CHAPITRE 8

Cassandra arriva à l'assemblée du Phœnix Club avec Prudence et Fiona. L'endroit avait quelque chose d'excitant. C'était certes l'exclusivité, mais également l'intérieur somptueux, avec ses lustres étincelants, ses magnifiques œuvres d'art et sa superbe décoration. Le fait qu'il s'agisse d'un club privé, ouvert aux hommes comme aux femmes, contribuait également à son incroyable attrait. Mais, ce qui séduisait le plus Cassandra, c'était peut-être le temps qu'elle avait passé dans un placard sombre avec le comte de Wexford.

Elle s'était promis de ne pas y penser, et, deux minutes après être entrée dans le club, l'incident avait déjà envahi son esprit.

— C'est vraiment absurde que je sois autorisée à te chaperonner, remarqua Fiona avec un petit rire, alors qu'elles traversaient le vestibule en direction de la salle de bal. La dernière fois que nous sommes venues, nous étions toutes les deux célibataires.

— Les règles de la société sont souvent absurdes, observa Prudence.

Cassandra inclina la tête en signe d'approbation.

— C'est vrai, confirma-t-elle, puis elle se tourna vers Fiona. Je suis ravie d'avoir pu t'accompagner ce soir. J'avoue que j'aurais été malade de jalousie si tu étais venue sans moi. Hélas ! Tu le feras à un moment ou à un autre, car tu es membre, contrairement à moi.

— Peut-être ton père t'autorisera-t-il à venir toutes les semaines ? suggéra Fiona.

Les trois femmes se regardèrent, puis éclatèrent de rire. Elles entrèrent dans la salle de bal, dont la moitié servait de lieu de rencontre, où l'on pouvait déguster des rafraîchissements. C'était dans l'autre moitié, du côté des hommes, que l'on dansait. La musique franchit les portes, restées ouvertes pour relier les deux côtés en un seul grand espace.

Fiona se pencha vers Cassandra.

— Je ne peux m'empêcher de repenser à ce jour où nous étions ici, à faire semblant de nettoyer le sol. Enfin, *tu* faisais semblant. Moi, j'ai un peu nettoyé.

Elle n'essaya pas de faire en sorte que Prudence n'entende pas, car elle était déjà au courant. En fait, c'était même elle qui leur avait parlé de l'uniforme des domestiques, la robe grise avec le tablier vert.

— Vraiment ? demanda Cassandra avec un petit rire. Je crains d'avoir été trop distraite par la splendeur des lieux. Je savais que Lucien n'avait pas lésiné sur les moyens, mais je n'avais pas réalisé à quel point ce serait beau.

La principale raison de leur stratagème avait été de voir l'intérieur.

— Je n'arrive toujours pas à croire que nous nous soyons déguisées en femmes de chambre ! s'exclama Fiona, portant brièvement la main à sa joue. Cela me semble tellement insensé aujourd'hui, et pourtant, si nous ne l'avions pas fait, je n'aurais pas embrassé Tobias dans le jardin. Nous ne serions peut-être même pas mariés.

Et Cassandra n'aurait pas embrassé Wexford. La chaleur lui monta au cou, et elle espéra qu'aucune de ses compagnes ne le remarquerait. Elle ne leur avait jamais dit ce qui s'était passé, à cause de la promesse qu'elle et Wexford s'étaient faite. Elle ne romprait pas leur accord. À moins que ce ne soit pour l'embrasser à nouveau, ce qu'ils avaient aussi, implicitement, convenu de ne pas faire.

De nombreuses fois, elle avait envisagé de révéler son secret à Fiona, en particulier lorsque celle-ci lui avait avoué avoir embrassé Overton… ce qu'elle n'avait pas fait immédiatement non plus. Mais Cassandra avait gardé le silence et elle continuait à le faire. Elle s'en voulait à présent de ne pas le lui avoir dit. Et pourtant, à ce stade, elle doutait de le faire un jour. Quel intérêt ? C'était un souvenir agréable, et rien de plus. Elle devait se concentrer sur Glastonbury.

Serait-il même présent ? Elle n'avait pas eu de nouvelles de Lucien, si ce n'était qu'il y travaillait, ce dont il l'avait informée dans une missive l'après-midi même. Il lui avait également dit de venir à l'assemblée, et qu'il s'occuperait de leur père si nécessaire. Cassandra espérait simplement qu'elle n'aurait pas à supporter la présence du duc à tous les bals jusqu'à la fin de la saison.

Bien sûr, Fiona et Prudence étaient parfaitement au courant du plan Glastonbury, comme Cassandra avait pris l'habitude de l'appeler. Elle scruta la salle de bal, mais ne l'y trouva pas. Pas plus qu'elle ne repéra Wexford. Ou Lucien.

Cependant, elle vit sa belle-sœur, Sabrina, ainsi que Mme Renshaw. Les deux ladies se dirigeaient vers elles.

— Tu es ravissante dans cette robe corail ! remarqua Sabrina.

— Pas aussi splendide que toi. Ce bleu paon est superbe. Cette saison, ta garde-robe est nettement supérieure à celle des autres. Tu en es consciente, n'est-ce pas ?

Sabrina, qui avait du mal à gérer l'attention que lui valait son titre de comtesse, rougit. Elle travaillait à surmonter l'anxiété qu'elle ressentait dans les grandes foules, ce qu'elle n'avait révélé que récemment à Cassandra.

— C'est ce que ne cesse de me répéter Evie.

— Elle m'assure que je me trompe, remarqua cette dernière en souriant. Notre Sabrina est d'une modestie sincère et authentique. Vous êtes également ravissante, lady Overton.

Son regard se posa sur Fiona, qui inclina la tête.

— Merci, madame Renshaw. C'est un plaisir de vous revoir.

— J'espère que ton voyage de noces s'est bien passé, dit Cassandra en souriant.

— Quelle manière élégante de parler de fugue amoureuse !

Lucien arriva en trombe vers elles, rejoignant leur groupe entre Prudence et Sabrina.

— Bonsoir, Cass. Je suis heureux de t'annoncer que Glastonbury a reçu et accepté son invitation.

— Il sera là ?

La jeune femme se sentit soulagée.

— Il a dit qu'il le ferait, confirma Lucien, qui vint se placer près d'elle, avant de poursuivre à voix basse. J'ai un plan pour que Glastonbury et toi dansiez et passiez du temps ensemble ce soir, afin que tu apprennes à mieux le connaître.

— Vraiment ?

— C'est ce que tu veux, n'est-ce pas ?

C'était le cas, mais elle aperçut Wexford du coin de l'œil, et une pointe de déception lui glaça l'échine.

— Merci, Lu. Il semblerait que le plan Glastonbury soit en bonne voie.

Lucien haussa un sourcil en la regardant.

— Le plan Glastonbury ?

— Oui.

— J'espère qu'il trouvera le succès, ma chère sœur. Je t'en prie, n'hésite pas à me faire savoir si je peux t'aider davantage, proposa-t-il, puis il lui fit une bise sur la joue, la surprenant par ce geste affectueux. Je dois me mêler aux invités, mais je reviendrai te voir plus tard, pour voir comment les choses se passent. Je resterai attentif à l'arrivée de Glastonbury.

Il partit, et Sabrina et Mme Renshaw les quittèrent à leur tour. Cassandra jeta un coup d'œil vers Wexford, qui se tenait près des portes ouvertes donnant sur le jardin. Il la regardait également, et un frisson de conscience lui parcourut la nuque.

Vêtu de noir et d'un gilet d'un vert intense, Wexford était d'une élégance irréprochable, tant dans sa tenue que dans son apparence, avec ses cheveux d'un noir d'encre retombant artistiquement sur son front, et un petit sourire mystérieux ourlant ses lèvres, comme s'ils partageaient un moment intime à travers cette salle bondée.

Oh ! Pour l'amour du ciel ! Elle devait cesser de se languir de lui ! Son père ne l'approuvait pas, et Wexford n'avait pas donné la moindre indication qu'il voulait d'elle pour autre chose que des baisers volés.

Mais les baisers volés sont excitants et merveilleux...

Puis il s'approcha d'elles, d'une démarche résolue et prédatrice, comme un chat chassant un oiseau. Cependant, contrairement à l'oiseau, Cassandra n'avait aucune intention de s'envoler vers un lieu sûr. Elle préférait de loin le danger de sa compagnie.

— Bonsoir, mesdames, les salua-t-il, s'inclinant devant elles trois avant de fixer son regard sur Cassandra. Je me demandais si vous aimeriez vous promener, lady Cassandra.

Elle avait du mal à croire qu'il lui posait cette question. Il lui avait clairement signifié qu'il ne prétendrait pas lui faire la cour.

— J'aimerais beaucoup, oui.

Inclinant la tête vers Fiona et Prudence, qui la regardaient toutes deux avec une curiosité non dissimulée, Cassandra posa sa main sur le bras de Wexford. Il la ramena par où il était venu, vers le jardin.

— Faites-vous partie du plan de Lucien visant à me rapprocher de Glastonbury ?

— Euh, oui. Mais je ne crois pas que ce dernier soit déjà arrivé.

— Alors, à quoi dois-je cette promenade ? Vous ne prétendez pas me faire la cour.

— Je vous aide. En vous occupant maintenant, je vous garde disponible pour Glastonbury dès son arrivée. Vous ne serez pas occupée avec quelqu'un d'autre.

— Voilà une explication qui semble peu convaincante.

Il lui lança un regard perplexe, les traits empreints d'innocence.

— Ah oui ? Vous préféreriez que je vous laisse tranquille ? Ainsi, vous pourriez rencontrer d'autres gentlemen.

— C'était mon objectif en venant ce soir, pas seulement pour Glastonbury. Danser avec lui était un ordre de mon père.

— Le vicomte est-il véritablement un prétendant à votre main, ou bien vous conformez-vous simplement aux exigences de votre père ?

— Les deux, je suppose. À vrai dire, je ne connais pas suffisamment bien Glastonbury pour déterminer si nous nous conviendrions. Ce que je peux dire, c'est que je n'aime pas le fait qu'il boxe. C'est tellement… criard.

Wexford les conduisit dans le jardin avec un petit rire.

— Auriez-vous oublié que je pratique également ce sport ? En fait, Glastonbury et moi fréquentons le même club de boxe.

Ils se dirigèrent vers le bassin ovale, où des dizaines de

candélabres disposés tout autour scintillaient dans le reflet de l'eau.

— J'avais oublié, en fait.

— Pourquoi trouvez-vous cela criard ? demanda-t-il, la guidant au-delà du bassin, vers un sentier moins éclairé.

— C'est tellement brutal ! Je n'aime pas regarder les gens se faire du mal pour le plaisir.

— Oui, cela peut être brutal, comme en témoigne mon nez autrefois parfait, soupira-t-il. L'on aurait pu croire que j'arrêterais après cela, mais je crains d'aimer frapper les gens. Pour le plaisir.

Cassandra s'arrêta, l'entraînant à l'écart du chemin. Puis, se tournant vers lui, elle leva les yeux vers son visage et étudia son nez.

— Était-il vraiment parfait avant ?

Ruark éclata de rire.

— Ma mère le disait.

— Les mères ne sont pas dignes de confiance quand il est question de leurs enfants. Elles sont très partiales. Tout le monde le sait.

Sa propre mère disait toujours à Cassandra qu'elle était la plus belle fille au monde.

— Vous avez peut-être raison. Mais mon nez était assurément plus droit.

Elle leva la main et effleura délicatement du bout du doigt l'espace entre ses yeux avant de descendre le long de la légère courbe.

— Alors, cela a ruiné votre visage ? demanda-t-elle doucement, le regard rivé sur le sien.

— C'est ce que j'ai pensé, mais c'est à vous de me le dire ? Suis-je hideux ?

— Pas du tout. Je trouve cette bosse tout à fait charmante.

Elle appuya légèrement son doigt contre sa chair. Leurs bras, car elle tenait toujours sa manche, se trouvaient entre eux, mais, sans cet obstacle, ils se seraient probablement tenus poitrine contre poitrine. Le pouls de la jeune femme s'accéléra, et sa respiration se fit plus courte. Elle laissa son doigt descendre le long de son nez, frôlant presque sa bouche. La tentation de le faire, et bien d'autres choses encore, était presque irrésistible.

Ruark cligna des yeux et recula légèrement.

— Cela m'a fait un mal de chien quand c'est arrivé. J'ai tout de suite su qu'il était cassé. Il y avait tellement de sang !

À la mention du sang, Cassandra se figea. Sa respiration s'interrompit, et un bruit emplit ses oreilles.

— Cela coulait de mon nez, descendait dans ma gorge, j'en avais la nausée, poursuivit-il. Je pouvais à peine respirer !

La nausée… La gorge de Cassandra se referma et sa vision se brouilla. Elle essaya de respirer, mais n'y parvint pas. Puis tout se rétrécit devant elle. Elle ne voyait plus que la bosse sur le nez de Ruark, et elle imagina un flot cramoisi se déversant sur sa bouche et sa chemise.

Le monde bascula sur son axe, puis tout devint noir.

~

Juste avant qu'elle ne s'effondre contre lui, Ruark remarqua sa pâleur maladive, et l'inquiétude le saisit immédiatement. Au mépris des convenances, il la souleva et la porta jusqu'à un banc, où il se pencha pour l'allonger. Heureusement, elle s'agitait déjà dans ses bras.

Il s'assit avec elle, l'installa à côté de lui pour la soutenir. Ruark enroula son bras autour du dos de Cassandra, sa main s'accrochant fermement à son flanc. Ils étaient face au club, et, jusqu'à présent, personne ne semblait avoir remarqué le malaise de la jeune femme. Le banc était stratégiquement placé loin des lanternes, offrant un endroit sombre où un couple pouvait s'asseoir.

— Est-ce que vous allez bien ?

Quelle question absurde ! Bien sûr que non, elle n'allait pas bien !

Elle s'appuya contre lui, la respiration rapide et superficielle. Il s'agrippa à elle, la serrant encore plus étroitement contre lui. De sa main libre, il lui toucha la joue. Elle semblait plutôt frigorifiée, et son teint était toujours pâle, même s'il ne disposait pas d'un éclairage idéal pour l'observer.

— Cassandra, pouvez-vous parler ?

— Je… je crois que oui. Je n'aime pas le s… sang.

Elle frissonna dans son étreinte et il lui caressa le visage avec des gestes apaisants.

— Je suis sincèrement désolé. J'en ignorais tout !

Elle était l'une des personnes les plus fortes et les plus animées qu'il ait jamais connues. Forte ? Parce qu'elle n'avait peur de rien… du moins, elle n'en avait pas l'air. N'y était-elle pas obligée, avec son père et ses frères ?

— Vous ne pouviez pas…, commença-t-elle, mais ses dents se mirent à claquer, tandis qu'elle frissonnait. Vous ne pouviez pas savoir.

— Je devrais vous ramener chez vous.

Il regarda en direction du club, se demandant comment il pourrait l'emmener discrètement, sans qu'ils soient vus. Ou peut-être devrait-il la raccompagner à l'intérieur et la confier à l'un de ses frères, voire aux deux.

Cassandra secoua la tête.

— Je vais bien. J'ai juste besoin d'un instant. De quelques instants, lui dit-elle, puis elle agrippa le revers de sa veste, pour le serrer contre elle. Ne me quittez pas.

— Personne ne pourrait m'éloigner de vous, dit-il doucement, laissant sa main glisser vers son épaule tandis qu'il enfouissait son nez dans ses cheveux, au sommet de sa tête.

— C'est à cause de ma mère, reprit Cassandra d'une voix basse et fluette, ce qui ne lui ressemblait pas. Le sang, je veux dire.

Ruark observa le visage de la jeune femme lorsqu'elle le tourna vers le sien.

— Vous n'avez pas à me raconter quoi que ce soit. Je ne voudrais pas vous incommoder, lui dit-il avant de se renfrogner, en colère contre lui-même et son insensibilité. Plus que je ne l'ai déjà fait.

— Vous ne pouviez pas savoir, insista-t-elle. Personne ne sait.

Sa dernière phrase sortit dans un murmure, tandis qu'elle portait son regard vers le club.

— Quand j'avais sept ans, ma mère était malade. Mes frères étaient partis à l'école, et mon père était toujours occupé. Il rendait visite à maman, mais c'est moi qui restais auprès d'elle. Je lui brossais les cheveux, lui faisais la lecture, la nourrissait quand elle pouvait manger.

Ce n'étaient pas des choses qu'une enfant de sept ans aurait dû faire.

— C'est un fardeau bien lourd à porter pour quelqu'un de si jeune.

— C'est ce que disait ma nourrice, mais je ne me laissais pas dissuader. Personne ne pouvait m'arracher à son chevet, même lorsque le chirurgien venait lui faire des saignées régulières.

Oh, mon Dieu ! Elle avait assisté à cela ?

— Cassandra…

Il ne savait pas ce qu'il voulait lui dire, après cela. Il effleura son front de ses lèvres et la serra contre lui.

— Chaque fois qu'il venait, c'était comme s'il la vidait d'une partie de son esprit, en même temps que de son sang. Ensuite, elle est morte. Depuis, la vue du sang me terrifie… ou même simplement en parler, apparemment.

— Je comprends pourquoi, lui dit-il, tout en lui caressant l'épaule et le haut du bras.

Cassandra posa une main à plat sous la veste de Ruark, sa paume plaquée contre son torse.

— S'il vous plaît, ne le dites à personne. C'est embarrassant.

— Vous n'avez pas à avoir honte. Ce n'est pas rare.

Il songea à un jeune garçon qui était venu au club de boxe pour s'entraîner, mais qui s'était évanoui en voyant un autre combattant saigner. Il n'était jamais revenu. Toutefois, Ruark décida de ne pas lui raconter cette histoire.

— Non ?

— Je connais au moins une autre personne qui réagit de la même manière… un gentleman.

Elle expira, tremblante.

— C'est un peu réconfortant.

— J'aimerais pouvoir dissiper entièrement votre peur.

Quand le regard de Cassandra croisa à nouveau celui de Ruark, elle esquissa un petit sourire.

— Cela me touche. Hélas, cela fait quinze ans que je suis en proie à cette terreur irrationnelle.

Il avait désespérément envie de détendre l'atmosphère pour elle, afin qu'elle puisse vraiment se relaxer et libérer la tension qui crispait son corps.

— Je pourrais vous embrasser pour vous distraire, mais votre frère est à l'intérieur, et qui sait si nous ne serions pas repérés. Ceci, la façon dont nous sommes assis ici, pratiquement enlacés, est déjà suffisamment scandaleuse.

— Tout en vous est scandaleux, murmura-t-elle.

L'atmosphère changea, et, là où régnaient auparavant l'inquiétude et l'appréhension, il y avait désormais de la chaleur et du désir.

— Quand il est question de vous, oui.

— C'est un problème, je pense, affirma-t-elle, relevant le menton, rapprochant sa bouche de celle de Ruark.

Il éprouvait un besoin irrésistible de l'embrasser à nouveau. Ses doigts s'enfoncèrent dans son flanc, tandis qu'il posait son autre main sur son cou. Il fallait qu'elle lui demande d'arrêter. Non, c'était à lui de s'arrêter. De la laisser partir, de l'aider à se relever, de l'emmener à l'intérieur.

Mais ils étaient là, à l'endroit même, à peu de chose près, où ils s'étaient embrassés pour la première fois. Il ne pouvait plus nier l'impression que cet incident lui avait laissée. Il ne pouvait plus ignorer l'attirance qu'il éprouvait pour elle, et qui ne se limitait pas seulement à des baisers. Il appréciait son humour, admirait son esprit et, à cet instant, il éprouvait un besoin désespéré de la protéger.

De la posséder.

Non ! Il ne pouvait pas laisser une telle chose se reproduire. Elle était la sœur de Lucien, Ruark la connaissait depuis des années. Se détacher d'elle, de ses sentiments pour elle, ne serait pas aussi facile que par le passé. *Bon sang !* Cela n'avait jamais été facile.

Mais il n'était pas encore prêt à changer de cap, à poursuivre quoi que ce soit qui pourrait mener au mariage. Ce n'était pas le moment. Quels que soient ses sentiments à l'égard de Cassandra, ou de toutes les femmes de son passé, rien ne pourrait l'obliger à rompre son vœu.

Ruark retira sa main du cou de la jeune femme et relâcha son emprise sur son flanc.

— Vous vous sentez mieux ?

Elle cligna des yeux et retira sa main de son torse. Se redressant, Cassandra s'éloigna de Ruark sur le banc, et il retira le bras qu'il avait passé autour d'elle.

— Oui, merci. Nous devrions retourner à l'intérieur. Nous sommes partis trop longtemps, probablement.

— Pas très longtemps, mais oui, rentrons.

Il se leva, puis lui tendit la main pour l'aider à se relever. Elle lissa les plis de sa robe, qui s'étaient formés lorsqu'elle s'était assise.

— Je vous remercie de vous être occupé de moi dans mon moment de… détresse.

Il laissa échapper un rire sarcastique.

— C'était le moins que je puisse faire, étant donné que j'en suis la cause !

Le sourire qu'elle lui adressa en réponse était malicieux et charmeur, et correspondait parfaitement à la Cassandra qu'il connaissait. Il était heureux de ne pas l'avoir brisée, mais il se doutait qu'il en faudrait *beaucoup* plus pour y parvenir.

— Il est temps de passer au plan Glastonbury, annonça la jeune femme. En quoi consiste exactement votre aide ?

— Je dois simplement veiller à ce que vous ayez l'occasion de danser et de passer du temps avec lui.

— Ce que je ne peux pas faire si je me promène dehors avec vous, remarqua-t-elle en riant, un petit air de reproche dans le regard tandis qu'elle lui donnait une tape sur la poitrine. Je crois que vous m'avez attirée ici pour m'embrasser à nouveau.

Au fond de lui, il savait que c'était vrai, même si son esprit n'en était pas conscient.

— Vous êtes une chipie séduisante, lady Cassandra.

Elle coula un regard vers le club.

— Pas assez séduisante, murmura-t-elle.

Ruark avait envie de lui dire qu'elle était plus qu'assez séduisante, qu'il avait du mal à contenir sa passion, et qu'il mourait d'envie de la prendre dans ses bras pour l'embrasser à en perdre la raison. Entre autres.

— Si vous préférez rentrer chez vous, vous le pouvez.

— Mon père sera en colère si je ne danse pas avec Glastonbury. Et Lucien s'est donné beaucoup de mal pour faire venir le vicomte ce soir, répondit-elle, le regardant avec étonnement. Mais, je suppose que vous savez déjà tout cela, puisque vous appartenez au comité d'adhésion.

Pinçant les lèvres, Ruark ne répondit pas. Au lieu de cela, il se concentra sur Glastonbury.

— Si vous ne souhaitez vraiment pas épouser Glastonbury, vous ne devriez pas vous préoccuper de tout cela.

— Ce n'est pas ça. Je ne le connais pas.

— Vous savez que c'est un boxeur, et, compte tenu de ce que j'ai appris de vous ce soir, je ne suis pas sûr que ce soit un choix avisé.

Il rentrerait probablement ensanglanté à la maison, à un moment ou à un autre, et comment réagirait-elle ?

— Il y renoncera peut-être pour moi. Venez, allons le chercher.

Ruark lui offrit son bras, et, pendant qu'ils retournaient au club, il eut l'impression que ses pieds étaient comme emprisonnés dans la pierre. Les hommes ne renonçaient pas à leurs passions ni ne modifiaient leur comportement pour les femmes. Il le savait par expérience personnelle. L'amour ne l'avait pas incité à modifier ses projets, et il doutait que cela puisse persuader Glastonbury de renoncer à quelque chose qu'il appréciait autant que la boxe. Mais il ne pouvait pas le lui dire. Il devait cesser de croire qu'ils étaient des amis proches, qu'elle se soucierait de ce qu'il pensait. Il était censé prendre ses distances avec elle, *bon sang* !

Ils revinrent dans la salle de bal par là où ils étaient sortis, et il aperçut immédiatement le vicomte de l'autre côté. *Fantastique.* Il se tenait aux côtés des frères de Cassandra, qui allaient se demander où diable elle était passée.

— Il est là-bas, annonça la jeune femme, inclinant la tête dans la direction où Ruark regardait déjà.

— Je le vois. Voulez-vous que je vous accompagne ?

Elle retira sa main de son bras.

— Mieux vaudrait que vous ne le fassiez pas.

Lorsqu'elle leva les yeux vers lui, son regard trahissait une émotion profonde, comme une lueur d'attente. *Peut-être.*

— Merci encore pour vos attentions, et pour votre… amitié. Vous êtes un homme bon, Wexford. Pour un Irlandais.

Elle lui décocha un clin d'œil avant de s'éloigner, et il faillit la retenir. À la place, il prit un verre sur un plateau porté par un valet de pied qui passait par là, sans savoir ce qu'il contenait. Quand il but une gorgée, il comprit qu'il s'agissait d'un vin, du marsala, peut-être.

Son attention était entièrement focalisée sur Cassandra, qui venait de rejoindre sa compagne et lady Overton. Quelques instants plus tard, ses frères et Glastonbury arrivèrent à ses côtés. Ils conversèrent gaiement ; tous les six souriaient ou riaient, même l'éternellement sérieuse Mlle Lancaster.

Puis Glastonbury offrit son bras à Cassandra, et ils s'éloignèrent du groupe. Ruark avala le reste de son vin d'un trait.

— Vous passez une bonne soirée, Wexford ? s'enquit Evie, qui s'était approchée de lui sans qu'il s'en aperçoive.

Surpris, il se tourna vers elle.

— Oui, et vous ?

— Toujours. Je me sens toujours chaleureusement accueillie dans ce club, mais, d'un autre côté, c'était là l'intention de Lucien. J'espère qu'il en est de même pour tous les membres.

Ruark éprouvait une sensation de chaleur, mais c'était un mélange d'agitation et de désir réprimé. Il déposa son verre vide sur le plateau d'un autre valet de pied qui passait, et il prit un autre verre de vin.

— Ah ! Voilà lord Aldington et Lucien.

Résolu à éviter un interrogatoire sur l'endroit où Cassandra et lui avaient disparu, Ruark s'inclina devant Evie. Si vous voulez bien m'excuser.

Puis il se retourna et regagna le jardin, où il avait l'intention d'utiliser la porte secrète pour traverser vers le jardin des hommes et monter à l'étage, dans le salon réservé aux membres. Il pourrait s'y détendre et boire son whisky en paix.

Et il n'aurait pas à regarder Cassandra au bras de l'homme qu'elle allait sûrement épouser.

CHAPITRE 9

Cassandra dégustait son chocolat à la table de son salon, où elle prenait presque toujours son petit déjeuner. Les tulipes de Wexford commençaient à se faner, mais elle refusait de s'en séparer.

Prudence prenait généralement son petit déjeuner avec elle, sauf le samedi matin, comme ce jour-là, où elle restait seule. Comme tous les samedis, elle s'était levée tôt pour vaquer à ses occupations, bien qu'elle soit restée à l'assemblée jusqu'à deux heures du matin.

Cassandra avait eu du mal à trouver le sommeil, car les événements qui s'étaient déroulés dans le jardin avec Wexford tournaient en boucle dans son esprit. Chaque fois qu'elle arrivait au moment où ils avaient failli s'embrasser, une vague de chaleur l'envahissait, accompagnée d'un désir qu'elle n'avait jamais ressenti auparavant. Elle recentrait ses pensées sur le charmant vicomte Glastonbury, mais finissait invariablement par songer à nouveau à Wexford.

Glastonbury, pensa-t-elle fermement.

Après une agréable promenade dans la salle de bal la veille au soir, Cassandra avait valsé avec le vicomte. C'était un merveilleux danseur, et elle se demandait comment quelqu'un qui bougeait avec autant de grâce et de beauté pouvait aussi apprécier une activité aussi violente que la boxe. Mais Wexford était aussi un excellent danseur et un boxeur.

Et c'était ce qu'elle avait fait toute la soirée à l'assemblée : comparer les deux hommes.

Au moins, Glastonbury s'était un peu plus dévoilé. En plus de sa grand-tante Flora et de sa passion pour les fleurs séchées, il avait une autre grand-tante, Minerva, qui était une aquarelliste prolifique. Elle peignait trois choses : l'épagneul de son enfance, nommé Apple, une étendue d'eau sur laquelle flottait un bateau vide, et le feu. La taille, la couleur et la composition variaient. Par exemple, parfois, le bateau se trouvait sur un étang, d'autres fois sur une rivière, et parfois même sur l'océan. L'épagneul pouvait apparaître sur une chaise, dans l'herbe, ou debout sur le toit des écuries. Ils n'avaient pas discuté de la façon dont elle peignait le feu, et Cassandra pensait que c'était peut-être mieux ainsi.

Glastonbury parlait d'elle avec tendresse et humour. Il semblait tenir à sa famille au sens large, même s'il semblait parfois submergé par elle. Cassandra s'était alors interrogée sur la famille de Wexford, car son esprit ne pouvait apparemment pas accepter que Glastonbury soit le seul à l'occuper. En revanche, elle pouvait se concentrer entièrement sur Wexford, par exemple sur la raison pour laquelle il avait décidé de ne pas l'embrasser la nuit précédente, alors que cela avait semblé imminent.

Parce qu'il se comportait comme un gentleman.

C'était pour le mieux, car, lorsqu'elle se rappelait comment elle s'était évanouie à la mention du sang, elle ne pouvait s'empêcher de grimacer. Honnêtement, elle n'était pas surprise qu'il souhaite prendre ses distances avec elle, surtout maintenant qu'elle lui avait parlé de sa mère. Il devait la considérer comme une gamine idiote.

Seulement, il ne lui avait pas donné cette impression. Il s'était montré gentil, prévenant, et sincèrement soucieux de son bien-être.

Elle ne voulait pas regretter de lui avoir confié ce qu'elle avait vécu, même si elle se demandait pourquoi elle lui avait révélé cela alors qu'elle ne l'avait jamais dit à personne d'autre. Ni à son père, ni à ses frères, ni à Fiona ou Prudence, à personne.

Son père entra par la porte ouverte de son salon, bouleversant ses pensées.

— Bonjour, la salua-t-il, d'un ton plutôt agréable. Comment s'est passée l'assemblée hier soir ?

Restant assise, elle leva les yeux vers lui.

— Bonjour, papa. Elle était très agréable. J'ai profité d'une promenade et d'une danse avec lord Glastonbury. Elle ne mentionna pas la valse, car son père désapprouverait sûrement.

Avant qu'il ne puisse poser davantage de questions, elle lui demanda :

— Maman te manque-t-elle ?

Elle retint son souffle tandis que le duc blêmissait légèrement. Il ne parlait jamais d'elle, et Cassandra ne posait jamais, jamais de questions à son sujet. Il finit par répondre d'un ton bourru.

— Oui. Cependant, je préfère ne pas y penser.

Il détourna son regard d'elle, pour le poser sur un point indistinct sur la droite.

Elle voyait bien que c'était douloureux pour lui de penser à sa femme. Cassandra comprenait les avantages de ne pas penser à quelqu'un. Quel intérêt ? Dans le cas de sa mère, cela ne la ramènerait pas, pas plus que cela ne pouvait faire apparaître des gens dans votre vie, comme dans le cas de Wexford, auquel elle ne pouvait s'empêcher de penser malgré tous ses efforts.

Certes, il n'y avait pas vraiment de comparaison possible. Penser à sa mère lui rappelait des souvenirs précieux. C'était tout ce qu'elle avait. Wexford, lui, était bien vivant. Pourtant, le souvenir de ses baisers serait tout ce qu'elle garderait de lui. Et, maintenant, elle pouvait bien admettre qu'elle voulait davantage.

— Glastonbury va-t-il te rendre visite ?

Le moment de gêne était passé, et le duc avait repris des couleurs.

— Oui.

— Quand ?

— La semaine prochaine. Il n'a pas précisé de jour.

Son père se renfrogna, puis il s'éclaircit la gorge.

— Je suppose que c'est suffisant. Hier soir, Philip Trowley m'a abordé chez White. Il aimerait te rendre visite.

Cassandra recula sa chaise de la table et se leva d'un bond.

— Je préférerais qu'il ne le fasse pas.

— Qu'est-ce qui ne va pas avec Trowley ?

Outre son regard dérangeant ?

— Il a des enfants, papa, et je préférerais épouser un homme qui n'en a pas, affirma-t-elle, car elle ne voulait pas être mère tout de suite. De plus, il me met mal à l'aise.

— Je vois. Tu dois être à l'aise avec ton mari. Je comprends que tu sois davantage attirée par le séduisant et charmeur Glastonbury.

— Charmeur ? répéta Cassandra avec un petit rire. Écoute-toi, papa !

— En outre, tu devrais épouser un homme titré, et Trowley ne l'est pas. Si les choses ne progressent pas avec Glastonbury, j'ai pensé à lord Gregory Blakemore.

— N'est-il pas en deuil ?

Son père était décédé environ un mois plus tôt, et il s'était retiré de la société. Cependant, son frère aîné, le nouveau marquis de Witney, avait été vu à plusieurs endroits cette semaine-là. Cassandra et Fiona en avaient discuté la veille au soir, car lord Gregory avait brièvement fait la cour à cette dernière, avant qu'elle ne réalise qu'elle était amoureuse de son tuteur.

— Oui, mais cela ne durera pas éternellement. Je m'attends à ce qu'il soit de retour sur le marché du mariage avant la fin de la saison. Dommage que son frère soit déjà marié, car alors, tu aurais pu devenir marquise.

Cassandra était surprise que son père parle d'un autre homme que Glastonbury.

— Je croyais que tu tenais particulièrement au vicomte. Je suis ravie d'entendre que ce n'est pas le cas.

Le duc haussa les sourcils.

— Cela signifie-t-il que tu as décidé que vous ne vous conveniez pas ?

— Absolument pas.

Seulement qu'elle préférerait s'unir à Wexford. Mais son père ne serait jamais d'accord. Malgré tout, il lui avait accordé de nombreuses faveurs. Si elle était amoureuse de quelqu'un qu'il n'approuvait pas, l'autoriserait-il quand même à l'épouser ?

C'était une question sans importance puisqu'elle n'était amoureuse de personne. Pas même de Wexford. Elle était attirée, captivée par lui. Cela lui passerait. Il fallait simplement qu'elle le chasse de son esprit de manière plus permanente.

Prudence entra à ce moment-là et s'arrêta net.

— Je vous demande pardon. Je reviendrai plus tard.

— Entre, Pru, lui dit Cassandra en lui faisant signe d'avancer. Mon père et moi discutions de l'assemblée, et de la visite que Glastonbury a prévu de me rendre la semaine prochaine.

Le duc tourna les talons vers la porte.

— J'attends cela avec impatience, lança-t-il. En attendant,

fais-moi savoir si tu danses à nouveau avec lui au bal de ce soir.

Adressant un signe de tête aux deux jeunes femmes, il s'en alla. Prudence avait retiré ses gants, et elle dénouait à présent sa coiffe. Elle posa le tout sur une chaise, avant de rejoindre Cassandra à la table.

Se rasseyant, cette dernière versa une tasse de chocolat à sa compagne.

— Mon père m'a informée que Trowley avait demandé à me rendre visite.

Elle s'adossa à son siège avec un frisson et une grimace.

— Voilà qui est regrettable.

— Heureusement, mon père a compris mes réserves. Il a également dit qu'il comprenait pourquoi je préférerais Glastonbury. Il l'a même qualifié de *charmeur.* Tu imagines ? s'exclama Cassandra dans un éclat de rire.

Prudence sourit, avant de boire une gorgée de son chocolat.

— C'est vrai qu'il l'est. As-tu dit au duc que vous aviez valsé ?

— Juste ciel, non ! Il serait scandalisé, même s'il s'agit du gentleman avec lequel il essaie désespérément de me marier, répondit Cassandra, avant de pincer les lèvres. Ou pas. Il a évoqué la possibilité que « les choses ne progressent pas » avec le vicomte aujourd'hui ; apparemment, il semble ouvert à d'autres possibilités. Il a même mentionné lord Gregory Blakemore.

— Mais, il est en deuil !

— Mon père pense qu'il sera bientôt de retour sur le marché du mariage. Je ne peux imaginer une cour avec lui… Il a courtisé ma meilleure amie !

— Oui, ce serait un peu gênant. Mais, tu fleurettes avec le meilleur ami de *ton frère.*

Prudence posa les yeux sur les tulipes, avant de lui lancer un regard interrogateur.

— As-tu une question ?

— Tu as passé un moment dans le jardin avec lui, hier soir. Je t'avoue avoir regardé par la fenêtre à un moment donné, et je ne vous ai pas vus.

Cassandra arqua un sourcil, esquissant un petit sourire amusé.

— Vraiment ?

— En tant que dame de compagnie, il est de mon devoir de veiller à ce que tu respectes les règles de bienséance, expliqua Prudence, les yeux rivés sur sa tasse. Je sais que je n'y parviens pas toujours et je m'en excuse.

— Tu n'as pas besoin de t'excuser. Tu es une excellente compagne, Pru. Je suis restée longtemps dehors hier soir parce que je, euh… je me suis évanouie. Brièvement.

Le regard pâle de Prudence croisa celui de Cassandra.

— Qu'est-il arrivé ? Pourquoi n'as-tu rien dit ? Nous aurions dû aller immédiatement dans la salle de repos. Je suis vraiment une piètre dame de compagnie.

— Pourquoi, parce que tu ne lis pas dans mes pensées ? demanda Cassandra en riant. Je t'en prie, cesse de croire que tu n'es pas merveilleuse. Wexford me parlait de boxe, car Glastonbury est boxeur. Et il a parlé de sang.

Toute trace d'humour disparut, tandis que Cassandra déglutissait pour repousser l'émotion qui montait dans sa gorge.

— Je ne supporte pas la vue du sang, et, apparemment, il suffit d'en faire mention pour déclencher une vague de nausée.

Prudence posa sur elle un regard empreint de chaleur et de compassion.

— Je l'ignorais. C'est horrible ! Que s'est-il passé lorsque tu t'es évanouie ?

— Lord Wexford m'a portée sur un banc... J'étais consciente, à ce moment-là. L'endroit n'était pas bien éclairé, c'est sans doute pour cela que tu ne nous as pas vus. Quand je me suis sentie mieux, nous sommes retournés à l'intérieur.

— Je suis heureuse que tu ne sois pas tombée. Tu aurais pu te blesser.

Cassandra n'imaginait pas que Wexford aurait pu laisser une telle chose arriver. Il s'était comporté comme un héros à tout point de vue. C'était pour cela qu'elle était encore plus obsédée par lui, comprit-elle. À présent, elle pouvait ajouter « héroïque » à la liste déjà longue de ses qualités : charmant, beau, compréhensif, spirituel, attentionné, prévenant, gentil... stop !

— J'allais bien, la rassura Cassandra.

— Quand vous êtes revenus à l'intérieur, tu avais l'air parfaitement normale. Je n'aurais jamais imaginé ce qui s'est passé en te voyant te promener avec Glastonbury ensuite. En fait, tu semblais passer un agréable moment. Crois-tu que vous pourriez vous convenir ?

— Je ne sais toujours pas.

Parce que Wexford prenait trop de place dans son cerveau ! Prudence esquissa une légère grimace.

— S'il entreprend des négociations avec le duc lorsqu'il te rendra visite cette semaine, tu pourrais te retrouver sur une voie qui ne mène qu'à une seule destination.

— Le mariage avec Glastonbury, répondit Cassandra, qui y avait déjà songé. Pourquoi faut-il que tout cela aille si vite ? Ne pourrais-je pas avoir droit à une belle et longue cour ? Il reste encore deux bons mois, voire plus, avant la fin de cette saison.

— Je ne pense pas que ce soit déraisonnable.

— Moi non plus.

Cassandra prit un petit pain dans le panier et en grignota le bord.

La prochaine fois qu'elle verrait Glastonbury, peut-être ce soir-là, elle exprimerait son désir d'une cour prolongée, de manière indirecte, bien sûr. Elle ne voulait pas lui donner l'impression que leur union était inévitable.

Pas quand elle ne cessait d'imaginer une cour avec une autre personne.

~

Fred, le propriétaire du Black Boar, intercepta Ruark alors qu'il sortait du vestiaire.

— J'ai entendu dire que tu voulais participer à mon combat primé.

Il parlait tout bas, la voix grave et rauque. Morti avait dû lui parler. Ruark acquiesça.

— Je suis intéressé.

— Tu peux combattre dans le premier match.

Surpris, Ruark demanda :

— Qui est l'adversaire ?

— Abe Garnham. Ça te va ?

Wexford connaissait bien ce boxeur, mais il ne s'était jamais entraîné avec lui. Un peu plus âgé que Ruark, Garnham avait remporté plusieurs combats impressionnants. Quand la nouvelle se répandrait, à l'approche de la date, il attirerait les foules.

— Cela te rapportera un paquet d'argent, remarqua-t-il.

Fred répondit par un grognement.

— Le gagnant reçoit quatre pour cent des droits d'entrée.

Les paris rapporteraient encore plus d'argent. Mais ce n'était pas ce qui motivait Ruark. Pourquoi le faisait-il, *alors* ?

Il aimait les défis. Ou peut-être était-ce parce que son père avait été boxeur en Irlande.

— Bien sûr, je me battrai pour toi. Qu'est-ce qui a motivé cet événement ?

À la connaissance de Ruark, Fred n'avait jamais rien organisé de tel.

Celui-ci le fixa un moment du regard.

— Le combat a lieu dans moins de quinze jours.

— Tu ne peux pas me donner la date exacte ?

— Je ne peux pas encore laisser sortir cette information ni révéler où le combat aura lieu… Ce ne sera pas à Londres.

Ruark acquiesça : il comprenait.

— J'espère que tu me tiendras informé sitôt que ce sera possible.

— Je crois que je vais te surnommer « La Menace irlandaise », annonça Fred, précédent Ruark dans la salle de boxe.

Ce dernier se dirigea vers l'un des quatre rings, pour aller s'entraîner avec Morti.

— C'est incroyable que Fred et toi soyez cousins.

Fred ne possédait ni le charme ni la chaleur de Morti. Celui-ci s'esclaffa.

— Fred devait garder sept frères et sœurs plus jeunes dans le droit chemin. C'est ce qui l'a rendu grincheux.

— C'est le moins que l'on puisse dire, murmura Ruark. Savais-tu qu'il avait l'intention de m'appeler « La Menace irlandaise » ?

— C'est mon idée, confirma Morti avec un sourire. Heureux que ça te plaise.

Ruark leva les yeux au ciel et se mit à rire.

— Je ferai de mon mieux pour paraître menaçant.

— Bah ! Tu n'y arriverais pas même si un bandit te menaçait avec un couteau.

— Comment le sais-tu ? demanda Ruark, qui ne s'était jamais retrouvé dans une telle situation. Je peux me montrer carrément redoutable si je me sens menacé, ou si une personne qui m'est chère est en danger.

— Ah ! Voilà qui ferait l'affaire. Si l'une de tes ladies était en danger. Qu'en est-il de l'actuelle ?

— Il n'y en a pas, répondit Ruark, qui se rendit au milieu du ring et secoua ses épaules. Allons-nous nous entraîner ou discuter ?

Morti se posta face à Wexford. Ils prirent leurs positions, et l'entraîneur annonça le début du combat. Ruark commença par dominer le ring, touchant Morti avec quelques coups bien placés aux côtes et aux épaules. Ce dernier lui porta également un bon coup à la poitrine.

Pourquoi s'obstinait-il à lui poser des questions au sujet d'une femme ? Parce qu'il y *avait* une femme.

Morti porta un second coup au bras de Ruark, qui le fit reculer d'une volée de poings agressive. Il n'y avait *pas* de femme. Pas vraiment. Depuis la veille au soir, il l'avait chassée de son esprit. *N'est-elle pas dans ton esprit en ce moment ?*

Le coup percuta violemment le flanc de Ruark, le faisant vaciller. Il perdit l'équilibre, et trébucha sur le côté.

Redoublant d'efforts, il s'éclaircit les idées et serra les dents. Se précipitant en avant, il envoya un coup de poing vers la poitrine de Morti, mais l'entraîneur l'esquiva habilement.

Comme si c'était aussi simple.

La voix dans la tête de Ruark était celle de Cassandra. Elle le narguait, le taquinait, tandis que ses lèvres pulpeuses se courbaient en un sourire aguicheur.

Morti le frappa à nouveau, en plein dans le ventre. Ruark grogna, puis tituba en arrière.

— Tu ne peux pas participer au combat primé de Fred si tu es distrait comme ça.

Morti était immobile, le front plissé, la bouche esquissant une moue déçue. Ruark mit ses mains sur ses hanches, la respiration laborieuse. Non, il ne pouvait pas. Apparemment, il n'avait pas chassé Cassandra de son esprit. Mais il le ferait.

Il lui fallait toujours du temps pour se remettre… de choses comme ça.

— Cela va-t-il être un problème ? l'interrogea Morti. Le combat a lieu le dix-huit de ce mois.

Bon sang ! Comment pourrait-il oublier Cassandra, alors qu'il n'était pas capable d'admettre ce qu'il ressentait pour elle ?

Non, il ne ressentait rien. Cela n'arriverait pas. Il ne pouvait pas. Elle était la sœur de Lucien.

C'était là le problème. Il s'était retenu, au lieu de laisser les émotions l'envahir. Il l'avait embrassée, et, depuis, il avait passé chaque instant à la tenir à distance.

— As-tu envisagé de la courtiser ? demanda Morti à voix basse. À moins que tu ne puisses pas l'épouser ?

Il était tombé amoureux de sa première maîtresse à l'âge de vingt et un ans. Même s'il avait voulu se marier, il n'aurait pas pu la prendre pour épouse. Cela ne l'avait pas empêché de se comporter comme un amoureux transi : les avertissements de son père s'étaient révélés tout à fait justes.

Cependant, Cassandra n'était pas une courtisane. Il *pourrait* l'épouser. À deux détails près, capitaux et rédhibitoires : elle était la sœur de son meilleur ami, et son père lui avait interdit de lui faire la cour.

— Non, je ne peux pas, affirma Ruark. J'apprécierais que tu t'abstiennes de parler d'elle ou de me poser des questions à ce sujet. Je fais de mon mieux pour la chasser de mon esprit.

— Mes excuses, lui dit Morti en inclinant la tête. Es-tu certain qu'il n'y a rien à faire ?

Ruark prit une grande inspiration et redressa les épaules.

— Rien. Maintenant, pourrions-nous essayer à nouveau ?

Morti secoua les mains.

— Quand tu veux.

En dépit de tous ses efforts, Ruark n'arriva pas à se

concentrer correctement : ils terminèrent la séance d'entraînement plus tôt. Morti l'encouragea à se retirer du combat primé s'il n'arrivait pas à s'éclaircir les idées dans les prochains jours. À moins qu'il n'ait envie de se faire battre par Garnham.

Ruark quitta le club à grands pas, le ventre noué par la tension. Il ne voulait pas se retirer, mais il ne pensait pas non plus pouvoir chasser Cassandra de son esprit avant le combat.

Il devait simplement trouver un moyen de gérer la situation. Si seulement il ne la désirait pas autant ! La veille, lorsqu'elle lui avait dévoilé ses sentiments, partageant la douleur d'avoir perdu sa mère, il n'avait eu qu'une envie : la serrer dans ses bras et ne plus jamais la lâcher.

Alors qu'il marchait en direction de Mayfair, trop énervé pour héler un fiacre, il maudit sa nature. Pourquoi était-il ainsi ? Apparemment, son père avait su comment il serait. Sinon, pourquoi aurait-il fait jurer à Ruark de rester célibataire jusqu'à l'âge de trente ans ? Parce que son père était comme lui. Il était rapidement tombé amoureux… de la mère de Ruark. Seulement, il l'avait épousée, et il avait paru le regretter par la suite. L'amour était sans doute mort ensuite. Le fait que Ruark ne garde des souvenirs que de leurs chamailleries semblait le confirmer.

Wexford n'avait jamais posé de questions à sa mère à ce sujet. Pourquoi déterrer un passé potentiellement douloureux juste pour confirmer sa supposition ? Pourtant, sa mère serait là d'ici quelques jours, et il *pourrait* lui poser la question. Peut-être pourrait-elle lui expliquer pourquoi il était ainsi. Pourquoi il était si facile pour lui de s'éprendre.

Quand saurait-il qu'il était temps pour lui d'offrir son cœur à la bonne personne ?

CHAPITRE 10

— Je te remercie encore pour le pendentif, papa.

Cassandra toucha la fleur composée de pierres de grenat, suspendue à une chaîne en or étincelante. Il lui avait offert le collier pour célébrer son vingt-deuxième anniversaire. Elle avait choisi de porter une robe ivoire bordée d'écarlate, afin que les accents rouges s'harmonisent avec les grenats.

Il lui adressa l'un de ses rares sourires.

— Je t'en prie, ma chère. Il te va à ravir.

La berline s'arrêta devant la maison de Constantine et Sabrina, et un valet de pied vint ouvrir la portière, puis aider Cassandra à descendre. Le duc la suivit, puis le valet prêta assistance à Prudence.

— J'avoue être surpris que ton frère nous ait invités à dîner, observa le duc.

— Ces derniers temps, il n'est plus le même, répliqua Cassandra. Je ne l'ai jamais vu aussi heureux.

Son père ne répondit rien, tandis qu'ils pénétraient dans le vestibule. Un valet de pied prit son écharpe, tout comme celle de Prudence. À ce moment-là, un éclair de fourrure blanche passa, suivi de près par un autre de couleur grise.

Cassandra sourit.

— Ce doit être le nouveau chaton, que Grayson est en train de poursuivre.

— Satanées nuisances, marmonna le duc.

Lui décochant un regard exaspéré, Cassandra posa une main sur sa hanche.

— Il n'y a aucune différence avec tes chiens à Woodbreak.

— Ce sont des chasseurs, ils gagnent leur pitance.

— Je suis sûr que Grayson et son nouvel ami font de même. Je suppose qu'il n'y a pas de souris dans la cuisine, ou dans l'arrière-cuisine.

Alors que son père grommelait quelque chose d'inaudible, Sabrina entra dans le vestibule avec un sourire éclatant.

— Joyeux anniversaire, Cassandra ! Venez au salon ! Constantine est en train de servir un excellent sherry pour l'occasion.

Ils suivirent Sabrina jusqu'au salon, et, dès que Cassandra franchit le seuil, un chœur de « surprise ! » retentit. Des « joyeux anniversaire » suivirent, ainsi que beaucoup de rires. Cassandra craignait que sa mâchoire tombe par terre : c'était totalement inattendu. Elle posa les yeux sur Sabrina, qui se tenait auprès de son mari. Cassandra n'avait jamais vu son frère arborer un sourire aussi grand et joyeux. Sa gorge se noua. C'était pour elle.

Clignant des yeux, elle passa en revue les autres invités : Lucien, bien sûr, ainsi que Fiona et Overton. Mais aussi Dougal MacNair, l'ami de Lucien, Mme Renshaw, que Cassandra aimait beaucoup, et, à sa grande surprise, et pour son plus grand bonheur, Wexford.

Oh, bon sang ! Wexford.

Elle se tourna vers son père, pour voir s'il l'avait remarqué, mais le duc se tenait les mains jointes dans le dos, de l'autre côté de Prudence. Cassandra se pencha vers sa compagne.

— Étais-tu au courant ?

— Bien sûr. N'est-ce pas charmant ? C'est l'idée de Lucien.

Parfois, Cassandra oubliait que Prudence avait rencontré Lucien des mois plus tôt, et que c'était grâce à lui qu'Overton l'avait embauchée en tant que dame de compagnie de Fiona. Prudence était l'une des nombreuses personnes que son frère avait aidées.

— C'est *vraiment* charmant, murmura la jeune femme, dont les yeux se posèrent sur Wexford, qui la regardait également.

Des papillons s'envolèrent dans son ventre, tandis que son pouls s'emballait. Fiona se précipita pour serrer Cassandra dans ses bras. Quand elle recula, elle observa d'un œil admiratif le pendentif autour de son cou.

— Est-ce nouveau ?

— Oui. Mon père me l'a offert.

Elle jeta un coup d'œil vers lui ; il discutait avec Constantine. Elle remarqua également le regard noir qu'il coula en direction de Wexford.

— Il est magnifique ! la complimenta son amie, observant où se portait le regard de Cassandra. Y a-t-il un problème ?

— Je surveille simplement mon père, pour m'assurer qu'il ne fera rien d'odieux à l'égard de Wexford.

Lucien s'était approché d'elle, et il avait entendu ce qu'elle disait. Après l'avoir étreinte et l'avoir embrassée sur la joue, il reporta lui aussi son attention sur leur père.

— Il se comportera bien. Il n'a jamais eu de problème avec Wex auparavant.

— Non. Seulement depuis qu'il m'a rendu cette fausse visite, répliqua Cassandra, secouant la tête. Jamais je n'aurais dû lui demander de faire une telle chose.

Pour tant de raisons.

— Il oubliera, la rassura Lucien, l'air sûr de lui.

— Peut-être après mon mariage. Quoi qu'il en soit, cela ne devrait pas avoir d'importance. Il s'est montré carrément impoli, et sans la moindre raison. Il n'a aucun droit de juger Wexford ou de le juger indigne.

Un léger froncement de sourcils se dessina sur les traits de Fiona.

— Il sait que Wexford n'a pas l'intention de te faire la cour, n'est-ce pas ?

— Nous le lui avons dit, mais cela ne signifie pas qu'il ne pensera pas ce qu'il veut, répondit Cassandra, agrippant le bras de son frère. Viens, Lu, allons le rassurer.

Pour une raison qu'elle ignorait, elle ne voulait pas qu'il traite mal Wexford. Il ne méritait pas ça. Et puis, c'était tout simplement mal de la part de son père de se comporter ainsi.

Alors qu'ils se rapprochaient du duc, ils s'arrêtèrent pour discuter avec M. MacNair et Mme Renshaw, qui souhaitèrent tous deux un joyeux anniversaire à Cassandra. Sabrina rejoignit le frère et la sœur au moment où ils arrivaient près du duc et de Constantine.

— Joyeux anniversaire, ma sœur.

Constantine lui embrassa la joue, puis lui sourit chaleureusement. Oui, il avait beaucoup changé, et pour le mieux. Il était même difficile d'entrevoir la personne extrêmement réservée qu'il avait été, aussi loin qu'elle se souvienne.

— Papa, je suis venu m'assurer que tu seras gentil avec lord Wexford. Il ne me courtise pas, et il n'a pas l'intention de le faire. Nous sommes simplement amis... une extension de son amitié avec Lucien.

— C'est ce que tu prétends, rétorqua le duc avant de boire une gorgée de son sherry. Mais qui peut dire ce qu'il a prévu ?

Cassandra lutta pour ne pas lui lancer un regard noir.

— Il n'est pas une sorte de méchant qui aurait le projet diabolique de m'enlever pour m'emmener à Gretna Green. Promets-moi de ne pas gâcher mon anniversaire.

— Je vous prie de m'excuser, mais je n'ai pas pu m'empêcher d'entendre mon nom.

Au son de l'accent irlandais de Wexford, Cassandra tourna la tête et constata qu'il était arrivé derrière elle. Une nouvelle fois, son pouls s'accéléra, et son ventre se noua.

Wexford adressa un sourire éclatant à Cassandra, avant de faire une révérence magnifique.

— Puis-je vous souhaiter un très bon anniversaire, lady Cassandra ?

— Merci, my lord.

Elle aurait aimé qu'il lui prenne la main, tout en comprenant les nombreuses raisons pour lesquelles il ne l'avait pas fait.

— Alors, finissons-en avec cette question, déclara le duc, tirant Cassandra de ses rêveries. Cassandra me dit que vous ne souhaitez pas la courtiser. Je présume donc que j'ai réussi à vous dissuader ?

Cassandra inspira brusquement et fixa son père du regard.

En riant, Wexford secoua la tête.

— Pas du tout. Soyez assuré, my lord, que si je voulais faire la cour à Cassandra, je le ferais. Cependant, nous avons décidé, ensemble, que nous ne nous convenions pas. Votre fille est une jeune femme intelligente et sage. Vous devriez lui accorder le crédit qu'elle mérite lorsqu'il est question de choisir des prétendants, et a fortiori un mari.

Lucien fit entendre un petit bruit et détourna la tête. Ses lèvres étaient légèrement relevées, car il essayait manifestement de ne pas rire. Constantine inclina la tête vers Wexford.

— Je n'aurais pas pu mieux dire.

Ce n'était pas suffisant pour Cassandra. Et, comme c'était

son anniversaire, elle se sentait encouragée à demander ce qu'elle désirait.

— Je pense que tu dois des excuses à lord Wexford pour le jour où il m'a rendu visite, papa.

Les yeux sombres du duc brillèrent, et tout le monde se tut. Sabrina s'accrocha au bras de son mari ; Cassandra s'en voulut de la rendre nerveuse. Elle souffrait d'anxiété dans certaines situations, et son beau-père ne faisait rien pour calmer son appréhension. En fait, il en était souvent la cause.

— Je ne crois pas que Wexford ait besoin d'excuses, répliqua le duc, les yeux rivés sur Ruark. Il comprend comment fonctionnent les choses.

Il se tourna ensuite vers Cassandra avec un léger sourire. Un sourire ?

— Maintenant, si vous voulez bien m'excuser, je pense que votre réception sera plus animée si je me retire. Mieux vaut vous laisser vous amuser entre jeunes gens.

Il posa sur Constantine et Sabrina un regard étrange, presque affectueux, tout en terminant son sherry. Tine prit son verre vide. Avant que Cassandra ne trouve quoi dire, le duc se pencha pour l'embrasser sur la joue.

— Joyeux anniversaire, ma chère, lui dit-il, puis il se tourna vers Constantine. Tu la renverras avec Mlle Lancaster dans ta berline ?

— Je peux les déposer, proposa Lucien, une expression perplexe traversant ses traits.

— Parfait.

Il tourna ensuite les talons et quitta les lieux.

Cassandra se tourna aussitôt vers Wexford.

— Je vous prie d'accepter mes excuses à la place des siennes.

— Ce n'est pas nécessaire.

Ses yeux d'un bleu vif plongèrent dans les siens, attisant le désir déjà omniprésent qu'elle éprouvait pour lui. Mais, il y avait plus : ils partageaient quelque chose. Il ne s'agissait pas seulement du lien qu'ils avaient noué lors de l'incident. Il y avait une certaine familiarité. Elle savait à quoi il ressemblait lorsqu'il éprouvait différentes émotions, quelle était son odeur, et les sons qu'il produisait lorsqu'il était amusé, intéressé ou… excité.

— Voudriez-vous nous excuser un instant ? s'enquit Constantine, tendant le verre de sherry de son père à Sabrina.

Celle-ci hocha la tête.

— Bien sûr.

Tine regarda Lucien, qui toucha doucement le bras de Cassandra.

— Joins-toi à nous dans le bureau de Tine.

Surprise, Cassandra les suivit dans la pièce attenante, où son frère referma la porte derrière eux.

— Ignore notre père, déclara Tine, qui contourna son bureau pour prendre une boîte entourée d'un ruban qu'il tendit à Cassandra.

Lucien se plaça face à elle.

— C'est de notre part à tous les deux.

— Oh ! C'est… adorable.

Et inattendu. Elle n'était pas certaine qu'ils lui aient offert de cadeau depuis son… douzième anniversaire ?

Elle dénoua le ruban, le posa sur le bureau de Constantine, puis ouvrit la boîte. Nichée dans un écrin de velours se trouvait une miniature d'elle et de leur mère. Les larmes montèrent aux yeux de Cassandra, et elle dut cligner des paupières, car elle ne voyait plus rien à travers le voile humide.

Lorsque sa vision s'éclaircit, elle prit délicatement le portrait dans la boîte et l'examina attentivement. Elle y figurait de profil, assise à côté de sa mère, qui la regardait avec admiration. Ce qui était remarquable, c'était que Cassandra ressemblait à ce qu'elle était aujourd'hui, une femme adulte. Et sa mère avait la même apparence, mais différente.

— Vous pensez que c'est à cela qu'elle ressemblerait maintenant ? demanda-t-elle d'une petite voix mal assurée, celle d'une enfant qui avait perdu sa mère.

Constantine toussa.

— C'était l'intention, oui.

Il existait quelques peintures représentant Cassandra avec sa mère, juste elles deux. Mais il y en avait plus du double d'elle avec ses fils. Et ses frères avaient tous deux des miniatures d'eux avec leur mère lorsqu'ils avaient atteint l'âge de dix ans. Cassandra n'en avait pas, car, lorsqu'elle avait atteint cet âge, sa mère était déjà décédée.

Lucien se rapprocha.

— Cela ne la ramènera pas, mais nous avons pensé que tu aimerais avoir quelque chose d'elle et de toi. Nous l'avons tous perdue, mais Tine et moi l'avons eue bien plus longtemps.

Cassandra leva les yeux vers ses frères.

— Je ne sais pas quoi dire. Comment avez-vous fait cela ?

— L'artiste qui a signé les immenses peintures ornant les vestibules du Phœnix Club est une créatrice au talent exceptionnel, déclara Lucien. Elle a réalisé une série de portraits de sa propre mère, qu'elle a perdue dans son enfance, représentant son vieillissement. Chaque année, elle en peint un nouveau, la représentant telle qu'elle l'imagine. C'est ce qui m'a donné l'idée.

Cassandra ne parvenait pas à détourner les yeux de la miniature.

— C'est stupéfiant. Merci à vous deux. Vraiment.

Une larme tomba de son œil sur le tableau et elle haleta. Constantine se précipita à ses côtés.

— Tout va bien. Tu ne l'abîmeras pas.

Elle replaça le couvercle sur la boîte.

— C'est le meilleur cadeau que j'aie jamais reçu.

— J'en suis heureux, répondit Constantine en lui touchant le bras. Cela ne peut pas compenser les années pendant lesquelles j'ai été un frère lamentable, mais je te promets de m'améliorer.

— Je sais que la perdre a été difficile pour toi aussi, répondit Cassandra.

Elle se rendait compte qu'il souriait et riait beaucoup plus quand il était enfant. Avant la mort de leur mère. Le sourire qu'il lui adressa en réponse était triste.

— Je me le suis longtemps reproché, et peut-être que je continuerai toujours à le faire. Si je n'avais pas été à l'école, peut-être aurais-je pu empêcher ce qui s'est passé. Ce maudit chirurgien… poursuivit-il, avant de s'interrompre, détournant le regard, et relâchant le bras de sa sœur. Désolé.

— Ça suffit, intervint Lucien. Aucun d'entre nous n'aurait pu y faire quoi que ce soit. Elle était malade, et notre père, en dépit de toutes ses imperfections, a essayé de lui fournir les meilleurs soins.

Cassandra se mit à trembler. Il était impossible d'avoir cette conversation sans penser au chirurgien qui lui faisait les saignées. Et y penser, eh bien… Soudain, elle eut envie de se réfugier dans les bras réconfortants de Wexford. Il comprenait sa peur et pouvait soulager sa douleur.

Heureusement, Constantine changea de sujet.

— Et rien de tout cela n'excuse mon égoïsme et ma distance générale. J'avais érigé un mur si haut que je ne pouvais pas voir par-dessus, et encore moins vous permettre de me voir.

— Sabrina a été si bonne pour toi, remarqua Cassandra.

— L'amour peut tout changer, confirma-t-il d'une voix douce. Si tu le laisses faire.

Il jeta un coup d'œil à Lucien, qui cilla, puis leva les mains.

— Quoi ? s'exclama-t-il, le regard oscillant entre son frère et sa sœur. Je vous aime tous les deux.

Cassandra laissa échapper un petit rire, puis se tourna vers Constantine, qui se contenta de secouer la tête en souriant gentiment. Lucien lança un regard sérieux à sa sœur.

— Nous te promettons d'être de meilleurs frères, et cela inclut de ne pas laisser notre père choisir ton mari.

— Oui, acquiesça Constantine. Si tu voulais épouser Wexford, nous ferions en sorte que tu puisses le faire.

— Euh, non.

Lucien referma brusquement la bouche. C'était comme s'il n'avait pas pu se retenir. Constantine tourna la tête vers Lucien.

— Je ne comprends pas ton objection.

— C'est juste qu'il n'est pas… prêt à se marier. Il a une règle selon laquelle il ne se mariera pas avant d'avoir trente ans.

— Vraiment ?

Cassandra l'ignorait. Quel était l'objectif de cette règle ? Elle avait énormément de questions, et elle réfléchissait déjà à la manière dont elle pourrait obtenir des réponses.

— Oui. Apparemment.

Lucien remua, mal à l'aise, ce qui en disait long, car il semblait presque toujours à l'aise. C'était ennuyeux, en fait.

— Sais-tu pourquoi ? l'interrogea Cassandra.

Lucien haussa une épaule.

— Il estime simplement qu'il ne saura pas ce qu'il désire vraiment avant ce moment-là. Quoi qu'il en soit, il ne te courtise pas. Contrairement à Glastonbury, n'est-ce pas ?

— Je suppose. Modérément, ajouta-t-elle. Il a dit qu'il me rendrait à nouveau visite cette semaine.

— C'est intelligent de la part de Wexford de vouloir

mieux se connaître, affirma Constantine. N'épouse pas quelqu'un parce que tu as le sentiment de devoir le faire.

— Les choses ont bien tourné pour toi, observa Cassandra. Sabrina et toi semblez plutôt heureux, maintenant.

Les yeux noisette de Constantine, si semblables à ceux de leur mère, se plissèrent sur les bords.

— *Maintenant.* Cependant, cela n'a pas été facile. La clé, en fait, c'est d'être honnête au sujet de tes sentiments et de tes attentes. Si vous exprimez clairement vos souhaits et vos attentes, vous vous entendrez beaucoup mieux.

Tout ceci était très bien si vous saviez ce que vous souhaitiez. Cassandra n'était pas sûre que ce soit son cas, en dehors du fait qu'elle voulait à nouveau embrasser Wexford. Alors, peut-être saurait-elle…

Lucien fit un geste vers la porte.

— Nous devrions retourner à la fête.

— Oui, répondit Cassandra, avant de prendre une profonde inspiration. Merci beaucoup pour ce cadeau. Je le chérirai… et vous deux aussi.

Elle serra très fort ses frères dans ses bras, d'abord Constantine, puis Lucien.

— Oh ! Je voudrais encore une chose pour mon anniversaire.

Constantine lui répondit.

— Tout ce que tu veux.

— Je veux jouer à cache-cache après le dîner !

Lucien éclata de rire.

— Est-ce une punition pour toutes les fois où nous avons refusé d'y jouer avec toi, en affirmant que nous étions trop vieux pour ça ?

— Oui ! confirma-t-elle en plissant les yeux. Vous m'êtes redevables.

Constantine laissa échapper un petit rire.

— Elle va nous le rappeler pendant encore très long-temps. Et nous paierons notre dette.

Fantastique. Elle savait désormais exactement comment elle allait pouvoir se retrouver seule avec Wexford, afin de l'interroger au sujet de sa règle des trente ans.

Pourquoi cela t'intéresse-t-il ? Ce n'est pas comme si tu voulais l'épouser.

N'est-ce pas ?

~

Le dîner fut un événement animé et convivial, où chacun discutait avec les autres convives, d'un bout à l'autre de la table. Cassandra avait mal aux joues à force de rire. Le seul point négatif, c'était que Wexford était trop éloigné. Alors qu'elle était assise à la gauche de Constantine, Wexford était à la gauche de Sabrina, qui se trouvait en face de son mari, au bout de la table.

Néanmoins, elle lui avait adressé de nombreux regards furtifs, et elle l'avait surpris en train de faire de même. Après plusieurs verres de vin, elle s'était retirée au salon avec les femmes.

— J'espère qu'ils ne tarderont pas trop, déclara Cassandra en jetant un regard vers la salle à manger, où les hommes étaient restés. Je suis impatiente de commencer notre partie de cache-cache.

Mme Renshaw partageait un petit canapé avec Cassandra.

— J'adore que vous ayez demandé à y jouer ! s'exclama-t-elle, les yeux brillants de joie. Nous avons tous besoin d'un peu de jeunesse.

— Merci, madame Renshaw. Je suis d'accord avec vous.

— Je crois que vous pourriez m'appeler Evie, et que nous pourrions nous tutoyer, dit la femme aux cheveux bruns.

Nous sommes assurément amies, surtout compte tenu de la manière dont nous nous sommes rencontrées.

C'était vrai. Quand Wexford avait laissé Cassandra dans le placard du Phœnix Club, elle avait dû rester dans l'obscurité pendant un certain temps, le temps de retrouver ses esprits. De plus, elle avait eu peur d'être découverte, en plus d'être submergée par l'inquiétude quant à ce qui était arrivé à Fiona.

Lorsqu'elle avait enfin trouvé le courage de sortir, la porte s'était ouverte, à sa grande surprise et à son grand effroi. Mais c'était Mme Renshaw qui avait gentiment, et avec empressement, conduit Cassandra dans son bureau, situé dans la partie du club réservée aux femmes. Là, Cassandra avait retrouvé Fiona qui, comme son amie l'avait découvert plus tard, avait vécu une véritable aventure après avoir bifurqué dans la direction opposée, pour tomber nez à nez avec son tuteur.

— Oui, nous sommes définitivement amies. S'il te plaît, appelle-moi Cassandra. Je te remercie pour l'aide que tu m'as apportée ce jour-là au club. Je crois avoir dit sur le moment que je regrettais notre comportement, mais, vu comment les choses ont tourné pour Fiona, je pense que c'est le destin qui nous a conduites là-bas ce jour-là.

— Peut-être. Je ne suis pas sûre de croire que le destin est aussi gentil, répliqua Evie, le ton cynique. Mais, je me demande si tu penses qu'il a joué un rôle dans ce qui t'est arrivé ce jour-là.

Elle avait parlé si bas que Cassandra dut se pencher légèrement pour l'entendre.

— Je le crois, acquiesça la jeune femme. Sinon, je me serais sûrement fait surprendre.

— N'est-ce pas ce qui est arrivé ? poursuivit Evie sans ciller.

Cassandra n'était pas tout à fait sûre de ce qu'elle voulait dire.

— Par toi, tu veux dire.

— Oui, bien sûr. Mais, j'avoue que je me suis demandé ce qui s'était passé entre le moment où Fiona et toi vous étiez séparées, et celui où je t'ai trouvée.

La réponse de Cassandra vint peut-être un peu trop vite, et d'une voix un peu trop aiguë.

— Rien.

Les gentlemen arrivèrent à ce moment-là, et elle ne put s'empêcher de regarder Wexford tandis qu'il entrait dans le salon, souriant à une remarque de MacNair. Il était si beau qu'elle en avait mal dans la poitrine. Ses doigts la démangeaient de toucher à nouveau la courbe de son nez.

— Rien du tout ? insista Evie, chuchotant presque.

Cassandra jeta un regard à l'autre femme et vit qu'elle regardait également Wexford. Était-elle au courant ? Comment le pourrait-elle ? S'efforçant de rire, Cassandra se passa la main sur le front.

— J'étais seule dans un placard, pétrifiée à l'idée que je pouvais être découverte à tout moment.

Il y eut un long silence pendant lequel Cassandra ressentit une légère chaleur, avant qu'Evie ne dise :

— Si jamais tu as besoin d'aide à nouveau, comme ce fut le cas ce jour-là, j'espère que tu n'hésiteras pas à demander.

Parce que, tout comme Lucien, elle apportait son soutien là où il était nécessaire. Et, pour une raison qu'elle ignorait, elle pensait que Cassandra pouvait être dans ce cas-là.

— Merci, dit-elle, un peu mal à l'aise.

Peut-être Evie était-elle au courant.

— C'est très gentil de ta part.

— Je te promets que tout ce que tu me diras, ou l'aide que tu me demanderas restera strictement entre nous, poursuivit Evie, les yeux rivés sur Cassandra, de sorte qu'elle ne pouvait pas se détourner. Je crois fermement au caractère sacré de l'amitié, particulièrement entre femmes. Nous devons nous serrer les coudes.

— Je suis tout à fait d'accord.

Pour la deuxième fois de la soirée, la gorge de Cassandra se noua sous le coup de l'émotion. Cela faisait des années qu'elle n'avait pas eu d'amies. Les filles qu'elle avait connues dans sa jeunesse avaient toutes fait leur saison, supervisées par leur mère, et elles étaient mariées, tandis que Cassandra avait préféré rester à la maison. En l'absence de sa mère pour la faire entrer dans la bonne société, la perspective lui avait semblé décourageante. La jeune femme s'était sentie envieuse de ces amies, et de leurs saisons parfaites.

À présent, elle avait Fiona, Prudence et Sabrina… et Evie, apparemment.

Cette dernière lui sourit.

— Bien. Je crois qu'il est temps de jouer à cache-cache ! s'exclama-t-elle, une lueur d'impatience dans les yeux.

Cassandra réfléchit à son plan de s'isoler avec Wexford. Quel était l'intérêt ? Elle trouverait bien une occasion de l'interroger au sujet de sa règle, car elle était curieuse. Mais c'était tout ce qu'elle pouvait se permettre. Elle devait se remettre à songer à lui comme à l'ami de son frère.

Peut-être la réponse était-elle devant elle depuis le début. Au lieu de l'embrasser à nouveau, elle devrait embrasser Glastonbury. Oui, cela lui permettrait sans doute d'éradiquer Wexford de son esprit.

Dommage que le vicomte ne soit pas présent.

CHAPITRE 11

Dès que Ruark revint dans le salon, son regard affamé se posa sur Cassandra. Elle était éblouissante ce soir-là, dans une robe ivoire qui épousait parfaitement ses formes. Ses cheveux bruns étaient coiffés avec élégance et raffinement, rehaussés d'un peigne en perles. Plus il les observait, plus il avait envie de détacher chaque mèche et de libérer chaque boucle. Il enfouirait son visage dans leur masse, et les mèches soyeuses le caresseraient.

Bonté divine ! Il ne pouvait pas avoir une érection au beau milieu de sa fête d'anniversaire !

Et il s'était si bien débrouillé pour rester loin d'elle ce soir-là. La seule fois où il lui avait adressé directement la parole, sans compter la conversation désagréable avec son père, c'était lorsqu'elle était revenue dans le salon avec le cadeau de ses frères. Elle avait montré à tout le monde la magnifique miniature.

Ruark avait été surpris par ce cadeau incroyablement attentionné. Il voyait à quel point il comptait pour elle, mais il n'avait pas réussi à exprimer ce qu'il souhaitait, à savoir qu'il espérait que cela apaiserait la douleur dans son cœur. Il valait sans doute mieux qu'il n'y parvienne pas. Ils avaient partagé trop de moments charmants et enflammés, et il ne savait pas combien de temps encore il pourrait tenir sans céder à son désir dévorant.

Lucien se plaça au centre de la pièce.

— À la demande de Cassandra, c'est l'heure de jouer à cache-cache. Puisque c'est son anniversaire, nous devons faire ce qu'elle dit !

La jeune femme éclata de rire et se leva du canapé où elle était assise avec Evie. Faisant une révérence, elle demanda s'il y avait des volontaires pour être le chercheur.

Evie se leva à son tour.

— Je vais le faire. Combien de temps dois-je attendre avant de vous chercher ?

— Je dirais trois minutes à l'horloge, suggéra Constantine, montrant du doigt la cheminée où trônait une petite horloge ouvragée. Veuillez vous limiter au rez-de-chaussée et au premier étage, et vous abstenir de pénétrer dans nos quartiers privés. La porte est fermée.

— Cela vous inclut, lady Aldington et toi, remarqua Lucien, avec un sourire et un clin d'œil.

Ruark ne put retenir un ricanement. C'était surprenant de les voir, Constantine et lui, se comporter de manière si... fraternelle. Et c'était aussi plutôt agréable. Ruark adorait ses sœurs, mais parfois il se disait que ce serait bien d'avoir un frère. Ce qui était sans doute la raison pour laquelle il chérissait ses amitiés avec Lucien, MacNair et Deane.

— Tout le monde est prêt ? demanda Evie.

MacNair intervint.

— Tu dois fermer les yeux. De cette manière, tu ne verras pas dans quelle direction nous partons.

Fiona acquiesça.

— Oui. Et tourne-toi vers l'âtre.

Evie se tourna, puis, une fois dos à tout le monde, elle ferma vraisemblablement les yeux.

— Prêts, maintenant ? les interrogea-t-elle à nouveau, et, quand plusieurs personnes répondirent par l'affirmative, elle poursuivit. Partez !

Ruark envisagea d'aller dans le bureau d'Aldington, mais ce serait sans doute le premier endroit où elle chercherait. Pourtant, personne d'autre n'y était entré… *Bon sang !* Il perdait du temps.

Il se précipita dans la salle à manger et jeta un coup d'œil autour de lui. Le bord d'une jupe bleu pâle était visible sous la table. Il s'approcha, puis murmura :

— Vous devriez vous mettre plus loin sous la table, lady Overton.

La jupe disparut. En souriant, il passa dans l'antichambre, puis se tourna vers le hall d'escalier. Il y avait sans doute davantage d'endroits où se cacher à l'étage.

Rapidement, mais sans bruit, Ruark prit cette direction. Cassandra était en train d'ouvrir une porte ouvragée dans les panneaux de bois sous l'escalier. Il se dépêcha de traverser le tapis qui, heureusement, étouffait le bruit de ses pas, et il la rattrapa avant qu'elle n'entre dans le lieu où elle se rendait.

— Dites-moi où me cacher, murmura-t-il.

Elle sursauta, puis se tourna face à lui.

— Wexford !

Sa voix était basse, à peine audible, mais l'urgence dans ses yeux couleur xérès était indéniable.

— Je suppose que vous connaissez bien la maison de votre frère. Dites-moi où me cacher, s'il vous plaît.

— Je ne peux pas vous aider.

— Où vous cachez-vous ?

Il regarda derrière elle, au-delà de la porte ouverte, dont il n'aurait jamais soupçonné l'existence si elle ne l'avait pas ouverte.

— Il s'agit d'un… placard.

Et, tout à coup, le désir qu'il avait tenté de contenir se mit à rugir en lui.

Un grincement provenant de l'escalier au-dessus d'eux les poussa à lever les yeux. Puis Cassandra entraîna Ruark dans le réduit et referma la porte, les plongeant dans le noir. L'espace était exigu, plus étroit que le placard du Phœnix Club, avec un plafond en pente, qu'il avait aperçu avant que la lumière ne disparaisse, puisqu'ils se trouvaient sous l'escalier.

— Eh bien ! Voilà qui me semble familier.

C'était également la matière dont étaient faits les rêves : il sentait la chaleur de la jeune femme, respirait son parfum enivrant.

— Il y a une autre porte derrière vous, murmura Cassandra. Elle mène au placard des domestiques, attenant à l'escalier de service.

— Vous connaissez très bien la maison de votre frère.

— Tine a emménagé ici quand j'avais douze ans. J'ai tenté de les convaincre, Lucien et lui, de jouer à cache-cache avec moi, mais ils refusaient toujours. En revanche, Haddock et quelques autres domestiques jouaient avec moi. Je connais tous les coins et recoins de cette maison. Tine ou Sabrina devront sans doute indiquer à Evie qu'elle doit regarder ici. Elle ne pourra pas deviner que cet endroit existe.

Bon sang ! Cela en faisait le lieu idéal pour eux. Jusqu'à ce qu'ils soient trouvés.

— Je devrais me cacher dans le placard des domestiques.

Cela pourrait malgré tout paraître suspect… qu'ils se cachent si près l'un de l'autre.

— Oui, je suppose que vous devriez.

Aucun d'eux ne bougea. L'air se déplaça, et Ruark comprit qu'*elle* avait remué. Elle était maintenant juste un peu plus près qu'elle ne l'avait été un instant plus tôt.

— Avant que vous ne partiez, puis-je vous poser une

question ? s'enquit-elle, d'une voix si douce qu'il l'entendit à peine.

— N'importe quoi.

Les mots jaillirent sans qu'il y réfléchisse, mais il les pensait.

— Lucien m'a dit que vous aviez pour règle de ne pas vous marier avant l'âge de trente ans. Est-ce vrai, ou bien est-ce uniquement une histoire que vous racontez à vos amis ?

Il faillit rire, mais se retint. Mais il sourit malgré tout.

— C'est une chose que je pourrais dire aux membres de ma famille, pour qu'ils cessent de me harceler pour que je me marie.

— Ils font vraiment cela ?

— Ma mère, oui, mais j'ai la chance qu'elle ait quatre filles sur qui elle peut reporter son attention, répondit-il, luttant de toutes ses forces pour garder les mains le long de ses flancs, et non les tendre vers Cassandra. Mais, pour répondre à votre question, oui, c'est ma règle.

— Pourquoi ?

Il aurait dû s'attendre à ce qu'elle pose davantage de questions, et répondre comme il le faisait habituellement. Au lieu de cela, il hésita : il n'avait jamais dit la vérité à quiconque.

— Vous allez trouver cela idiot.

— Non. Vous n'avez pas ri de ma réaction au… enfin, vous savez.

Non, il ne s'était pas moqué d'elle. Et il savait qu'elle ne se moquerait pas de lui non plus.

— Cette règle est destinée à m'assurer que j'épouse la bonne personne, expliqua-t-il, se demandant si Cassandra était la bonne personne, et s'il ne l'avait pas simplement rencontrée trop tôt.

Cependant, il avait déjà envisagé cette possibilité auparavant et, jusqu'à présent, il s'était fermement tenu à sa promesse.

— C'est plus que cela, avoua-t-il.

Il voulait partager cela avec elle, comme elle lui avait révélé sa peur. Un cri provenant de la salle à manger précipita Cassandra dans ses bras. Elle s'accrocha à Ruark dans le silence qui s'ensuivit. Il posa ses mains sur le dos de la jeune femme, à la fois avide de la serrer contre lui, mais réticent à encourager ce qu'ils ne devaient pas désirer.

Il baissa la tête pour respirer le parfum de ses cheveux, fermant les yeux pour profiter de ce moment, sachant qu'il serait éphémère. Il le fallait.

Elle s'écarta.

— Désolée. Cela m'a surprise.

— Moi aussi.

Relâchant Ruark, Cassandra expira.

— Vous disiez ?

Il aurait dû entrer dans l'autre placard, s'éloigner d'elle le plus vite possible. Mais il voulait lui raconter cette histoire.

— Mon père est mort quand j'avais six ans. Il est tombé de cheval et s'est cassé la jambe. L'os ne s'est pas remis en place correctement, il a eu une infection. Il savait qu'il n'y survivrait pas, et il a voulu que je lui promette d'attendre d'être assez mûr pour savoir que je me marierais par amour et non par désir. C'était l'erreur qu'il avait commise. Il a épousé ma mère jeune, il avait tout juste vingt et un ans, et il ne voulait pas que je fasse la même chose.

— Il regrettait d'avoir épousé votre mère ?

— Je ne me souviens pas qu'il l'ait dit exactement ainsi, mais c'est l'impression que j'ai aujourd'hui, d'autant plus que le seul souvenir que j'ai d'eux ensemble, c'est qu'ils se disputaient souvent. Il m'a dit qu'il me faudrait du temps et de la sagesse pour me connaître. Je lui ai promis que j'attendrais d'avoir au moins trente ans. Il est mort quelques jours plus tard.

Cassandra resta silencieuse un moment, puis elle posa une main sur le torse de Wexford.

— Cette promesse est très importante pour vous.

Sa respiration se bloqua.

— C'est tout ce qu'il me reste de mon père.

— Je comprends. Complètement, lui dit-elle.

Évidemment qu'elle comprenait.

— Si j'avais fait une promesse à ma mère sur son lit de mort, je m'assurerais de la tenir.

Il leva une main et trouva le visage de Cassandra, caressant du bout des doigts sa tempe, sa joue, puis sa mâchoire.

— Vous êtes une femme singulière, Cassandra.

En dépit de l'obscurité, Ruark imagina qu'ils se regardaient dans les yeux. Il voyait les éclats dorés dans le brun, qui donnaient à ses yeux une teinte chaude, couleur de sherry et de bronze.

— Allez-vous passer dans le placard, à présent ?

— Dans un instant, répondit Wexford, son nez effleurant celui de Cassandra. Je crois qu'il y a quelque chose que je dois faire d'abord…

— Oui, s'il vous plaît.

Elle bougea. Se hissant sur la pointe des pieds, elle posa sa bouche sur la sienne.

C'était *cela* dont il mourait d'envie, ce dont il avait *besoin*. Il enroula ses bras autour d'elle, l'attirant contre sa poitrine. Elle agrippa sa nuque, glissant sa main dans ses cheveux.

Ils s'ajustèrent, de concert, comme s'ils avaient répété cela, et peut-être l'avaient-ils fait dans leur esprit. Leurs têtes s'inclinèrent, leurs langues se rencontrèrent, le baiser s'intensifia et se développa, menaçant de les engloutir entièrement. Il espérait que c'était le cas. Il ne pouvait imaginer un endroit où il aurait préféré être, plutôt que là, noyé dans son étreinte.

Leur baiser était passionné, leurs lèvres et leurs langues se caressant avec frénésie et désespoir. Le désir longtemps enfoui de Wexford se transforma en une explosion de passion intense. Cela faisait longtemps qu'il n'avait pas désiré quelqu'un de cette manière. Si c'était jamais arrivé.

Il s'éloigna, mais continua de l'embrasser, tandis que sa bouche se faisait plus douce contre celle de la jeune femme.

— Cassandra, murmura-t-il. Ce n'est pas approprié.

— Ne t'avise pas de t'arrêter, souffla-t-elle, frôlant sa lèvre de la sienne. Pas encore. Juste une minute. Embrasse-moi, *Ruark*.

Entendre son prénom sur les lèvres de Cassandra le poussa au bord du gouffre. Il pivota, la plaqua contre le mur, et s'appuya contre elle, remontant sa main pour toucher son sein à travers sa robe. Haletant dans sa bouche, elle se cambra en avant, avide de son contact.

Il déposa des baisers le long de sa mâchoire et dans son cou, savourant le satin délicieux de sa peau. Elle lui saisit la tête, ses doigts s'enfonçant dans son cuir chevelu. Sa respiration superficielle envahissait ses sens, le rendant fou de désir.

Il arracha sa bouche de la chair de la jeune femme, avant de la marquer, et que tout le monde puisse le voir. Il fit remonter sa main sur sa poitrine, appuya sur sa peau nue, et le bout de ses doigts effleura son omoplate et son cou. La tentation de glisser sa main sous ses vêtements, s'il le pouvait, ou de relever sa jupe, était presque irrésistible. Il s'était mué en une sorte de sauvage.

Cassandra tira sur la tête de Ruark.

— Ne t'arrête pas. Un dernier baiser. S'il te plaît... touche-moi. Je t'en prie.

Il empoigna sa hanche et se frotta contre elle, son sexe cherchant désespérément un soulagement qu'il n'obtiendrait pas. Pas ici. Pas maintenant.

Pas avec elle.

Ce serait peut-être tout ce qu'ils auraient jamais. Il revendiqua sa bouche, ses dents tirant sur sa lèvre avant que sa langue ne plonge en elle. Elle s'agrippait à lui avec autant de force qu'il l'étreignait, comme si une tempête faisait rage autour d'eux et qu'ils étaient les seuls à pouvoir empêcher l'autre d'être emporté.

Soudain, la tempête devint réalité, et ils furent trempés par une pluie glaciale lorsque la porte derrière Ruark s'ouvrit. Il recula brusquement, se plaquant contre ce qu'il réalisait maintenant être la porte du placard par laquelle il aurait dû passer quelques minutes plus tôt.

La lumière pénétra dans le placard, plongeant dans l'ombre le visage de la personne qui avait ouvert la porte. Pourtant, il n'y avait aucun doute : il s'agissait d'Evie.

Et lady Aldington se tenait derrière elle.

Le cœur battant à tout rompre à cause de cette expérience érotique, et du choc d'avoir été découvert, Ruark lutta pour reprendre son souffle. Il jeta un regard vers Cassandra, et, même s'ils se trouvaient toujours dans le placard sombre, elle semblait pâle et incertaine. Cependant, elle ne semblait pas effrayée, et son admiration pour elle grandit. Ce qui était absurde, car toute jeune femme célibataire rationnelle serait effrayée à l'idée d'être trouvée dans une position compromettante.

— Sortez vite, murmura Evie. Je dirai que j'ai trouvé Wexford ailleurs.

Cassandra intervint, la voix rauque.

— Dans le placard des domestiques, précisa-t-elle, puis elle toussa. Il se tient devant la porte.

— Entrez là-dedans, lui ordonna Evie avec un signe de tête.

Ruark n'eut pas besoin qu'elle le lui demande deux fois. Il se retourna, puis se glissa dans le placard des domestiques, où il laissa retomber sa tête entre ses mains, gémissant intérieurement. Quel désastre !

Un instant plus tard, l'autre porte du placard s'ouvrit, et Evie entra.

— Je viens juste de vous trouver. Plus tard, je trouverai Cassandra. Elle avait besoin de temps pour… se calmer.

— Que comptes-tu faire ? demanda-t-il, méfiant.

Elle semblait chercher à préserver ce secret, ce qui signifiait qu'il n'y aurait pas de mariage arrangé.

— Si tu me demandes si j'ai l'intention d'en parler à quelqu'un, la réponse est non. Je pense que forcer les gens à se marier parce qu'ils ont été vus en train de s'embrasser est stupide, voire préjudiciable. Il est tout à fait compréhensible qu'un couple souhaite s'assurer qu'il est compatible dans *tous* les domaines avant de s'engager dans le mariage.

Cependant, ce n'était pas ce que lui et Cassandra faisaient. Ruark ne le précisa pas. Evie lui lança un regard insistant.

— Puis-je te suggérer de retourner au salon pour prendre un verre ?

Il avait la voix rauque lorsqu'il lui répondit.

— Excellent conseil. Merci.

Il regarda derrière Evie, mais lady Aldington ne l'avait pas suivie.

— Qu'en est-il de la comtesse ?

— Elle ne dira rien non plus. Aucune de nous ne souhaite forcer Cassandra à faire quelque chose qu'elle ne souhaite peut-être pas.

Personne ne parlait de ce que *lui* pourrait vouloir. Wexford comprenait leur inquiétude envers Cassandra : les femmes étaient souvent la partie lésée, et elles assumaient les conséquences. En tant qu'homme, il n'y aurait que peu de répercussions pour lui. Sauf ce que Lucien, et sans doute son frère, pourrait exiger.

Ruark fit un pas vers Evie.

— Lucien ne doit pas savoir.

Elle fronça les sourcils.

— Tu penses que je n'en suis pas consciente ? Tu devrais également savoir que je suis au courant de ton comportement passé avec les femmes.

Il jura à mi-voix.

— Je n'avais pas compris que Lucien avait la langue aussi bien pendue.

— Je n'en ai jamais soufflé mot et je ne le ferai jamais. Sache simplement que si tu blesses Cassandra, ce n'est pas de Lucien que tu devras avoir le plus peur.

Était-elle en train de l'intimider ? C'était ce qu'il semblait, en tout cas. Ruark n'avait pas l'intention de découvrir si elle mettrait sa menace à exécution.

— Je ne lui ferais jamais de mal. Pas volontairement.

Cependant, il avait déjà causé des chagrins par le passé, et il était déjà allé assez loin avec Cassandra…

— Tant mieux. Je ne t'y forcerai pas, mais tu devrais vraiment envisager de l'épouser.

Ruark se passa une main dans les cheveux, toujours incapable de respirer profondément.

— Je crois que je vais aller prendre ce verre, maintenant.

— Oui, fais donc cela. Je dois aller chercher le reste des invités.

Elle tourna les talons et quitta le placard.

Il attendit encore un instant, jusqu'à ce qu'il soit certain que son corps était revenu à un état aussi normal que possible, en attendant qu'il puisse rentrer chez lui et se soulager. Il sortit alors du placard et se dirigea vers le hall de l'escalier. Lady Aldington se tenait au centre de la pièce.

Il jeta un regard vers la porte presque imperceptible dans le panneau de bois, imaginant Cassandra derrière. Elle avait eu besoin de temps… Allait-elle bien ?

— Ne songez même pas à y retourner ! murmura lady Aldington.

Elle s'était approchée de lui, les sourcils froncés en un V

courroucé. En fait, il ne l'avait jamais vue même légèrement contrariée, et, à cet instant, elle semblait capable d'affronter une brigade de soldats. Et de gagner haut la main.

— Pas même en rêve, répondit-il, et il craignit d'avoir l'air désinvolte, même si ce n'était pas son but. Honnêtement, je ne veux pas causer d'ennuis. Je vais me rendre au salon.

Elle pinça les lèvres et l'observa, tel un oiseau prédateur, jusqu'à ce qu'il quitte le hall.

Il se rendit aussitôt à l'endroit où un plateau contenant de l'alcool avait été installé sur une table. Il n'y avait que du vin fortifié. Il avait besoin de whisky ou de gin.

Non, ce dont il avait besoin, c'était de partir. Plus que cela, il voulait s'assurer que Cassandra allait bien. Même s'il était soulagé de savoir qu'il n'y aurait aucune conséquence après avoir été surpris ensemble, cela ne signifiait pas pour autant que la jeune femme n'était pas bouleversée. Un instant, ils étaient plongés dans les affres de leur passion mutuelle, et celui d'après, ils étaient séparés parce qu'ils avaient été découverts, ce qui, en temps normal, les aurait conduits directement à l'autel. Si quelqu'un d'autre les avait surpris…

Wexford se servit un verre de marsala qu'il descendit d'une traite. Si Lucien avait ouvert cette porte, Ruark se serait sans doute retrouvé dès le lendemain à l'aube sur le terrain de duel.

Quel imbécile il avait été ! Un imbécile imprudent et irréfléchi. Il était simplement heureux que Cassandra n'en fasse pas les frais. Il était plus que temps qu'il la chasse de son esprit. Wexford avait eu ce qu'il voulait, un autre baiser, et il pouvait maintenant s'en aller, sans craindre de continuer à être obsédé par elle.

Mais il était conscient que ce ne serait pas aussi simple. Il avait déjà bel et bien lady Cassandra Westbrook dans la peau, et cela allait durer un certain temps.

~

$\mathcal{L}$a miniature de Cassandra et de sa mère était posée sur la coiffeuse, tandis que Derry, la femme de chambre de la jeune femme, terminait de la coiffer. Elle l'avait déplacée à cet endroit, après l'avoir d'abord posée sur sa table de chevet. Elle n'arrivait pas à en détacher son regard. Entre le magnifique portrait, ses souvenirs du corps de Ruark pressé contre le sien de la plus délicieuse des manières, et l'interruption choquante qui, miraculeusement, ne l'avait pas obligée à se fiancer, elle avait du mal à se concentrer.

Ruark. Elle ne pouvait plus penser à lui en tant que Wexford. Il s'était trompé en pensant qu'un nouveau baiser mettrait fin à leur relation. L'attirance qu'elle ressentait pour lui n'avait fait que s'intensifier.

Ce qui était regrettable, car il ne pouvait pas l'épouser, et, après la quasi-catastrophe de la soirée de la veille, ils ne pouvaient plus se permettre de se retrouver seuls ensemble. Cette idée et la douleur qui en résultait ramenèrent son attention vers la miniature.

Reconnaissante de cette distraction, elle l'avait regardée jusque tard dans la nuit. Non, elle ne s'était pas contentée de la regarder, elle lui avait parlé… Elle avait parlé à sa mère. La douleur de ne pouvoir entendre de réponse lui brûlait la poitrine.

— Terminé ! annonça Derry.

— Merci.

Cassandra tourna la tête pour lui sourire, avant que la domestique ne s'attelle à ses tâches, l'éloignant de la chambre.

Revenant à la miniature, la jeune femme étudia les traits de sa mère. Elle lui était familière sans l'être vraiment, car c'était sans doute à cela qu'elle aurait ressemblé si elle avait vécu jusque-là. Elle avait de légères rides autour des yeux, mais il n'y avait aucune mèche grise dans ses cheveux châtain clair.

— Tu aimerais vraiment Ruark, maman, affirma-t-elle, et ce n'était pas la première fois qu'elle lui parlait depuis la veille. Il est gentil, attentionné, et il me comprend comme personne ne l'a jamais fait.

Pour cela, elle était déterminée à le comprendre, et à le soutenir aussi. Elle avait été tellement heureuse lorsqu'il lui avait raconté la promesse qu'il avait faite à son père ! Le fait qu'ils aient tous deux perdu un parent bien-aimé à un si jeune âge lui faisait ressentir une affinité avec lui qu'elle n'avait jamais éprouvée avec personne d'autre. Et c'était aussi pour cela qu'elle comprenait pourquoi il ne lui demandait pas de l'épouser.

— Je l'attendrai, maman, murmura-t-elle. Ce ne sont que trois ans. J'ai simplement besoin que papa comprenne que je ne souhaite pas me marier pour le moment.

Et qu'il ne soit pas furieux quand elle lui annoncerait qu'elle voulait se marier avec l'homme qu'il avait rejeté. Cassandra toucha la miniature.

— Comme j'aimerais que tu sois là pour m'aider !

Sa mère serait en mesure de tenir tête au duc.

Cassandra pourrait demander à Constantine et Lucien de l'aider. Sauf que ce dernier ne voulait pas non plus que Ruark lui fasse la cour… et il ne lui avait toujours pas donné de raison valable à cela. Peut-être Constantine serait-il son meilleur allié dans cette affaire. D'autant plus que son épouse les avait vus s'embrasser la veille.

Le souvenir d'avoir été pris en flagrant délit lui brûlait l'esprit. Le reste de la soirée s'était avéré quelque peu gênant, du moins pour elle. Et probablement pour Sabrina et Mme Renshaw, ainsi que pour Ruark. En fait, celui-ci était parti presque immédiatement après la fin du jeu. À bonne distance, il lui avait souhaité une bonne soirée avec froideur.

Sabrina et Mme Renshaw avaient réussi à faire comme si rien de fâcheux ne s'était produit, en particulier cette dernière. En revanche, sa belle-sœur n'avait cessé de lui jeter des coups d'œil rapides et fuyants, pleins de curiosité. Et d'inquiétude.

Cassandra envisagea de se confier à elle, de lui raconter tout ce qui s'était passé entre Ruark et elle. Soudain, elle se sentit coupable de ne pas avoir partagé son secret avec Prudence ou Fiona. En fin de compte, elle doutait de pouvoir rompre le vœu que Ruark et elle avaient fait. S'ils avaient été vus, la nature et la durée de leur relation pouvaient, et devaient sans doute, rester secrètes.

Se levant de sa coiffeuse, Cassandra prit son bonnet et ses gants, que la femme de chambre avait laissés sur le lit. Elle entra dans le salon où Prudence l'attendait, assise dans un fauteuil, car elles avaient prévu d'aller se promener dans le square.

— Prête ? s'enquit sa compagne en se levant.

Cassandra mit son chapeau qu'elle noua sous son menton, puis elle enfila ses gants.

— Oui. Je n'arrête pas de penser à la miniature que mes frères m'ont donnée.

— C'est un cadeau magnifique.

— As-tu un portrait de ta mère, Pru ?

Cette dernière secoua la tête.

— Non. Cependant, j'ai quelques-unes de ses affaires. Une paire de gants, un mouchoir, et une bague.

— Je ne crois pas avoir déjà vu une bague à ton doigt.

— Je ne la porte pas.

Prudence, qui portait déjà son bonnet et ses gants, se dirigea vers la porte, indiquant ainsi qu'elle ne souhaitait pas poursuivre la discussion. En plus d'être plutôt réservée, elle était une personne discrète.

Elles sortirent pour se promener autour de Grosvenor Square. Après quelques minutes, Prudence regarda Cassandra avec méfiance.

— J'espère que tu ne me trouveras pas indiscrète, mais je me demandais s'il y avait quelque chose entre lord Wexford et toi. Au-delà d'un simple jeu de séduction, je veux dire. Et n'essaie pas de me dire que tu ne fleurettes pas avec lui. Vous fleuretez tous les deux ensemble. Je m'attends à cela de la part d'un homme comme lui, mais tu ne le fais avec personne d'autre.

Le pouls de Cassandra s'emballa.

— Que veux-tu dire par « un homme comme lui » ?

— Il n'est pas vraiment un séducteur, mais il fleurette avec tout le monde. Tu l'as sûrement remarqué.

En réalité, elle l'avait remarqué, mais elle savait qu'il était dans sa nature d'être charmant et flatteur. Il cherchait toujours à mettre les gens à l'aise ou à les faire sourire.

— C'est simplement quelqu'un de très sociable.

— Je suppose, acquiesça Prudence, l'air sceptique. Cependant, il semble différent avec toi.

— Vraiment ?

Une sensation de chaleur et de plaisir envahit Cassandra, et son pas se fit soudain plus léger.

Prudence haussa les sourcils.

— Je vous vois vous regarder. La fréquence et… l'intensité de ces échanges me donnent l'impression qu'il y a quelque chose entre vous.

La fréquence et l'intensité. Oui, cela décrivait assez bien leurs regards pas si discrets.

— Tu as toujours été incroyablement observatrice, dit Cassandra, qui n'était pas surprise qu'elle ait remarqué leur… intérêt mutuel. Crois-tu que les autres l'aient remarqué ?

— Je pense que cela devient de plus en plus possible, c'est pourquoi j'en parle maintenant. J'ai essayé de ne rien dire. Si tu veux me demander de me mêler de mes affaires, je le ferai.

— Sauf que, puisque tu es ma dame de compagnie, et que tu es rémunérée pour cela, je suis ton « affaire », n'est-ce pas ? déclara Cassandra avec un sourire.

— Certes, mais cela ne veut pas dire que je veuille, ou que je doive, me mêler de ce qui ne me regarde pas.

— Je n'ai pas l'impression que c'est ce que tu fais. Je suis touchée que tu veilles sur moi.

Surtout si l'attirance entre Ruark et elle devenait évidente. Ou, du moins, si elle était proche de le devenir. Ils allaient devoir se montrer plus prudents, à supposer qu'ils fleurettent encore. Peut-être que l'interruption de la nuit passée mettrait fin à ce qui existait entre eux. Elle ne voulait pas que cela arrive, tout comme elle savait qu'il n'allait pas l'épouser. Pas maintenant, en tout cas.

C'était l'occasion rêvée de tout raconter à Prudence : l'incident au Phœnix Club, leur jeu de séduction, et les baisers de la veille. Et la décision de Cassandra de l'attendre. Il lui serait utile de parler à quelqu'un, pour l'aider à comprendre ce qu'elle ressentait.

La respiration de la jeune femme s'arrêta soudain, et elle s'arrêta brusquement de marcher. Elle était amoureuse de lui.

— Pourquoi t'es-tu arrêtée ? Y a-t-il un problème ? s'enquit Prudence, qui tourna la tête, le front légèrement plissé.

— Pas du tout.

Cassandra se remit en marche, peut-être un peu trop vite au début, alors elle ralentit. Au bout d'un moment, Prudence demanda :

— N'y a-t-il aucun espoir que Wexford et toi vous mariiez ?

Pas pour l'instant.

— Pas si mon père a son mot à dire à ce sujet.

— Est-ce le cas ?

La question de Prudence avait un côté sardonique.

— Pas vraiment. Si je voulais me marier avec Wexford, et

qu'il voulait m'épouser, je le ferais, quitte à le mettre en colère et à perturber Lucien. Je ne comprends toujours pas quel est son problème avec Ru… avec Wexford.

Cassandra devait se montrer prudente. Peut-être devrait-elle prétendre le détester en public, de sorte de ne pas attirer l'attention sur leur… jeu de séduction.

— Donc, tu veux l'épouser ? l'interrogea sa compagne.

Oh que oui !

— Il ne me l'a pas demandé, cette question n'est donc pas pertinente pour le moment. Nous fleuretons de manière innocente, rien de plus, affirma Cassandra en espérant que sa langue ne s'enflammerait pas à force de mentir.

Elle poursuivit son chemin autour du square, et Prudence se cala sur son rythme.

— Qu'en est-il de Glastonbury ?

Oh, bon sang ! Qu'en était-il de Glastonbury ? La jeune femme grimaça intérieurement.

— Il n'est pas revenu me rendre visite, et il ne semble pas non plus particulièrement intéressé.

Il n'y avait rien de spécial entre eux, aucune attirance, ni aucune étincelle de magnétisme. Pas comme il y en avait entre Ruark et elle. Prudence intervint.

— Peut-être ne souhaite-t-il pas vraiment te courtiser.

— Cela pourrait très bien être le cas.

Cassandra l'espérait, car elle n'avait vraiment pas envie de le rejeter. Son père serait mécontent. Alors que leur conversation s'orientait vers leurs projets mondains pour le reste de la semaine, Ruark demeura présent dans l'esprit de Cassandra. Avec un peu de chance, elle le reverrait bientôt. Elle avait hâte de lui avouer qu'elle l'aimait et de lui dire qu'elle attendrait qu'il ait trente ans.

Un doute l'envahit. Et si Ruark ne lui rendait pas son amour ? Elle voulait épouser quelqu'un qui l'aimait, que ce soit maintenant, ou plus tard. Ruark correspondait assurément à cette description. Même s'il ne l'aimait pas encore, le potentiel était là. Comment pourrait-il en être autrement, au vu du lien qui les unissait ?

Sabrina venait de sortir de sa berline lorsqu'elles arrivèrent à Evesham House.

— Bonjour, Cassandra, mademoiselle Lancaster.

Cette dernière fit une révérence.

— My lady.

Le regard de Sabrina se posa sur sa belle-sœur.

— Quelle chance de te rencontrer ici ! Pourrions-nous faire un tour sur la place ?

Il semblait évident, du moins aux yeux de Cassandra, que Sabrina ne souhaitait pas que Prudence les accompagne. L'objectif de la jeune femme était moins clair, mais elle pouvait aisément deviner.

— Bien sûr, accepta-t-elle, avant de se tourner vers sa compagne. Je te retrouve à l'intérieur.

Avec un signe de tête, Prudence entra dans la maison. Marchant aux côtés de sa belle-sœur, Cassandra reprit le circuit qu'elle venait de faire avec sa compagne.

Observant sa belle-sœur avec méfiance, Sabrina sourit, quelque peu nerveuse.

— Je t'ai demandé de faire un tour, pour que personne ne nous entende à la maison. Je voulais savoir comment tu vas après… l'excitation de la soirée d'hier.

Son choix de mots était aussi amusant qu'il était exact, car cela avait été terriblement excitant. Et merveilleux.

— Je vais bien, merci. Je te suis très reconnaissante pour ta discrétion.

Cassandra regarda Sabrina droit dans les yeux, pour qu'elle comprenne à quel point elle lui était reconnaissante.

— Wexford n'a pas profité de toi, n'est-ce pas ? s'enquit la comtesse, souriant doucement à l'autre jeune femme. Je me dois de poser la question, même si j'imagine bien que tu ne l'aurais pas laissé faire.

Cassandra faillit éclater de rire.

— La confiance que tu m'accordes est très flatteuse. Il n'a pas profité de moi.

— Quand a-t-il prévu de faire sa demande, et as-tu une idée de la façon dont tu vas annoncer la nouvelle à ton père et à Lucien ?

Hésitant, Cassandra se maudit en silence de ne pas avoir anticipé cette question.

— Euh… il n'a pas prévu de le faire. Du moins, pas maintenant.

La surprise se lut dans le regard de Sabrina.

— Vous en avez donc discuté ?

Cassandra joignit ses mains, entrelaçant ses doigts.

— Pas exactement.

— Je considère qu'il est de mon devoir de te guider, Cass. Tu n'es pas sans savoir que ce qui s'est passé est tout à fait inapproprié. Si quelqu'un d'autre vous avait découverts, les fiançailles seraient déjà confirmées.

— J'en suis consciente, confirma la jeune femme, qui adressa un nouveau regard reconnaissant à sa belle-sœur. Merci. J'apprécie sincèrement ta discrétion.

— S'agissait-il d'un moment isolé, qui ne se reproduira pas ? Ou bien as-tu un penchant pour lui ?

— Je ne saurais le dire.

Je ne veux pas *le dire.* À cet instant, la jeune femme décida qu'elle ne discuterait de ses sentiments pour Ruark avec personne d'autre que lui. Pas alors qu'il n'y aurait pas de fiançailles avant un certain temps. S'il voulait d'elle.

Cassandra serra ses mains l'une contre l'autre, puis les laissa retomber le long de ses flancs.

— C'était un moment intense. Je me cachais, et il est entré… J'ignore comment il a su pour cette porte.

— Je vois. Il est donc possible, sinon probable, que vous puissiez faire comme si rien ne s'était passé, remarqua Sabrina, dont les traits s'adoucirent en un sourire soulagé. C'est peut-être mieux ainsi.

Ils avaient déjà tenté cette approche, avec des résultats particulièrement médiocres. Réprimant un rire, Cassandra déglutit, s'efforçant d'adopter une expression pensive.

— Oui, sans doute.

Mais cela n'arriverait tout simplement pas.

CHAPITRE 12

’entraînement de ce jour-là avec Morti s’était mieux déroulé que celui de la veille, où Ruark avait été trop distrait par ses pensées concernant Cassandra, le placard sombre de la maison d’Aldington qui avait supplanté celui du Phœnix Club dans son classement des espaces clos préférés, et le fait qu’il avait été à deux doigts de se retrouver devant un pasteur pour échanger ses vœux de mariage. Pourtant, il n’était pas au mieux de sa forme, et, étant donné que le combat aurait lieu moins d’une semaine plus tard, il avait besoin de se sortir la jeune femme de l’esprit.

Ils s’étaient embrassés à nouveau, et, à présent, il était temps de passer à autre chose. Surtout pour elle. Elle allait se marier, et ce ne serait pas avec lui.

Il paya le cocher du fiacre et entra dans sa maison, où il se rendit immédiatement compte qu’il régnait une certaine agitation. Son majordome, Bartholomew, que Ruark appelait affectueusement Bart, entra dans le vestibule, l’air un peu inquiet.

— Ma mère est-elle arrivée ? s'enquit Ruark en retirant son chapeau et ses gants.

— Au cours de la dernière heure. Elle n'était pas d'accord avec les dispositions que vous aviez prises concernant l'attribution des chambres, nous en préparons donc une autre pour Mlle Iona.

— Qu'est-ce qui n'allait pas avec mes arrangements ?

— Tes sœurs ne partageront pas de chambre, annonça sa mère, débarquant à son tour dans le vestibule.

Bien que quelques nouvelles mèches grises aient fait leur apparition dans ses cheveux brun foncé en partant des tempes, elle avait le teint d'une personne plus jeune de plusieurs années.

— Bienvenue à Londres, maman, la salua Ruark, avant de déposer un baiser sur sa joue.

Avant qu'il puisse reculer, elle prit son visage entre ses mains et le serra fort.

— Regardez mon beau garçon ! s'exclama-t-elle, avant de froncer les sourcils. Où étais-tu quand nous sommes arrivés ?

— Je reviens de la boxe.

Il avait du mal à parler, car elle lui écrasait le visage entre ses mains.

— C'est un sport horrible, mais ton père serait ravi. Est-ce pour cela que tu le fais ? l'interrogea-t-elle.

Elle lui sourit. Ses yeux bleus brillaient tandis qu'elle lui massait les joues, faisant bouger sa tête.

— Bien sûr que c'est pour ça.

Finalement elle le laissa partir. Ruark recula et étira sa mâchoire, tout en résistant à l'envie de lisser son visage, comme si elle avait froissé sa peau. Parce que c'était ce qu'elle avait fait.

— Je suppose que j'ai commencé parce que Da adorait ce sport, répondit Ruark, se rappelant la réputation de son père en Irlande. Ensuite, j'ai appris à l'aimer à mon tour.

— Allons dans ton salon, où peu importe. Nous avons beaucoup de choses à nous dire.

Vraiment ?

— Tu viens d'arriver. Tu as sûrement envie de te reposer ou de te rafraîchir.

— Je peux le faire plus tard. Je n'ai pas de temps à perdre pour cette mission. Viens.

Elle tourna les talons, et repartit vers les escaliers, ne lui laissant d'autre choix que de la suivre. Une mission ? Cela donnait l'impression que ce voyage avait un objectif précis. Alors qu'il la suivait dans les escaliers, il demanda :

— Marier Kat, c'est une mission ?

— Oui. J'ai dû l'amener ici, n'est-ce pas ? Cela signifie qu'il s'agit d'une mission.

— N'y a-t-il pas de gentlemen prêts à se marier dans le Gloucestershire ?

Elle lui jeta un regard, les yeux mi-clos, lorsqu'elle arriva sur le palier, mais ne dit rien et continua vers le salon. Une fois là, elle attendit qu'il entre, puis elle ferma les portes.

— Personne ne veut d'elle dans le Gloucestershire, expliqua-t-elle d'un ton sombre. J'ai besoin qu'elle se marie rapidement, avant que les rumeurs concernant son comportement n'arrivent jusqu'à Londres, et qu'elle devienne infréquentable ici aussi.

Bon sang !

— Que s'est-il passé ? l'interrogea Ruark, qui ne prit pas la peine de s'asseoir.

Sa mère pinça les lèvres avant de prononcer un juron des plus désobligeants.

— Kathleen a été vue en train d'embrasser un gentleman… Enfin, *pas* un gentleman. Ce bandit ne mérite pas ce qualificatif.

— Qui est-il, et pourquoi ne l'épouse-t-il pas ?

Ruark faillit s'étouffer dans sa propre hypocrisie. *Lui aussi* avait été surpris en train d'embrasser une jeune femme, et il n'allait pas l'épouser non plus. La différence, c'était que leur secret, leur *transgression* était en sécurité. Apparemment, Kat n'avait pas eu cette chance.

— Un crapaud dégoûtant nommé Hickinbottom. Il n'épousera pas Kathleen, car il est déjà fiancé à Mlle Hannah Dalton.

— Mlle Dalton souhaite-t-elle aller jusqu'au mariage ?

— Ses parents insistent pour qu'elle le fasse, expliqua sa mère, levant les yeux au ciel. Je crois que Hickinbottom essayait d'accroître sa fortune. La dot de Kat est deux fois supérieure à celle de Mlle Dalton.

— Il a l'air détestable. Pourquoi Kat embrassait-elle cet homme ?

— Tu connais ta sœur. Elle dit que c'était une expérience, répondit sa mère, l'air exaspéré. Depuis, je lui ai expliqué que son expérience risquait de la conduire au célibat.

Ruark ne pensait pas que Kat s'en soucierait. Elle aimait la littérature scientifique, rassembler des informations, même les plus banales. Il trouvait tout à fait logique qu'elle mène des expériences sur les baisers. Il aurait aimé savoir pourquoi, et combien de sujets elle avait testés. Cela aurait pu être bien pire.

Il adopta son ton et son expression les plus bienveillants.

— As-tu déjà envisagé qu'il serait peut-être dans l'intérêt de tous de permettre à Kat de devenir la vieille fille qu'elle aspire probablement à être ?

Elle n'avait jamais manifesté la moindre envie de se marier, d'apprendre à tenir une maison, de rencontrer des prétendants potentiels ou quoi que ce soit d'autre en rapport avec la gent masculine. Enfin, la gent masculine *humaine*. Elle avait recueilli de nombreuses données sur les taureaux, les chevaux, les tortues, les chats, les chiens et toutes les autres espèces qu'elle avait pu trouver. Cependant, cela avait sans doute changé, puisqu'elle menait des expériences sur des hommes. Il aurait ri si sa mère n'avait pas été présente.

Beaucoup trouvaient Kat ennuyeuse, mais Ruark l'adorait vraiment. En fait, il se demandait comment elle avait poussé cet imbécile de Hickinbottom à l'embrasser. Sans doute très facilement. Quel gentleman du genre de Hickinbottom refuserait ? Elle planifiait toujours sa collecte de données, et elle l'avait sans doute piégé sans trop d'efforts. Ruark ne l'avait jamais vue repartir les mains vides. Le fait qu'elle soit remarquablement belle, et, comme l'avait mentionné sa mère, qu'elle dispose d'une belle dot, ne lui nuisait sûrement pas.

— Je ne peux pas croire qu'elle serait heureuse en tant que vieille fille, remarqua-t-elle, croisant les bras. Et certainement pas en tant que vieille fille compromise. Elle ne sera invitée nulle part.

— Cela lui importe-t-il seulement ? insista Ruark d'une voix douce.

Lorsque sa mère pinça les lèvres en réponse, il ajouta :

— Même si cela te semble inconcevable, tu dois garder à l'esprit qu'il s'agit de la vie de Kat, pas de la tienne.

Sa mère s'était mariée à dix-sept ans, puis à nouveau à vingt-quatre ans, moins d'un an après la mort de son premier mari. Le mariage, semblait-il, était important pour elle.

— Que fera-t-elle si elle ne se marie pas ? Comment passera-t-elle sa vie sans enfants ? Qui s'occupera d'elle ?

— Elle a la chance d'être la sœur d'un comte. Je m'occuperai d'elle si elle en a besoin. Et, si elle ne se marie pas, sa dot doit lui revenir.

— Oui. Quand elle aura vingt-cinq ans.

— Elle est la mieux placée pour faire les choix qui lui conviennent le mieux. Je lui parlerai.

Sa mère décroisa les bras et fronça les sourcils.

— Ruark ! Tu ne peux pas l'encourager à devenir une vieille fille ! Il est déjà suffisamment regrettable que tu ne sois pas marié. Je t'en prie, dis-moi que tu fais au moins la cour à quelqu'un.

— Je pourrais, mais ce serait un mensonge.

Il ne put s'empêcher de sourire, car il prenait un malin plaisir à taquiner sa mère dès qu'il en avait l'occasion. Elle était toujours si *dramatique*.

— Je ne comprends pas ton hésitation à te marier. Je te demande de ne pas partager cela avec ta sœur. *S'il te plaît.*

Le regard qu'elle lui lança était intense et plutôt désespéré.

Ruark éclata de rire, espérant apporter une touche d'humour à son point de vue.

— Ce n'est pas une maladie que je pourrais lui transmettre !

— Tu racontes n'importe quoi. Ce que j'*aimerais* que tu fasses, c'est t'arranger pour qu'elle soit invitée partout où tu pourras. Elle doit trouver un mari rapidement.

Ce n'était pas si simple. Ruark pensa aussitôt à Lucien, se demandant s'il pourrait l'aider. Il songea également au Phœnix Club, le seul endroit où il pouvait l'emmener.

— Mon club organise des assemblées tous les vendredis, et cela est devenu un véritable pôle d'attraction pour le marché du mariage. Kat et toi pouvez venir avec moi.

— Merveilleux !

Ruark s'entretiendrait avec Kat avant cela. Si elle ne souhaitait pas se marier, il ne laisserait pas leur mère l'y forcer. Il lui déconseillerait également de poursuivre ses expériences en matière de baisers, en particulier ici à Londres, où sa réputation pourrait être rapidement et sévèrement compromise. Une fois encore, il ressentit la piqûre de l'hypocrisie.

— En attendant, poursuivit sa mère, je vais changer de tenue pour que nous puissions nous rendre à Hyde Park à l'heure *fashionable*.

— Maman, il est presque cinq heures. N'as-tu pas besoin de te reposer après ton voyage ?

— J'ai *besoin* de mettre ta sœur sur le marché du mariage, insista-t-elle.

Elle se dirigea vers la porte, puis s'arrêta pour le regarder par-dessus son épaule.

— Vas-tu nous accompagner ou non ?

Il se passa une main sur le front, qu'il massa légèrement pour dissiper un début de migraine.

— Oui.

Elle se tourna alors entièrement vers lui.

— Tu devrais également te mettre sur le marché du mariage.

— Je ne suis pas prêt à me marier.

Expirant, elle ne prit pas la peine de masquer sa déception.

— Ne tarde pas trop. Pense à ton père… nous ne savons jamais combien de temps il nous reste.

Elle quitta ensuite le salon, et Ruark se demanda s'il n'avait pas commis une erreur. Ou plusieurs. Il pensa à Freya, aux cheveux noirs et aux yeux pâles, avec des traits exquis qui ne demandaient qu'à être dessinés, peints ou sculptés, ou tout cela à la fois. Neuf ans s'étaient écoulés depuis qu'il s'était cru amoureux d'elle. Avait-il vraiment été amoureux ?

Et qu'en était-il de son ancienne maîtresse, ou de cette beauté qu'il avait laissée en Irlande trois ans plus tôt ? Avait-il aimé l'une ou l'autre d'entre elles ? Que faisaient-elles à présent ?

Soudain, il imagina Cassandra dans neuf ans. Que ferait-elle ? Serait-elle heureuse ? Le serait-il ?

Son épaule tressaillit. Il ne pouvait pas continuer à se torturer… à la torturer. Il devait aller de l'avant, se concentrer sur son combat, respecter la promesse qu'il avait faite. À n'importe quel prix.

~

Le temps était couvert, mais heureusement sec, lorsque Cassandra entra dans Hyde Park en compagnie de Sabrina et Prudence. Si Sabrina n'était plus sa marraine, elle s'était engagée à rester à la disposition de la jeune femme, ce qu'elle avait réaffirmé à la fin de leur promenade autour de Grosvenor Square l'autre jour. Elle avait envoyé un mot à Cassandra pour l'inviter à se promener dans le parc.

Cassandra observa la tenue de sa belle-sœur avec une pointe d'envie et déclara :

— Ta robe de promenade est divine.

La coupe était du dernier cri et la couleur sarcelle foncée convenait parfaitement à Sabrina. Cependant, l'élément le plus remarquable était la coiffe, qui ressemblait à un chapeau pour homme, mais avec un haut plus court et un bord plus incurvé, et qui était placée à un angle élégant sur son front.

— C'est le chapeau, en fait. Il m'en faut un.

Sabrina éclata de rire.

— Je n'étais pas certaine qu'il convienne, mais la modiste m'a assuré que oui : elle l'a dessiné, et a demandé au chapelier de le réaliser, expliqua-t-elle, effleurant le bord du bout des doigts. C'est tellement étrange d'avoir tant de vêtements et d'accessoires neufs ! En fait, ce qui est le plus étrange, c'est l'attention qu'ils attirent.

— Certaines personnes sont plutôt superficielles, observa Cassandra avec un petit rire. Je suppose que tu peux me compter parmi elles, vu à quel point j'aime ta coiffe !

Sabrina répondit avec véhémence :

— Jamais je ne te compterai parmi elles ! s'exclama-t-elle, reportant son attention sur le chemin qu'elles allaient emprunter. Glastonbury regarde dans notre direction.

Cassandra tourna brusquement la tête vers l'herbe de

l'autre côté du chemin, où se trouvaient plusieurs groupes de personnes. Glastonbury était accompagné de quelques autres gentlemen, mais son regard était rivé sur elle. Alors qu'elles approchaient, il se détacha du groupe pour les intercepter.

S'inclinant profondément, il prit la main de Cassandra.

— La journée est infiniment plus belle maintenant que vous êtes là, lady Cassandra.

— Vous me flattez, lord Glastonbury, répondit-elle, retirant sa main de la sienne.

— Pourrions-nous nous promener ?

Cassandra se tourna vers Sabrina, qui lui lança un regard interrogateur, mais ne dit rien. Elle regarda ensuite Prudence, qui se rapprocha de la comtesse, lui indiquant en silence qu'elles resteraient à une distance respectable.

— Certainement, acquiesça Cassandra, posant une main sur le bras du vicomte, et ils se mirent en route. Je suis ravie de vous croiser aujourd'hui. Je voulais vous demander quelque chose.

— Vraiment ? Je vous en prie, demandez-moi ce que vous voulez.

Ce qu'elle voulait ? Elle réserverait cette invitation pour plus tard… peut-être.

— J'ai cru comprendre que vous étiez un excellent boxeur. Qu'est-ce qui vous attire dans la boxe ? C'est un sport tellement brutal !

Presque aussitôt, elle regretta de lui avoir posé la question. S'il parlait de sang, elle s'humilierait dans l'endroit le plus public de Londres. Il répondit avec une pointe d'arrogance dans la voix.

— Je suis doué dans ce domaine.

— C'est tout ?

Glastonbury haussa les épaules.

— Il y a une stratégie et une grâce dans cette activité qui m'apaisent.

— C'est fascinant.

Elle ne pouvait se résoudre à demander en quoi le fait d'infliger de la douleur était gracieux.

— Je suis heureux que vous le pensiez.

Ses yeux bleu-vert se posèrent sur ceux de la jeune femme suffisamment longtemps pour qu'elle se sente obligée de détourner le regard, de peur de heurter quelque chose ou quelqu'un.

Le vicomte était différent, ce jour-là. Plus attentif, plus éloquent, plus… séducteur. Cela signifiait-il qu'il était prêt à avancer dans leur cour ? Ce serait bien sa chance, maintenant qu'elle avait compris qu'elle aimait Ruark. Elle ne pouvait pas épouser Glastonbury, à présent.

Peut-être se faisait-elle des idées. Elle ne ferait aucune supposition.

Du coin de l'œil, elle aperçut la silhouette familière de Ruark. Son cœur fit un bond, et elle ne put réprimer un sourire. Il n'était pas seul. Deux femmes l'accompagnaient ; ils s'engagèrent sur le chemin et vinrent à leur rencontre. Cassandra sut exactement à quel moment Ruark la vit, car l'atmosphère sembla changer. Soudain, il faisait plus chaud, le ciel était plus lumineux, et les odeurs du printemps étaient plus présentes.

— Lord Wexford, le salua-t-elle.

— Lady Cassandra, répondit-il, s'inclinant avant de tourner la tête vers le vicomte. Glastonbury.

— Bonjour, Wexford, le salua-t-il d'un ton agréable.

Ruark jeta un regard à sa mère, puis à sa sœur.

— Voici la comtesse d'Aldington, lady Cassandra Westbrook, et le vicomte Glastonbury.

Les deux femmes firent une révérence, puis il poursuivit les présentations.

— Permettez-moi de vous présenter ma mère,

Mme Shaughnessy, ainsi que ma sœur, Mlle Kathleen Shaughnessy.

Cassandra remarqua la ressemblance qu'il avait avec sa mère : la forme des yeux et la courbure de leur nez. La ressemblance avait sans doute été encore plus flagrante avant que celui de Ruark n'ait été cassé.

Cassandra parla d'un ton chaleureux.

— Je suis ravie de faire votre connaissance. Je vous présente ma dame de compagnie, Mlle Lancaster.

— Enchantée de vous rencontrer, dit Sabrina, tandis que Prudence faisait la révérence. Êtes-vous récemment arrivées à Londres ?

— Plus tôt dans la journée, expliqua Mme Shaughnessy.

Elles n'avaient pas perdu de temps.

— Vous venez directement du Gloucestershire ?

Cassandra savait que c'était là où se trouvait le domaine de Ruark, où elles vivaient. Mais peut-être étaient-elles venues d'ailleurs.

— Oui. Nous étions très impatientes de voir Londres.

— Oh que oui ! J'ai hâte de visiter le musée, affirma Mlle Shaughnessy avec enthousiasme.

— La visite en vaut la peine, remarqua Glastonbury, arborant l'un de ses éblouissants sourires.

Il inclina ensuite la tête vers Cassandra.

— Nous devrions y aller un jour. Peut-être la semaine prochaine.

Elle lui jeta un regard.

— Euh, oui.

— Parfait. J'attends cela avec impatience. Et maintenant, je dois partir.

Il se tourna et lui prit la main, celle qui avait serré sa manche. Se penchant, il déposa un baiser juste au-dessus de son gant. Elle imagina l'effleurement de ses lèvres sur le cuir.

Elle leva les yeux vers Ruark et constata, avec une

certaine excitation, qu'il plissait les yeux en fixant Glastonbury. Le vicomte s'éloigna, et Sabrina suggéra que leur groupe se déplace à l'écart du chemin pour discuter.

— Ma Kathleen participera à la saison, déclara la mère de Ruark, s'adressant principalement à la comtesse. J'espère que nous vous reverrons.

Elle se tourna ensuite vers Cassandra.

— Ainsi que vous, my lady.

Cassandra n'avait pas réalisé que la sœur de Ruark serait sur le marché du mariage. D'un autre côté, elle ignorait qu'elles devaient venir en ville.

— Avec plaisir. Je serais ravie d'aider à faire entrer Mlle Shaughnessy dans la bonne société.

— Nous assisterons à l'assemblée du club de Ruark vendredi, annonça Mme Shaughnessy.

Elle coula un regard en direction de son fils, dont les sourcils étaient restés légèrement froncés depuis le départ de Glastonbury. Elle reporta ensuite son attention sur Sabrina.

— J'ai cru comprendre que cette assemblée était l'endroit idéal pour accéder au marché du mariage ?

Elle semblait très enthousiaste.

— Elle peut l'être, en effet, confirma lentement Sabrina. Je vous recommande également d'obtenir un bon pour Almack si vous en avez la possibilité. Cela peut être difficile, mais votre fils est un pair, ce qui est toujours un avantage.

Mme Shaughnessy adressa à son fils un regard plein d'attente.

— Je suppose que tu peux nous obtenir un bon ?

Ruark écarquilla brièvement les yeux, puis il inclina la tête.

— Ne fais aucune supposition à ce sujet. Cela dépend entièrement des patronnes d'Almack.

— J'ai confiance en toi, mon chéri, répliqua sa mère, qui afficha un large sourire assuré.

Mlle Shaughnessy s'avança vers Cassandra, le regard fixé quelque part sur la gauche de la jeune femme.

— Je préférerais aller au musée avec vous et l'autre gentleman.

— Au musée ? répéta la jeune femme, déconcertée.

— Avec Glastonbury, intervint Ruark avec raideur. Il t'a invitée à y aller la semaine prochaine.

— Oh ! C'est vrai ! s'exclama Cassandra, qui avait déjà oublié. Je suis sûre que nous pouvons organiser une visite au musée. Que voudriez-vous voir ?

— Les spécimens d'animaux surtout, mais j'aimerais tout voir.

Ruark sourit à Mlle Shaughnessy.

— Ma sœur a une passion pour les animaux.

— Nous pourrions nous promener le long de la Serpentine pour observer les oiseaux, suggéra Cassandra.

Mlle Shaughnessy hocha la tête avec enthousiasme.

— Oui, s'il vous plaît !

Cassandra croisa le regard de Ruark, essayant de lui faire comprendre en silence qu'ils devraient marcher ensemble. Mme Shaughnessy se rapprocha de Sabrina.

— Lady Aldington, je me demandais si je pouvais vous poser des questions sur la mode, et sur ce que ma Kathleen devrait porter.

— Je peux certainement essayer de vous aider.

Cassandra se demanda si elle était celle qui devait répondre aux questions de Mme Shaughnessy, étant donné que Sabrina avait fait appel à Evie pour l'aider à renouveler sa garde-robe cette saison-là. Cependant, la jeune femme était trop impatiente de discuter avec Ruark. Seuls.

Sabrina remonta sur le chemin avec Mme Shaughnessy, et elles partirent en direction de la Serpentine. Prudence regarda Cassandra, qui la rejoignit alors que Ruark marchait avec sa sœur. La jeune femme fronça les sourcils, déçue.

— Qu'est-ce qui ne va pas ? s'enquit Prudence à voix basse.

— Je voulais marcher avec lord Wexford. Pour lui demander quelque chose à propos de Glastonbury, mentit-elle.

— Je vois.

Sa compagne n'eut pas l'air de la croire. Pourtant, elle dit :

— Rattrapons-les. Je m'éloignerai avec Mlle Shaughnessy.

Cassandra lui adressa un regard reconnaissant.

— Merci.

Elles s'empressèrent de rejoindre Ruark et sa sœur, Prudence se plaçant à la droite de Mlle Shaughnessy et Cassandra remontant à la gauche de Ruark. Mlle Shaughnessy lui parlait avec animation.

— Certains mâles peuvent se montrer particulièrement agressifs dans leur comportement. Ils jettent leur dévolu sur une femelle et lui font la cour avec assiduité.

— De quoi parlez-vous ? s'enquit Cassandra d'un ton plaisant. On dirait la saison de Londres.

Ruark sourit et réprima un rire.

— Les canards de Warefield, expliqua Mlle Shaughnessy, surprenant Cassandra par sa réponse. Les colverts, en particulier. Les chipeaux se comportent différemment.

Elle s'interrompit pour prendre une respiration, qui semblait bien nécessaire.

— Ils sont fascinants à observer. Ils volent la nourriture que les autres canards s'efforcent de trouver.

— Comment en savez-vous autant sur les canards ? l'interrogea Prudence, attirant l'attention de Mlle Shaughnessy.

Elle fixa son regard sur Cassandra et lui fit comprendre sans mot dire que le moment était venu de s'accaparer Ruark. La jeune femme lui serra doucement le bras. Ses yeux se posèrent sur l'endroit où elle le touchait, puis il croisa son regard. Une connexion et une énergie électrique circulaient entre eux, lui donnant le vertige.

— Je ne savais pas que ta famille venait en ville, remarqua-t-elle alors qu'ils cheminaient derrière Prudence et sa sœur.

Sa dame de compagnie avait remarquablement bien manœuvré pour éloigner Mlle Shaughnessy.

— Seulement ma mère, et deux de mes sœurs. Ma mère veut que Kat se trouve un mari.

— Que veut ta sœur ?

— Parler des canards, répondit-il avec un sourire. Je n'en suis pas tout à fait certain, mais je pense qu'elle serait ravie qu'on la laisse seule avec ses livres et ses recherches.

— Quel est l'objet de ses recherches ?

— En réalité, n'importe quoi. Son esprit est très avide de connaissances. Elle a tendance à traverser des périodes d'intense concentration. Les canards en font partie, comme tu peux le constater. Elle a également consacré du temps à l'étude des vaches, des chevaux, des chèvres, des chiens, des chats et de presque tous les animaux que l'on peut trouver dans un domaine à la campagne.

— C'est de là que vient son amour des animaux, conclut Cassandra. J'espère que tu feras en sorte qu'elle puisse visiter le musée. Les expositions vont la ravir.

— Je le ferai. À moins que Glastonbury et toi ne l'y accompagniez.

Il lui lança un regard à la fois interrogateur et… agacé ?

— Je ne sais pas si nous le ferons. En fait, je ne suis pas sûre d'aller au musée avec le vicomte.

— Pourquoi ? s'exclama-t-il.

— Parce que j'ai décidé que je ne pense pas que nous nous convenons.

— Et pourquoi cela ?

Cassandra serra plus fort le bras de Ruark.

— Il y a quelqu'un d'autre que je préfère largement.

CHAPITRE 13

Le plaisir le disputait à la crainte, tandis que Ruark observait le profil de Cassandra. Un sourire séduisant ourla ses lèvres, l'invitant à l'embrasser. Non pas qu'il le ferait au milieu de ce maudit Hyde Park. Marcher avec elle était déjà suffisamment pénible : il ne prenait *pas* ses distances comme il aurait dû le faire.

Il parvint à demander :

— Oserais-je demander de qui il s'agit ?

Elle fit claquer sa langue.

— Si tu ne le sais pas, c'est que tu n'es pas aussi intelligent que je le pensais. Pour clarifier les choses, c'est toi.

Ils s'aventuraient sur un terrain dangereux. Cependant, ils s'y trouvaient depuis qu'ils s'étaient embrassés lors de sa fête d'anniversaire. Non, ils se trouvaient résolument au pays du danger depuis le placard du Phœnix Club. Il devait les faire revenir à la bienséance. À la relation qu'ils avaient auparavant.

Était-ce vraiment possible ? Il n'avait jamais essayé avec les autres. Il s'était éloigné, et il était allé de l'avant. Comment pourrait-il faire une telle chose avec la sœur de son meilleur ami ?

Il tenta d'orienter la conversation vers un terrain plus sûr.

— Je te serais reconnaissant si tu pouvais garder un œil sur Kat lors de l'assemblée de vendredi. Tu seras là, n'est-ce pas ? À moins que le duc ne t'ait à nouveau interdit d'y assister ?

— Il n'a pas dit que je ne *pouvais pas* y aller. J'ai l'intention d'être présente. Je serai heureuse d'aider ta sœur, dans la mesure du possible.

— Merci. Ma mère est déterminée à la voir se marier, mais je ne l'y forcerai pas. Je pense que je vais devoir dire à ma mère d'arrêter de se mêler de tout.

— Dis-lui que les parents qui s'immiscent dans la vie de leurs enfants sont horribles. Je serai ravie de lui faire part de ma propre expérience ! ajouta-t-elle en riant.

Ruark sourit, sensible à son esprit de camaraderie.

— Je te remercie, mais je pense que cela ne servirait à rien.

— Pourquoi ta mère insiste-t-elle autant si ta sœur est réticente ?

Il hésita, et Cassandra faillit ajouter qu'il n'était pas obligé de le lui dire. Mais c'est alors qu'il lança :

— Ma sœur s'est attiré des ennuis dans le Gloucester-shire. Elle a embrassé un gentleman alors qu'elle n'aurait pas dû, et quelqu'un les a vus. Sa réputation est en miettes, alors notre mère l'a amenée ici pour qu'elle se marie. Elle est pressée que ce jour arrive, avant que les commérages ne les rattrapent ici.

— Juste ciel ! s'exclama-t-elle, lui adressant un regard compatissant en se penchant vers lui. La bonne nouvelle, c'est qu'il faudra peut-être un certain temps pour que cette information arrive jusqu'à Londres. La mauvaise, c'est que ce ne sera peut-être pas le cas.

— Je n'arrête pas de me dire que cela aurait pu être nous, répondit Ruark, qui se mit à parler à voix basse, même si Kat n'essayait pas d'écouter.

Et il doutait fort que Mlle Lancaster puisse entendre quoi que ce soit par-dessus la voix de sa sœur. Celle-ci parlait plus fort que la plupart des gens, surtout lorsqu'elle évoquait un sujet qui l'intéressait.

— Nous *avons* été vus, murmura Cassandra.

— Oui. Mais c'était il y a deux jours, et, heureusement, personne n'a rien dit. J'en déduis que lady Aldington et Evie font ce qu'elles ont dit, et qu'elles gardent cette information pour elles.

Il s'était demandé s'il croiserait Evie au club la veille, mais il ne l'avait pas vue.

— Sabrina m'a rendu visite hier pour en parler. Elle pense que ce n'est arrivé qu'une fois. Je ne l'ai pas corrigée, expliqua Cassandra, lui jetant un regard de côté. Je ne m'attends pas à une demande en mariage.

Ruark éprouva un grand soulagement et se sentit aussitôt mal à cause de cela.

— En tout cas, pas maintenant, ajouta la jeune femme.

Wexford faillit trébucher. Cassandra lui serra le bras plus fermement.

— Je sais que tu ne te marieras pas avant trente ans et je le comprends. J'ai décidé de t'attendre.

Il ralentit au point qu'ils faillirent s'arrêter.

— Tu ne peux pas faire ça.

— J'en ai envie, insista-t-elle, puis elle le poussa à avancer en lui tirant le bras.

L'esprit en ébullition, il marchait, comme en transe.

— Je ne peux pas te demander de faire ça.

— Tu ne le fais pas. Je le veux.

Ils étaient presque arrivés à la Serpentine, et les autres venaient d'atteindre le bord. Ruark voyait d'ici l'enthousiasme de Kat. Elle se pencha au-dessus de l'eau et tendit la main vers les canards.

Ruark s'arrêta, puis se tourna vers Cassandra.

— Je ne peux pas te promettre de t'épouser dans trois ans. Tout le sens du vœu que j'ai fait était d'attendre, de m'assurer que je suis prêt et…

Il ne voulait pas dire « pour m'assurer que je fais le bon choix ». À cet instant précis, il se disait que cela pouvait être elle. Mais il avait déjà pensé cela auparavant.

Le regard de Cassandra était chaleureux, son expression compatissante.

— Je comprends. Et je peux attendre. Je *veux* attendre. Je t'aime assez pour nous deux… jusqu'à ce que tu sois prêt.

C'était comme si quelqu'un se tenait sur sa poitrine : il n'arrivait pas à respirer profondément. Elle ne pouvait pas l'aimer. Il ne voulait pas qu'elle le fasse.

— Je… je dois y aller.

Ruark s'éloigna de Cassandra, puis rejoignit sa mère et sa sœur. Il leur expliqua qu'ils devaient rentrer à la maison, qu'il avait un rendez-vous.

— Très bien, répondit Kat en se détournant de l'eau avec une facilité qui le surprit.

Il s'était attendu à ce qu'elle hésite, au vu de son intérêt pour les oiseaux aquatiques.

— Le voyage m'a épuisée.

Bien sûr qu'elle était épuisée.

— Alors, rentrons à la maison immédiatement.

Il se tourna vers sa mère, qui hocha la tête, malgré son regard légèrement mécontent. Ruark s'inclina devant lady Aldington.

— Bonne soirée.

Il inclina la tête vers Mlle Lancaster. Lorsqu'il se retourna, il remarqua le front profondément plissé de Cassandra et se détesta de lui avoir causé de la détresse. Mais il ne pouvait pas rester. Il ne pouvait pas l'écouter planifier leur avenir ou lui faire des déclarations d'amour.

Il avait déjà décidé de son avenir pour au moins les trois prochaines années, et elle ne pouvait pas en faire partie.

~

R uark avait passé la soirée de la veille enfermé dans son bureau. Il ne s'était même pas joint à Kat et sa mère pour le dîner. Plus tard, il avait appris que sa sœur avait dormi pendant tout ce temps, alors il ne se sentait pas trop coupable. Il n'avait tout simplement pas réussi à trouver le courage d'affronter sa mère après ce qui s'était passé au parc avec Cassandra.

Elle avait semblé si sûre d'elle. *J'ai décidé de t'attendre. Je veux attendre. Je t'aime assez pour nous deux.*

Ses paroles s'étaient répétées en boucle dans son esprit, jusqu'à ce qu'il ait suffisamment bu de whisky pour faire taire ce refrain. Malheureusement, cela signifiait qu'il souffrait maintenant d'une terrible gueule de bois. Il ne méritait rien de moins pour avoir entraîné Cassandra dans cette voie sans issue. Il n'aurait jamais dû laisser les choses évoluer à ce point.

Dès qu'il avait compris qu'elle était la femme qu'il avait embrassée dans le placard, il aurait dû la bannir de son esprit. Il avait *essayé, bon sang* !

Kat entra à grands pas dans la salle du petit déjeuner. Elle portait une robe de jour ample avec un petit imprimé floral. Ruark constata qu'elle était passée de mode depuis quelques années et que les extrémités des manches longues étaient effilochées.

— Bonjour, Ruark, chantonna-t-elle en allant remplir son assiette.

Elle était capable de manger autant qu'un soldat en

permission, qui n'avait eu droit qu'à des rations pendant des mois.

— Bonjour.

Il but une gorgée de son café et l'observa avec amusement, tandis qu'elle s'asseyait et fronçait les sourcils devant son assiette.

— J'en ai peut-être trop pris, constata-t-elle, puis elle haussa les épaules. Oh, bon ! Tu as bien un chien que je peux nourrir, n'est-ce pas ?

— En fait, non.

— Mais, nous avons des chiens à Warefield.

— Je sais. C'est ma maison, Kat.

— Certes, mais tu n'y es pas aussi souvent que moi. Il y a deux chiens de plus que lors de ta dernière visite, à Noël.

— Vraiment ?

— Un frère et une sœur, les chiots du terrier de John Mason. Aislinn et Abigail en ont pris un chacune.

— Et notre mère a autorisé cela ?

— Mon père l'y a incitée.

Kat se concentra sur son assiette pendant quelques minutes, tandis que Ruark feuilletait son journal. Lorsqu'elle ralentit le rythme, il le mit de côté.

— Tu n'es pas enthousiaste à l'idée de te marier, n'est-ce pas ?

— Absolument pas.

— Je suppose que tu n'as pas embrassé ce Hickinbottom dans le but de causer un scandale qui t'empêcherait de te marier ?

La main de la jeune femme s'arrêta net, un morceau de jambon piqué sur sa fourchette, à mi-chemin de sa bouche.

— Non, mais c'est un excellent stratagème. J'aurais aimé y avoir pensé, affirma-t-elle avant de manger le jambon, qu'elle avala avant de poursuivre. Je l'ai embrassé à titre expérimental et je l'ai choisi parce qu'il était déjà fiancé.

Ruark suivit sa logique.

— Ainsi, il ne serait pas forcé de t'épouser ?

Elle plissa un œil et acquiesça, un sourire étirant ses lèvres.

— Astucieux, non ?

— Oui. Mais aussi stupide. Kat, n'as-tu pas songé aux conséquences pour ta réputation ?

— Je ne peux pas dire que j'y ai songé. Mais je ne peux pas non plus dire que je m'en soucie.

— Et qu'en est-il de tes sœurs ? Cela aura des répercussions négatives sur Iona et les jumelles.

Kat fronça les sourcils.

— C'est ce que Iona a dit. Elle est très contrariée à mon égard. C'est pour cette raison que nous ne pouvions pas partager une chambre.

Pour Ruark, cela semblait logique.

— Je crois qu'à sa place, moi aussi, je serais irrité, dit-il d'une voix douce.

Parfois, Kat avait des difficultés à comprendre le point de vue des autres, en particulier lorsqu'elle était concentrée sur ses propres objectifs, comme c'était le cas avec ses expériences.

— Oh ! s'exclama-t-elle, puis elle fit une grimace. Je ne m'étais pas rendu compte. Je m'excuserai.

Si c'était la bonne chose à faire, cela n'arrangerait pas les choses pour Iona qui, à l'âge de dix-neuf ans, était également en âge de se marier.

— Il se pourrait que tu doives rester ici, à Londres, pour t'éloigner d'elle et des jumelles, suggéra Ruark. Cela te plairait-il ?

Il devrait convaincre leur mère. Et engager une dame de compagnie pour sa sœur. Il n'était pas question qu'il la contrôle ni qu'il surveille une jeune femme de vingt ans, même s'il s'agissait de sa sœur.

Une lueur d'enthousiasme brilla dans les yeux de Kat.

— Infiniment !

— Tu devras me promettre de ne plus mener d'expériences en matière de baisers. Pourquoi as-tu fait cela, d'ailleurs ?

— Je discutais avec Hetty, et elle m'a recommandé de n'épouser personne, à moins qu'il n'embrasse bien. Je lui ai alors demandé comment je pourrais le savoir. Elle me l'a expliqué… Je ne savais pas que les langues seraient impliquées. J'ai alors décidé que je devais comprendre par moi-même. Donc, j'ai mené une expérience.

Il la dévisagea avec un mélange d'amusement, d'incrédulité et de compréhension totale.

— Cela ne m'étonne pas de toi.

Henrietta Barnwick était une amie de ses sœurs, qui vivait à deux miles de Warefield. Il n'avait jamais rencontré quelqu'un capable de parler aussi vite et avec autant d'assurance, même s'il ne comprenait pas grand-chose à ce qu'elle disait.

— Mais je te conseillerais de ne pas prendre pour parole d'évangile tout ce que raconte Hetty.

Kat s'esclaffa.

— Pourquoi crois-tu que j'aie dû faire une expérience ? Je ne pouvais pas simplement me fier à sa description.

— Me promets-tu de ne plus faire ce genre d'expériences si je persuade notre mère de te laisser rester ici ?

— Je te le promets. S'il te plaît, Ruark !

— Je ferai de mon mieux, lui assura-t-il avec un petit rire, se disant qu'il serait agréable de l'avoir ici.

Il allait avoir besoin d'une distraction s'il devait rester complètement à l'écart de Cassandra. Ce qu'il devait impérativement faire.

— Dans l'intervalle, tu devras te rendre à l'assemblée demain soir. Je vais commencer à essayer de convaincre notre mère, mais il me faudra un peu de temps pour y parvenir, expliqua Ruark, qui termina son café avant de regarder à nouveau sa sœur. Souhaites-tu te marier un jour ?

Elle haussa à nouveau les épaules.

— Honnêtement, je n'y ai pas beaucoup réfléchi. Je sais que j'aurais dû le faire. Dieu sait que maman en parle suffisamment.

— Je vais aborder le sujet avec elle. Souhaite-moi bonne chance !

Ruark décocha un clin d'œil à sa sœur en se levant.

— Tout de suite ? Elle est toujours au lit, elle ne se lèvera sans doute pas avant au moins midi.

Il ricana.

— Non, pas maintenant. Je sais qu'il ne faut pas la déranger quand elle dort.

Leur mère était une bête féroce quand on la réveillait, et elle n'aimait pas les heures matinales. À ses yeux, dix heures du matin, c'était tôt.

— Tant mieux. Tu l'aurais sans doute regretté.

Kat se replongea dans son petit déjeuner, et Ruark l'informa qu'il se rendait dans son bureau.

Une fois là, il se replongea aussitôt dans son dilemme concernant Cassandra, même s'il parvenait parfois à se distraire en réfléchissant à la manière dont il pourrait persuader sa mère de laisser Kat rester à Londres. Oui, il avait besoin de distractions. Comme la boxe. Il ne devait pas aller au club avant le lendemain, mais il pouvait toujours s'entraîner ce jour-là.

Cependant, les distractions ne feraient pas disparaître la nécessité de mettre fin à leur relation. Il devait lui dire que c'était terminé, qu'elle ne devait pas l'aimer. Elle devait l'oublier, aller de l'avant. Épouser Glastonbury, sans doute.

Un sentiment de jalousie le transperça, comme la veille, dans le parc, quand il avait vu le vicomte s'extasier devant elle. Comment allait-il pouvoir s'éloigner d'elle, alors que tout en lui le poussait à courir dans ses bras ?

~

— Tu es meilleur aujourd'hui, remarqua Morti, tandis qu'ils faisaient une pause dans leur entraînement. S'est-il passé quelque chose ?

— Je garde simplement les idées claires.

Ruark alla s'asseoir sur un banc à l'extérieur du ring, où il prit une serviette et essuya la sueur de son front et de son cou. Il avait extrêmement mal dormi, mais il s'était efforcé de se concentrer sur tout, sauf... Il refusait même de penser à son nom.

— Wexford !

Celui-ci se tourna en entendant son nom. Glastonbury se dirigeait vers lui. Soudain, les efforts de Ruark pour rester calme devinrent beaucoup plus difficiles, car il était tenaillé par la jalousie et l'agacement.

— Bonjour, Glastonbury, dit-il d'un ton égal en laissant tomber la serviette sur le banc.

— J'ai assisté à la fin de votre entraînement avec Morti, lança le vicomte, jetant un coup d'œil à l'entraîneur à qui il sourit. Vous êtes en excellente forme. Comment se fait-il que nous ne nous soyons jamais affrontés ?

— Je ne sais pas.

Ruark espérait qu'il suggérerait qu'ils le fassent. L'opportunité d'affronter Glastonbury était incroyablement attrayante.

L'autre homme le regarda d'un air pensif.

— Devrions-nous le faire ?

— Je le crois, acquiesça Ruark, qui ne put s'empêcher de sourire.

Morti intervint, l'air légèrement renfrogné.

— Cela fait près d'une heure que tu t'entraînes. Le vicomte vient tout juste d'arriver.

— Serais-tu en train de dire que je devrais le ménager ? s'enquit Glastonbury en riant. Je peux le faire.

— Je vous en prie, ne le faites pas, répondit Ruark, s'efforçant de ne pas serrer les dents. Je suis certain d'être à la hauteur du défi. Je suis détendu et prêt, alors que vous n'avez même pas encore commencé à transpirer.

Les yeux de Glastonbury se plissèrent légèrement.

— Très bien.

Il monta sur le ring et Ruark le suivit. Le vicomte se tourna alors vers Morti.

— Veux-tu arbitrer ?

Morti acquiesça, mais il ne semblait pas content. Il secoua la tête en regardant Ruark, qui l'ignora.

— Un round ! annonça Morti avant de donner le départ du combat. Ou jusqu'à ce que je dise que c'est fini.

Ruark remarqua que tous les membres du club, une bonne douzaine de gentlemen, et Fred, bien sûr, s'étaient rassemblés autour du ring pour regarder. Il se concentra sur son adversaire, impatient de lui planter son poing dans la figure.

— J'espère pouvoir rester concentré sur le combat, déclara Glastonbury d'un ton jovial. Vous voyez, j'ai l'esprit occupé par divers projets, car j'ai l'intention de demander lady Cassandra en mariage demain.

À présent, son nom occupait l'esprit de Ruark, accompagné d'une réaction viscérale face à ce que le vicomte venait de dire. Une colère amère enfla en lui. Il ne pouvait pas laisser Glastonbury l'épouser. Celui-ci en profita pour frapper pendant qu'il était distrait, et sa main heurta l'épaule de Ruark, dont la colère s'intensifia.

Le comte s'élança, mais il était trop perturbé. Glastonbury esquiva ses coups, puis il en porta un autre sur le côté du bras de Ruark. Serrant les dents, celui-ci redoubla d'efforts, s'efforçant de rester calme et stratégique. Après plusieurs instants passés à contrer leurs défenses respectives, il parvint finalement à porter un coup aux côtes de Glastonbury.

— Bien joué, le complimenta son adversaire, arborant un sourire.

Son attitude aimable était exaspérante, en partie parce que c'était le comportement habituel de Ruark. Il était charmant, plein d'esprit et insouciant.

Apparemment, Glastonbury l'était aussi. Peut-être était-ce pour cette raison que Cassandra avait envisagé de l'épouser. *Avait envisagé.* La veille, elle avait affirmé son intention d'attendre Ruark. Il n'avait aucune raison d'être perturbé à cet instant. Elle l'avait déjà choisi.

Sauf que le père de Cassandra ne le permettrait pas, surtout si Glastonbury était à la hauteur, ce qui était le cas. *Bon sang !*

Le poing droit du vicomte frappa Ruark à l'abdomen et son poing gauche le toucha au flanc, le repoussant en arrière. Avant qu'il n'ait pu se reprendre, Glastonbury continua, et lui porta deux coups supplémentaires.

— Stop ! s'écria Morti, mettant fin au combat. Vous vous êtes bien battus.

La respiration laborieuse, Glastonbury se plaça au centre du ring, puis il inclina la tête vers Ruark.

— Beau match.

— Le vicomte a-t-il gagné ? s'enquit quelqu'un.

Morti répondit sèchement.

— Oui.

Ruark entendit les spectateurs murmurer et vit de l'argent changer de mains. Évidemment, ils avaient parié sur le combat. De la sueur coula dans ses yeux, et il cligna furieusement des paupières. Il avait laissé Glastonbury prendre le dessus sur lui. Non, il avait laissé son esprit vagabonder précisément comme il n'aurait pas dû le faire.

Ruark alla serrer la main de son adversaire.

— Bon match. Je suppose que j'étais un peu fatigué.

— Je l'ai remarqué, répondit Glastonbury avec courtoisie.

Ils quittèrent le ring ; le vicomte partit s'entretenir avec Fred, tandis que Ruark se dirigeait vers les vestiaires. Morti l'intercepta en chemin.

— Tu dois te retirer du combat. À moins que tu ne veuilles te faire massacrer par Garnham.

Ruark ne pouvait pas penser à cela pour le moment. Son esprit était accaparé par Cassandra et ses possibles fiançailles imminentes. Si Glastonbury parvenait à la convaincre, et surtout s'il parvenait à convaincre son père, l'accord serait conclu. Il poussa un grognement à destination de Morti, qui se précipita devant lui pour lui barrer le chemin.

— Tu te conduis comme un idiot. Il n'y a pas de honte à se retirer. Fred trouvera quelqu'un d'autre.

— Laisse-moi partir, Morti.

Ruark le dépassa et alla se laver et se changer. Il quitta le club par la porte arrière, afin de ne pas croiser Morti ni qui que ce soit d'autre. Sortant dans une ruelle, il se dirigea vers Covent Garden, où il héla un fiacre.

Que diable allait-il faire ? Il ne pouvait pas laisser Cassandra épouser Glastonbury, mais il ne pouvait pas non plus rompre la promesse qu'il avait faite à son père. Et s'ils suivaient son plan et attendaient qu'il ait trente ans ?

Son père n'accepterait jamais cela. Lucien non plus. À moins que ? Ruark la traiterait différemment des femmes de son passé. Il n'y aurait pas de cœurs brisés ni de déceptions. Ils devaient simplement être patients.

Peut-être devrait-il d'abord rallier Aldington à sa cause. Non, à *leur* cause. Cassandra devrait être la force motrice pour convaincre son frère de soutenir ce projet.

Ruark se passa la main sur le front. Était-il en train de décider de l'épouser dans trois ans ? Et si ses sentiments à l'égard de la jeune femme changeaient d'ici là ? Et il s'y attendait... son père avait eu raison. Chaque fois que Ruark tombait amoureux, il tombait ensuite en désamour.

Mais, s'il y avait la moindre chance qu'elle soit différente, ne devrait-il pas essayer de le découvrir ?

Sauf qu'elle pourrait aussi tomber en désamour de toi... elle est bien plus jeune, et moins expérimentée.

Il la verrait ce soir-là, à l'assemblée, et il l'avertirait que Glastonbury avait l'intention de la demander en mariage. Car, si Glastonbury le faisait, il n'y aurait plus lieu de se demander si Ruark pourrait l'aimer plus qu'un simple moment.

CHAPITRE 14

Cassandra arriva à l'assemblée du Phœnix Club avec Sabrina et Prudence. Même si elle était heureuse de les avoir à ses côtés, elle désespérait de retrouver Fiona. Depuis le départ précipité de Ruark la veille, quand elle lui avait promis de l'attendre *et* lui avait déclaré son amour, elle voulait parler à sa meilleure amie. En fait, elle souhaitait se décharger entièrement de ses émotions auprès d'une personne qui la comprendrait. Quelqu'un qui s'était comporté de manière inappropriée, comme Cassandra, et qui avait fini par épouser l'homme qu'elle aimait.

Au point où elle en était, la jeune femme doutait que cela arrive. Elle avait vu la surprise et la crainte dans les yeux de Ruark au parc la veille, et elle avait compris qu'elle était allée trop loin. Cependant, elle ne pouvait pas contrôler ses sentiments, et, si cela l'effrayait ou l'éloignait, ou même les deux, il valait mieux qu'elle le sache dès maintenant.

Le club était rempli de lumière, de rires et de musique, mais Cassandra semblait y être insensible ce soir-là. Sa peau était sèche et irritée, et si elle n'avait pas eu une telle envie de voir Fiona, elle aurait probablement fait demi-tour et serait rentrée chez elle. Peut-être avait-elle simplement besoin de se tamponner le cou avec de l'eau fraîche.

Se tournant vers Prudence, elle lui dit :

— Je vais faire un tour rapide à la salle de repos. Je vous retrouve, Sabrina et toi, dans la salle de bal.

Prudence fronça les sourcils.

— Je viens avec toi.

— Non, je n'en ai pas pour longtemps.

Cassandra ne voulait pas de compagnie. Elle voulait de l'espace. Après avoir passé tant d'années seule, était-il possible que cela lui manque ? Elle n'aurait jamais imaginé cela.

Avant que Prudence ne puisse protester, Cassandra se hâta de se diriger vers la salle de repos. Mais, avant qu'elle n'y parvienne, une silhouette imposante se dressa sur son chemin.

Elle leva les yeux, surprise de voir Ruark. Ce qui était encore plus surprenant, c'était son air pressé et plutôt inquiet.

— Viens avec moi, lui intima-t-il sans préambule, lui serrant le bras.

Cassandra planta ses talons dans le sol.

— Où ?

— À l'étage. Dans un endroit… privé. Je dois t'entretenir d'une affaire urgente.

— Urgente ? répéta-t-elle, car elle ne voyait pas ce que cela pouvait être. D'accord.

Soufflant, il lui prit la main, puis jeta un regard autour de lui pour s'assurer que personne ne les observait. Deux femmes s'approchaient de la salle de repos, mais elles étaient plongées dans une conversation animée, la tête penchée l'une vers l'autre. Ruark l'entraîna vers une porte fermée, puis emprunta un escalier de service qui menait au deuxième étage.

Il ouvrit la porte du palier et guida Cassandra dans un large couloir faiblement éclairé. Il regarda à gauche et à droite, gardant sa main dans la sienne, et il la conduisit vers la gauche. Presque aussitôt, Ruark ouvrit une nouvelle porte, puis la guida à l'intérieur. Aussitôt, il jura.

— Nous avons besoin de lumière. Reste ici.

Il relâcha sa main, laissa la porte entrouverte afin que la lumière des appliques murales du couloir puisse éclairer légèrement l'endroit où elle se trouvait. En se retournant, elle constata qu'il s'agissait d'un petit débarras sans fenêtre, encombré de quelques meubles, d'objets décoratifs et de plusieurs caisses.

Quelques instants plus tard, Ruark revint dans la pièce, une bougie à la main, et, cette fois-ci, il ferma la porte. Il posa la bougie sur une pile de caisses.

— Que diable peut-il y avoir de si urgent pour que tu me fasses venir ici en secret ?

Il la dévisagea un instant ; ses yeux bleus brillaient à la lueur de l'unique bougie dont la flamme vacillait à côté d'eux. Puis il l'enlaça et la serra contre lui, ses lèvres se posant sur les siennes.

Bien qu'inattendu, son baiser n'était pas malvenu, au contraire. Cassandra avait craint de ne plus jamais connaître son étreinte. Elle savourait la sensation de ses bras autour d'elle, le glissement de sa langue dans sa bouche tandis qu'il revendiquait ce qu'il désirait. S'agrippant au cou de Ruark, elle prit aussi ce qu'elle désirait : exactement ce qu'il lui offrait.

Mais… pourquoi faisait-il cela ? Cassandra rompit le baiser, puis s'obligea à reculer d'un pas.

— Parle-moi de cette situation urgente.

— Il faut que tu sois malade, demain.

Une étrange lueur brillait toujours dans ses yeux. Il semblait déstabilisé, perturbé.

— Pourquoi ? l'interrogea-t-elle, déconcertée.

— Glastonbury va faire sa demande.

Les yeux écarquillés, Cassandra se sentit subitement détachée, comme si elle pouvait s'envoler. Elle se démena pour rester sur terre.

— Comment le sais-tu ? murmura-t-elle.

— Il me l'a dit aujourd'hui au club de boxe. Il était plutôt gonflé d'orgueil, si tu veux tout savoir.

Cassandra comprit alors son trouble.

— Serais-tu jaloux ?

Ruark répondit sans la moindre hésitation.

— Bien sûr que je suis jaloux !

Une joie irrationnelle envahit la jeune femme. Elle ne put résister à l'envie de le narguer, vu qu'il l'avait fuie la veille au parc.

— Peut-être devrais-je accepter. Mon père serait aux anges.

À peine ces mots avaient-ils franchi ses lèvres que Ruark l'embrassait à nouveau. Il la serra contre lui, ses mains parcourant son corps dans une démonstration de désir provocante. Cassandra posa ses mains sur ses épaules, planta ses doigts dans le tissu raffiné de sa veste et lui rendit son baiser avec une passion sauvage.

Détachant sa bouche de celle de la jeune femme, Ruark fit glisser ses lèvres le long de sa mâchoire.

— Tu ne peux pas l'épouser.

— Pourquoi pas ?

— Ce serait *insupportable*.

Il reprit possession de sa bouche, l'embrassant longuement, tandis que sa main enserrait sa nuque. Elle était subjuguée par son contact, elle se languissait d'en avoir plus. S'accrochant à lui avec détermination, Cassandra se cambra contre lui, ses seins pressés contre son torse, tandis qu'il la faisait délicatement basculer en arrière dans ses bras.

Il l'embrassa dans le cou, une main s'étalant sur le bas de son dos pour la tenir fermement contre lui.

— Tu attendrais vraiment ? l'interrogea-t-il, puis il lécha sa peau, la faisant trembler de désir. Trois ans, c'est long.

Cassandra enfouit une main dans les cheveux de Ruark, ébouriffant les mèches épaisses.

— Cela en vaudra la peine. Il me faut simplement le soutien de mes frères pour affronter mon père. Il ne va pas aimer que je veuille repousser le mariage jusqu'à ce que je coiffe Sainte-Catherine. Je devrai simplement trouver une activité pour m'occuper, comme ta sœur et son amour des animaux.

La bouche de Ruark s'éloigna de son cou, et il la regarda.

— Je ne te vois pas vraiment faire ça.

Cassandra haussa une épaule.

— Enfin, pas *ça* exactement, mais j'ai besoin de quelque chose pour passer ces trois années, précisa-t-elle, appuyant doucement ses doigts contre son crâne. Tu pourrais aussi me tenir occupée en m'embrassant. Ou bien… en faisant d'autres choses.

Elle leva les yeux vers lui d'un air suggestif, espérant qu'il comprenne ce qu'elle voulait dire. La redressant pour qu'elle puisse se tenir debout toute seule, il retira ses mains et s'éloigna. Il passa une main dans ses cheveux déjà ébouriffés, avant de se placer face à elle.

— Je ne te demande pas en mariage, Cassandra.

Et il semblait en être désolé.

— Je ne m'attendais pas à ce que tu le fasses. Je comprends pourquoi tu as besoin d'attendre avant de t'engager dans un mariage. Je te demande simplement de bien vouloir envisager de t'engager avec moi dans trois ans.

— Je ne te mérite vraiment pas, murmura Ruark.

Cassandra s'approcha de lui et lui prit la main.

— Si, bien sûr. Pour une raison que j'ignore, nous nous

sommes retrouvés dans un placard ensemble, et cela a changé le cours de nos vies. Je peux t'attendre, et je le ferai. Je suis certaine de mon amour pour toi, même si tu n'es pas encore prêt à accueillir de tels sentiments.

Il la regarda avec incrédulité.

— *Bon sang !* Tu es tellement compréhensive !

Elle laissa échapper un petit rire.

— C'est une bonne chose, j'espère. À moins que tu ne préfères que j'épouse Glastonbury ?

Elle ne put s'empêcher de le taquiner à nouveau.

— *Non,* répliqua-t-il, le regard soudain sombre, et il l'attira contre lui. Tu ne vas pas dire à tes frères que tu veux repousser ton mariage pour m'attendre, n'est-ce pas ?

— Je l'ai envisagé.

— J'y ai également réfléchi et je pense qu'il serait préférable de ne pas parler de moi. Ton père et Lucien sont tellement opposés à ce que je te courtise, et encore plus à ce que je t'épouse, que je crains que cela ne provoque un tollé. Trois ans, cela nous donne le temps de les faire changer d'avis.

— En fait, c'est une idée brillante. Dans trois ans, mon père sera ravi d'accepter n'importe quelle demande en mariage ! s'exclama-t-elle en souriant, avant de se rendre compte de la façon dont elle avait tourné sa phrase. Désolée, ce n'était pas pour t'insulter.

— Je sais, la rassura-t-il, puis il hésita, les traits tendus. Ce n'est pas que je ne t'aime pas…

Sa voix trembla. Le pouls de Cassandra s'emballa, et un sentiment de joie enfla dans sa poitrine.

— Je sais que tu as peur et que tu as fait une promesse à ton père.

— Oui, mais ce sont mes problèmes, pas les tiens.

Elle posa une main sur la joue de Ruark.

— Certes, mais je ne veux personne d'autre, alors tu peux

soit me repousser et me briser définitivement le cœur, soit accepter mon plan.

— Et potentiellement te briser le cœur de toute façon, murmura-t-il, une angoisse déchirante dans la voix.

— Tu ne le feras pas. Et je vais passer les trois prochaines années à te le rappeler… de toutes les manières possibles, affirma Cassandra, qui se hissa sur la pointe des pieds pour poser ses lèvres sur celles de Ruark. Je t'en prie, dis-moi que nous ne serons pas obligés de rester séparés. Je ne crois pas que je pourrais le supporter.

— Moi non plus.

Il l'embrassa à nouveau, et Cassandra se perdit dans son étreinte durant de longues minutes, se demandant comment il était possible de ressentir quelque chose d'aussi spectaculaire. Le désir qu'elle éprouvait pour lui était un poids lourd et bienvenu, qui faisait vibrer les parties les plus intimes de son corps.

Une fois de plus, il délaissa sa bouche pour que ses lèvres et sa langue tracent un chemin le long de sa mâchoire et de son cou, jusqu'à sa clavicule, puis jusqu'à la peau juste au-dessus de son corsage. Il toucha sa poitrine, et elle inspira brusquement.

— Je dois te signaler que notre… lien n'est pas passé inaperçu.

— Oui, ta belle-sœur et Evie nous ont surpris en train de nous embrasser.

Il ne s'était interrompu que le temps de parler, et maintenant sa bouche dansait à nouveau avec une attention passionnée sur sa peau.

— À part cela, Prudence a remarqué la manière singulière dont nous nous regardons. Elle est plus observatrice que la plupart des gens, mais je me demande si nous ne devrions pas faire un effort pour nous éviter en public.

— Ce sera difficile. Tu me manqueras terriblement.

Il y avait de la nostalgie dans la voix de Ruark, comme s'ils étaient déjà séparés.

Cassandra glissa une main à l'arrière de sa tête, enfonçant ses doigts dans ses cheveux.

— Nous devrons simplement trouver des moyens de passer du temps ensemble, sans que ce soit lors d'un bal ou d'une promenade dans Hyde Park. Comme nous le faisons en ce moment.

— Nous devrions sans doute retourner au bal, répondit Ruark, une pointe de déception dans la voix.

Cassandra voyait bien qu'il était partagé. Serrant sa tête et son cou, elle l'attira vers elle pour un baiser passionné, le dominant de ses lèvres et de sa langue. Lorsqu'elle eut terminé, elle leva les yeux vers lui, animée d'un désir sombre et insistant.

— Je préfère profiter de ce moment volé. Nous ne savons pas combien nous en aurons dans les trois années à venir.

Les yeux brillants de désir, il soupira.

— Tellement autoritaire… Ça me plaît.

Il la conduisit jusqu'à une méridienne, qui était appuyée contre le mur. S'asseyant avec elle, il lui caressa doucement le visage.

— Laisse-moi m'assurer que je comprenne bien ton plan. Nous allons cesser de nous parler en public ?

Il baissa la main et trouva l'ourlet de sa robe. Cassandra retint son souffle, tandis que le tissu remontait le long de ses jambes.

Elle parvint à répondre à sa question tant bien que mal.

— Pas tout à fait. Mais pas de danse ni de promenades.

— Quelle déception !

Ruark arrangea la robe de Cassandra au-dessus de ses genoux, tout en l'embrassant derrière l'oreille. Il remonta sa main le long de sa cuisse, en une caresse douce et excitante, effleurant sa peau nue du bout des doigts.

— Nous ne pourrons pas fleureter non plus, je suppose.

La jeune femme s'étonna de pouvoir encore parler. Tout son corps était parcouru de frissons.

— Ce sera difficile.

Il appuya sur l'intérieur de la cuisse de Cassandra, l'incitant en silence à écarter les jambes. Elle s'exécuta, agrippant le haut du bras de Ruark, qui était enroulé autour de sa taille.

— Mais, si je sais que je peux te voir comme ça de temps en temps, je crois que je peux y arriver. Veux-tu que je continue, Cassandra ?

— Oui.

Elle s'était déjà donné du plaisir, mais ce n'était pas du tout la même chose. Ses caresses étaient légères, taquines. C'était comme si son corps s'éveillait pour la première fois.

Ruark l'embrassa au moment où sa main se posait sur son sexe, qu'il caressa et taquina de ses doigts. Son désir grandit, et une sensation de chaleur se répandit en elle sous ses attentions soutenues.

Saisissant l'arrière de sa tête, Ruark la tira en arrière, ses doigts s'emmêlant dans ses cheveux. Il embrassa la courbe de son cou, mordillant sa chair, lui arrachant un cri. Cassandra plaqua une main sur sa bouche, et elle essaya de retenir un gémissement quand il introduisit un doigt dans son sexe. Un désir désespéré explosa en elle.

— *Bon sang !* J'ai tellement envie de t'enlever ta robe, marmonna-t-il contre elle, juste avant que sa langue ne s'insinue dans le creux entre ses seins. Une autre fois, peut-être.

Sa main jouait avec une précision remarquable, alternant entre son clitoris, cette partie si sensible, et son fourreau. Chaque caresse, chaque va-et-vient la rapprochait de l'extase. Le plaisir enfla, jusqu'à ce qu'elle ait l'impression d'être au sommet du monde.

Ruark l'embrassa dans le cou, puis il murmura tout près de son oreille :

— Jouis, Cass. Sais-tu comment faire ? *Jouis.*

Il s'enfonça en elle, et son pouce caressa sa peau. Elle bascula dans l'extase, se perdant dans un ravissement infini.

Ce ne fut que lorsque Ruark éloigna la main de la jeune femme de sa bouche qu'elle se rendit compte qu'elle l'y avait laissée. Il la remplaça par ses lèvres, l'embrassant tandis qu'elle revenait à elle, depuis l'endroit où elle s'était perdue.

Sa main avait poursuivi ses caresses pendant son orgasme, mais il se retira alors, rabattant délicatement sa robe sur ses jambes. Ensuite, il fit une chose des plus audacieuses. Il glissa ses doigts dans sa bouche, ceux qui avaient été enfouis en elle, et les lécha. Son regard se fixa sur celui de Cassandra, et elle ne put détourner les yeux de son geste scandaleux.

— Ruark !

Il retira ses doigts de sa bouche et sourit.

— Tu as un goût divin. La prochaine fois, je serai plus direct lorsque je te savourerai.

Il se lécha les lèvres, et la chaleur entre ses jambes, qu'elle croyait apaisée, revint en force.

— Peut-être que ce sera à mon tour de savourer, remarqua Cassandra avec un sourire coquin.

Ruark gémit.

— Comment suis-je censé t'ignorer en public quand tu dis de telles choses ? Ou quand tu ressembles à ça ?

Il l'embrassa à nouveau, elle aurait pu jurer sentir son propre goût sur sa langue. Puis il s'éloigna, se releva de la méridienne et l'entraîna avec lui. Il fronça les sourcils en observant sa tête.

— Il faut mettre un peu d'ordre dans tes cheveux. Il doit y avoir un miroir là-dedans.

Ruark s'éloigna pour en chercher un. Le cœur de Cassandra commençait à peine à retrouver son rythme normal. Elle lissa le devant de sa jupe, tandis qu'une chose lui venait à l'esprit.

— Tu as fait tout cela avec ta main gauche.

— Je suis ambidextre. La prochaine fois, j'utiliserai la droite, déclara-t-il, puis il la regarda par-dessus son épaule en agitant les sourcils.

— Qu'en est-il de toi ? N'as-tu pas besoin de te libérer ?

— Eureka !

Il prit un petit miroir qu'il lui apporta, le tenant devant elle pour qu'elle puisse remettre sa coiffure en place. Heureusement, il n'y avait pas trop de dégâts.

— Et, non, je n'ai pas besoin de me libérer.

Cassandra baissa les yeux et remarqua le contour dur du sexe de Ruark.

— Ton corps dit le contraire, remarqua-t-elle d'un ton ironique. Ne pourrions-nous arranger cela ?

— Nous nous sommes déjà absentés trop longtemps. Quand tu partiras, car nous ne devons pas y retourner ensemble, je m'en occuperai.

— Comment ? l'interrogea-t-elle, lui prenant le miroir des mains pour le poser sur la méridienne.

— Euh… à peu près de la même manière que je l'ai fait pour toi. Avec ma main.

Cassandra se rapprocha encore de lui et posa la main sur le renflement de son pantalon.

— Ta main droite ou ta main gauche ? Ou bien alterneras-tu ? Je crains de n'être douée qu'avec ma main droite.

— Mon Dieu ! Cassandra, tu vas me tuer. Je t'en prie, va-t'en ! gronda-t-il d'une voix rauque.

— En es-tu sûr ?

Elle frotta sa paume contre lui, et il avança ses hanches. Il répondit d'une voix tendue.

— Oui. Tu devrais y retourner.

— Je vais y aller, mais, d'abord, tu dois me raconter ce que tu vas faire. Tu ferais mieux d'être rapide.

— *Très bien.* Je vais sortir mon sexe.

— Ne devras-tu pas d'abord déboutonner ton pantalon ? Tu sautes des étapes, Ruark.

Elle entreprit de défaire lesdits boutons.

— *Cassandra.* Tu dois partir. Je saute des étapes parce que c'est en train de me rendre fou.

La jeune femme se hissa sur la pointe des pieds et embrassa la mâchoire de Ruark.

— Dis-moi.

— Je déboutonnerai mon pantalon, sortirai mon pénis de mes sous-vêtements, puis je le caresserai. De la base au sommet. Encore, et encore, de plus en plus vite à mesure que mon désir grandira.

— Comme tu viens de le faire avec moi, murmura Cassandra, lui léchant le cou, avant de mordiller le lobe de son oreille. J'aimerais que tu me laisses t'aider.

— *Mon Dieu !* Tu es *insupportable*. De la meilleure des manières. Oui, s'il te plaît, sors-le, murmura-t-il, puis il inspira brusquement, avant de marmonner. Ce n'est pas comme si cela allait prendre beaucoup de temps.

Cassandra l'avait déjà déboutonné, et elle avait retiré ses gants au passage. Elle n'eut aucun mal à libérer son sexe. Elle baissa les yeux, s'émerveillant de la chair raide qu'elle tenait au creux de sa paume.

— Comment dois-je le tenir ? demanda-t-elle doucement.

Ruark posa une main sur celle de Cassandra et le lui montra.

— Maintenant, bouge. *Dépêche-toi.*

Posant son autre main sur la hanche du jeune homme, elle commença à le caresser, lentement au début, tandis qu'elle apprenait à connaître sa forme et les sensations qu'il lui procurait.

— Prends un peu du liquide qui se trouve à l'extrémité, dit-il d'une voix rauque, basculant les hanches quand elle mit sa main sur le sommet.

La jeune femme fut choquée de sentir la moiteur qui s'y trouvait. Il n'y en avait pas beaucoup, mais suffisamment pour humidifier ses doigts.

— Étale-le sur la peau. Cela t'aidera à…

Il s'interrompit avec un halètement, car elle le faisait déjà. Elle reprit ses caresses.

— … glisser, finit-il avant de laisser échapper un profond gémissement. Plus vite, s'il te plaît.

— Es-tu proche ? lui demanda-t-elle.

Elle adorait cette sensation d'avoir le pouvoir de lui procurer du plaisir.

— Oui. *Plus vite.*

Cassandra se concentra totalement sur Ruark, déplaçant sa main en caresses rapides et fébriles. Il se tendit soudain dans sa main et la repoussa.

— Je vais…

Il se détourna d'elle et termina ce qu'elle avait commencé ; du liquide jaillit alors. Fouillant dans sa poche, la jeune femme sortit un mouchoir, qu'elle s'empressa d'enrouler autour du sexe de Ruark. Il le lui prit avec une grimace de reconnaissance.

— Merci, articula-t-il.

Elle se retourna, lui laissant un peu d'intimité tandis qu'il se nettoyait.

— C'est beaucoup plus compliqué avec les hommes, n'est-ce pas ?

Ruark éclata de rire.

— En toutes choses.

— Je suis plutôt d'accord.

— Cassandra, ce fut le moment le plus érotique de ma vie. Mais, à présent, tu dois vraiment partir.

La jeune femme soupira.

— Je suppose que oui… mais cela va être difficile. Quand te verrai-je la prochaine fois ?

— Pour commencer, parle-moi de Glastonbury. Comment vas-tu éviter sa visite ?

— Il se trouve que je me rends demain à Richmond pour un bal, et que je passerai la nuit là-bas.

Ruark venait de finir de boutonner son pantalon.

— Le bal des Crimshaw ? J'y serai ! annonça-t-il, et ses lèvres s'étirèrent lentement en un magnifique sourire.

Le cœur de Cassandra s'emballa.

— Alors, je t'y verrai. Je suis certaine que tu pourras faire en sorte que nous nous retrouvions.

— Je considère cela comme ma priorité absolue. Mais, n'oublie pas. En public, je te snoberai presque.

Il s'inclina avec élégance, comme s'ils se trouvaient au milieu d'une salle de bal et ne venaient pas de partager un moment très charnel.

La salle de bal ! Elle devait y retourner. Elle réfléchissait déjà à la façon d'expliquer à ses amies pourquoi elle était venue ici, seule, au lieu de se rendre dans la salle de repos. Car Prudence était sans doute déjà partie à sa recherche.

— Tu as raison. Je dois y aller.

Elle n'avait même pas le temps de l'embrasser comme il se devait. Mais ils avaient le lendemain. Envoyant un baiser à Ruark, Cassandra se retourna puis sortit, flottant presque littéralement dans l'air alors qu'elle descendait vers le bal.

CHAPITRE 15

De toute sa vie, Ruark n'avait jamais aussi bien dormi que la nuit précédente. Il aurait pu attribuer cela à son sommeil agité de la veille, à l'épuisement lié à son combat et à sa défaite face à Glastonbury, mais il savait que c'était en réalité dû à sa rencontre avec Cassandra dans la réserve.

Elle avait réalisé des rêves dont il ignorait l'existence, et lui en avait offert plusieurs nouveaux. À commencer par trouver un moyen de la retrouver seule au bal de ce soir-là, une tâche rendue légèrement plus difficile par le fait qu'il avait cédé à sa mère qui l'avait supplié de les y emmener, Kat et elle.

Sa berline, qui faisait partie d'une interminable file d'attente, arriva à la porte d'entrée.

— C'est tellement excitant ! s'exclama sa mère. Je suis si heureuse que nous ayons pu venir. N'est-ce pas merveilleux, Kathleen ?

Elle coula un regard vers Kat, qui avait lu un livre pendant tout le trajet. Celle-ci ne prit pas la peine de lever les yeux.

— Mmm.

— Je ne sais pas comment tu arrives à lire. La lanterne ne fournit sûrement pas assez de lumière !

— Elle est sans doute capable de lire dans l'obscurité, maman, remarqua Ruark d'un ton plaisant. Elle est très déterminée.

Kat referma son livre, puis le posa sur la banquette, entre elle et le côté de la berline.

— Merci de le reconnaître, Ruark. Allons-nous descendre du véhicule ou bien ai-je enfilé cette robe de bal infernale pour rien ?

Leur mère pinça les lèvres en la regardant.

— J'espère vraiment que tu changeras d'attitude une fois que nous serons à l'intérieur.

Pour toute réponse, Kat se contenta de faire un geste vers la portière ouverte avec un regard impatient.

Ruark descendit, et il aida d'abord sa mère, puis sa sœur à descendre de la berline. Une fois à l'intérieur, ils prirent la direction de la salle de bal, où l'éclat de centaines de bougies et de miroirs accrochés aux murs rivalisait avec le bruit des invités, dont certains, comme Cassandra, avaient la chance de disposer d'une chambre pour passer la nuit. Les autres resteraient jusqu'à l'aube, puis rentreraient à Londres avec le soleil levant.

Ruark avait hâte de voir Cassandra, même s'il n'était pas censé danser avec elle. Ou se promener avec elle. Ou passer du temps avec elle. Du moins, sous le regard des gens. Ce qu'ils faisaient en secret était une tout autre affaire. Il espérait qu'ils pourraient voler quelques minutes.

Même s'il souhaitait passer du temps avec elle, une voix dans sa tête l'avertissait qu'il agissait de manière imprudente, et que ce projet d'attendre trois ans était plus qu'insensé. Sauf que c'était Cassandra qui avait eu l'idée d'attendre. Il aurait dû s'éloigner d'elle, même si c'était douloureux. Ce n'était pas comme s'il ne l'avait jamais fait auparavant.

Mais cette fois-ci, c'était différent. Il n'avait parlé à aucune de ces autres femmes de la promesse qu'il avait faite à son père. Le fait qu'il en ait parlé à Cassandra, et qu'elle ait non seulement compris, mais aussi qu'elle veuille l'attendre, lui faisait penser qu'elle *devait* être différente, qu'elle était peut-être celle qu'il était destiné à aimer. Pour toujours.

S'il le pouvait.

La peur de ne pas en être capable, ou que ses sentiments changent, était bien réelle, même si cela semblait absurde. Il ne voulait pas tomber en désamour d'elle, et, s'il ne la repoussait pas comme il l'avait fait avec les autres, cela augmenterait peut-être les chances que leur amour perdure.

Ce n'étaient que trois années. À moins qu'il ne rompe sa promesse. S'il l'aimait toujours dans un an, se sentirait-il suffisamment confiant pour franchir une nouvelle étape vers leur avenir commun ?

Ruark se mit à trembler. Il fallait qu'il prenne son temps. Un jour à la fois.

Alors qu'ils atteignaient la salle de bal, il s'efforça de se détendre et de se concentrer uniquement sur cette soirée-là.

— Bonté divine ! Regardez tous ces gens, s'exclama sa mère avec une admiration discrète, agrippant le bras de Ruark. Tant de maris potentiels ! C'est magnifique. Merci.

De l'autre côté de lui, Kat murmura :

— Tant de sujets potentiels !

Ruark réprima un sourire.

— Chut. Maman va t'entendre. Tu dois bien te comporter.

— Je le ferai si tu le fais.

L'espace d'un instant, Ruark se demanda si elle savait qu'il espérait pouvoir retrouver Cassandra. Mais comment l'aurait-elle appris ? Kat se montrait simplement sarcastique.

Ils se mêlèrent à la foule des invités pendant un moment

avant que la musique ne commence, puis Ruark scruta la salle de bal à la recherche de Cassandra. N'était-elle pas venue ? Et si Glastonbury était arrivé avant qu'elle ne parte, et qu'ils étaient maintenant fiancés ? Ruark eut l'impression d'avoir reçu plusieurs coups de poing dans le ventre.

Alors qu'il se tournait vers la porte, toute sa tension s'évanouit quand il vit Cassandra, magnifique dans une robe d'un rose foncé éclatant. Il se contenta de la regarder, et tous ses sens se délectèrent de sa présence. Puis tout s'arrêta net quand il remarqua que son père se tenait juste à côté d'elle.

Que faisait le duc ici ?

Sa présence compliquerait les choses pour retrouver Cassandra en privé. Ruark s'efforça de chasser la tension de ses épaules. Peut-être était-ce mieux ainsi.

Se détournant, il escorta sa mère et Kat plus loin dans la salle de bal.

Deux coupes de champagne plus tard, il se sentait un peu mieux. Il s'était également convaincu que c'était mieux qu'il ne se retrouve pas seul avec Cassandra. Pour elle. Elle était peut-être heureuse de l'attendre, mais il ne parvenait pas à dissiper le doute qui le taraudait. Il avait passé presque toute sa vie à penser qu'il ne devrait pas se marier avant ses trente ans, et qu'il ne pouvait pas être certain d'aimer quelqu'un avant cet âge. Et son expérience lui avait donné raison.

— Je suis vraiment ravie que ta sœur danse, déclara la mère de Ruark, le tirant de ses pensées.

Kat était au milieu d'un *set* avec un jeune gentleman énergique. Elle n'était pas la meilleure des danseuses, mais elle suivait bien, d'après ce qu'il voyait.

— Pourrions-nous aller à la table des rafraîchissements ? s'enquit sa mère. Il me faut quelque chose à boire.

Ruark lui présenta son bras, et ils se dirigèrent vers une table où se trouvait un saladier contenant probablement du ratafia. Un valet de pied offrit un verre à sa mère, qu'elle accepta et vida aussitôt d'un trait.

— Délicieux ! déclara-t-elle, agitant son verre tout en parlant.

Et elle manqua de justesse de heurter le duc d'Evesham au menton. Le père de Cassandra recula brusquement, avant de plisser les yeux en direction de la mère de Ruark. Déjà peu enclin à apprécier le duc, celui-ci se hérissa.

— Veuillez excuser ma mère, dit Ruark d'un ton égal. Maman, permets-moi de te présenter le duc d'Evesham. Voici ma mère, Mme Fergus Shaughnessy.

Cette dernière effectua une révérence parfaite.

— Je suis heureuse de faire votre connaissance, my lord.

— Bonsoir, répondit le duc sans aucune inflexion.

Cependant, une lueur d'agacement brillait dans son regard.

— Je vous demande pardon, poursuivit la mère de Ruark. Je ne voulais pas balancer mon bras comme ça.

Elle éclata d'un rire léger, clairement destiné à dissiper la tension de cette rencontre. Y avait-il réellement une tension, ou bien était-ce simplement le sentiment de Ruark ? Il se rendit compte que Mlle Lancaster se trouvait juste derrière le duc.

— Mademoiselle Lancaster, vous vous souvenez de ma mère ?

— Vous vous êtes rencontrés ? s'étonna le duc.

— Au parc, confirma Mlle Lancaster, qui fit la révérence à la mère de Ruark. C'est un plaisir de vous revoir, madame Shaughnessy.

— Pour moi également, répondit l'autre femme, qui regarda autour d'elle. Où est votre adorable protégée ?

Le duc détourna les yeux, comme si la simple idée de discuter avec eux l'ennuyait.

— Ma fille danse avec M. Terryford.

Il le dit comme si cela avait la moindre importance. Terryford était un jeune homme à peine sorti de l'enfance.

— Je crains que vous ne deviez m'excuser.

Il lança un regard à Ruark, avant de reporter son attention sur Mlle Lancaster.

— Restez ici pour attendre Cassandra. Elle s'attendra à vous trouver là.

Le pouls de Ruark s'accéléra. S'il restait, il la verrait… sans son père. Ils ne seraient pas seuls, mais c'était mieux qu'en présence du duc.

— Allez-vous rester ici, à Fernhill? demanda la mère de Ruark à Mlle Lancaster. Nous devons retourner à Londres à l'aube, mais cela ne me dérange pas, car j'apprécie ce genre d'occasions.

— Nous logeons ici, oui.

Ruark garda cette information à l'esprit. Certes, il n'en avait pas besoin. N'avait-il pas déjà décidé qu'il ne devait pas voir Cassandra seule ce soir-là? La musique se termina, et Ruark se prépara. Sa mère tendit le cou en direction de la piste de danse.

— Je pense que nous devrions retourner là où nous étions, pour que Kathleen sache nous retrouver. Oh! Mais voici lady Cassandra, je dois lui dire bonsoir.

Le corps entier de Ruark se raidit lorsqu'elle s'avança vers eux au bras de son partenaire de danse. Terryford était rouge, et de la sueur perlait sur son large front.

— Merci, lady Cassandra, dit-il en s'inclinant.

— Merci, monsieur Terryford, pour cette danse animée.

Elle lui sourit tandis qu'il tournait les talons et s'éloignait. Cassandra grimaça dans son dos.

— Est-ce que tu vas bien? s'enquit Ruark, inquiet de voir ce qui ressemblait à de la douleur sur ses traits.

— Est-ce que « animée » signifie qu'il t'a marché sur les

pieds ? intervint Mlle Lancaster, qui semblait déjà connaître la réponse.

— Deux fois, confirma Cassandra.

Elle leva et tendit un pied, laissant apparaître le rose foncé de son soulier sous l'ourlet de sa robe. Secouant l'appendice, elle regarda Ruark.

— Il n'est pas aussi bon danseur que toi, je le crains.

L'envie de l'entraîner sur la piste de danse, de prouver la véracité de ses paroles, était presque irrésistible. Au lieu de cela, il esquissa un sourire crispé.

Sa mère lui saisit le bras, et il comprit aussitôt ce qui allait suivre.

— Tu devrais danser avec elle, Ruark.

— Je crains d'avoir déjà un partenaire pour le prochain set, déclara Cassandra.

Elle lui lança un regard qui signifiait clairement qu'elle aurait préféré qu'il en soit autrement. *Bon sang !* C'était encore plus difficile qu'il ne l'avait imaginé.

Avant que sa mère ne puisse suggérer qu'ils dansent un autre set, et elle l'aurait certainement fait, Kat arriva. Seule.

— Où est ton partenaire ? l'interrogea leur mère, regardant derrière sa fille.

— Je lui ai dit que je trouverais mon chemin après l'avoir remercié pour la danse, expliqua Kat, qui secoua les épaules et remua les bras. Il était trop tactile.

Elle fit une grimace, à la grande horreur de leur mère. Ruark voyait bien qu'elle voulait dire quelque chose, mais qu'elle se retenait de le faire, car ils n'étaient pas seuls.

— Oh ! Je déteste quand ils sont comme ça, dit Cassandra à Kat, qui se tenait près d'elle.

Cette dernière tourna la tête, et sa réaction montra clairement qu'elle n'avait pas vu qu'elle était là.

— Lady Cassandra ! Je suis si heureuse de vous voir ! Oh,

oui ! Les gentlemen trop entreprenants sont horribles. À moins que vous ne les invitiez à l'être !

— J'espère sincèrement que tu ne feras pas ça, la réprimanda leur mère.

Ruark entendit dans sa tête ce qu'elle voulait vraiment lui dire, « que tu ne le feras plus ». Un léger sourire se dessina sur les lèvres de Cassandra, et Ruark eut envie de le faire apparaître complètement et de le dévorer.

— Je reconnais qu'il convient d'attirer l'attention d'un gentleman avec beaucoup de prudence, intervint-elle, et son regard faillit s'égarer vers Ruark, mais elle le ramena aussitôt sur sa sœur.

Cette situation était difficile pour elle aussi. Ruark ne savait pas s'il était heureux de cette nouvelle ou non. Kat se rapprocha de Cassandra.

— Devons-nous vraiment accepter toutes les invitations à danser ?

— Généralement, oui. Il est jugé impoli de ne pas le faire.

— Pourquoi les hommes ont-ils le droit de nous toucher sans que nous puissions refuser, alors même que nous savons qu'ils se comporteront de manière inappropriée ? s'interrogea Kat, les bras croisés.

— Vous devriez peut-être parler moins fort, suggéra Cassandra en souriant. À la réflexion, c'est inutile. Vous soulevez là un excellent point.

Le visage de Kat s'illumina, et ses yeux brillèrent.

— Merci.

Voir Cassandra discuter avec sa sœur, et, mieux encore, la comprendre, remplissait Ruark de joie.

— Ils ne veulent même pas parler d'oiseaux ou de chevaux, gémit Kat.

Cassandra ouvrit de grands yeux.

— Vous avez trouvé des gentlemen qui ne veulent pas parler de chevaux ? Comment est-ce possible ?

— En fait, ils veulent discuter de leur taille, du fait qu'ils ont acquis une paire bien assortie, ou de leur rapidité, expliqua Kat, levant les yeux au ciel. J'ai envie de discuter de leurs habitudes de reproduction, de la durée pendant laquelle ils devraient travailler, de ce qui peut être fait pour garantir leur qualité de vie…

Leur mère éclata de rire.

— Kathleen, tu es un amour, mais je suis sûre que lady Cassandra n'a pas envie non plus de discuter de ces choses-là.

— En fait, si, intervint Cassandra, adressant un regard chaleureux à Kat. Tout cela semble fascinant.

La mère de Ruark sembla surprise ; elle cligna des yeux, avant de s'éclaircir doucement la gorge.

— Comme c'est gentil.

Ruark remarqua le regard approbateur de sa mère. Le plus souvent, Kathleen ennuyait les gens. Voir Cassandra échanger avec elle de manière si sincère ne pouvait que réjouir son cœur. En tout cas, cela réjouissait celui de Ruark.

Il savait qu'il l'aimait. Simplement, il ne savait pas si cela durerait. Et s'il n'était pas capable de l'aimer pour toujours ?

S'excusant, Ruark quitta précipitamment la salle de bal et ne s'arrêta qu'une fois dehors, dans l'obscurité, loin de toute angoisse.

Et de la tentation.

~

*C*assandra regarda Ruark se faufiler à travers la foule jusqu'à ce qu'elle ne puisse plus le voir. Elle l'aurait peut-être suivi si elle n'avait pas eu une autre danse à venir.

Non, elle ne l'aurait pas fait, d'autant plus qu'ils s'étaient mis d'accord pour s'éviter publiquement. Jusqu'à présent, cela ne fonctionnait pas très bien, mais cela ne la dérangeait pas.

— Votre belle-sœur nous a été d'une grande aide avec ses suggestions de garde-robe, déclara Mme Shaughnessy. Est-elle ici ce soir ?

— Non, je crains que non.

Cassandra croyait savoir que Constantine et Sabrina profitaient d'une soirée chez eux. Cette dernière était fatiguée du nombre excessif d'événements, et des gens. Ce bal en particulier aurait été éprouvant pour elle, à cause de sa taille.

Mme Shaughnessy hocha la tête.

— Je vous prie de bien vouloir lui transmettre mes salutations. Je suis ravie que Ruark ait pu nous emmener ce soir. N'est-ce pas merveilleux, Kathleen ?

Mlle Shaughnessy scrutait la salle de bal comme si elle essayait de lire dans les pensées des invités. Cassandra se demanda si elle n'était pas en train de mener une sorte de recherche. Elle prit note de garder un œil sur elle, pour le bien de Ruark. De toute évidence, il tenait énormément à sa sœur.

— Ce bal vous plaît-il ? s'enquit Cassandra, posant la question autant à la mère qu'à la fille.

— Oh, oui !

— Pas particulièrement.

Elles avaient répondu en même temps, et Mme Shaughnessy jeta un regard accablé à sa fille. Mais Mlle Shaughnessy ne le remarqua pas, car elle était concentrée sur Prudence.

— Comment avez-vous obtenu votre emploi ? l'interrogea-t-elle, penchant la tête sur le côté.

La jeune femme pinça les lèvres, semblant réfléchir à la manière de répondre à une question aussi inattendue.

— J'ai été recommandé à lady Cassandra et à lord Evesham par une autre lady, mon ancienne employeuse.

— Et comment avez-vous obtenu ce poste ? Je croyais que

les dames de compagnie étaient de vieilles filles d'âge moyen ou des veuves.

— Comment savez-vous que je ne le suis pas ? répliqua Prudence avec une pointe d'espièglerie.

Cassandra sourit. Lorsque Prudence décidait de laisser libre cours à sa vivacité d'esprit, elle ne décevait jamais. Mlle Shaughnessy étudia cette dernière.

— Vous n'êtes assurément pas d'âge moyen. Je vous donnerais vingt-cinq ans ; en tout cas, je suis prête à parier que vous êtes loin de la trentaine. Vous pourriez être une vieille fille, mais je penche plutôt pour une veuve.

— Pour quelle raison ? s'enquit Prudence, qui semblait sincèrement intéressée.

— Il y a une certaine tristesse qui vous accompagne, déclara Mlle Shaughnessy sans hésitation.

Cassandra regarda Prudence, qui fixait Mlle Shaughnessy. Elle semblait également avoir pâli. Espérant mettre fin à ce moment gênant, Cassandra se hâta de changer de sujet. Elle se tourna vers la mère de Ruark et lui demanda :

— Comment était lord Wexford quand il était enfant ? J'imagine qu'il s'attirait souvent des ennuis.

Mme Shaughnessy éclata de rire.

— Oh, oui ! Il passait son temps à marcher dans la boue avec les chiens, ou à nager dans l'étang au lieu de pêcher, ce qui était pourtant son objectif initial. Il ne restait jamais en place, raconta-t-elle.

Elle avait le regard dans le vague, comme si elle observait le passé plutôt que son environnement actuel.

— Il faisait semblant de boxer une chaise dans la nurserie.

Fascinée, Cassandra se pencha légèrement vers la femme aux cheveux bruns.

— Vraiment ?

En riant, Mme Shaughnessy répondit :

— Je suppose qu'il ne faisait pas semblant. En fait, il

touchait le coussin du dossier. Il imitait son père, qui était plutôt doué pour ce sport.

Apprendre que le père de Ruark avait été boxeur lui faisait voir cette activité sous un autre jour, du moins en ce qui concernait ce dernier. Elle pouvait comprendre pourquoi il pratiquait cette discipline et ne pensait pas pouvoir espérer qu'il arrête. Si elle pouvait attendre trois ans pour l'épouser, elle pouvait sûrement accepter ce sport.

Un frisson lui parcourut la nuque. Elle renonçait à beaucoup de choses pour pouvoir l'épouser, mais il ne lui avait même pas fait sa demande. Il semblait implicite qu'ils se marieraient dans trois ans, mais il n'avait rien promis.

— Il aime toujours ce sport, poursuivit Mme Shaughnessy. Je ne l'ai pas vu combattre depuis longtemps, mais je m'attends à ce qu'il soit aussi bon que son père. Son *da* serait très fier de lui.

La fierté qui se dégageait de sa voix était indéniable.

Cassandra éprouva une pointe d'envie. Si la perte d'un parent les avait rapprochés, Ruark avait toujours un parent qui l'aimait et l'admirait profondément. Cassandra ne doutait pas de l'amour de son propre père, mais pourquoi était-ce si dur pour lui de le montrer ? La solitude qu'elle avait réussi à tenir à distance grâce à son nouveau cercle d'amis et à sa famille la traversa, la glaçant complètement.

Trois ans ne représentaient rien dans le grand schéma de la vie. Elle attendrait l'homme qu'elle aimait, parce qu'elle ne voulait pas envisager autre chose.

— Ton prochain partenaire de danse arrive par ici, l'avertit Prudence à voix basse.

Prenant une profonde inspiration, Cassandra chassa les ténèbres de son esprit. Elle offrit un sourire radieux à Mme Shaughnessy.

— Lord Wexford et Mlle Shaughnessy ont beaucoup de chance de vous avoir comme mère.

— Appelez-moi Kat, s'il vous plaît, répliqua la sœur de Ruark, d'une voix plutôt forte. Et tutoyons-nous, *s'il te plaît.*

Cassandra répondit avec un léger rire, touchant le bras de Kat.

— D'accord. Alors, appelle-moi Cass.

— Nos prénoms riment presque, remarqua Kat. Quel dommage que tu ne sois pas ma sœur !

Les yeux bleus de Mme Shaughnessy, si semblables à ceux de Ruark, se mirent à briller.

— On ne sait jamais, ma chérie. Peut-être ton frère sera-t-il assez avisé pour décider de faire la cour à lady Cassandra.

Oh, comme la jeune femme aurait voulu que cela se produise ! Mais, pour le moment, elle allait danser avec un autre gentleman, qui n'était pas, et ne serait jamais, l'homme qui possédait son cœur.

CHAPITRE 16

*R*uark revint au bal, où il dansa avec plusieurs jeunes femmes. Il sourit et se montra charmant, mais, intérieurement, il brûlait de désir pour Cassandra. Finalement, il se retrouva dehors, dans l'air frais de la nuit, où il ne pouvait pas la voir danser avec une série de gentlemen célibataires. C'était plus facile de rester à l'écart quand il n'avait pas le droit de la voir.

Les jardins étaient magnifiquement éclairés par des lanternes scintillantes, un cadre idéal pour les couples souhaitant se promener. Il gagna le bassin miroir, où le reflet des flammes vacillait à la surface de l'eau. De là, il suivit un chemin menant au labyrinthe de haies, où un valet de pied distribuait des lanternes à ceux qui souhaitaient tenter de trouver le centre. Ruark aurait voulu que Cassandra et lui puissent le faire. Il trouverait une impasse, éteindrait la lanterne, puis il la prendrait dans ses bras.

Il emprunta le chemin à l'extérieur du labyrinthe, reconnaissant qu'il n'y ait personne aux alentours, car tous se trouvaient à l'intérieur du dédale de buissons. Il était tellement perdu dans ses pensées qu'il n'entendit personne s'approcher.

— Ruark ! l'appela Cassandra, mais à voix basse, alors qu'elle était pratiquement sur lui.

Les yeux écarquillés, il jeta un regard vers la maison.

— Es-tu seule ?

— Pour l'instant. Je viens de finir un set, et Prudence était dans la salle de repos.

— Où est ton père ? s'enquit-il, jetant toujours des regards nerveux vers la maison.

— Dans la salle de jeux, Dieu merci ! Il a été une source d'irritation constante pendant la majeure partie de la soirée.

L'exaspération de la jeune femme était évidente dans son ton, et son expression était quelque peu troublée. Ruark aurait voulu effacer toutes ses inquiétudes et ses contrariétés avec des baisers.

Il l'entraîna plus loin derrière le labyrinthe, où il y avait encore moins de lumière, et où ils ne pouvaient pas voir la maison par-dessus les haies, ce qui signifiait qu'ils ne pouvaient pas être vus non plus. Avant qu'il ne puisse lui poser d'autres questions, elle l'embrassa, les bras autour de son cou, son corps délicieux pressé contre le sien.

En dépit de son bon sens, car n'importe qui pouvait arriver à tout moment, il la serra contre lui et lui rendit son baiser, submergé par une vague de passion.

— C'est incroyablement stupide de notre part, murmura-t-il contre ses lèvres.

— Probablement.

Elle lui vola son souffle, une fois encore.

Après une série de baisers passionnés, elle s'écarta et lissa de ses mains le devant de sa veste.

— C'était horrible. Mon père est le pire des parrains : il ne cesse de m'imposer à des partenaires de danse ou à des gentlemen qui souhaitent se promener. À ce rythme, je crains de danser encore bien après minuit. S'il n'y avait eu cette courte pause dans la musique, je n'aurais jamais pu venir jusqu'ici.

Ruark caressa sa mâchoire avec son pouce, savourant la beauté et l'intimité de son visage tourné vers lui, tandis qu'elle exprimait ses griefs.

— Je suis heureux que tu aies pu trouver un moment. Quand j'ai constaté que ton père était présent, j'ai perdu tout espoir de te voir seul à seule.

Cassandra posa une main sur l'arrière de sa tête, et il sentit sa main chaude contre lui, en dépit du gant qui protégeait sa peau.

— Je me demandais si nous pourrions nous retrouver plus tard. J'ai une chambre, et, même si tu n'en as pas, je suppose que tu pourrais t'éclipser du bal sans te faire trop remarquer…

Une pure et délicieuse vague de désir le traversa.

— Tu n'es pas en train de suggérer que je te rejoigne dans ta chambre ?

— Bonté divine, non ! répliqua-t-elle avec un sourire, les yeux pétillants. Prudence sera là. Cependant, je pourrais sans doute sortir.

La tentation était irrésistible. Une idée s'insinua dans l'esprit de Ruark. C'était risqué, mais peut-être cela en valait-il la peine ?

— Si nous nous retrouvons alors que le bal bat son plein, disons, vers trois heures, nous pourrons peut-être y arriver. Je suggère les écuries, car il n'y aura pas de convives à cet endroit, et il y aura certainement de nombreuses calèches et des dizaines de cochers, ce qui signifie que ce sera le chaos.

Cassandra hocha la tête, semblant comprendre.

— Personne ne nous remarquerait ?

— C'est notre meilleure chance d'éviter d'être vus, je crois, expliqua Ruark, baissant les yeux sur l'éblouissante robe que Cassandra portait. Cependant, tu ne peux pas porter ta robe de bal.

— Non.

Il l'embrassa à nouveau, ses lèvres épousant délicatement les siennes.

— Je ne veux pas que tu prennes le risque de te faire surprendre. Si tu ne peux pas t'éclipser, ne le fais pas. Nous trouverons d'autres occasions.

La jeune femme hésita, ses dents s'accrochant à sa lèvre inférieure d'une manière tout à fait provocante.

— Essaierais-tu de m'exciter ?

Battant des cils, Cassandra leva les yeux vers Ruark, légèrement confuse.

— Que fais-je ?

— Tu te mords la lèvre. Maintenant, j'ai envie de te mordre la lèvre… et d'autres parties de toi, expliqua-t-il, passant une main dans le dos de la jeune femme pour agripper son postérieur à travers sa robe et la plaquer contre lui. Tu es une tentation des plus diaboliques.

Il baissa la tête pour lécher les lèvres de Cassandra, avant de plonger sa langue dans sa bouche.

Elle bascula ses hanches contre lui. Il gémit, en pensant à quel point il serait facile de relever les jupes de la jeune femme et de déboutonner son pantalon. Et à quel point il en mourait d'envie. Il appuya contre son postérieur tout en se cambrant en avant ; son membre était avide d'elle, avide d'une libération.

S'arrachant à Cassandra, il recula d'un pas.

— Nous ne pouvons pas faire ce que nous avons fait hier soir. Ce que je veux dire, c'est que tu ne peux pas t'attarder ici. Tu dois retourner au bal.

— Je sais, confirma-t-elle, alors que ses lèvres s'écartaient en un sourire éclatant. Ce ne sera plus si terrible, maintenant que j'ai quelque chose à attendre avec impatience.

Elle haussa les sourcils d'un air amusé, avant de tourner les talons et de se précipiter pour contourner la haie.

Ruark se tourna, puis s'affaissa contre les arbustes extérieurs du labyrinthe. Ils n'étaient pas d'un grand soutien, alors il se redressa aussitôt, en dépit de la faiblesse dans ses genoux. Le souvenir des baisers de Cassandra le porterait tout au long des prochaines heures.

Qu'est-ce qui le guiderait au cours des trois prochaines années ?

Soufflant, il se passa une main sur le visage. Il ne voulait pas y penser pour le moment. Regarder vers le passé ou l'avenir ne l'aiderait pas dans le présent.

Et, à cet instant, le présent semblait tout à fait charmant.

~

*H*eureusement, le duc était encore dans la salle de jeux lorsque Cassandra quitta le bal avec Prudence à deux heures et demie. Il aurait sans doute tenté de la retenir, afin qu'elle danse avec davantage de gentlemen. Dans l'état actuel des choses, elle s'attendait à recevoir au moins une demi-douzaine de visites la semaine suivante. Peut-être plus. Elle en avait perdu le compte.

Il était incroyable de constater ce que la présence de son père, ou plutôt son attitude affable, avait accompli pour sa chasse au mari. Elle n'avait jamais autant dansé et n'avait jamais été autant sollicitée. Avoir réussi à s'échapper pour quelques minutes avec Ruark était un exploit remarquable.

À peine étaient-elles arrivées dans la chambre qu'elles partageaient avec Prudence que Cassandra se rendit compte qu'elle était confrontée à un problème. Elle ne pouvait pas s'éclipser pour rejoindre Ruark sans que sa compagne sache qu'elle sortait. Apparemment, il était temps qu'elle se confesse. Elle avait failli le faire plus tôt avec Fiona, qui avait assisté au bal avec son mari, surtout après avoir retrouvé Ruark derrière le labyrinthe. Elle voulait partager sa joie avec quelqu'un, et qui de mieux que sa meilleure amie ? Ou sa dame de compagnie ?

Cependant, sans une demande en mariage de Ruark, elle doutait qu'elles partagent son enthousiasme.

Prudence et elle avaient décidé de se passer de femme de chambre ce soir-là, estimant qu'elles pourraient s'aider mutuellement à s'habiller et à se déshabiller pour le bal. C'était dû à la ruse de Cassandra, qui s'était dit qu'une domestique ne ferait que constituer un obstacle supplémentaire entre Ruark et elle.

Tandis que son amie l'aidait à retirer sa robe de bal, la jeune femme aborda la vérité.

— Pru, je dois te dire quelque chose.

— Est-ce à propos de lord Wexford ?

— Euh, oui.

Bien entendu, Prudence avait fait cette supposition pertinente.

Elle emporta la robe dans l'armoire.

— J'ai remarqué que vous vous êtes évités la majeure partie de la soirée. J'ai été surprise qu'il ne t'invite pas à danser quand nous discutions avec sa famille et lui. Vous êtes-vous disputés ?

Cassandra commença à délacer son corset, qui se fermait sur le devant. Ignorant la chaleur qui lui montait dans la poitrine et le cou, elle répondit.

— Non. Puisque tu as remarqué notre comportement, nous avons pensé qu'il valait mieux rester à l'écart l'un de l'autre.

Debout devant l'armoire, Prudence croisa les bras sur sa poitrine.

— Pourquoi ? Si vous avez développé des sentiments l'un pour l'autre, vous devriez les suivre, indépendamment de ce que peut dire ton père.

Cassandra était ravie de l'entendre dire cela.

— Il n'est pas prêt à se marier. Il a ses raisons, et je les comprends. Je l'aime et je vais attendre qu'il soit prêt.

— Quoi ?

Le mot jaillit de la bouche de Prudence avec la force d'un rocher tombé du ciel. Elle décroisa les bras et s'approcha de Cassandra, les yeux écarquillés.

— Comment est-ce arrivé ? T'aime-t-il en retour ? Pourquoi ne veut-il pas…, s'enquit-elle, avant de s'interrompre brusquement et de lever une main. Commençons par le *comment*.

— Pru, je crois que je ne t'ai jamais entendue parler autant, et avec tant de… véhémence, remarqua Cassandra, qui ne put s'empêcher de sourire. Pour répondre à la question du *comment*, je dois avouer qu'il s'est passé quelque chose le jour où Fiona et moi nous sommes rendues au Phœnix Club habillées en femmes de chambre.

Prudence ferma les yeux, et posa une main dessus.

— Je n'aurais jamais dû vous dire quoi porter ou vous encourager de quelque manière que ce soit.

Cassandra lui prit délicatement la main pour l'écarter de ses yeux, puis elle l'entraîna vers le lit, où elle s'assit avec elle.

— Ce n'est en aucun cas ta faute.

— Fiona a fini par embrasser Overton ce jour-là. Je ne peux qu'imaginer ce qui t'est arrivé.

Les yeux pâles de Prudence étaient remplis de détresse.

— Rien de pire, je te rassure. J'ai embrassé lord Wexford. Nous étions piégés dans un placard sombre. Enfin, pas piégés, précisa-t-elle en secouant la tête. Les détails n'ont pas vraiment d'importance. Je me contenterai de dire que cette journée nous a transformés tous les deux, et que nous nous regardions d'un œil très différent, même si nous nous étions promis d'oublier ce qui s'était passé. Cela s'est avéré impossible pour nous deux.

Cassandra sourit alors. Elle n'éprouvait aucun regret.

— Pourquoi ne t'a-t-il pas fait la cour ? s'enquit Prudence, pinçant les lèvres. Parce qu'il n'est pas prêt à se marier ?

— Ne me demande pas de t'expliquer. C'est son secret, c'est à lui de le partager. Ou pas. Il ne se mariera pas avant l'âge de trente ans, et je le soutiens. Entièrement.

Prudence la regarda en cillant et mit un long moment avant de reprendre la parole.

— Pourquoi ferais-tu une chose pareille ? demanda-t-elle d'une voix aussi douce qu'elle était inquiète.

Cassandra se mit sur la défensive.

— Ce ne sont que trois ans.

— Tu auras vingt-cinq ans. Aux yeux de tous, tu seras une vieille fille. Le duc n'approuvera pas, dit-elle calmement, comme si elle annonçait une mauvaise nouvelle dont Cassandra n'était pas tout à fait consciente.

— Je sais. J'essaie de trouver une autre raison pour laquelle je ne pourrais pas me marier, mais je crains que mon père ne me soutienne pas. D'autant plus que de nombreux gentlemen semblent désormais vouloir me courtiser.

Les épaules de Cassandra s'affaissèrent.

— Tu étais très populaire, ce soir. La présence du duc semble avoir encouragé les prétendants.

— Son comportement agréable, tu veux dire. As-tu vu comment il s'est comporté ? Il a souri, il a ri, et il a fait la conversation. C'était épouvantable !

Prudence éclata de rire, puis se calma quand Cassandra lui lança un regard noir.

— Mes excuses. J'ai trouvé cela plutôt amusant. Choquant, mais aussi amusant. Je n'ai jamais vu le duc agir ainsi.

— Moi non plus, et c'est ce qui rend la situation épouvantable. Pourquoi ne pourrait-il pas être aussi agréable tout le temps ?

— Tu soulèves un point important, acquiesça Prudence

avec un signe de tête résolu, toute trace d'humour de l'instant précédent ayant disparu. Revenons à lord Wexford. T'aime-t-il en retour ?

Cassandra aurait vraiment voulu qu'elle ne pose pas une telle question.

— Oui, je le crois. Mais je ne le presse pas de me faire sa demande, même en secret. Il a des raisons très importantes de s'en tenir à son projet de rester célibataire jusqu'à l'âge de trente ans au moins, et je ne lui demanderai pas de s'en détourner.

— Je pense que tu commets une erreur, affirma Prudence en détournant le regard. Mes excuses. Je ne voulais pas dépasser les limites.

— Tu n'as pas besoin de t'excuser. J'apprécie tes conseils. Pourquoi serait-ce une erreur d'attendre l'homme que j'aime ?

— Parce que, s'il t'aimait vraiment, il t'épouserait maintenant. Il ne mettrait pas ta réputation en péril et ne causerait pas de troubles au sein de ta famille. Il ne devrait pas attendre cela de toi.

Ses paroles transpercèrent Cassandra avec une précision aiguë et douloureuse.

— Il ne... C'est moi qui ai proposé d'attendre. Tu ne comprends pas et tu ne peux pas comprendre.

— Non, sans doute que non, répondit son amie.

Prudence pinça les lèvres, puis se renfrogna légèrement. Elle observait la chambre, semblant consternée.

— J'avoue être un peu triste que tu n'aies pas eu l'impression de pouvoir te confier à moi. Cela fait des semaines que cela dure.

Elle tourna la tête vers Cassandra, qui vit la douleur dans ses yeux.

— Je suis désolée. Nous nous sommes promis de n'en parler à personne.

— Je comprends que l'on ne veuille pas rompre une promesse, répondit Prudence.

— Pendant longtemps, il n'y avait pas grand-chose à dire. Après l'incident du placard du Phœnix Club, nous avons résisté à notre attirance pendant un certain temps. Nous ne nous sommes plus embrassés jusqu'à mon anniversaire.

Avec une grimace, Cassandra décida de ne plus rien cacher. Elle détestait voir son amie triste.

— Nous nous sommes cachés ensemble pendant le jeu après le dîner. Malheureusement, Evie nous a trouvés, expliqua-t-elle, et, entendant Prudence inspirer brusquement, elle poursuivit. Et Sabrina se tenait juste derrière elle.

Prudence plaqua une main sur sa bouche, les yeux arrondis.

— Juste ciel ! De toute évidence, elles n'ont rien dit.

— Evie a estimé qu'il valait mieux, pour moi, ne rien dire. Sabrina m'en a parlé le lendemain.

— Voilà pourquoi elle voulait se promener seule avec toi autour du square.

Cassandra acquiesça.

— Elle a suggéré que Ruark et moi oubliions ce qui s'est passé. C'est ce que nous avons tenté de faire après la première fois, précisa-t-elle, un sourire ironique aux lèvres. Nous n'avons pas été très efficaces dans ce domaine.

— Voilà ce qui explique assurément tous ces regards insistants et ces longues promenades. Et la visite prolongée du jardin du Phœnix Club. Vous ne vous êtes vraiment pas embrassés ?

— Non, je le jure. Ce que je t'ai dit à propos de mon évanouissement était totalement vrai.

C'était à nouveau un rappel du fait qu'il était boxeur et qu'elle détestait ce sport violent. Mais elle trouverait un moyen de l'accepter, maintenant qu'elle savait que c'était un lien qu'il partageait avec son père.

— Pourquoi me le dis-tu maintenant ? s'enquit Prudence.

Cassandra grimaça à nouveau.

— Je vais bientôt aller le retrouver et je savais que je ne pourrais pas m'éclipser sans te dire où j'allais.

Prudence expira.

— Tu ne me l'aurais pas dit si tu n'y avais pas été obligée.

— Probablement pas, admit Cassandra à voix basse. Je pensais sincèrement, et je le pense toujours, qu'il vaut mieux que tu ne saches rien. Ainsi, tu ne pourras pas être tenue pour responsable. Peux-tu me promettre de ne rien savoir si quelque chose arrive ?

— Comme vous faire prendre à nouveau ? demanda-t-elle d'un ton sarcastique. Je suis touchée que tu essaies de me protéger. Cependant, c'est mon rôle, en ce qui te concerne. Je devrais t'interdire de le rencontrer.

Cassandra éclata de rire et leva les yeux au ciel.

— Tu ne peux pas me l'interdire.

— Peut-être pas, mais je pourrais en informer ton père.

Pendant un bref instant, elle eut l'air sérieuse, mais Cassandra vit ensuite une lueur malicieuse dans ses yeux, et elle poussa un soupir de soulagement.

— Tu ne le ferais pas, et je t'en remercie.

— Malgré tout, tu ne devrais pas y aller.

— Je ne peux pas *ne pas* y aller, répliqua Cassandra, car, rien que d'y penser, son cœur se tordait. Les choses sont sur le point de devenir très compliquées, je le crains. Je vais recevoir des visites, et au moins une demande en mariage.

Devant le sourcil arqué de Prudence, Cassandra précisa :

— Glastonbury a dit à Ruark hier qu'il avait l'intention de faire sa demande aujourd'hui. Heureusement, nous sommes parties tôt pour venir au bal. Quand mon père a annoncé qu'il se joignait à nous, j'ai craint que nous ne partions pas à temps, et que Glastonbury arrive avant que nous ne soyons en route, expliqua-t-elle, puis elle prit une inspiration pour apaiser l'inquiétude qui s'installait au creux de sa poitrine. Je veux avoir cette soirée avec Ruark, et, oui, nous prévoyons de nous montrer très prudents.

Prudence inclina la tête sur le côté.

— Serais-tu en train de me dire que tu penses que tu pourrais finir par devoir épouser quelqu'un d'autre ?

— J'espère que non, mais je crains que mon père insiste, surtout s'il y a un choix à faire entre plusieurs gentlemen. Ce serait différent si Ruark était prêt à se marier maintenant. Je me battrais pour le choisir.

— Tu peux encore le faire, remarqua Prudence, comme si c'était une évidence. Tu pourrais aussi exiger de Ruark qu'il t'épouse.

— Peut-être...

Mais elle ne pouvait pas, parce que Ruark avait fait cette promesse à son père. Prudence pourrait le comprendre. Elle avait perdu sa mère, avec qui elle semblait avoir eu un lien très fort.

— Ce que je *vais* faire, c'est me battre pour avoir une chance de l'attendre.

Et elle le ferait en étant consciente des risques. Dans trois ans, ou peut-être même d'ici un an, il pourrait se rendre compte qu'il ne l'aimait pas. Pour être juste, elle pourrait décider de la même chose à son sujet.

— Crois-tu que le duc te laissera reporter tes projets de mariage ? Il semble plutôt déterminé.

— Il m'a déjà autorisée à repousser ma saison. Il a compris que j'avais du mal à être prête en l'absence de ma mère.

Sa gorge se serra alors qu'elle se remémorait le moment où, trois ans plus tôt, elle lui avait annoncé qu'elle souhaitait retarder sa saison. Il l'avait surprise non seulement parce qu'il l'avait comprise, mais aussi parce qu'il lui avait dit de ne pas y réfléchir à deux fois : bien sûr qu'elle attendrait. Mais, à l'automne précédent, il avait déclaré qu'il espérait qu'elle était prête, car il était temps. Elle ne pouvait plus attendre. Il s'était montré gentil à ce sujet, mais il avait également indiqué que la question n'était pas négociable.

Prudence lui tapota délicatement l'avant-bras.

— Peut-être se montrera-t-il plus compréhensif au sujet de Wexford que tu ne le penses.

Cassandra en doutait.

— Il a été terriblement cruel avec Ruark. Je crains qu'il ne rompe complètement tout lien avec moi, tant sur le plan financier qu'émotionnel, ajouta-t-elle doucement.

Elle ne voulait vraiment pas perdre un autre parent, quand bien même celui-ci se comportait parfois comme une bête.

— Je nourris la même inquiétude quant à ma demande de reporter le mariage.

Prudence acquiesça, le visage empreint de sympathie.

— Je comprends tes craintes. Nous devons vraiment saisir chaque occasion de bonheur, car nous ne savons jamais ce que demain nous réserve. Tu devrais aller retrouver Wexford, dit-elle à sa protégée, grimaçant légèrement. Où vas-tu, exactement ?

— Aux écuries.

— N'y aura-t-il pas beaucoup d'activité avec autant d'invités ?

— Si, et, à cause de ça, Ruark pense qu'il y aura trop d'agitation pour que quelqu'un nous remarque, expliqua Cassandra, qui coula un regard vers l'horloge de la cheminée. Je dois me dépêcher.

— Tu devrais porter ma robe de jour. Elle est bleu foncé et se fondra dans la nuit.

— Merci, Pru. Pour tout.

Cassandra l'étreignit, et Prudence la serra fort à son tour.

Après s'être séparées avec des rires et des sourires, elles s'attelèrent à la tâche pour préparer rapidement la jeune femme.

Prudence plaça un bonnet sur ses cheveux, pour masquer la coiffure élégante qu'elle avait portée pour le bal. Elles n'avaient pas le temps d'en changer.

— Tu devrais emprunter l'escalier de service au bout de notre couloir. Je crois qu'il te conduira près de l'arrière-cuisine. Il devrait y avoir une porte donnant sur l'extérieur, et les écuries ne seront pas loin.

— Comment sais-tu tout cela ?

Cassandra avait repéré les écuries plus tôt, lorsqu'elles étaient allées se promener après leur arrivée, mais le reste était un mystère.

— Tu as plus d'une fois fait des commentaires au sujet de mon sens de l'observation, répliqua-t-elle, affichant un sourire narquois. Je suis attentive. À tout.

Cassandra lui sourit.

— Et je t'en suis très reconnaissante.

CHAPITRE 17

rouver le chemin de l'arrière-cuisine était facile. La traverser pour pouvoir sortir de la maison l'était moins. Gardant la tête baissée, Cassandra se faufila entre les domestiques affairés, puis émergea enfin dans la nuit fraîche et sombre.

— Dieu merci ! murmura-t-elle en se dirigeant vers les écuries.

Elle se déplaçait rapidement, car elle était en retard. Elle espérait que Ruark n'avait pas renoncé à l'attendre.

Prudence et lui avaient eu raison au sujet de l'activité au niveau des écuries. Des dizaines de véhicules encombraient la cour, et plusieurs groupes de domestiques semblaient s'amuser à leur manière. Ils s'étaient réunis pour boire et discuter. L'un des groupes chantait. Surtout, ils étaient tous trop occupés pour lui prêter la moindre attention. *Merveilleux.*

Mais, où était Ruark ?

Soudain, elle l'aperçut, debout dans l'ombre, près de l'angle du bâtiment. Il lui fit signe de le rejoindre, et elle se rendit compte que c'était pour cela qu'elle l'avait vu. S'il n'avait pas bougé, il aurait continué à se fondre dans l'obscurité.

Quand elle arriva près de lui, il passa un bras autour de sa taille et la conduisit autour de la structure en pierre.

— Je craignais que tu n'aies rencontré des difficultés, déclara-t-il à voix basse alors qu'ils s'enfonçaient dans l'obscurité.

— Non, mais j'ai dû mettre Prudence dans la confidence.

Cassandra s'arrêta, obligeant Ruark à faire de même. La faible lumière provenant des écuries, et de l'activité dans la cour, suffisait à lui permettre de distinguer son expression.

— Il n'y avait pas d'autre moyen pour que je puisse quitter ma chambre.

Il lui sourit et lui caressa la joue.

— Je comprends. Elle n'a pas essayé de t'empêcher de venir ?

— Si, au début. Mais je l'ai convaincue qu'il était extrêmement important pour moi de te voir ce soir. Nous devons profiter du temps dont nous disposons, n'est-ce pas ?

— Oui. Et je sais que tu comprends cela mieux que la plupart des gens. Tout comme moi.

— C'est une autre raison pour laquelle je me sens si liée à toi.

Elle glissa ses mains sur son torse, puis sous sa veste, pour finalement les poser sur la courbe de son cou. L'envie de lui demander s'il ressentait la même chose la submergea. Ruark lui caressa la mâchoire avant d'abaisser la tête.

— Je ressens la même chose pour toi.

Le cœur de Cassandra se mit à battre la chamade lorsqu'il l'embrassa, unissant leurs corps tandis que la joie envahissait ses veines. Puis il la surprit en la soulevant dans ses bras. Elle laissa échapper un petit cri, et il murmura tout contre ses lèvres, avant de l'embrasser à nouveau.

— Chut !

Lorsqu'ils arrivèrent à l'arrière du bâtiment, il ouvrit une porte et franchit prudemment le seuil. Cassandra voulait lui demander où il l'emmenait, mais elle resta silencieuse. Après avoir brièvement examiné les lieux, il la porta jusqu'à une calèche.

Il faisait presque noir ici, à l'arrière des écuries, mais pas totalement. Elle pouvait encore discerner les traits de Ruark.

Il la posa à terre, puis il ouvrit la portière de la calèche avec un grand geste et fit la révérence.

— Après vous, my lady, dit-il à voix basse, mais avec une grande galanterie, en lui offrant sa main.

Elle plaça ses doigts dans sa paume et monta dans la calèche. Elle devait avoir une dizaine d'années et semblait ne plus être utilisée très fréquemment.

— Comment as-tu su que ce véhicule était là ?

Elle s'installa sur la banquette orientée vers l'avant, et il grimpa à sa suite. Refermant la portière avec un bruit sec, il s'assit face à elle.

— Je suis arrivé tôt et j'ai visité les lieux pour trouver un endroit approprié. J'étais aux anges quand j'ai trouvé cette vieille calèche si loin des activités qui se déroulent là-bas.

— C'est un heureux hasard.

Ruark plissa les yeux de manière séductrice.

— Tu ressembles à la femme de chambre que j'ai rencontrée dans le placard, avec ce bonnet.

— Dois-je l'enlever ? s'enquit-elle, levant une main à sa tête.

— Je suis partagé. D'un côté, c'est plutôt excitant, car cela me rappelle le jour où j'ai failli te trousser dans un placard, murmura-t-il, et ses mots firent bouillir la chaleur qui palpitait déjà au creux du ventre de Cassandra. De l'autre, je me languis de détacher tes cheveux, et je ne peux pas le faire tant que tu portes un bonnet. Je crois que je vais choisir la première solution, car, malheureusement, nous n'avons pas toute la nuit.

Peut-être cela leur arriverait-il un jour ? Non. Elle ne penserait qu'à ce soir-là.

— Cela t'aide-t-il de savoir que je ne porte que cette robe et une chemise en dessous ? Cela devrait te faire gagner du temps. Enfin, si tu prévois de…

Elle ne pouvait se résoudre à dire ce qu'elle croyait qu'il allait faire, ce dont il avait parlé la veille.

— Pour être clair, nous n'aurons pas de relations sexuelles, dit Ruark, la voix légèrement rauque. Je ne prendrai pas le risque d'avoir un enfant.

— Je ne trouve rien à redire à cela. Je suis simplement déçue.

Il murmura sa réponse, se léchant la lèvre inférieure.

— Tu es diabolique, dit-il, et la chaleur monta au creux du ventre de la jeune femme. Cette robe s'ouvre-t-elle facilement ?

— Assez facilement.

Cassandra leva une main et détacha les boutons du devant, au-dessous du niveau des épaules. Le corsage de la robe tomba, dévoilant sa chemise.

— Pourquoi es-tu assis là-bas ?

— Pour pouvoir te voir. Mais je donnerais cher pour qu'il y ait plus de lumière, dit-il en s'avançant. Ta chemise s'abaisse-t-elle aussi ?

Un laçage autour de l'encolure lui permettait de la froncer ou de la desserrer. Elle tira, choisissant la seconde option.

— Comme ça ?

— Oui, chuchota-t-il, puis il déglutit visiblement, Cassandra vit sa gorge remuer. Abaisse-la pour que je puisse voir ta poitrine.

La jeune femme fit ce qu'il demandait, tirant le vêtement pour dévoiler son sein droit.

— Un seul ?

— Mon Dieu ! Tu es magnifique. Les deux, s'il te plaît.

En ajustant le vêtement, elle le plaça de manière à ce que ses deux seins soient exposés à son regard. L'air frais raidit ses mamelons, ou peut-être était-ce dû à la façon dont Ruark le regardait.

Ses seins étaient lourds, le désir faisait picoter sa peau. Cassandra mourait d'envie que Ruark la touche.

— Y a-t-il autre chose que je devrais faire ? l'interrogea-t-elle d'une voix douce, de plus en plus nerveuse devant son inaction.

— Je vais me torturer quelques minutes, si tu le veux bien.

Un petit rire s'échappa des lèvres de la jeune femme.

— Tu me tortures aussi.

— Ce n'est pas mon intention, affirma Ruark, qui esquissa un sourire de travers. En fait, peut-être que si. L'anticipation, c'est bon pour nous deux.

Il se déplaça sur la banquette, puis il retira sa veste. Il ne portait déjà plus de chapeau ni de gants.

— T'arrive-t-il de te toucher à cet endroit ?

— Pas vraiment. Le devrais-je ? s'enquit-elle, et ses mamelons semblèrent frémir en réaction.

— Sans aucun doute. Lève tes mains, et place-les en dessous, lui expliqua-t-il, l'observant tandis qu'elle faisait ce qu'il lui indiquait. Soulève-les, doucement. Oui, comme ça. Ils sont trop gros pour tes mains.

Sa voix était grave, rauque, comme une pierre dévalant une colline.

— Mais, pas pour les tiennes, j'imagine, remarqua-t-elle.

Elle bougea ses mains, massant sa poitrine. Elle fut surprise de constater que le désir entre ses jambes se faisait plus pressant.

— Je veux les voir sur moi. Tes mains, lui avoua-t-elle, puis elle imagina sa bouche au même endroit. Et ta bouche.

— *Cassandra,* souffla-t-il ; son prénom n'était plus qu'une supplique sur ses lèvres. Tire dessus.

Elle pinça ses mamelons entre son pouce et son index, les tirant doucement. La sensation la fit haleter.

— Je ne les ignorerai plus jamais.

Elle exerça une plus grande pression et tira plus fort. Cette fois, elle gémit.

— Je ne peux pas…

Ruark s'élança en avant, ses genoux heurtant le plancher de la calèche devant Cassandra. Il glissa ses mains sous celles de la jeune femme et prit le relais, la caressant et la massant, le regard rivé sur sa poitrine.

Cassandra rejeta la tête en arrière contre la banquette, puis cambra le dos, cherchant davantage son contact. Elle écarta les jambes pour qu'il puisse se rapprocher. Puis Ruark baissa la tête, et sa bouche se referma sur un mamelon, tandis qu'il pinçait l'autre.

Avec un cri, Cassandra plongea la main dans ses cheveux et le serra contre elle. Il lécha, puis effleura sa chair avec ses dents. Une vague de désir l'envahit, déclenchant des frissons dans son intimité. Il aspira sa chair dans sa bouche, tirant fort sur le mamelon, pendant qu'il tourmentait son autre sein.

Elle se perdit dans les sensations, alors qu'il lui procurait des flots de plaisir, amenant son corps à un état de frénésie passionnée. Cassandra mourait d'envie qu'il soulève sa robe, qu'il la fasse jouir comme il l'avait fait la veille.

— Ruark, je t'en prie.

Elle baissa la main et agrippa sa jupe, qu'elle remonta sur ses genoux.

— Tellement impatiente, murmura-t-il, déplaçant sa

bouche sur son autre sein pendant que sa main descendait sur l'abdomen de son amante.

Ses doigts glissèrent contre sa cuisse quand il releva la robe jusqu'à sa taille.

— Est-ce ce que tu veux, Cass ?

Il caressa son sexe, avec douceur et délicatesse. Ce n'était pas du tout ce qu'elle voulait.

— Non. Plus. *Je t'en prie.*

— Tu es si exigeante.

— Tu as dit que tu aimais ça.

Ruark lui mordit le sein et pinça fortement le mamelon.

— Oui, mais parfois, je veux prendre les commandes.

Elle poussa un cri de plaisir choqué.

— Encore.

Il serra, tira, la maintenant à la frontière entre une légère douleur et une extase délirante.

— Je ferai ce que je veux et tu vas cesser d'exiger. Compris ?

Il tordit doucement sa chair, avant de la relâcher, puis de la caresser avec sa langue. Gémissant doucement, Cassandra enfonça ses doigts dans le cuir chevelu de Ruark.

— Et si je te le demande très gentiment ? Ou si je te supplie ?

— Supplier peut être incroyablement excitant. Mais, pas ce soir, affirma-t-il, puis il leva la tête, et la regarda dans les yeux. Ce soir, je vais prendre ce que je veux. Si, à un moment donné, tu veux que j'arrête, dis-le-moi, et je le ferai. Compris ?

Cassandra hocha la tête, totalement captivée par le ton sombre et autoritaire de Ruark, et la promesse séductrice qu'il avait dans le regard. À cet instant, elle aurait fait tout ce qu'il lui demandait. Ruark caressa à nouveau son sexe, et ses doigts s'enfoncèrent doucement entre ses replis intimes.

— Bien. Maintenant, mets-toi au bord du siège, comme une jeune lady obéissante.

Cassandra s'avança, et il abaissa la tête. Il l'embrassa fort, passionnément, ses lèvres et sa langue ne laissant aucun doute quant à ses intentions. Il prenait, mais il donnait aussi. Il poursuivit ses attentions sur son sexe et sa poitrine, tout en embrassant son cou. Il laissa une traînée de feu et de désir dans son sillage alors qu'il se rapprochait de son mamelon et qu'il le tirait avec force. Le lien entre cette partie d'elle-même et le cœur même de son sexe était étonnant.

Puis sa bouche disparut, et l'air nocturne raidit davantage ses mamelons. Il déplaça ses doigts contre son clitoris, et elle sentit son orgasme monter.

— Ouvre plus grand tes jambes, Cass, ordonna-t-il, alors que sa tête était là, en bas, entre ses cuisses, et qu'il regardait son sexe. C'est ça. Si belle. Si douce. Tellement humide.

Avec ses doigts, il écarta ses replis intimes, et, avant qu'elle n'ait eu le temps de se demander ce qu'il comptait faire, sa langue la léchait déjà. Cassandra laissa échapper des sons incohérents, cramponnant les cheveux de Ruark. Chaque coup de langue la poussait rapidement vers l'orgasme.

C'est alors qu'il s'arrêta. Seulement brièvement, heureusement, pour remplacer sa langue par ses doigts. Il les enfonça tout en suçotant son clitoris. Et, oui, cette fois, il se servait de sa main droite. Elle renversa la tête en arrière, s'abandonnant à la passion, son corps hurlant sa satisfaction. Elle était très proche, mais elle ne voulait pas que ce ravissement magnifique s'arrête.

Se soutenant, elle souleva ses hanches du siège et se balança vers l'avant, en quête de sa pénétration. De nouveau, Ruark changea de stratégie, utilisant à nouveau sa langue. Elle ne savait pas vraiment ce qu'elle préférait ; tout ce qu'elle voulait, c'était que cela ne s'arrête jamais. Pour en être sûre, elle le lui dit.

Ruark glissa une main sous la cuisse de Cassandra, puis remonta sous ses fesses. Il la serra, puis enfouit profondément sa langue en elle, tout en effleurant son clitoris avec son pouce. Elle ne put se retenir plus longtemps. Ses muscles se tendirent tandis que ses hanches se soulevaient frénétiquement. Il la tint fermement et étroitement, sa bouche et ses doigts lui procurant une merveilleuse extase.

Elle jouit brutalement, atteignant l'orgasme avant même de s'en rendre compte. Ses cris emplirent la calèche alors qu'il la livrait à une magnifique félicité. Lorsqu'elle revint à elle, elle était affalée de manière peu élégante sur le siège. La tête de Ruark reposait sur sa cuisse, tandis que ses doigts continuaient à lui caresser le sexe.

— Si tu n'arrêtes pas, je vais avoir envie de jouir à nouveau, souffla-t-elle.

— Serait-ce une mauvaise chose ? lui demanda-t-il, avant d'embrasser l'intérieur de sa cuisse.

— Pas du tout. Mais, comme tu l'as dit, nous n'avons pas toute la nuit. Et, maintenant, c'est ton tour.

Cassandra se redressa, puis elle s'assit. Ruark releva la tête pour la regarder.

— Ce n'est pas nécessaire.

Elle plissa les yeux et elle sut qu'elle pourrait aisément avoir un autre orgasme.

— Tu as eu ton tour aux commandes. Maintenant, c'est à moi.

~

*R*uark ne voulait pas se montrer responsable, mais il ne voulait pas non plus augmenter le risque d'une situation déjà potentiellement dangereuse. Heureusement, ils étaient relativement bien cachés dans cette calèche rangée au fond de l'écurie.

En fin de compte, il ne faisait pas le poids face à son regard séducteur. Il devait déjà faire appel à toute sa volonté pour ne pas continuer à jouer avec son sexe. Elle était très réceptive et absolument délicieuse. Il était loin d'être rassasié.

— Qu'as-tu prévu ?

— Je vais te montrer. Va t'asseoir sur l'autre banquette.

Elle inclina la tête, tout en abaissant sa robe. Il voulait lui dire de ne pas le faire, mais la gravité l'emporterait de toute façon. Se relevant, Ruark se précipita sur le siège d'en face. Cassandra commença à relever sa chemise pour couvrir ses seins.

— Es-tu obligée de faire ça ? lui demanda Ruark.

Il posa la question d'un ton un peu plaintif, et il n'en était même pas un peu gêné. Laissant retomber le vêtement, elle descendit de son siège et le rejoignit sur le sien.

— Sans doute que non.

Ruark la caressa, passant un pouce sur son mamelon.

— Tant mieux, parce que je pourrais les regarder toute la nuit.

— Ce n'est pas ce que tu fais en ce moment.

— Non, mais c'est bon de savoir que je *peux*. J'aime aussi les toucher. *Beaucoup.*

— C'est une chance, puisque j'aime ça aussi, affirma Cassandra, qui entreprit de déboutonner le gilet de Ruark. Je pense qu'il est tout à fait normal que j'aie également le droit d'admirer ta poitrine.

Une fois tous les boutons défaits, elle écarta le vêtement, le fit glisser le long de ses épaules et de ses bras. Il l'aida, puis il lança le vêtement à travers la calèche.

Avant même qu'il ne touche l'autre siège, elle avait déjà défait sa cravate. Le glissement de la soie autour de son cou lorsqu'elle la retira constituait une sensation érotique qui ne fit qu'accroître son excitation déjà intense.

— C'est mieux, murmura la jeune femme, laissant tomber la cravate derrière elle.

Glissant sa main dans le V ouvert de sa chemise, elle se lécha la lèvre inférieure.

— Mais je crois que tu devrais également retirer ceci.

Elle tira l'ourlet de la ceinture de son pantalon, et il fit passer le vêtement par-dessus sa tête, avant de le jeter loin d'eux. Cassandra passa une jambe par-dessus les hanches de Ruark pour le chevaucher, puis écarta ses mains sur sa poitrine.

— C'est *beaucoup* mieux.

— *Bon sang*, oui !

Il ajusta la jupe de la jeune femme de sorte qu'elle soit nue contre lui, et que seuls ses vêtements les séparent.

Elle fit glisser ses mains sur son corps, appuyant et massant sa peau, puis elle plongea ses doigts dans les poils foncés qui couvraient le centre de sa poitrine.

— Tes mamelons sont-ils aussi sensibles que les miens ? l'interrogea-t-elle en les effleurant.

Avec ses pouces et ses index, elle pinça et tira, lui arrachant un halètement.

— Ils sont très sensibles.

Son membre tressaillit en réponse, et il se souleva de la banquette.

Cassandra lui agrippa les épaules et le repoussa, appuyant son sexe contre lui. La respiration de la jeune femme devint superficielle, et elle approcha sa bouche de son cou, l'embrassant alors qu'ils simulaient une relation sexuelle… S'en rendait-elle seulement compte ?

À chaque rotation de ses hanches, Ruark se rapprochait de la libération.

— Est-ce ainsi que tu veux que je jouisse ? lui demanda-t-il, la voix rauque.

Elle se redressa, puis releva la tête.

— Non. Je n'avais pas réalisé que l'on pouvait le faire ainsi.

— Je peux pratiquement le faire rien qu'en pensant à toi, dit-il avec un rire sombre.

Un rose délicieux colora les joues de Cassandra.

— Oh ! Eh bien… j'allais te faire ce que tu m'as fait.

Se déplaçant à côté de Ruark, elle déposa un baiser sur ses lèvres, avant de se glisser entre ses jambes.

— Cass, es-tu sûre ? lui demanda-t-il, lui caressant la joue et la mâchoire.

Elle ouvrit les boutons de son pantalon.

— Oui. À moins que tu ne préfères que je m'abstienne ? répondit-elle sans faire de pause.

— Au contraire. J'en ai rêvé.

— Bien.

Son sourire était empli de malice lorsqu'elle sortit son pénis de son pantalon. Ruark gémit doucement en ajustant ses vêtements, de manière à ce que ses testicules soient également libérés.

— Il ne faudrait pas que quelque chose soit coincé.

— Ce serait mauvais ?

— Un désastre total.

— Nous ne voudrions pas qu'une telle chose se produise, acquiesça Cassandra, faisant glisser ses doigts du sommet à la base. Devrais-je faire quelque chose de particulier avec ?

— Tout ce que tu voudras.

La jeune femme glissa une main en dessous et les massa délicatement.

— Oh ! C'est plutôt mou, et la chair qui les entoure est… intéressante.

— Tu peux les serrer avec précaution, pas trop fort.

— Comme ça ? l'interrogea-t-elle, les comprimant légèrement.

— Oui…

Sa voix semblait étouffée, comme s'il était étranglé. Et c'était sans doute le cas… de la meilleure des manières.

Poursuivant ses attentions, elle baissa la tête et lécha l'extrémité.

— C'est censé avoir un goût salé ?

— C'est ce qu'on m'a dit.

Il brûlait d'envie de plonger ses doigts dans ses cheveux et de la tenir fermement tout en s'enfonçant profondément dans sa bouche. Mais, c'était elle qui était aux commandes.

— Mmm.

Elle referma alors sa bouche autour de lui. Il était déchiré entre se laisser aller totalement à cette sensation et la regarder le prendre en elle. Il fit les deux, d'abord en rejetant la tête en arrière contre la banquette pendant qu'elle le caressait, puis en la regardant pendant qu'elle lui procurait du plaisir.

Il l'observait, fasciné, tout en essayant de se contrôler. Cependant, à chaque caresse de sa langue et de sa main, il s'enfonçait davantage dans le chaos. S'il n'était pas prudent, il se perdrait.

Il agrippa la tête de la jeune femme et la tira en arrière.

— Cass, il faut que tu t'arrêtes, avant que je ne jouisse.

— Pourquoi ? L'objectif, c'est que tu le fasses.

— Mais, si je le fais, ce sera… dans ta bouche.

Cassandra n'arrêta pas ses caresses.

— Alors, qu'il en soit ainsi.

Abaissant la tête une fois encore, elle reprit sa tâche exquise. Il ne put s'empêcher de se balancer vers elle, le rythme doux de sa main et de sa bouche le poussant aux limites de sa résistance.

— Plus vite, souffla Ruark, alors que ses hanches se crispaient.

Elle accéléra le rythme, et il poussa un gémissement tandis que tout son corps se tendait, anticipant la libération imminente. Il ne fut pas déçu.

Son orgasme le submergea avec une férocité qu'il n'avait jamais connue, l'emportant vers des sommets fantastiques, tout en le précipitant dans l'oubli le plus profond. En proie à une extase intense, il la serra contre lui, sans réfléchir.

Après un certain temps, il se rendit compte qu'elle ne l'avait pas lâché, acceptant tout ce qu'il avait à lui offrir. Épuisé, il ouvrit les yeux et posa son regard sur elle. Cassandra s'était reculée ; elle était assise par terre, adossée au siège d'en face, un sourire satisfait illuminant sa superbe bouche merveilleusement habile.

Elle lui tendit sa chemise, qu'il enfila et ajusta sur son ventre, avant de rentrer l'ourlet dans la ceinture de son pantalon. Lorsque Ruark releva les yeux, Cassandra avait couvert sa poitrine, à sa grande déception.

Il avait dû froncer les sourcils, ou laisser transparaître son mécontentement, car elle déclara :

— Je n'avais pas le choix, je ne peux pas retourner à la maison comme ça.

Il laissa échapper un petit rire.

— Je suppose que non.

Il ressentit un élan d'amour pour elle, accompagné de regrets de la faire attendre pour une promesse faite à un défunt. Cependant, cela allait au-delà de cela. Il ne faisait pas confiance à ses sentiments.

Mais, et s'il pouvait le faire ? Romprait-il sa promesse pour épouser Cassandra avant d'avoir trente ans ?

— Je ne te mérite vraiment pas, murmura Ruark en se rhabillant.

— Je te défends de dire cela à nouveau. Je t'ai offert de

t'attendre, et je le ferai. Même si je dois avouer qu'après ce soir, ce sera incroyablement difficile.

Il ne pouvait pas être en désaccord avec elle sur ce point.

— Et si je rompais mon serment ? murmura-t-il, si doucement qu'il s'entendit à peine.

Cassandra tendit la main et saisit son poignet.

— Je ne peux pas te demander de faire ça.

— Tu ne me demandes rien. Tout comme je ne t'ai pas demandé de m'attendre.

— Et si tu faisais un compromis ? Je ne veux pas me précipiter vers le mariage, ce que mon père semble avoir du mal à accepter, et toi non plus. Nous nous aimons. Voyons comment les choses se passent entre nous à la fin de la saison.

L'idée de la jeune femme avait du mérite.

— De toute façon, trente ans était un âge plutôt arbitraire.

L'essentiel était que Ruark sache ce qu'il voulait, et ce qu'il ressentait. Il n'était jamais resté épris plus de quelques semaines. Il en restait le double jusqu'à la fin de la saison.

— J'aime ce plan, dit Ruark, qui dégagea son bras de la prise de Cassandra, pour qu'ils puissent joindre leurs mains. Et toi ?

— Oui, confirma-t-elle, avant de lui embrasser la main et de le relâcher. Maintenant, nous devons nous dépêcher.

Tous deux rectifièrent leur apparence du mieux qu'ils pouvaient. Ruark l'aida à descendre de la calèche, et ils quittèrent l'écurie par la porte par laquelle ils étaient entrés. Contournant le mur extérieur, ils marchèrent main dans la main en silence jusqu'à ce qu'ils atteignent le coin du bâtiment.

— Je vais te regarder repartir, dit-il. Je n'ose pas te raccompagner.

Cassandra hocha la tête.

— Je déteste devoir te quitter.

Il répondit d'une voix douce.

— Je déteste ça aussi.

Il se pencha pour l'embrasser, leurs lèvres se rejoignant dans un baiser tendre, mais intense, plein de promesses. Pourraient-ils continuer ainsi? Ruark l'espérait, même s'il savait que cela comportait des risques.

Elle recula et lui adressa un sourire séducteur, ses doigts toujours joints aux siens.

— Je sais que tu ne veux pas que je le dise, mais je t'aime. Je compterai les heures jusqu'à ce que nous soyons à nouveau ensemble.

Non, il ne voulait pas qu'elle le dise, mais il ne pouvait nier le désir égoïste qui l'animait, celui qui voulait désespérément l'entendre.

— Bientôt, murmura-t-il, la laissant partir à contrecœur.

Elle tourna les talons et se précipita vers la maison, les rubans de son bonnet flottant derrière elle, car elle ne l'avait pas noué sous son menton. Il regarda jusqu'à ce qu'elle ait disparu depuis longtemps, jusqu'à ce que son corps soit froid, mais son cœur comblé.

Ils pouvaient attendre la fin de la saison. Ruark priait pour que son amour pour elle ne fasse que croître.

CHAPITRE 18

La joie procurée par la rencontre de Ruark avec Cassandra l'autre soir avait finalement commencé à s'estomper. Il expliquait cela par le fait qu'elle recevait peut-être en ce moment même des visiteurs, mais qu'aucun d'entre eux n'était lui. Comment pourrait-il lui rendre visite, alors que son père avait clairement indiqué qu'il n'était pas un prétendant bienvenu ?

Il devait attendre que Cassandra règle les choses avec lui. Et ensuite, quoi ? Ruark lui ferait la cour ? Et si les choses… changeaient d'ici la fin de la saison ?

Et, juste comme ça, le bonheur dans lequel il avait été plongé pendant un jour et demi s'évapora. Il posa les coudes sur son bureau et se prit la tête entre les mains.

— Où emmènes-tu Kat, ce soir ? Le temps passe.

Ruark leva les yeux et vit sa mère debout de l'autre côté de son bureau.

— Nous irons dans un jardin d'agrément. Cela te suffit-il ?

— Vauxhall ? s'enquit-elle avec une joie pleine d'espoir.

— Euh, non. Un jardin plus petit, mais ce sera agréable, et il y aura des gentlemen célibataires.

Du moins, il l'espérait.

— Vauxhall est très grand. Dans un jardin plus petit, Kat aura plus de chances d'être vue.

Cela, il l'espérait aussi.

— Je n'ai rien à redire à cela.

Ruark avait envie de lui répondre qu'elle aurait sans doute quelque chose à dire, mais il s'abstint de la provoquer. Retirant ses coudes du bureau, il s'adossa à sa chaise.

— Quels sont tes projets pour cet après-midi ? l'interrogea-t-il, sachant qu'elle ne resterait pas à la maison.

— Iona et moi allons faire des courses.

— Bien. Je suis désolé que Iona ne soit pas sortie davantage.

Elle ne participait pas à la saison, comme Kat, parce que leur mère ne voulait pas avoir à s'occuper de ses deux filles en même temps. Surtout que Kat demandait généralement davantage d'attention. Étonnamment, cela n'avait pas semblé déranger Iona outre mesure. Ruark soupçonnait qu'elle était heureuse qu'on la laisse tranquille.

Sa mère agita la main.

— Ne t'inquiète pas pour elle. Elle sait que le but premier de ce voyage est de voir Kat se marier.

Ruark devait trouver un moyen de convaincre sa mère de permettre à Kat de rester célibataire. Alors qu'il réfléchissait à ce problème, il ne pouvait s'empêcher de penser à Cassandra, qui tenterait également de persuader son père de lui permettre de retarder son mariage, au moins jusqu'à la fin de la saison, voire plus longtemps.

Ruark s'excusa et partit pour le club de boxe, impatient d'évacuer son stress. Une heure plus tard, il fut déçu de constater que sa rencontre avec Cassandra l'autre soir n'avait en rien amélioré sa concentration sur le ring. Mais c'était sans doute parce qu'il ne pensait qu'à une chose : avait-elle évoqué avec son père la possibilité de retarder le mariage ou était-elle en train d'écouter une demande ?

Les jointures de Morti frappèrent à nouveau les côtes de Ruark.

— Ça suffit, lança l'entraîneur, secouant la tête. Je vais dire à Fred que tu ne peux pas combattre.

Ruark savait que c'était idiot de vouloir participer au combat, mais celui-ci avait lieu deux jours plus tard.

— Et s'il ne trouve pas de remplaçant ?

— Je vais en trouver un, répliqua Morti d'un ton déterminé. Garnham va te pulvériser.

— S'il n'y a personne pour me remplacer, je devrai faire de mon mieux.

Il n'allait pas laisser Fred sans combattant, surtout que c'était lui qui avait demandé à participer.

— Tu es un homme honorable, déclara Morti alors qu'ils se dirigeaient vers le banc, où il prit un linge pour essuyer la sueur de son front.

Ruark n'était pas sûr d'être d'accord. Un gentleman honorable aurait déjà demandé Cassandra en mariage. Pouvait-il le faire, alors qu'il craignait de lui faire du mal en tombant en désamour ? Parce qu'il était peut-être incapable de faire durer l'amour ?

Il avait espéré qu'elle serait différente des autres : et si elle ne l'était pas ?

Ruark s'épongea la nuque avec la serviette.

— Je vais me changer ; ensuite, je parlerai à Fred.

Morti acquiesça.

— Je t'accompagnerais volontiers, mais j'ai un autre combattant qui arrive. Ne t'inquiète pas, nous trouverons un remplaçant.

— J'apprécie ton soutien, lui dit Ruark, sincère. Dans tous les domaines.

Après s'être lavé et avoir changé de vêtements, Ruark se rendit au bureau de Fred, situé dans le coin arrière du club. Les pensées de Cassandra continuaient de le tourmenter, et il n'avait aucune réponse. Il savait seulement qu'il l'aimait, ou du moins qu'il pensait l'aimer. Et que l'idée de rompre sa promesse pour l'épouser lui donnait envie de fuir et de se cacher.

Comme la porte du bureau était fermée, Ruark leva la main pour frapper.

— Il m'en faut plus !

L'exclamation, prononcée d'une voix grave et pressante, traversa la porte. La main de Ruark se figea.

— Nous avons déjà un accord. Tu ne peux pas le changer maintenant, répondit une autre voix, celle de Fred.

— Et si je me retirais ? demanda le premier homme en colère.

Ruark ne reconnaissait pas la voix, mais il se demandait si ce n'était pas celle de Glastonbury.

— Je mettrai Wexford à ta place, alors, répliqua Fred d'un air suffisant. Un vicomte, c'est bien, mais un comte dans le premier combat, c'est mieux. Je n'ai pas autant besoin de toi que tu as besoin de moi.

C'était assurément Glastonbury. Quel était l'objet de leur marchandage ? Pourquoi Glastonbury avait-il besoin de lui ?

— Tu ne peux pas faire ça. Tout ce plan était mon idée, rétorqua le vicomte, grognant pratiquement les deux derniers mots.

— C'est mon club. Je fais ce que je veux. Notre accord reste tel qu'il est. Tu auras trente pour cent, et pas un shilling de plus.

Trente ? Alors que Ruark en obtenait *quatre.*

— Alors, donne-m'en plus sur les paris. Vingt au lieu de quinze.

Il percevait une part des paris qui seraient faits ? Glastonbury avait-il besoin de fonds ? Soudain, son souhait d'épouser Cassandra apparut sous un jour tout à fait différent. Ruark avait éprouvé de la jalousie envers cet homme auparavant, mais à présent, il était en colère. Cassandra méritait un mari qui tenait à *elle*, pas quelqu'un qui n'en voulait qu'à sa dot. Il supposait qu'il était possible que Glastonbury veuille les deux, mais il devait le découvrir.

Mais cela avait-il de l'importance, alors que Cassandra n'avait pas l'intention d'accepter sa demande ?

Ruark se rendit compte qu'il s'était tellement perdu dans ses pensées qu'il n'avait pas entendu ce qui venait d'être dit. Soudain, la porte s'ouvrit et le vicomte sortit à grands pas. Chapeau à la main, il s'arrêta brusquement en voyant Ruark.

Glastonbury cligna des yeux, puis sembla lutter pour arborer une expression agréable.

— Bonjour, Wexford. Comment s'est passé votre entraînement ? À moins que vous ne veniez d'arriver ?

— Je viens de finir, en fait. C'était… moyen.

— Ah ! Moi aussi, je connais des jours comme ça. De temps à autre, en de rares occasions.

Glastonbury inclina la tête, remit son chapeau en place et passa devant Ruark.

Lorsque ce dernier regarda par-dessus son épaule, il le vit quitter le club. Puis il reporta son attention sur le bureau, où il vit Fred assis à l'intérieur. Celui-ci fit signe à Ruark d'entrer.

— De quoi as-tu besoin ?

— Je suis venu te parler du combat.

Ruark envisagea de lui dire qu'il avait surpris leur conversation. Il voulait savoir pourquoi Glastonbury avait élaboré ce plan, mais il doutait que Fred lui en donne la raison.

Finalement, il décida de ne pas en parler. Du moins, pas encore.

— Je crains de devoir me retirer. Je ne combats pas à mon

meilleur niveau, et Morti est certain que je vais me faire détruire, expliqua Ruark, et à chaque mot, le froncement de sourcils de Fred sembla s'accentuer. Cependant, je ne te laisserai pas sans combattant. Morti travaille à la recherche d'un remplaçant.

Fred plissa les yeux.

— Le combat a lieu dans deux jours. J'ai déjà annoncé que la Menace irlandaise combattrait. Va-t-il me trouver un Irlandais ? De préférence un pair qui attirera la foule ?

Ruark ne prit pas la peine de faire remarquer à Fred qu'il ne lui avait pas demandé de combattre au départ, mais qu'il avait été incité à le faire.

— Peut-être MacNair pourrait-il combattre ; tu n'auras qu'à l'appeler la Menace écossaise. Il est le frère d'un comte, cela devrait plaire à tes spectateurs. C'est aussi un boxeur incroyablement doué.

Grommelant en réponse, Fred tapota l'accoudoir de son fauteuil du bout des doigts.

— Je vais y réfléchir.

— À MacNair ? l'interrogea Ruark, qui n'était pas sûr que c'était ce qu'il voulait dire.

— Et au fait de savoir si je vais te laisser te retirer.

Et là, il faisait simplement sa mauvaise tête. Une fois qu'il aurait trouvé quelqu'un pour remplacer Ruark, il serait moins acariâtre. *Grincheux.* Oui, cela restait le meilleur terme pour le désigner.

— C'est tout à fait magnanime de ta part, remarqua-t-il avec un sourire bienveillant. Je suis sûr que nous allons régler ça.

Fred grogna à nouveau, puis il baissa les yeux sur son bureau. Ruark se dit qu'il en avait fini avec leur conversation.

— Bon après-midi, alors.

Ruark se retourna et s'éloigna, secouant la tête devant le

comportement de Fred. Son esprit revint rapidement sur la conversation qu'il avait surprise entre Glastonbury et lui.

Pourquoi le vicomte avait-il besoin d'un plan pour gagner de l'argent ? Car c'était bien de cela qu'il s'agissait, semblait-il, en proposant ce combat à Fred et en prenant un pourcentage sur les droits d'entrée et les paris.

Cependant, la question à laquelle il souhaitait le plus obtenir une réponse était de savoir si Glastonbury souhaitait épouser Cassandra pour sa personnalité charmante et extraordinaire, ou pour sa dot.

~

— C'est exactement ce que je voulais, lança Cassandra, souriant à son reflet.

Elle pencha la tête pour voir sous un nouvel angle le chapeau ingénieux qu'elle avait fait confectionner, dans le style masculin de celui que Sabrina avait porté dans le parc. Et, comme celui de son amie, il s'agissait d'un chapeau court, avec un bord incurvé. Contrairement à celui de Sabrina, il était noir au lieu de sarcelle, et comportait un large ruban rouge vif, ainsi qu'une fleur en soie assortie à la robe de marche avec laquelle Cassandra le porterait.

— Il te va à ravir, déclara Prudence en hochant la tête.

— Oh ! Ce chapeau est magnifique !

Cassandra pivota en entendant cette exclamation, et elle reconnut aussitôt l'une des femmes : c'était la mère de Ruark.

— Lady Cassandra, la salua Mme Shaughnessy en souriant. Je ne crois pas que vous ayez rencontré ma fille, Iona. Ce n'est pas la plus jeune : cette place revient aux jumelles, qui sont restées dans le Gloucestershire.

Se tournant complètement, Cassandra sourit à Iona. Ses yeux bleus étaient identiques à ceux de sa mère et de son frère, mais ses cheveux étaient d'un auburn foncé.

— Je suis vraiment ravie de vous rencontrer.

— Maman, pourrais-je avoir un chapeau comme celui-ci ? s'enquit la jeune fille.

— Je pense que vous le *devriez*, remarqua Cassandra, coulant un regard vers la modiste. Helena, j'espère que vous pourrez fabriquer quelque chose de similaire pour Mlle Shaughnessy.

Cassandra retira son chapeau, puis le tendit à Helena, qui rayonnait de fierté.

— Bien sûr, my lady. C'était un véritable plaisir pour moi de créer un si bel accessoire pour vous, et je serais ravie d'aider Mlle Shaughnessy. Laissez-moi l'emballer pour vous.

La petite femme se retira derrière son comptoir pour placer le chapeau dans une boîte.

— Kat n'est pas avec vous ? s'enquit Cassandra.

— Elle déteste faire les courses, expliqua Iona. Elle est probablement en train de lire, comme d'habitude.

— Dites-lui que j'ai demandé après elle.

Cassandra se demanda comment ce serait d'avoir des sœurs. Elle imaginait que ce serait plutôt agréable d'avoir des compagnes de jeu et des confidentes en grandissant. Certes, elle avait eu sa gouvernante, mais ce n'était pas la même chose.

— Nous n'y manquerons pas, répondit Mme Shaughnessy. C'était un plaisir de vous croiser aujourd'hui. J'espère que nous vous reverrons bientôt.

— J'en suis sûre.

Soudain, Cassandra réalisa que, si elle épousait Ruark, ces femmes deviendraient sa famille. Elle *aurait* des sœurs... quatre sœurs, en fait. Le cœur empli de joie à cette perspective, elle récupéra son carton à chapeau et quitta la boutique avec Prudence.

— Où allons-nous ensuite ? s'enquit cette dernière.

C'était la seule course qu'elles avaient à faire dans

Bond Street ce jour-là, mais Cassandra évitait les visiteurs. Elles prolongeraient donc leur sortie jusqu'à ce qu'elle soit certaine qu'elles pouvaient rentrer sans danger à Grosvenor Square.

— Je n'ai pas de préférence, tant que ce n'est pas à la maison. Peut-être devrions-nous retourner à l'intérieur et accompagner les Shaughnessy.

— Tu ne vas pas pouvoir éviter plus longtemps de parler à ton père, à moins que tu ne souhaites accepter une demande en mariage, qui ne viendra pas de Wexford, dès demain, remarqua Prudence avec gentillesse, mais fermeté.

Cassandra lui avait expliqué que Ruark et elle avaient discuté de la possibilité de se marier à la fin de la saison, et sa compagne avait été ravie de l'apprendre.

— Je prévois de lui parler ce soir.

Elle devait le faire, car Prudence avait raison : une demande en mariage était imminente. De la part de Glastonbury, et peut-être d'autres. La charmante prestation de son père au bal de samedi la mettait encore mal à l'aise. Et pourtant, n'avait-elle pas souhaité que des prétendants l'approchent ? C'était avant qu'elle ne tombe amoureuse de Ruark. À présent, il ne pouvait y avoir personne d'autre.

Prudence regarda derrière elle.

— N'est-ce pas ton frère ?

Cassandra tourna la tête au moment où Lucien arrivait près d'elles. Il arborait une mine sombre qui l'inquiéta immédiatement.

Son ton était tout aussi inquiétant.

— Je te cherchais.

— Il doit y avoir une raison particulièrement importante pour que tu me débusques sur Bond Street.

Cassandra n'aimait pas le frisson d'appréhension qui lui parcourait l'échine.

— Je suis d'abord allé à Grosvenor Square. Je dois te parler immédiatement d'une affaire… sensible.

— Tu ne veux pas que Prudence entende ? l'interrogea Cassandra.

— Je préférerais avoir une conversation privée, confirma-t-il, avant de jeter un regard à Prudence. Désolé. Pourriez-vous retourner à Grosvenor Square maintenant ? Je ramènerai Cassandra à la maison dans ma calèche.

— Mais…, commença la jeune femme, qui s'interrompit en lançant un regard interrogateur à Cassandra.

Celle-ci soupira.

— J'évite la maison, aujourd'hui. Je crains qu'il n'y ait des visites, et je ne veux recevoir personne.

Lucien haussa une épaule.

— Dis à Bender que tu ne reçois pas de visites.

— Je ne voulais pas avoir à subir l'agacement de papa.

Parce qu'alors, elle devrait lui dire pourquoi elle ne voulait pas de visites, et que c'était une autre source d'agacement, à laquelle elle allait devoir faire face tôt ou tard. Alors, elle avait fui la maison.

Hochant enfin la tête en signe de compréhension, Lucien lui offrit un petit sourire compatissant.

— Et si Mlle Lancaster prenait la berline pour aller chez Gunter, et que je t'emmenais dans ma calèche ?

— Ça me va.

Cassandra était impatiente d'entendre ce qu'il avait à dire, mais, en même temps, elle redoutait ce moment. Il ne s'était jamais comporté ainsi. Que pouvait-il bien avoir à dire qu'il ne voulait révéler devant Prudence ?

Cassandra se tourna vers sa dame de compagnie.

— Je te rejoindrai plus tard chez Gunter.

— Je prends ça, répondit Prudence, récupérant le carton à chapeau.

— J'espère sincèrement que ce que tu as à me dire de si

urgent vaut tout ce remue-ménage, déclara Cassandra avec une pointe d'irritation.

La calèche de son frère se trouvait juste devant la boutique, tenue par son tigre. Celui-ci lui confia les rênes une fois que Lucien eut installé Cassandra, puis il sauta à l'arrière. Dès qu'il commença à conduire, il fronça à nouveau les sourcils.

— Il n'y a pas de manière délicate de le dire, alors je vais faire simple.

Cassandra serra les mains sur ses genoux.

— S'il te plaît.

— Tu as été vue avec Wexford, près des écuries, au bal de l'autre soir.

Les nerfs de la jeune femme, mis à rude épreuve depuis l'arrivée de Lucien, se muèrent en un nœud d'effroi au creux de son ventre.

— Par qui ?

Elle avait l'air beaucoup plus calme qu'elle ne l'était en réalité, et elle en était ravie.

— L'un des cochers de notre père. Tu devrais être heureuse qu'il soit venu me voir, et non lui.

Le nœud durcit jusqu'à se changer en pierre, et Cassandra eut la nausée.

— Il ne l'a pas dit à papa ?

— Non. Il t'aime bien, comme tout le monde, et il a pensé que je pourrais gérer la situation d'une manière plus discrète. Il a ajouté qu'il pensait que personne d'autre ne vous avait vus, mais, bien sûr, nous ne pouvons en avoir la certitude.

Des rumeurs au sujet de Cassandra pourraient surgir à tout moment. Peut-être était-ce déjà le cas. Lucien lui lança un regard noir.

— Qu'as-tu à dire à ce sujet ?

— Je ne te dois pas d'explication.

— Dois-je parler à notre père, et le préparer au mariage ?

s'enquit-il, secouant la tête. Non, parce qu'il n'y aura pas de mariage.

Cassandra se tourna vers lui.

— Que veux-tu dire ?

— Wexford ne t'épousera pas. Il a cette règle stupide…

— De ne pas se marier avant d'avoir trente ans, l'interrompit-elle. Je sais tout cela. C'est pourquoi j'ai l'intention de l'attendre.

Elle ne lui dirait pas que Ruark pourrait se marier plus tôt. Parce qu'il s'agissait justement d'un *pourrait*.

— Oh, Cass ! T'a-t-il dit qu'il t'attendrait aussi ? Ne prends pas la peine de répondre, parce que ça n'a pas d'importance. Tu voulais savoir pourquoi j'étais à ce point opposé à ce qu'il te fasse la cour. La raison, c'est qu'il tombe en amour puis en désamour aussi facilement que tu achètes une nouvelle garde-robe et que tu t'en débarrasses l'année suivante.

— Je ne fais pas ça.

Pas tout à fait. Son ventre se noua.

— Tu es en train de dire qu'il y a eu d'autres femmes ? *Comme elle ?*

— À ma connaissance, il y en a au moins trois dont il était follement amoureux. À cause de cette règle, il n'a épousé aucune d'entre elles. Tu veux savoir s'il les aime encore ?

Cassandra connaissait déjà la réponse. Elle avait vu l'hésitation et le doute dans ses yeux. Il n'était pas sûr de l'aimer encore dans trois ans, ou même dans deux mois. Pourquoi l'aurait-il été ? Il avait déjà aimé, et, apparemment, les sentiments n'avaient pas duré.

— Il ne les aime plus, dit-elle d'une voix calme, se tournant à nouveau vers l'avant.

Elle avait cru que leur lien était spécial, que cela prouvait qu'il avait eu raison d'attendre avant de se marier. Mais elle n'était qu'une femme parmi d'autres.

— Je suis vraiment désolé, Cass. Peut-être aurais-je dû t'en parler plus tôt. Alors, tu aurais pu garder tes distances avec lui.

Sauf que le mal était déjà fait. Dès l'instant où ils s'étaient embrassés dans le placard, et ceci avant même qu'elle n'ait dansé avec lui, et avant qu'ils n'aient laissé entendre à Lucien qu'ils pourraient vouloir se courtiser, elle avait été perdue. Elle n'était peut-être pas tombée amoureuse de lui à ce moment-là, mais elle avait été au moins éprise de lui.

— Ne te sens pas coupable.

Soudain, sa voix, comme tout son être, lui semblait creuse.

— Je me sentirai coupable même si tu m'absous. Je lui faisais confiance.

Tout comme elle. Il aurait dû lui parler de son passé. Si elle avait été au courant, aurait-elle quand même décidé de l'attendre ?

La réponse lui vint aussitôt, dure : non.

Comment pourrait-elle attendre, mettre sa propre vie en suspens, alors qu'il s'attendait probablement à ce que ses sentiments changent ? Elle avait cru que sa réticence était entièrement due à la promesse qu'il avait faite à son père. Était-ce même vrai ?

— T'a-t-il dit pourquoi il ne voulait pas se marier avant d'avoir trente ans ?

— Seulement qu'il voulait être certain. Pourquoi ? Y a-t-il quelque chose d'autre ?

Y avait-il quelque chose ? Ou bien Ruark avait-il inventé cette histoire avec son père ? Elle ne l'imaginait pas capable d'une telle chose, pas au vu de la manière dont il avait partagé cela avec elle. Mais, pourquoi lui révéler cela, mais ne pas lui parler de ses amours passées ?

— À quoi penses-tu ? l'interrogea Lucien.

— Je me dis que j'ai été stupide, et que Ruark est une crapule.

— Ce dernier point est certainement vrai, mais pas le premier. C'est un charmant voyou. Il n'y a rien d'étonnant à ce que tu sois tombée amoureuse de lui.

— Il me doit une explication. Je crois que j'en ai besoin, dit Cassandra, avant de prendre une inspiration. Pour que je puisse aller de l'avant.

Elle *devait* aller de l'avant. Avec Glastonbury ou quelqu'un d'autre.

Sauf qu'elle ne l'aimait pas, ni lui, ni un autre. Et si elle avait appris quelque chose au cours de cette saison, c'était qu'elle voulait se marier par amour. Ou, se rappela-t-elle, pour un potentiel amour. Au moins, cette possibilité existait avec le vicomte. Elle l'appréciait et elle se disait qu'ils pourraient sans doute être heureux.

Sans doute.

Était-ce suffisant ? Pas pour Ruark. Mais, que se passerait-il lorsqu'il aurait trente ans, ou bien à la fin de la saison ? Saurait-il soudain, sans équivoque, qu'il était amoureux et qu'il épousait la bonne personne ? Comment quiconque pourrait-il le savoir ? Constantine avait épousé Sabrina sous la contrainte, et ils avaient eu beaucoup de chance. Fiona avait épousé Overton par amour, mais qui pouvait dire si cela perdurerait ? Peut-être seraient-ils comme Ruark et tomberaient-ils en désamour.

Cette idée la rendait malade. Pas seulement parce qu'elle détestait l'idée que cela puisse arriver à son amie. Si Cassandra ne pouvait pas croire en l'amour, pourquoi se donnerait-elle la peine de se marier pour cette raison ? Pourquoi n'accepterait-elle pas la demande de Glastonbury, qui ferait plaisir à son père et lui garantirait probablement une vie agréable et confortable ?

— Veux-tu que je t'emmène chez lui ? Cependant, ce ne serait pas très convenable de… rendre visite à un gentleman.

Cassandra expira, puis aplatit ses mains sur ses genoux, essayant d'évacuer un peu de sa tension.

— Je suppose que non. Peut-être n'ai-je pas envie de lui parler.

Elle ne lui devait certainement pas l'opportunité de s'expliquer. Il avait eu tout le temps de le faire.

— Je serais ravi de lui transmettre tout message que tu souhaiterais lui faire parvenir, proposa Lucien.

Oui, cela ferait l'affaire.

— Tu peux lui dire que j'ai décidé de ne pas l'attendre.

— Et si quelqu'un d'autre vous a vus près des écuries ?

Cassandra inclina la tête vers son frère.

— Qu'a vu le cocher, exactement ?

— Il a dit que vous aviez l'air… intimes.

Donc, qu'ils s'embrassaient. Sinon, il les aurait vus *dans* les écuries. Elle ferma les yeux, essayant de faire abstraction de ce qui avait été un souvenir merveilleux, mais qui était désormais entaché.

— S'il te plaît, dis également à Ruark qu'il n'est qu'une canaille et que je regrette de lui avoir fait confiance.

— Rien ne me ferait plus plaisir. Sauf le frapper.

— Sois prudent, Lu, c'est un boxeur.

Au moins, maintenant, elle n'aurait plus à s'en soucier. Il pouvait bien saigner autant qu'il le voulait, ce n'était pas son problème. Elle allait quand même devoir aborder le sujet avec Glastonbury. Une petite partie d'elle espérait que cela empêcherait leur union. Elle pourrait alors se retirer pour le reste de la saison et espérer que l'année suivante serait meilleure.

Ou qu'elle pourrait totalement oublier l'idée de faire une saison. Peut-être se rendrait-elle dans un château isolé, où elle deviendrait la gouvernante des jeunes enfants d'un duc veuf et maussade. Elle raccommoderait son cœur brisé, et il tomberait éperdument amoureux d'elle.

— Ne t'inquiète pas pour moi, Cass. Je suis capable de faire face à Wexford.

Elle entendit la colère dans sa voix, perçut presque le grincement de ses dents, et elle faillit s'inquiéter pour la sécurité de Ruark. *Faillit.*

Quelques minutes plus tard, il s'arrêta devant chez Gunter.

— Es-tu sûre de vouloir retrouver Mlle Lancaster? Je pourrais envoyer mon tigre lui dire que tu es rentrée à la maison.

— Je refuse de laisser Ru… Wexford… me perturber à ce point, affirma-t-elle, relevant le menton. Je suis plus forte que ça.

— Bien sûr que tu l'es, murmura Lucien, avant de sauter au bas de la calèche pour l'aider à en descendre, puis de lui serrer la main. S'il te plaît, fais-moi savoir si tu as besoin de quoi que ce soit. Je vais me renseigner pour savoir si des ragots circulent, mais je pense que nous aurions déjà entendu parler de quelque chose.

— Merci.

Retirant sa main de la sienne, Cassandra entra chez Gunter, où Prudence l'attendait juste à l'intérieur.

— Oh! Tu as l'air si pâle! s'exclama Prudence, légèrement alarmée. Que s'est-il passé?

— Lucien m'a fait part de la vérité concernant le passé de Wexford. Il semblerait qu'il soit un romantique invétéré, qui tombe en amour et en désamour assez facilement. Je ne peux imaginer qu'il m'aime toujours dans deux mois, et encore moins dans trois ans. Oh, Pru! J'ai été la plus grande des imbéciles!

Cassandra avait parlé à voix basse, et elle murmura la

dernière phrase, de sorte que les mots étaient à peine audibles.

— Viens, allons plutôt faire le tour de la place, suggéra Prudence, passant son bras sous celui de Cassandra, et elles quittèrent la boutique. Raconte-moi tout. Ou pas. Fais comme tu en as envie.

— J'ai envie de le frapper au visage.

Cassandra aimait Ruark, et savoir qu'il ne pourrait probablement pas l'aimer, du moins, pas de façon permanente, lui faisait l'effet d'un couteau planté en plein cœur. Elle lui révéla tout ce qu'elle avait appris de Lucien, ainsi que ses propres sentiments de souffrance et de désespoir. Quand elle eut terminé, elle fut surprise de constater qu'elle se sentait un peu mieux.

— J'ai juste besoin de tomber en désamour. Je devrais peut-être consulter Ruark pour qu'il m'explique la meilleure façon de procéder, puisqu'il est apparemment expert en la matière.

Prudence sourit.

— Voilà la Cass que je connais. Es-tu sûre de ne pas vouloir le voir, au moins pour lui montrer que tu vas bien ?

— Je pense que j'aurai de nombreuses occasions de le faire. Ce n'est pas comme si je n'allais plus le voir en ville. En fait, la prochaine fois que cela se produira, il se pourrait très bien que je sois fiancée. Et ne serait-ce pas là une excellente revanche ?

Le sourire de Prudence s'évanouit.

— J'espère que tu ne vas pas te fiancer uniquement dans ce but.

Cassandra agita la main.

— Non. Mais c'est délicieux de l'envisager. Je suppose que je devrais réfléchir à ce que je vais dire à Glastonbury. Je réfléchirai à sa demande, quand elle viendra, mais je dois lui parler de son habitude de boxer.

L'idée de révéler sa vulnérabilité la mettait mal à l'aise, et elle ne pouvait s'empêcher de se rappeler le soutien remarquable que Ruark… *Wexford*, lui avait apporté. Elle avait vraiment envie de le frapper.

Une petite voix au fond de son esprit lui disait qu'elle devrait exiger des explications de sa part, mais elle était étouffée par la partie écrasante de son être qui refusait de s'exposer à davantage de souffrance et de déception. Il avait essayé de la dissuader, et elle avait persisté, disant qu'elle l'attendrait.

Tu n'es pas responsable pour autant. Il aurait dû tout te dire, pas seulement la partie concernant la promesse faite à son père. Il aurait dû expliquer pourquoi ce serment était parfaitement logique.

Parce qu'avec ces informations, elle aurait pu faire des choix différents. Elle l'aurait fait, n'est-ce pas ?

Peut-être que non. Elle était tombée éperdument amoureuse de lui ; ils avaient tissé un lien très profond, du moins c'est ce qu'elle avait cru. Il semblait être la solution idéale à ce qu'elle recherchait depuis longtemps : quelqu'un à aimer, qui l'aimerait en retour.

Elle avait *vraiment* été idiote. N'avait-elle pas réussi à survivre seule ? Avait-elle vraiment besoin de se dévoiler complètement, ce qui ne lui avait valu que des déceptions ? En quoi était-ce préférable à se sentir seule, ou à craindre de ne jamais connaître l'amour ? Glastonbury semblait de plus en plus attrayant. C'était un gentleman gentil, sûr, qui ne lui briserait sans doute pas le cœur. Cela ne pouvait pas arriver quand vous enfermiez ce dernier derrière un mur.

C'était ce qu'elle allait faire, et elle laisserait Wexford derrière elle.

CHAPITRE 19

Le jardin d'agrément de Clerkenwell était plus petit et plus rustique que celui de Vauxhall, mais Ruark trouvait que c'était un bel endroit où emmener sa mère et sa sœur pour passer un lundi soir tranquille.

— J'aurais préféré aller à Vauxhall, déclara sa mère alors qu'ils entraient dans la salle principale.

De la musique s'échappait de la zone couverte, où un quatuor jouait.

— Et c'est ce que nous ferons, dit Ruark d'une voix douce.

Le regard de Kat embrassa les lieux : des lanternes lumineuses aux loges, en passant par la piste de danse où des dizaines de couples virevoltaient dans leurs plus beaux atours.

— C'est tellement beau ! Personne ne craint qu'il pleuve ?

Iona avait demandé à venir, et leur mère avait accepté. Elle leva les yeux vers le ciel.

— Moi, si.

Ruark n'y avait pas pensé.

— Ils se précipiteront sans doute vers les loges pour dîner, je suppose.

Kat bascula la tête en arrière et renifla l'air.

— J'espère qu'ils sont prêts, car je pense que nous aurons droit à une fine bruine d'ici environ une heure.

Leur mère intervint.

— Alors, nous partirons avant. Ce n'est pas comme si Kathleen allait trouver un mari ici. Tu as dit qu'il y aurait des gentlemen célibataires. Je ne vois que des couples, en dehors de vous.

— On ne sait jamais, maman, répliqua Kat d'un ton joyeux. On peut trouver des maris dans les lieux les plus étranges. Du moins, c'est ce que disent les gens à propos de toi et papa.

Ruark dut réprimer un rire quand leur mère inspira brusquement. Il remarqua également que Iona pinçait les lèvres et détournait le regard. Parfois, Kat disait des choses sans réfléchir, mais il était certain qu'il s'agissait là d'un coup intentionnel et direct. Il avait envie d'applaudir.

Au lieu de cela, il chercha à apaiser l'agitation de sa mère.

— Kat a reçu plusieurs invitations, maman. Cela doit te faire plaisir, non ?

— Je suppose.

Kat fit signe à sa sœur.

— Viens ! Allons voir s'il y a des poissons.

Iona se joignit à elle, et elles s'éloignèrent, bras dessus, bras dessous, pour franchir la courte distance qui les séparait d'un étang. Ruark en profita pour se rapprocher de leur mère.

— Tu pourrais aussi cesser d'essayer de trouver un époux pour Kat. Elle n'a pas particulièrement envie de se marier. Peut-être sa réputation ne sera-t-elle pas sérieusement compromise, surtout si elle quitte le Gloucestershire pendant un certain temps.

— Qu'es-tu en train de me dire ?

— Laisse-la rester ici à Londres avec moi. Je recruterai

une dame de compagnie pour elle, et nous nous occuperons bien d'elle.

Elle écarquilla les yeux.

— Serais-tu en train d'insinuer que ce n'était pas le cas à la maison ?

— Pas du tout. Je te prie de m'excuser si c'est l'impression que je t'ai donnée. Je voulais simplement te rassurer quant au fait de la laisser ici. Elle sera en sécurité.

— Je n'en doute pas. Malheureusement, le plus grand danger pour elle, c'est elle-même, expliqua sa mère, pinçant les lèvres en regardant Kat. Je l'aime énormément, mais j'ai peur qu'elle soit seule.

— Pour certaines personnes, cela ne pose aucun problème, remarqua Ruark d'une voix douce. Tu ne dois pas projeter tes préoccupations sur les autres.

Soudain, Ruark songea à son père : ne lui avait-il pas fait la même chose en lui faisant promettre de ne pas se marier ? Mal à l'aise, il s'agita, mais repoussa cette pensée dans un coin de son esprit.

Kat et Iona revinrent.

— J'ai vu deux grenouilles, annonça la première. La pluie arrive plus tôt que je ne le pensais.

Ruark renversa la tête en arrière pour regarder le ciel nocturne et fut récompensé par une grosse goutte de pluie sur la joue.

— En effet.

— Allons-y, lança leur mère en se dirigeant vers la porte.

Quelques minutes plus tard, ils étaient mouillés, mais bien installés dans la berline qui les ramenait vers Mayfair.

— Eh bien ! Voilà une soirée gâchée, déclara leur mère.

Kat, assise à côté de Ruark sur le siège orienté vers l'arrière, regardait par la vitre.

— J'aurais aimé rester plus longtemps. J'aime être dehors la nuit, ajouta-t-elle, puis elle se tourna vers Ruark. Quand pourrons-nous aller à Vauxhall ? Je voudrais voir les feux d'artifice.

— Bientôt.

— Oh, Ruark ! Je voulais te dire que Iona et moi avons rencontré lady Cassandra aujourd'hui sur Bond Street.

Soudain très intéressé, Ruark se pencha en avant.

— Elle faisait des courses ?

Alors, peut-être n'avait-elle pas reçu de visiteurs. Une vague d'espoir jaillit dans sa poitrine.

— Elle avait le plus beau des chapeaux, raconta Iona. J'ai commandé un modèle similaire. Je serai la jeune lady la plus à la mode du Gloucestershire.

— Je ne crois pas que tu aies jamais donné de raison valable pour expliquer pourquoi tu ne la courtises pas. Elle est tout à fait charmante, et vous semblez amis.

— Son frère est l'un de mes amis les plus proches.

Comme si cela expliquait quoi que ce soit.

— Et ? insista Kat.

— Il, euh… il a demandé à ses amis de ne pas courtiser sa sœur.

Sa mère ricana.

— C'est ridicule ! Elle ferait une comtesse parfaite pour toi. Je ne sais pas ce que tu espères, si tu trouves qu'elle n'est pas à la hauteur.

Ruark se mordit la langue pour ne pas affirmer avec véhémence que Cassandra était totalement parfaite. Elle serait effectivement la comtesse idéale pour lui.

Heureusement, sa mère changea de sujet.

— Ruark, pourquoi ne me fournirais-tu pas une liste de célibataires ? Cela nous aiderait à réduire le nombre de choix de Kat, afin que nous puissions agir de manière stratégique cette semaine. Avec un peu de chance, elle sera fiancée dans une quinzaine de jours au maximum.

Kat avait reporté son attention sur la vitre pendant la majeure partie du trajet.

— Ou bien, tu pourrais faire ce que Ruark a suggéré et me laisser rester ici à Londres avec lui.

— As-tu écouté notre conversation ? s'exclama leur mère, la voix stridente.

Ruark détestait la façon dont elle traitait Kat.

— Si tu ne veux pas que quelqu'un entende tes conversations, ne les tiens pas devant des gens, répliqua Kat d'un ton ironique.

Ruark s'empressa de parler, de sorte que leur mère ne puisse pas répondre.

— Maman, je comprends que tu sois bouleversée par ce qui s'est passé dans le Gloucestershire, mais tu ne dois pas continuer à en vouloir à Kat. Tu ne peux rien changer à son comportement passé. La contraindre à se marier n'est pas non plus la solution.

Leur mère croisa les bras tandis que la berline s'arrêtait devant la maison.

— Ruark, tu te mêles beaucoup trop de ce qui ne te regarde pas. C'est à moi, ainsi qu'au père de Kathleen, de veiller à ce qu'elle s'établisse.

Ruark était presque certain que son beau-père serait ravi que Kat reste à Londres, car cela la rendrait plus heureuse que de se marier.

— Tu devrais la laisser rester, maman, intervint Iona. Et je ne dis pas ça parce qu'elle a pratiquement ruiné ma vie en même temps que la sienne.

— Voilà qui est un peu dramatique, remarqua Ruark, qui espérait que Iona ne tenait pas de leur mère.

Sa sœur le fixa d'un regard furieux.

— Tu ne sais pas de quoi tu parles, alors sois gentil de t'abstenir de donner ton opinion sur le sujet.

La portière s'ouvrit, et un valet de pied aida leur mère à descendre, puis Iona. Kat tourna la tête.

— Ton soutien me touche, Ruark.

— Si maman ne te laisse pas rester ici, peut-être accepterait-elle que tu ailles dans mon domaine en Irlande. Cela t'intéresserait-il ?

— Je préférerais rester ici, mais plutôt l'Irlande qu'être obligée de me marier.

Elle sortit de la berline, mais Ruark ne la suivit pas. Au lieu de cela, il demanda au cocher de l'emmener au Phœnix Club.

La pensée qu'il avait repoussée au jardin d'agrément revint occuper le devant de son esprit. Son père avait-il projeté ses peurs sur lui ? Ce n'était pas vraiment la question. Il l'avait fait, sans le moindre doute. La véritable question était de savoir si son incapacité à entretenir un amour romantique provenait de cette peur, plutôt que d'une véritable incapacité ?

Si Da ne lui avait pas réclamé cette promesse, Ruark aurait-il épousé Freya neuf ans plus tôt ? Peut-être, mais il n'arrivait pas à l'imaginer. Il n'aurait assurément pas épousé sa maîtresse trois ans plus tard, mais c'était parce que cela n'aurait pas été acceptable.

Il aurait pu épouser Nuala, la jolie fille de son voisin en Irlande. Mais il avait empêché leur relation d'évoluer après quelques baisers volés. Il n'avait en tout cas pas laissé les choses durer aussi longtemps qu'avec Cassandra.

La berline arriva au Phœnix Club, et Ruark en sortit d'un pas bondissant, impatient de se détendre à l'intérieur. S'il le pouvait.

À l'instant où il pénétra dans le salon réservé aux membres, Lucien s'avança vers lui d'un pas déterminé, et Ruark comprit aussitôt que quelque chose n'allait vraiment pas. Avant qu'il n'ait pu poser la question, son ami aboya un ordre.

— Chambre du comité d'adhésion. Maintenant.

Le grognement caractéristique des Westbrook était au rendez-vous. Ruark le suivit hors du salon, puis ils entrèrent dans la salle de réunion du comité d'adhésion.

— J'espère qu'il n'y a rien de très grave.

— Il y a un problème grave. Avec *toi*.

Lucien ferma la porte avec plus de force que nécessaire, tourna les talons et planta son poing dans le nez de Ruark. Trébuchant en arrière, ce dernier porta la main à son visage.

— Aïe ! Essaierais-tu de me casser à nouveau le nez ?

— Tu as de la chance que je ne te casse pas les jambes.

La porte s'ouvrit, MacNair et Deane entrèrent, et ce dernier referma derrière lui.

— Que diable se passe-t-il ? s'exclama MacNair, qui plissa les yeux en regardant Ruark d'abord, puis Lucien. Tout le monde peut voir ta colère, et, comme elle ne se manifeste presque jamais, tu peux imaginer à quoi cela ressemble.

— Je me fiche éperdument de l'impression que ça donne, s'écria Lucien, surprenant Ruark par la véhémence de sa colère. Wexford est banni du Phœnix Club !

Ruark laissa retomber sa main de son visage. Quel imbécile ! Il n'y avait qu'une seule raison pour laquelle Lucien agirait ainsi. D'une manière ou d'une autre, il avait appris pour Cassandra et lui.

— Un bannissement ? intervint Deane, qui s'avança, se plaçant presque entre Lucien et Ruark.

Quand ce dernier lui lança un regard noir, il sembla renoncer à aller plus loin.

— Nous n'avons jamais banni personne. Je pensais que c'était réservé aux autres clubs.

— Deane a raison, ajouta MacNair, coulant un regard

inquiet vers Ruark. Nous sommes ouverts à tous, et une fois que tu es admis, tu es admis.

— C'est mon foutu club, et il est banni !

— *Maintenant*, tu as le dernier mot, marmonna Ruark. Comme c'est pratique.

Avec un rictus mauvais, Lucien s'avança vers lui, le poing serré.

— Si j'étais toi, je me tairais.

— *Bon sang !* Mais que se passe-t-il ? insista Deane, dont le regard oscillait entre ses deux amis.

— Ce pervers entretient une relation avec ma sœur depuis je ne sais combien de temps. C'est déjà suffisamment grave de mettre sa réputation en péril, mais quand tu n'as en plus aucune intention de l'épouser, c'est tout simplement méprisable.

Lucien cracha le dernier mot, et Ruark le sentit comme un coup de couteau dans ses tripes.

Il *était* méprisable. Il avait essayé de résister et il avait échoué. Il pourrait arguer que Cassandra l'avait tenté, qu'elle avait fait preuve d'une persévérance sans faille. Mais c'était sa faute. Il avait continué avec elle en dépit du fait qu'il était tombé en désamour de toutes les autres femmes pour lesquelles il avait éprouvé une affection. Et qu'il s'attendait à la même chose avec Cassandra, même s'il espérait qu'elle serait différente. C'était là qu'il avait commis une erreur : il avait laissé l'espoir influencer ses décisions, et il avait blessé Cassandra. Il n'y avait tout simplement aucune excuse valable pour justifier son comportement.

Lucien posa une main sur sa hanche, tout en continuant à fixer Ruark d'un regard noir.

— Vous voyez, il n'a rien à dire pour sa défense.

— Est-ce vrai ? demanda MacNair à Ruark.

Ruark acquiesça.

— Oui, et je le regrette. Lucien, j'ai la plus haute estime

pour Cassandra. À chaque instant, j'ai cherché à la protéger de tout danger, y compris du mal que je pourrais lui causer.

Lucien s'avança vers lui, s'arrêtant juste à portée de main.

— Premièrement, ne parle plus jamais d'elle de manière aussi désinvolte ! Deuxièmement, comment pourrais-tu éprouver la moindre estime pour elle alors que tu l'as presque ruinée ? Troisièmement, comment pourrais-tu essayer de la protéger tout en continuant à entretenir une liaison illicite ?

— Ce n'était pas ça, gronda Ruark.

Sauf que cela avait évolué ainsi, n'est-ce pas ? Même s'ils n'avaient pas eu de relations sexuelles, ils s'étaient livrés à des activités auxquelles jamais la jeune fille célibataire d'un duc ne devrait s'adonner.

— Nous sommes… amis.

Lucien leva le bras pour le frapper à nouveau, mais Ruark s'y attendait. Il était également un boxeur accompli, contrairement à son ami.

Esquivant le coup, Ruark fit un pas de côté.

— Ne commence pas quelque chose que tu ne pourras pas finir.

— Tu devrais me laisser te battre ! souffla Lucien, frustré.

MacNair intervint à voix basse.

— Il ne peut pas faire ça. Il est trop bien entraîné. Mais, je pourrais le tenir pour toi, ajouta-t-il, secouant la tête en regardant Ruark, manifestement déçu. Je ne le ferai pas.

Ruark était profondément bouleversé. Il voulait demander comment Lucien l'avait découvert, non pas parce que cela lui importait personnellement, mais parce qu'il s'inquiétait pour Cassandra.

— Cassandra est-elle… ruinée ?

Il avait peur de la réponse.

— Pas encore, mais quelqu'un vous a vus au bal l'autre soir. Ou plutôt, aux écuries, expliqua Lucien, la voix emplie de dégoût. Il n'y a plus qu'à espérer que le cocher de mon père soit le seul à vous avoir découverts.

Le cocher du duc? Comme si l'opinion du père de Cassandra au sujet de Ruark n'était pas déjà suffisamment négative. D'un autre côté, jamais Ruark n'avait eu une opinion aussi désastreuse de lui-même.

— Je l'espère sincèrement. Je n'ai jamais eu l'intention de mettre ta sœur en danger. Je tiens profondément à elle.

Mais il s'était malgré tout comporté comme un imbécile.

— Mais pas assez profondément pour l'épouser! rétorqua Lucien, le fixant du regard. Pourquoi? À cause d'une règle stupide? Je n'y crois plus. Je ne crois pas que tu sois capable d'aimer. Tout ce que tu fais, c'est laisser une traînée de cœurs brisés derrière toi. Si tu ne peux pas te marier avant trois ans, pourquoi aller à des bals, ou danser avec de jeunes ladies qui sont sur le marché du mariage?

— Dit comme ça, c'est un peu cruel, autant pour toi que pour elles, remarqua Deane, l'air renfrogné.

Oui, c'était cruel. Pourquoi faisait-il cela? Ruark pourrait tout aussi bien retourner en Irlande, et monter ses chevaux pendant les trois prochaines années. Sauf qu'il l'avait fait trois ans plus tôt, et qu'il s'était quand même épris d'une femme. Apparemment, son cœur avait sa propre volonté.

— Il n'y a plus rien à ajouter, déclara Lucien d'un ton neutre. Tu devrais t'en aller, Wexford.

Ruark prit une profonde inspiration, mais cela ne parvint pas à le calmer.

— Il y a autre chose. Glastonbury prévoit de demander ta sœur en mariage. J'ai appris qu'il est à l'origine du combat primé au club, expliqua-t-il, regardant MacNair qui cilla, surpris. Apparemment, il a besoin d'argent. C'était son idée, et Fred lui donne trente pour cent des entrées, plus une partie des paris. Je ne reçois que quatre pour cent.

— J'ignorais que Glastonbury était à court d'argent, remarqua Deane. Ou que tu participais à un combat primé.

Il semblait surpris aussi.

— Je n'avais pas non plus remarqué qu'il était à court d'argent, déclara Ruark. Je ne pense pas que quiconque le sache, sinon nous l'aurions appris lorsque nous avons enquêté sur lui pour son adhésion, et il semble vouloir que les choses restent secrètes.

Il glissa un regard vers Lucien : il détestait la fureur qui brûlait encore dans le regard de son ami… de son *ancien* ami.

— J'ai pensé que tu devrais le savoir. J'avais l'intention de chercher à savoir pourquoi il avait besoin de fonds, mais je suppose que c'est ton rôle.

— Ce n'est assurément pas le tien ! gronda Lucien, avant de se tourner pour laisser à Ruark un chemin direct vers la porte. Il est temps pour toi de partir.

Ruark fit un pas, puis s'arrêta pour regarder Lucien.

— Je tiens à lady Cassandra, quoi que tu en penses. Au moins, elle en a conscience.

— Je ne compterais pas là-dessus, répliqua Lucien. Quand je lui ai parlé de ta tendance à aimer puis à quitter les femmes dans ta vie, elle était plus que prête à oublier ton existence.

C'était le coup de grâce, et Ruark aurait dû le voir venir. Bien évidemment, Lucien lui avait tout raconté de son passé. Il aurait dû le faire lui-même. Cependant, il craignait trop que son père ait eu raison à son sujet, que les prévisions de ce dernier se soient révélées exactes au vu du comportement de Ruark. Peut-être même ne devrait-il pas se marier du tout, du moins pas sans être parfaitement honnête avec sa future épouse. Il avait beau l'aimer aujourd'hui, il était presque certain que ce sentiment ne durerait pas.

Pour la première fois, il se sentait vraiment maudit.

Gardant la tête haute, Ruark quitta la salle du comité d'adhésion sans regarder les autres hommes qu'il considérait comme des amis il y a encore si peu. Puis il quitta le Phœnix Club et ne regarda pas en arrière.

~

Cassandra dormit plus tard que d'habitude, après avoir passé la majeure partie de la nuit éveillée. Elle avait parlé à sa mère, ou plutôt au portrait que ses frères lui avaient offert. Cela faisait-il seulement une semaine qu'elle avait célébré son anniversaire et embrassé Ruark dans un autre placard ? Elle avait l'impression que cela remontait à une éternité.

Malheureusement, sa mère ne pouvait pas lui donner de conseils. Devait-elle épouser Glastonbury ? Devait-elle se retirer à la campagne pour le reste de la saison ? Devait-elle entrer au couvent ?

Vêtue d'une simple robe du matin, Cassandra se rendit au salon pour prendre son petit déjeuner. À peine était-elle assise que son père arriva.

Le duc toussota, et son regard se posa sur le petit pain dans son assiette et le pot de chocolat.

— J'interromps ton petit déjeuner.

— Tout va bien. As-tu besoin de me parler de quelque chose ?

C'était une question idiote. Il ne venait jamais ici sans avoir une idée derrière la tête. Son père ne venait jamais simplement la voir.

— Je suis venu m'enquérir de tes projets pour la journée... et pour le reste de la semaine. Tu t'es absentée presque toute la journée d'hier, remarqua-t-il, et il semblait légèrement agacé, ce qui était mieux que la colère. Deux visiteurs sont venus pour toi.

Elle le savait, car les fleurs qu'ils avaient apportées décoraient le salon.

— Je serai à la maison aujourd'hui. Et le reste de la semaine.

— Parfait, dit son père, puis il joignit les mains dans son dos et alla inspecter l'une des compositions florales. De qui viennent celles-ci ?

— De Brockton. J'ai dansé avec lui au bal l'autre soir.

Il avait joint un message bref, mais enthousiaste. Il y chantait les louanges de la couleur de ses cheveux, qu'il comparait à la terre de son domaine familial, dans son Warwickshire bien-aimé.

— Je n'ai pas l'impression que Glastonbury soit venu.

Le duc pinça les lèvres. Il n'était pas tout à fait renfrogné, mais ce n'était pas loin.

— Non, ce qui m'inquiète un peu. Il prend assurément tout son temps pour te faire la cour.

— Cela ne me dérange pas, avoua Cassandra. Je préférerais avoir la possibilité de mieux le connaître, ou de mieux connaître n'importe quel homme, avant d'accepter de me marier. Je pense qu'il fera sa demande lors de sa prochaine visite.

Parce qu'il avait dit Ruark qu'il en avait l'intention.

— Fantastique ! s'exclama-t-il, avant de se concentrer sur sa fille. Es-tu prête à accepter ? En fait, cela pourrait arriver aujourd'hui.

— Je suppose.

Elle versa du chocolat dans sa tasse. Le duc fronça les sourcils, puis il revint vers la table, mais il ne s'assit pas avec elle.

— Tu n'as pas l'air enthousiaste. Y a-t-il un problème avec Glastonbury ? As-tu décidé que vous ne vous convenez pas ?

— Il n'y a pas de *problème* avec lui. Il est parfaitement agréable et charmant. Mais je ne l'aime pas, papa.

Elle ajouta la dernière phrase d'un ton plus doux, son regard se posant sur sa tasse de chocolat qui lui paraissait tout à coup bien peu appétissante. Quand le chocolat a-t-il *jamais* semblé écœurant ? Elle leva alors les yeux vers lui.

— Je voulais tomber amoureuse.

Son père la fixa un moment, semblant déconcerté. Puis il s'assit lentement en face d'elle à la table ronde.

— Je te conseillerais de te rappeler que l'amour apporte autant de douleur que de joie.

Cassandra le savait par expérience. Le duc poursuivit.

— Il est tout à fait acceptable de se contenter d'une affection mutuelle et chaleureuse. Pourrais-tu connaître cela avec Glastonbury ?

Cassandra regarda son père droit dans les yeux.

— Est-ce ce que tu avais avec maman ?

Lorsqu'il répondit, sa voix était à peine audible.

— Non.

— C'est pour cela que tu trouves l'amour douloureux. Tu l'aimais… et tu l'as perdue.

— Je ne souhaite cela à aucun de mes enfants, dit-il, la voix rauque, et il détourna le regard.

Cassandra ne l'avait jamais vu aussi émotif. C'était à la fois merveilleux et terrifiant.

— Ne préfères-tu pas avoir connu cet amour, même pour un temps plus court que tu ne l'aurais voulu, plutôt que de ne jamais l'avoir connu du tout ?

Elle ne pouvait s'empêcher de penser à l'impatience qu'elle éprouvait lorsqu'elle attendait de voir Ruark, ou au frisson que lui procuraient son regard et ses caresses lorsqu'ils étaient ensemble. Son monde lui semblait plus lumineux, plus riche. C'était une véritable souffrance de savoir qu'elle ne pouvait pas avoir d'avenir avec lui, mais elle ne regrettait pas le temps qu'ils avaient passé ensemble. Elle s'accrocherait à cette splendeur, à ce bonheur incomparable d'être amoureuse, jusqu'à la fin de ses jours. Même si elle aimait à nouveau… et elle l'espérait.

Il fallut un long moment à son père pour répondre.

— Si, bien sûr. Chaque jour, je suis heureux d'avoir connu ta mère, même si elle me manque au-delà de toute mesure.

Sa voix était devenue rauque.

Cassandra se leva de sa chaise pour l'étreindre. Ce fut rapide, mais sincère, en dépit du fait qu'il se contenta de lui tapoter l'épaule. Cela faisait bien longtemps qu'il ne lui avait pas manifesté autant d'affection physique.

Lorsqu'elle se rassit, elle croisa les mains sur ses genoux.

— Est-il absolument impératif que je me marie cette saison ? Je sais que c'est ce que tu souhaites, mais je n'ai vraiment aucune envie de me précipiter dans quelque chose que je pourrais regretter.

Le duc souffla.

— Tu me rappelles tellement ta mère ! Je n'ai jamais pu lui refuser quoi que ce soit non plus. Non, tu n'es pas obligée de te marier, mais je préférerais que tu le fasses, répondit-il, puis il hésita, son regard se posant sur la fenêtre. Je vieillis. Je voudrais te voir t'établir.

Le cœur de Cassandra se serra.

— Tu n'es pas encore un vieillard. Ne sois pas si larmoyant. Il se peut que je me marie cette saison, mais j'aimerais savoir que tu ne seras pas fâché dans le cas contraire. En fait, il se pourrait même que j'épouse Glastonbury. Je n'ai pas encore décidé.

— Je ne serai pas en colère. Je me suis montré irritable ces derniers mois, j'en suis conscient, et ce n'était pas mon intention. Je me sentirai mieux quand tu seras installée.

Cassandra pouvait comprendre cela. À vingt-deux ans, elle aurait déjà dû être établie. Si elle ne l'était pas, c'était en raison de la gentillesse et de la compréhension de son père. D'autres l'auraient sans doute contrainte à se marier deux ans plus tôt.

— Merci, papa. Maintenant, laisse-moi prendre mon petit déjeuner.

Il l'observa un moment, les yeux plissés.

— Tu as l'air fatiguée. Peut-être devrais-tu attendre demain pour recevoir des visites.

Elle ne l'avait jamais autant aimé qu'à ce moment-là.

— Oui, s'il te plaît. Et, merci, ajouta-t-elle d'une voix douce.

Il se leva, se redressant et levant légèrement le menton afin de présenter l'image du duc qui intimidait presque tout le monde.

— Prépare-toi pour demain… et ne te sens pas obligée d'accepter la demande de qui que ce soit. L'homme idéal t'attend quelque part, ma chérie.

Elle le regarda partir et réfléchit à ses paroles. Craignant d'avoir déjà rencontré l'homme idéal au mauvais moment, elle reporta son attention sur son petit déjeuner. Et elle s'efforça de chasser cet homme de ses pensées… pour toujours.

CHAPITRE 20

La porte s'ouvrit, et Ruark fut transporté six ans en arrière, à l'époque où il était un jeune homme partant à la conquête de Londres, ou du moins le croyait-il. Marianne, son ancienne amante, ne semblait pas avoir pris une ride.

— Wexford ! Mon Dieu ! Tu es bien plus beau qu'avant ! Et tu étais déjà diablement séduisant.

Elle lui décocha un clin d'œil, puis se déplaça sur le côté en lui faisant signe de passer.

— Entre !

Après avoir fermé la porte derrière lui, elle le suivit dans le salon de sa petite, mais élégante maison mitoyenne. Elle fronça les sourcils.

— Bien que je sois ravie de te voir, je crains d'avoir déjà un engagement. Tu arrives malheureusement quelques mois trop tard, déclara-t-elle, parcourant Ruark du regard avec un intérêt non dissimulé. Et quand je dis « malheureusement », je le pense.

— Je ne suis pas là pour ça. Je suis venu… parler.

Marianne afficha une moue déçue.

— Oh ! Puis-je te servir un verre ?

Elle se dirigea vers le placard où elle conservait son alcool. Apparemment, rien n'avait changé au cours des six années qui s'étaient écoulées depuis qu'il lui rendait régulièrement visite chez elle.

— Non, je te remercie.

Il avait un peu trop bu la veille au soir, après avoir quitté son ancien club. Être banni était douloureux, mais pas autant que perdre ses amis. Ruark alla s'asseoir dans un fauteuil, et elle s'installa sur une méridienne.

— De quoi souhaites-tu parler ? l'interrogea-t-elle d'un ton légèrement amusé.

— Te souviens-tu bien du temps que nous avons passé ensemble ?

Cela n'avait duré qu'une seule saison, de février à juin. En mars, il se croyait amoureux, et en juin, il était plus que prêt à quitter Londres, ainsi que Marianne, pour partir à la campagne. En réalité, il était déjà prêt à la quitter en avril, et ses visites chez elle s'étaient espacées après cela.

— Tu es resté l'un de mes favoris, avoua-t-elle d'une voix timide. Je dois admettre que j'ai ressenti une pointe d'excitation lorsque j'ai ouvert la porte et que je t'ai vu là. Mais, hélas, je suis déjà engagée ailleurs.

— Je n'étais pas trop… sentimental ?

Ce n'était pas tout à fait le bon mot. Il ne lui avait jamais avoué son amour, mais, pendant quelques semaines, il avait passé tout son temps libre en sa compagnie. Marianne éclata d'un rire guttural et séduisant, qui fit vibrer sa poitrine.

— Tu étais si jeune. Vingt et un ans, c'est ça ?

Elle avait cinq ans de plus que lui.

— Oui. Je t'aimais. Ou, du moins, c'est ce que je croyais.

— Beaucoup d'hommes ressentent la même chose pour leurs maîtresses. Ne va pas croire que tu es le seul à avoir fait preuve d'une telle dévotion.

— Cependant, il n'y a pas eu que toi. Je suis tombé amoureux d'une autre femme… avant toi. Et encore une fois après.

Elle haussa une épaule.

— Je me souviens que tu étais sensible. Tu étais toujours attentionné et prévenant, bien plus que la plupart des hommes. Peut-être as-tu simplement un cœur qui aime l'amour, lui répondit Marianne avec une chaleur qui le réconforta. Il n'y a rien de mal à cela.

Sauf pour les cœurs qu'il brisait. Mais il n'avait pas brisé le sien, si ?

— Cela ne t'a pas chagrinée lorsque je suis parti ?

— Je suis souvent triste lorsqu'un arrangement prend fin. Certains plus que d'autres, ajouta-t-elle en haussant un sourcil. Cependant, je sais comment les choses se passent et je l'accepte.

Elle se figea un instant, les yeux rivés sur ceux du jeune homme.

— Tu n'es plus… ?

Marianne ne prononça pas les mots, mais Ruark savait ce qu'elle voulait dire.

— Non. J'étais tombé en désamour avant que notre arrangement prenne fin. En fait, c'est ce que je fais. Je tombe en amour, puis en désamour. Je crois qu'il s'agit d'une malédiction.

— Ou peut-être n'as-tu simplement jamais été amoureux, mais simplement épris, suggéra-t-elle d'une voix douce. Je ne crois pas que tu doives partir du principe que ton comportement passé déterminera ton avenir.

— Mais comment puis-je espérer rester amoureux alors que je ne l'ai jamais fait ?

Elle rit de bon cœur et se redressa sur sa méridienne.

— Tu poses des questions très difficiles ! *Si* tu es capable de tomber amoureux, et peut-être que tu ne l'es pas, je m'attends à ce que tu puisses conserver ce sentiment, s'il est sincère. Je pense que cela demande un travail sur le long terme, mais ce n'est que mon observation après avoir discuté avec certains de mes… anciens gentlemen, qui sont mariés depuis de nombreuses années, expliqua-t-elle, avant de lui lancer un regard d'excuse. Je ne sais pas si mes conseils valent grand-chose. Je ne pense pas avoir jamais été amoureuse et je ne compte pas l'être.

S'il pouvait tomber amoureux. Et peut-être qu'il ne pouvait pas. Marianne se pencha en avant.

— Je dois te poser la question : pourquoi venir me voir pour discuter de cela ?

Ruark haussa les épaules.

— Je voulais discuter avec quelqu'un que j'ai aimé… ou que je croyais avoir aimé. Tu es la seule à Londres, lui dit-il.

Il ignorait où se trouvait Freya aujourd'hui, et Nuala était en Irlande.

— Je suppose que je voulais savoir s'il restait des sentiments entre nous. Du moins, de mon côté.

— Et, y en a-t-il ?

Absolument aucun.

— Non.

La seule émotion qu'il ressentait était l'angoisse d'avoir mal traité Cassandra, ainsi que le désespoir à l'idée qu'ils n'auraient pas d'avenir ensemble. Cela signifiait-il qu'il l'aimait vraiment ?

Il savait qu'il l'aimait, tout comme il avait été certain, à l'époque, d'aimer les autres, avant de se rendre compte qu'il s'était trompé. Rien ne lui permettait de croire que ses sentiments pour Cassandra ne changeraient pas. C'était là la raison de son trouble.

Il cligna des yeux, se demandant pourquoi il avait imaginé que Marianne pourrait l'aider.

— Merci de m'avoir écouté déblatérer comme un imbécile.

Il se leva, impatient de partir. Elle s'empressa de se lever à son tour et lui serra la main.

— Tu as un vrai cœur sensible. Aussi tendre aujourd'hui qu'il l'était quand nous étions ensemble. Je devine qu'il y a une femme que tu pourrais aimer. Je me demande si, lorsque tu croyais m'aimer, tu as envisagé ce que tu ressentirais si je disparaissais soudainement de ta vie. Aurais-tu ressenti un profond chagrin ou aurais-tu continué malgré tout ? s'enquit-elle, un sourire taquin aux lèvres. Je suppose que tu peux faire les deux. Ce que j'essaie de dire, c'est : que ressentirais-tu si cette femme disparaissait subitement, si tu ne pouvais plus jamais la revoir ? Peut-être la réponse t'apportera-t-elle un peu de clarté.

Il *avait* perdu Cassandra. Oh ! Il la verrait, et ce serait pire que de ne pas la voir, en sachant qu'il ne pourrait pas la toucher et qu'il ne devrait même pas lui *parler*. Faire le deuil de cette perte ne suffisait pas à exprimer ce qu'il ressentait. Cela signifiait-il qu'il l'aimait différemment des autres ?

À défaut de clarté, il y avait au moins matière à réflexion. Ruark lâcha la main de Marianne.

— Prends soin de toi.

— Si tu cherches une compagne la saison prochaine, j'espère que tu viendras me voir.

Ruark lui adressa un vague sourire avant de partir.

Alors qu'il reprenait les rênes de son phaéton au tigre, il reconnut un fait incontestable : même s'il aimait Cassandra pour le reste de ses jours, il n'était pas certain de la mériter.

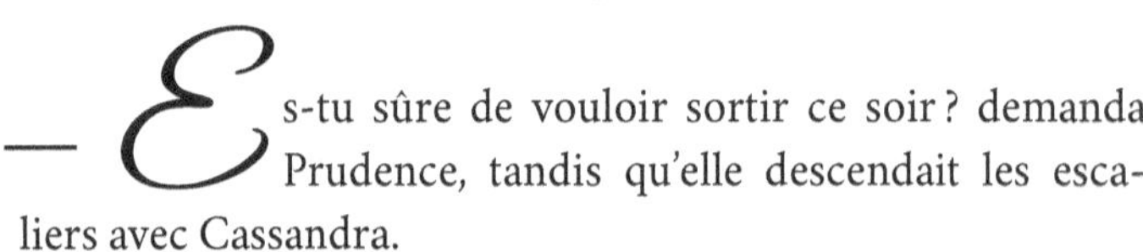

— Es-tu sûre de vouloir sortir ce soir ? demanda Prudence, tandis qu'elle descendait les escaliers avec Cassandra.

— Je ne peux pas me cacher pour le reste de la saison.

— Tu n'y es pas obligée, mais il n'y a pas de mal à prendre quelques jours pour…

Prudence ne précisa pas sa pensée.

— Se morfondre ? répondit Cassandra, avant de laisser échapper un petit rire moqueur. Je refuse de lui donner cette satisfaction. En secret, elle espérait croiser Ruark pour pouvoir le snober.

Sabrina les attendait dans le vestibule. Elle venait juste d'arriver pour les accompagner à quelques fêtes ce soir-là. Elles commenceraient par Hanover Square.

— Bonsoir, Sabrina ! la salua Cassandra d'un ton joyeux, bien décidée à passer une bonne soirée. Quelle magnifique robe ! Est-elle nouvelle ?

Avec sa couleur bleu foncé et ses détails dorés, elle était plutôt spectaculaire et attirerait l'attention, ainsi que l'envie. Cette saison, la comtesse d'Aldington avait acquis la réputation d'être l'une des ladies les plus à la mode de la haute société.

— Oui, confirma Sabrina, baissant les yeux sur sa tenue. Cependant, c'est ma dernière nouvelle robe de la saison.

— Quel dommage ! Comment allons-nous savoir quoi porter ? remarqua Cassandra en souriant. Merci de nous accompagner ce soir.

Elle baissa ensuite la voix, en jetant un regard vers le valet de pied, qui se tenait près de la porte.

— Je ne voulais pas demander à ma tante.

— C'est toujours un plaisir pour moi de me joindre à toi. En outre, Constantine est occupé à Westminster ce soir, alors j'étais heureuse de recevoir ton invitation.

Elles sortirent de la maison pour s'installer dans la berline d'Aldington, qui avait amené Sabrina. Quelques instants plus tard, elles se dirigeaient vers Hanover Square. Sabrina était assise à côté de Cassandra, sur le siège orienté vers l'avant.

— Constantine et moi nous demandions si tu avais reçu

beaucoup de visites depuis le bal des Crimshaw. J'ai entendu dire que tu avais été très populaire.

Cassandra avait évité de lire les journaux, de peur d'y trouver des rumeurs à propos de Ruark et elle. Avec un peu de chance, le cocher de son père avait été le seul à les voir. Elle préférait ne pas envisager l'autre possibilité, raison pour laquelle elle n'avait pas lu le journal.

— J'ai eu quelques visites, mais je n'ai reçu personne. Hier, je faisais des courses, et aujourd'hui, j'étais trop fatiguée. Je suppose que j'avais besoin d'un peu de temps pour me préparer. Je crois que Glastonbury pourrait faire sa demande. Il est venu aujourd'hui et il a dit à Bender qu'il reviendrait demain.

La poitrine de Cassandra s'était serrée quand elle avait appris sa visite. Le lendemain était une certitude. Le lendemain, elle pourrait être la future vicomtesse Glastonbury.

Sabrina l'étudia un moment.

— Je n'arrive pas à dire si tu es impatiente ou non.

— Je ne suis pas *pas* impatiente, précisa Cassandra avec un sourire.

Elle jeta un coup d'œil à Prudence, assise face à elle, qui gardait une expression impassible. Elles arrivèrent à la fête et entrèrent dans la maison. Après avoir salué leurs hôtes, Cassandra suivit Sabrina à l'étage jusqu'au salon, où divers fruits et friandises étaient disposés un peu partout dans la pièce.

— Ça alors, il y a un ananas ! s'exclama Sabrina, les yeux rivés sur un piédestal au centre de la pièce, sur lequel était posé le fruit.

Prudence fronça le nez.

— Il a l'air un peu abîmé.

— Il est sans doute presque pourri, ajouta Cassandra en secouant la tête. Dommage qu'ils n'aient sans doute pas l'intention de le manger.

Les ananas étaient si chers que nombre de ceux qui

pouvaient se les offrir s'en servaient simplement comme centres de table jusqu'à ce qu'ils commencent à pourrir. D'autres en partageaient le coût exorbitant, les faisant circuler lors d'événements tels que celui-ci. Cassandra se demanda si celui-ci appartenait à leur hôte, sir Edgar.

L'ananas avait détourné leur attention, de sorte que Cassandra ne vit Ruark que lorsqu'il se retrouva juste devant elle.

Il s'inclina d'abord devant Sabrina, puis Cassandra, et enfin Prudence.

— Bonsoir, lady Aldington, lady Cassandra, mademoiselle Lancaster.

Sabrina répondit par une légère révérence. Cassandra le fixa un moment. Sa langue devint complètement sèche, et son ventre forma un nœud géant. Elle tourna brusquement les talons et quitta le salon, entrant sans réfléchir dans une autre pièce, qui s'avéra être la salle de repos.

Prenant une profonde inspiration, elle ferma les yeux et compta jusqu'à cinq.

— Cass ? l'appela Sabrina, interrompant ses pensées tumultueuses, et Cassandra ouvrit les yeux. Est-ce que tu vas bien ?

— Oui, merci.

Cassandra esquissa un sourire et se tourna vers sa belle-sœur. Prudence entra à son tour dans la salle de repos, le front soucieux.

— Veux-tu partir ?

— J'aimerais bien, mais j'ai besoin d'un moment pour me ressaisir.

— Que se passe-t-il ? s'enquit Sabrina.

Son regard était marqué par l'inquiétude, et elle semblait se retenir de parler. Elle coula un regard vers Prudence, et Cassandra comprit ce qui se passait.

Sabrina voulait lui demander ce qui s'était passé entre

Ruark et elle. La dernière fois qu'elle les avait vus, ils s'embrassaient dans son placard. Cependant, elle ne souhaitait pas aborder ce genre de sujet en présence de Prudence, comme en témoignait sa demande de s'entretenir seule avec Cassandra la semaine précédente, après le baiser.

— Tout va bien, lui dit-elle. Prudence sait tout de ce qui s'est passé à ma fête d'anniversaire. Je n'ai plus aucun lien avec Wexford.

Quelqu'un d'autre entra dans la salle de repos, interrompant leur conversation. Cassandra redressa les épaules.

— Je suis prête.

Elle était plus qu'impatiente de partir. Une partie d'elle voulait rentrer à la maison, mais, encore une fois, elle ne voulait pas donner cette satisfaction à Ruark.

Durant le moment où elle l'avait regardé dans le salon, elle avait perçu une explosion d'émotions dans ses yeux : du regret, de la tristesse et peut-être même une lueur d'amour.

Alors qu'elles regagnaient le rez-de-chaussée, Cassandra se pencha vers Prudence, et murmura :

— Qu'a-t-il fait quand je suis partie ?

— On aurait dit que quelqu'un lui avait envoyé un coup de pied à un endroit très sensible.

Cassandra appréciait le trait d'humour de Prudence pour égayer son humeur.

— Il souffrait ?

— Extrêmement.

— Bien.

Elles récupérèrent leurs étoles et se dirigèrent vers la berline qui les attendait.

— Rentrons-nous à la maison ? demanda Prudence.

— Non. Allons à la prochaine fête, insista Cassandra.

Le cocher ouvrit la portière, et elle monta la première. Elle haleta aussitôt, car le comte de Wexford était assis sur le siège orienté vers l'arrière.

— Que fais-tu dans ma berline ? l'interrogea-t-elle avec colère.

— N'est-ce pas le véhicule d'Aldington ?

— Ne sois pas un imbécile ! répliqua-t-elle avec un regard noir, avant d'esquisser un rictus. *Trop tard.*

Comme il aurait été gênant de ressortir de la berline, elle s'assit face à Ruark.

— Sors de là !

— Quoi ? demanda Sabrina, choquée, quand elle passa la tête dans le véhicule.

Elle haleta, comme Cassandra l'avait fait.

— Wexford ! Que faites-vous ici ?

Ruark tourna la tête vers la portière.

— Je dois parler à lady Cassandra. Juste un moment. Puis-je ?

Sabrina interrogea son amie du regard. Cassandra avait envie de le mettre dehors. Et elle le ferait… après lui avoir dit exactement ce qu'elle pensait de lui. Se tournant vers Sabrina, elle lui dit :

— Pourrais-tu attendre dehors une minute ? Laisse la portière ouverte, pour les convenances, ajouta-t-elle, puis elle planta son regard dans celui de Ruark, espérant paraître glaciale et agacée. Cela ne prendra pas longtemps.

Il avança sur son siège, se déplaçant vers le bord de celui-ci, de sorte que ses genoux se retrouvèrent beaucoup trop près. Cassandra se plaqua contre la banquette. Son cœur battait la chamade, comme si le diable la pour-suivait.

— Je devais m'excuser. Je te dois bien ça.

Il semblait si sincère, elle avait du mal à rester froide et indifférente.

— Tu m'as menti. Je ne veux pas de tes excuses. Je veux la vérité.

— J'aurais dû tout te raconter.

— Au sujet des autres femmes, tu veux dire. Les femmes que tu as aimées et quittées.

La détresse se lisait sur son visage.

— À cause de la promesse que j'ai faite à mon père. Qui s'est avérée être prophétique, car, en effet, mon affection pour elles n'était pas permanente.

— Tu ne m'as pas menti au sujet de la promesse que tu as faite ? l'interrogea-t-elle, car elle *devait* lui poser la question.

Ruark blêmit.

— Bien sûr que non ! C'est ce que tu crois ?

— Que suis-je censée penser quand tu me donnes des demi-vérités ?

Elle prit une inspiration pour se calmer, puis baissa la voix, se rendant compte qu'elle parlait trop fort et qu'ils risquaient d'être entendus. Non pas qu'elle s'en souciait, car elle raconterait à Prudence et Sabrina ce qui s'était passé.

— Je voulais te croire.

— C'était l'absolue vérité. J'ai été idiot de ne pas tout te dire.

— *Ça*, c'est la vérité.

Cassandra ne ressentit aucune joie face à la douleur qui se reflétait dans les yeux de Ruark. Elle était identique à la sienne, et elle ne prenait aucun plaisir à partager cela avec lui, même après le mal qu'il lui avait fait.

— M'aimais-tu vraiment ?

— Je t'aime maintenant. Je pourrais t'aimer pour toujours.

Elle entendit le doute dans sa voix. Il était petit, mais présent.

— Mais tu as peur que cela n'arrive pas.

— C'est ce que j'ai toujours craint. Je n'ai jamais voulu te faire mal. J'ai laissé ma passion pour toi l'emporter sur mon bon sens. Je suis sincèrement désolé.

Les émotions qu'elle avait observées dans ses yeux à l'étage brillaient de mille feux, en particulier l'amour. Elle ne doutait pas que c'était ce qu'il ressentait pour elle, du moins pour le moment.

Elle déglutit alors que l'émotion enflait dans sa poitrine.

— Je ne veux pas être en colère ou te haïr. Mais je ne peux pas attendre que tu décides si ce que nous partageons vaut la peine de prendre le risque. Parce que c'est un risque. Tout l'est. Il se pourrait que tu ne m'aimes plus la semaine prochaine, mais si nous nous étions engagés, j'espère que tu essaierais. Peut-être mourrai-je demain, et tu regretteras de ne pas avoir saisi cette chance. Je n'ai jamais été amoureuse auparavant, mais je n'ai jamais douté un seul instant que ce que je ressentais pour toi était juste et sincère. Je pense que nous aurions pu être heureux, mais je n'attendrai pas plus longtemps. J'ai besoin d'avancer dans ma vie.

L'angoisse emplit le regard de Ruark.

— Promets-moi que tu ne mourras pas, Cass.

La jeune femme faillit éclater de rire. Si leur relation n'avait pas évolué de manière aussi dramatique, elle l'aurait peut-être fait.

— Nous n'avons aucun contrôle, Ruark. Mais nous pouvons décider de ce que nous ressentons. Maintenant, va-t'en, s'il te plaît. Tu as fait patienter Sabrina et Prudence suffisamment longtemps.

— Je veux juste que tu sois heureuse, murmura-t-il.

Il lui adressa un petit sourire triste et sortit de la berline. Cassandra fixa le siège vide tandis que Sabrina et Prudence montaient dans le véhicule. Personne ne dit rien avant qu'il se mette en route.

— Avez-vous entendu quelque chose ? s'enquit Cassandra, la voix rauque.

— Un peu, répondit Sabrina. Tu n'es pas obligée d'en parler si tu ne veux pas. Peut-être devrions-nous rentrer à la maison.

Cassandra cligna des yeux et bascula la tête en arrière un instant.

— Non. Wexford n'est pas l'homme qu'il me faut. Je croyais qu'il pourrait l'être, mais il ne sait pas ce qu'il ressent au fond de son cœur. Comment pourrais-je lui confier le mien ?

— C'est une sage décision, remarqua Prudence.

— Allons à la fête suivante. Je refuse de laisser Wexford gâcher ma soirée.

Ou ma vie.

Sabrina toucha légèrement le bras de Cassandra.

— Je suis sincèrement désolée que les choses n'aient pas fonctionné entre vous.

— Glastonbury me conviendrait sans doute mieux.

Sauf pour la boxe, mais elle lui en parlerait.

— Tu n'aimes pas Glastonbury, murmura Prudence.

— L'amour n'est plus une exigence.

La vive douleur dans sa poitrine lui indiquait que son cœur n'était pas d'accord, mais elle continuerait simplement à ériger ce mur autour de lui.

— Tu as dit que tu ne pouvais pas confier ton cœur à Wexford, rétorqua Sabrina, semblant comprendre les pensées de Cassandra. Voilà qui semble indiquer que tu voudrais le confier à quelqu'un.

Une nouvelle douleur surgit, peut-être parce que son cœur approuvait la logique de Sabrina.

— Et ce pourrait être possible. Je me montrerai franche avec Glastonbury demain. Je ne l'aime pas pour l'instant, mais j'espère que nous finirons par éprouver une profonde affection l'un pour l'autre, à défaut d'amour. S'il n'est pas d'accord, c'est qu'il n'est pas non plus l'homme qu'il me faut.

Sabrina sourit.

— Tu avais raison de dire que tout est un risque. Même dire la vérité. *Surtout* dire la vérité, parfois. Je te félicite d'avoir parlé aussi franchement. Une communication ouverte, ainsi que l'honnêteté, constitue un excellent point de départ. Si Constantine et moi avions agi ainsi, nous nous serions peut-être épargné beaucoup de chagrin.

— Est-ce tout ce qu'il vous a fallu pour trouver l'amour avec l'autre ? l'interrogea Cassandra.

— Principalement, oui. Nous avions tous les deux des idées fausses et des attentes complètement erronées. Une fois ces questions clarifiées, nous avons constaté à quel point nous étions compatibles.

— Que c'est charmant, murmura Prudence.

— Alors, je suis d'autant plus heureuse de commencer de cette manière avec Glastonbury. Demain, je serai si c'est l'homme que je dois épouser.

Dommage qu'il ne soit pas celui qu'elle voulait. Mais, elle s'en remettrait… il le fallait.

CHAPITRE 21

Un poids écrasant pesait sur Ruark lorsqu'il retourna péniblement vers la fête après avoir quitté la berline de Cassandra.

J'ai besoin d'avancer dans ma vie.

C'était évident, et il ne lui en voulait pas. C'était uniquement sa faute. Pourtant, ses paroles le blessaient profondément.

Il partit à la recherche de sa mère et de sa sœur, et ils se rendirent à la fête suivante. Sa mère discutait gaiement de la mode, de l'ananas et, avec beaucoup d'enthousiasme, des trois célibataires que Kat avait rencontrés.

Sa sœur, quant à elle, ne dit rien tandis qu'ils se rendaient à l'arrêt suivant. De toute façon, ce n'était pas comme si elle avait son mot à dire.

Ruark subit la fête suivante, espérant ne pas tomber à nouveau sur Cassandra. Mais il ne pourrait pas l'éviter éternellement. Sauf s'il voulait se retirer en Irlande. Il commençait à penser que c'était peut-être la meilleure solution.

Lucien avait soulevé un point pertinent : pourquoi Ruark participait-il à la saison si le mariage ne l'intéressait pas ?

Parce que de nombreux gentlemen le faisaient, même s'ils n'étaient pas encore prêts à se marier. C'était le cas de MacNair, même s'il n'était pas aussi présent que Ruark, en raison de son goût pour les voyages.

Apercevant lady Aldington à l'autre bout du salon, Ruark conduisit rapidement sa mère et sa sœur vers la réception suivante. Heureusement, après cela, ils rentrèrent à la maison.

Kat partit aussitôt se coucher, mais leur mère resta dans l'entrée avec Ruark.

— Vas-tu prendre un dernier verre ? lui demanda-t-elle.

— Euh, oui.

Si par « dernier verre », elle entendait la majeure partie d'une bouteille de cognac, alors oui, absolument.

Ruark l'accompagna jusqu'à son bureau, où il servit deux verres. Elle prit place sur l'un des fauteuils et observa la pièce.

— C'est un espace tellement masculin. Il me fait penser à ton père.

— Dans quelle mesure ?

Ruark prit un autre fauteuil et but son brandy, impatient d'entendre les souvenirs de sa mère.

— La prépondérance du vert, probablement. C'était sa couleur préférée. Il était tellement irlandais, toujours à évoquer les prairies verdoyantes et les collines.

Ruark se souvenait que son père passait la plupart de son temps là-bas plutôt qu'en Angleterre, contrairement à lui depuis que sa mère s'était remariée. Même si Ruark avait réussi à conserver son accent irlandais, il reconnaissait qu'il était probablement plus anglais qu'irlandais à présent. Il ne savait pas trop quoi en penser, car il se sentait profondément attaché aux deux endroits.

Sa mère but une gorgée, puis elle soupira.

— Cette soirée m'a donné de l'espoir pour ta sœur. Si elle

parvient à arrêter de parler d'animaux ou des études qu'elle mène sur eux.

— Autant demander au soleil d'arrêter de briller. Kat est comme elle est, et aucune de tes intimidations ne changera cela.

— Je ne fais pas d'intimidation, répliqua-t-elle, et son front se plissa quand elle lut l'incrédulité dans son regard. Si ?

— En quelque sorte, répondit-il, le plus gentiment possible. Je suis conscient que tu as à cœur ses intérêts, mais elle n'est pas toi ni Iona. Son comportement dans le Gloucestershire devrait suffire à le démontrer.

— Sans doute, acquiesça-t-elle, semblant déçue.

— T'est-il jamais venu à l'esprit qu'elle pourrait avoir manigancé cet événement pour éviter que tu ne joues les entremetteuses ?

Sa mère inspira brusquement.

— A-t-elle dit cela ?

Ruark secoua la tête.

— Non. Pourquoi ne la laisserais-tu pas ici avec moi ? Tu pourrais retourner dans le Gloucestershire avec Iona. Tu reviendras avec elle la saison prochaine, et, d'ici là, Kat aura peut-être changé du tout au tout. C'est le genre d'effet que peut avoir Londres sur les gens.

— T'a-t-elle changé ?

— Je n'en sais rien. J'ai l'impression d'avoir du mal à identifier exactement qui je suis.

Il observa son brandy avant d'en boire une nouvelle gorgée.

— Voilà qui semble terriblement introspectif et ennuyeux, mon chéri. Tu es le comte de Wexford, un gentleman charmant et populaire, qui pourrait avoir tout un choix d'épouses. Peut-être est-ce là ce qui te pose problème : tu as besoin d'une épouse.

— Cela en fait partie, avoua Ruark. Pas que j'aie besoin d'une femme, mais je ne sais pas si j'en veux une. En tout cas, pas maintenant.

Il marqua une pause, puis leva les yeux vers elle.

— As-tu épousé Da par amour ?

— Oui, bien sûr. Tout comme j'ai épousé Fergus par amour. L'amour est merveilleux, ajouta-t-elle avec un froncement de sourcil, de petits plis d'inquiétude se formant sur ses traits. N'es-tu pas tombé amoureux ?

Ruark ne put retenir le rire qui s'échappa de ses lèvres.

— Si. Trop souvent, sans doute. Da t'aimait aussi ?

La bouche de sa mère se tordit, et elle but une gorgée de son brandy. Elle semblait réfléchir à sa réponse. Lorsqu'elle reporta son attention sur lui, elle posa son verre sur la petite table à côté de son fauteuil.

— Oui, il m'aimait. Jusqu'à ce qu'il ne m'aime plus.

— Quand est-ce arrivé ? demanda Ruark, dont la voix semblait provenir de l'autre côté de la pièce.

— Je ne m'en souviens pas précisément, répondit-elle, puis elle inspira, pensive. Mais, c'était peu de temps après ta naissance. Ce fut plutôt difficile, du moins pour moi.

— Je me souviens seulement de vos chamailleries. En réalité, je n'ai pas souvenir que Da et toi ayez passé beaucoup de temps ensemble.

— Mon Dieu ! Comment as-tu remarqué cela à un si jeune âge ? lui demanda-t-elle en inclinant la tête sur le côté. Je suis désolée que tu aies été conscient de cela.

Pour une raison inconnue, Ruark décida de dire la vérité à sa mère. Il se rendait compte qu'il était fatigué de mentir, même par omission.

— Papa m'a dit quelque chose quand il était mourant. Il m'a fait promettre de ne pas me marier jeune, arguant que je devrais d'abord connaître mes sentiments. Alors, je lui ai juré que je ne me marierais pas avant d'avoir trente ans.

Sa mère écarquilla les yeux, et ses lèvres s'entrouvrirent. Elle mit un long moment avant de prendre la parole.

— C'est pour *cette raison* que tu ne t'es pas marié ?

Il hocha la tête, avant de boire une longue gorgée de brandy, savourant la chaleur qui descendait dans sa gorge. Elle cligna rapidement des yeux.

— Je ne sais pas quoi dire. Jamais je n'aurais imaginé une telle chose. Comment as-tu pu garder une telle chose pour toi aussi longtemps ? Quel fardeau pour un enfant ! Je suis très en colère après ton père pour t'avoir dit une chose pareille !

— Pourquoi ? Il savait qu'il était mourant, et il cherchait à me donner un maximum de conseils paternels. Je suis heureux qu'il l'ait fait, affirma Ruark, car c'était tout ce qu'il avait.

— Ce n'est pas parce que ton père est tombé en désamour que tu feras de même, argua-t-elle, faisant claquer sa langue. Ton père était bien trop romantique.

Une fois encore, Ruark ne put se retenir de rire.

— C'est *lui* que tu qualifies de romantique ? Qu'est-ce que cela fait de toi ?

Un sourire apparut sur les lèvres de sa mère.

— Je suis aussi une romantique, mais pas aussi bête que ton père. Sais-tu qu'il avait l'habitude de m'écrire des poèmes épouvantables ? Il était si profondément amoureux de moi. Je n'avais d'autre choix que de me laisser emporter.

— Tu as également été séduite par Fergus.

— Oui, mais pas par des vers qui ne rimaient pas ! Fergus était mon ami, un compagnon de tous les instants, qui me prodiguait des conseils. Il était une épaule chaleureuse sur laquelle m'appuyer. L'amour que j'éprouve pour lui est venu de là.

Toutes les hypothèses que Ruark avait formulées au sujet

de sa mère et de l'amour s'évanouirent, lui donnant l'impression d'être un âne.

— Je ne m'étais pas rendu compte de ce qui s'était passé entre Fergus et toi.

— Crois-tu que je voulais tomber amoureuse de mon intendant ? lui demanda-t-elle, laissant échapper un petit rire sans humour. Je savais de quoi cela aurait l'air, ce que les gens diraient, mais je l'aimais. De manière bien plus totale qu'avec ton père. Ce sont deux amours complètement différents. Je crois qu'il y en a tout un tas. Tu dis avoir été amoureux. Comment l'as-tu su ?

Ruark réfléchit à la façon de le décrire.

— Je suis devenu plutôt obsédé. Je pensais à elle tout le temps, j'attendais avec impatience les moments où nous serions ensemble.

— Cela ressemble à de l'engouement. Qu'en est-il de la femme elle-même ? Qu'est-ce qui t'attirait chez elle ? Qu'est-ce qui faisait naître cette obsession chez toi ?

Une seule femme vint à l'esprit de Ruark : Cassandra.

— Je l'aimais beaucoup. Comme Fergus, elle était une amie. J'étais impatient de la rencontrer... partout, et chaque fois que cela arrivait, mon ventre se réchauffait. Elle me faisait rire, et elle me donnait de l'espoir.

— Voilà qui ressemble à de l'amour, pour moi.

Vraiment ? Ruark aurait aimé en être certain.

— Je vois que tu n'en es pas sûr, remarqua sa mère avec un sourire, lui touchant délicatement la main. Rien n'est sans risque dans la vie, mon cher garçon. Et, sans cela, la vie serait vraiment très terne. J'ai l'impression que tu parles d'une femme en particulier, même si tu dis avoir été amoureux plusieurs fois.

— Oui, il s'agit d'une femme en particulier.

— Et est-il trop tard avec elle ?

— Probablement.

À moins qu'elle n'ait pas encore accepté la demande en mariage de Glastonbury. Elle le lui aurait dit dans la berline, n'est-ce pas ?

— Si c'est ta réponse... alors je ferai tout ce qui est en mon pouvoir pour la changer. Si tu crois avoir été amoureux plusieurs fois, mais que cette femme-là t'a marqué, cela devrait te faire réfléchir, dit sa mère en secouant la tête. J'aimerais donner un coup de pied à ton père, là, maintenant. Il t'a plongé dans une existence remplie de doute.

Ruark ne la contredit pas. Que son père l'ait fait ou non, il n'avait pas eu tort de mettre son fils en garde. S'il ne l'avait pas fait, Ruark aurait pu épouser Freya à dix-huit ans, et, aujourd'hui, il savait qu'il ne l'avait pas aimée. Pas comme il aimait Cassandra. Elle comprenait ce que c'était que de perdre un parent bien-aimé à un jeune âge, et que celui-ci continue de vous manquer. Elle avait également compris et valorisé la promesse qu'il avait faite, plutôt que de lui dire qu'il devait la rompre. Elle lui avait même demandé de ne pas le faire lorsqu'il l'avait lui-même suggéré. Et elle n'hésitait pas à pointer ses défauts, ce qu'aucune autre femme n'avait jamais fait. Il y avait également son optimisme inébranlable : même lorsqu'il l'avait mal traitée, elle avait eu le courage d'aller de l'avant et de tourner la page. Ce n'était pas de l'obsession, c'était une dévotion et un abandon absolus. Il la désirait avec une intensité sans pareille. Elle illuminait tout son univers, et lorsqu'il envisageait l'avenir sans elle, il ne voyait rien d'autre que les ténèbres et un vide infini.

— En fait, ses conseils m'ont mené jusqu'ici.

À la femme qu'il aimait. S'il n'avait pas été si tard dans la soirée, il serait allé lui dire tout de suite. Tard ? Qu'est-ce que l'heure avait à voir avec cela ? S'il pouvait pénétrer chez elle, il irait tout de suite. Mais le majordome rigoureux de son père, ou n'importe lequel de ses autres domestiques austères, ne l'autoriserait jamais à entrer.

Sa mère termina son brandy.

— Dans ce cas, je suppose que c'est une bonne chose que je ne puisse pas lui donner un coup de pied, finalement.

Elle se leva et apporta son verre vide vers le meuble où il conservait ses alcools. Revenant auprès de Ruark, qui s'était également levé, elle lui prit les mains.

— Je veux seulement que tu sois heureux. J'ai toujours su que tu avais un penchant pour le romantisme. C'est pour cela que je t'ai encouragé à te marier.

— Pas parce que *tu* voulais me voir me marier ?

— Cela aussi, avoua-t-elle avec un léger rire. Les mères veulent voir leurs enfants heureux. C'est tout ce que je souhaite pour toi… et pour Kathleen.

Elle le lâcha et recula.

— Quand il est question de Kat, je t'en prie, n'oublie pas la partie « heureuse », lui rappela Ruark.

— J'essaie.

Avec une légère grimace, elle lui souhaita une bonne nuit avant de partir.

Ruark se dirigea vers la fenêtre, et il observa le jardin sombre, l'esprit en ébullition. Il pourrait s'introduire dans la maison d'Evesham. La chambre de Cassandra se trouvait au deuxième étage. Mais où ? Il ne pouvait pas vraiment débarquer dans chaque pièce pour la trouver. Et s'il tombait sur le duc ? Peut-être devrait-il attendre le lendemain pour la voir. Il se présenterait à la première heure, avant qu'un autre prétendant ne puisse lui rendre visite.

Et ensuite, quoi ? Il se disputerait avec son père, qui essaierait sûrement de le mettre à la porte ? Le duc ne voulait pas que Ruark lui fasse la cour, et encore moins qu'il l'épouse.

Mais… il devait d'abord courtiser cette femme avant même d'envisager de convaincre son père. S'il ne pouvait pas gagner le cœur de Cassandra, plus rien d'autre n'aurait d'importance.

Bartholomew apparut dans l'embrasure de la porte.

— Je vous demande pardon, my lord, mais un certain M. Dodd demande à vous voir.

Qu'est-ce que Morti faisait ici ?

— Faites-le entrer.

Le majordome partit avec un hochement de tête, puis revint quelques instants plus tard accompagné de Fred, et non de Morti. Une fois Bartholomew reparti, Ruark fit signe à Fred d'entrer.

— J'espère que tu n'es pas venu me dire que je dois me battre demain. Je sais que Morti a trouvé un remplaçant.

— C'est vrai. Cependant, je suis dans une situation désespérée, affirma-t-il, la bouche tordue en une grimace crispée. L'adversaire de Glastonbury a été blessé ce soir, et il ne peut plus combattre demain. Bats-toi pour moi et je te paierai, que tu gagnes ou que tu perdes.

Ruark s'efforça de détourner ses pensées de Cassandra, afin de pouvoir réfléchir à ce que Fred venait de dire.

— Je n'ai pas besoin d'argent.

En fait, il avait prévu de reverser tous ses gains à l'orphelinat des filles.

— Alors, que veux-tu ?

Le visage de Cassandra surgit dans son esprit. Mais Fred ne pouvait pas la lui donner.

— Rien.

Fred se renfrogna.

— *Bon sang !* Wexford, j'ai besoin d'un combattant pour affronter Glastonbury.

Ruark haussa un sourcil.

— Tu te souviens qu'il m'a battu très récemment ?

— Oui. Et c'est pour ça que j'ai pensé que tu pourrais vouloir te venger.

— En fait, il y a quelque chose que je veux. Pourquoi Glastonbury a-t-il suggéré ce combat ? J'ai entendu votre conversation.

— Ce ne sont pas tes affaires, affirma Fred, de plus en plus renfrogné.

— Veux-tu que je me batte ou non ?

— J'ai *besoin* d'un combattant ! s'exclama Fred, avant de pousser un juron. Je ne t'ai rien dit de tout ça, compris ?

— Dis-moi.

Fred expira et fit tourner son chapeau entre ses mains.

— Il est venu me voir pour me demander si je pouvais organiser un combat primé dans lequel il combattrait. J'ai été choqué qu'un vicomte veuille faire une telle chose, mais, ensuite, il m'a dit qu'il avait besoin d'argent. Nous avons conclu un accord. Mais il semblerait que tu sois déjà au courant.

— Il reçoit beaucoup plus que ce que tu as proposé de me payer. Devait-il toucher cette somme qu'il gagne ou qu'il perde ?

— Oui. Mais il allait gagner.

Un frisson de malaise parcourut l'échine de Ruark.

— Dis-tu cela parce que c'est un excellent boxeur ou parce que le combat est truqué ?

Fred ne répondit rien : il n'avait pas besoin de le faire. Ruark vit l'éclair de gêne dans son regard, avant qu'il ne détourne les yeux.

— Suis-je censé perdre contre lui ? l'interrogea Ruark, incrédule. Et qu'en est-il de ma revanche ?

— Non, tu peux gagner ! lui assura Fred avec sérieux, faisant un pas en avant. Je t'ai vu te battre. Je ne sais pas ce qui ne va pas chez toi ces derniers temps, mais tu peux le battre.

Il avait été distrait par Cassandra. Et il ne s'attendait pas à ce que cela change. Mais… et s'il parvenait à la convaincre de l'épouser ? Peut-être pourrait-il alors se concentrer. Peut-être pourrait-il gagner. Il devait bien admettre qu'il avait envie de se battre. Pas parce que Ruark avait perdu contre lui, mais parce que Glastonbury n'avait jamais été honnête avec Cassandra sur les raisons pour lesquelles il voulait l'épouser.

Ruark avait du mal à avaler sa propre hypocrisie.

— Tu l'envisages, remarqua Fred, qui l'observait avec impatience, l'expression emplie d'espoir.

C'était vrai. Jusqu'à ce qu'il pense à Cassandra. Elle ne voudrait pas qu'il le fasse, à cause de ses difficultés avec le sang. Elle avait précisé que cela représentait un problème pour elle lorsqu'elle avait évoqué la compatibilité avec Glastonbury.

Fred insista.

— Tu as dit à Morti que tu le ferais si je ne pouvais trouver personne.

Il l'avait dit, et il était un homme de parole. De plus, Ruark aimait la boxe. Pourrait-il y renoncer pour elle ? Il imagina une vie sans combattre, et il comprit que ce n'était rien comparé à une vie sans elle. Un dernier combat.

— Je vais le faire.

Fred expira bruyamment.

— Merci, lui dit-il en enfonçant son chapeau sur sa tête presque chauve. Sois à Croydon à deux heures.

Il tourna les talons et sortit à grands pas, avant que Ruark n'ait pu protester. S'il devait être à Croydon à deux heures, il ne pouvait pas rendre visite à Cassandra. Cependant, il pouvait lui envoyer quelque chose.

Soudain impatient, Ruark retourna à son bureau. S'asseyant, il sortit un parchemin, puis trempa sa plume dans l'encrier.

— Voyons si ma poésie est meilleure que celle de mon père, murmura-t-il en souriant.

~

Vêtue de sa plus belle robe de jour, avec son grenat d'anniversaire ornant son cou, Cassandra se rendit dans le salon, prête à accueillir les visiteurs qui allaient bientôt arriver. Elle s'arrêta net en entrant, car la plus grande composition florale qu'elle ait jamais vue trônait sur la table ronde près des fenêtres. En fait elle occupait tout le plateau.

Cassandra s'approcha des fleurs, un sourire aux lèvres, et découvrit un morceau de parchemin plié sous les branches de la composition florale. Lorsqu'elle ouvrit la missive, elle comprit aussitôt qu'elle ne venait pas de Glastonbury.

Ma très chère Cass,
Je t'aime. Pas seulement maintenant, mais pour toujours.
Comment le sais-je ?

Je suis désespéré lorsque je ne suis pas avec toi.
Ton humour et ton amitié sont sincères.
Tu me fais sourire et rire.
Ton esprit est simplement brillant.
Et mon avenir sans toi me semble obscur.

Comme tu peux le voir, je ne suis pas un poète.

Cassandra s'interrompit dans sa lecture pour laisser échapper un petit rire.

Cependant, je suis ton amour éternel.

Elle aspira une bouffée d'air, tandis que son cœur se mettait à battre vite et fort.

Si je le sais, c'est parce que je ne me suis jamais mis à nu devant quiconque, comme je l'ai fait devant toi. Je n'ai jamais ressenti ce lien profond qui, je le crois, existe entre nous, ou du moins, je l'espère. Je ne t'ai donné aucune raison de me faire confiance, et je comprends que tu hésites. Mais sache que je t'aime de tout mon être, et que je t'aimerai jusqu'à la fin des temps. Je t'en prie, n'accepte pas de te marier avec quelqu'un d'autre. Je te rendrai visite demain.

Ton dévoué,

Ruark

Elle le relut une deuxième fois, puis une troisième, dévorant les mots comme si elle n'avait pas mangé depuis des jours.

— C'est une composition de fleurs assez spectaculaire, remarquant Prudence en la rejoignant à la table.

— Elles viennent de Ruark.

Cassandra toucha l'une des fleurs, une rose pâle. Puis elle remit son message à Prudence. Celle-ci resta silencieuse pendant qu'elle lisait.

— C'est un *horrible* poète ! s'exclama-t-elle, coulant un regard vers Cassandra. Es-tu heureuse ?

La jeune femme répondit d'une voix douce.

— Tellement heureuse ! Mais pourquoi n'est-il pas venu aujourd'hui ?

— Il est sûrement occupé, suggéra Prudence.

C'était forcément cela. Il lui avait donc envoyé des fleurs et un message merveilleux, lui demandant expressément de ne pas se fiancer. Cela signifiait-il qu'il avait l'intention de faire sa demande ? Apparemment.

Prudence rendit le mot à Cassandra.

— Comment peut-il être tout à coup si certain de t'aimer, et que son amour n'est pas éphémère ?

— Tu crois que je ne peux pas lui faire confiance ? lui demanda Cassandra.

— Je crois qu'il l'a très bien exprimé lui-même : il ne t'a donné aucune raison de le faire.

Son père entra dans le salon, s'arrêtant brusquement lorsqu'il aperçut les fleurs.

— Est-ce Glastonbury qui a envoyé cela ?

— Non.

Cassandra ne dévoila pas le nom du responsable, même si elle s'attendait à ce qu'il le lui demande.

— Bien, répondit le duc, qui s'approcha de la table. J'en aurais été particulièrement irrité après le message que je lui ai envoyé ce matin à la première heure.

Cassandra se tourna vers lui, les nerfs en alerte.

— Quel message ?

— Celui qui lui faisait savoir que sa cour n'était plus la bienvenue. Je crains qu'il ne se soit pas montré tout à fait sincère quant à l'intérêt qu'il te porte. J'ai appris qu'il avait désespérément besoin d'argent. Son père aurait apparemment mal géré ses affaires, car le pauvre homme avait trop de femmes à charge, ce qui a laissé Glastonbury dans une situation plutôt délicate. Il s'intéresse bien plus à ta dot qu'à toi.

— Il te l'a dit ?

Cassandra repensa aux dernières semaines, ainsi qu'à ses nombreuses entrevues avec le vicomte. Avait-il progressé plus lentement dans sa cour parce qu'il ne souhaitait pas réellement l'épouser ?

— Je ne lui ai pas parlé. Lucien m'a communiqué cette information tard hier soir. Ce matin, j'ai informé Glastonbury qu'il n'était pas un prétendant acceptable pour ta main.

Lucien le lui avait dit et il l'avait écouté ? Son esprit cherchait désespérément à donner un sens à tout cela. Cassandra était certaine d'une chose : son père profitait de toutes les occasions pour s'immiscer dans *sa* vie.

— Tu dois cesser de décider de manière dictatoriale qui doivent être mes prétendants. Pour commencer, tu as fait fuir Wexford avec ton comportement déplorable, tout en vantant les mérites de Glastonbury, pour dire maintenant que ce dernier n'est pas non plus à la hauteur. Il me semblait que tu avais dit que *je* pourrais choisir mon mari.

La poitrine de Cassandra se gonfla lorsqu'elle termina, fusillant son père du regard. Son regard se porta sur Prudence, qui l'observait avec admiration. Les yeux du duc s'écarquillèrent brièvement.

— Tu voudrais épouser Glastonbury, même après avoir appris qu'il n'était pas honnête dans ses motivations ?

— Non, je ne veux pas épouser Glastonbury. Mais c'est à moi de choisir. Et cela n'a rien à voir avec ses motivations. Je t'ai dit hier que je voulais me marier par amour, et je ne me contenterai pas de moins que cela.

— Tu avais déjà pris ta décision au sujet du vicomte à ce moment-là, remarqua-t-il, l'air un peu déconfit. De qui viennent ces fleurs ? Est-ce de ton homme idéal ?

Cassandra l'espérait. Avant qu'elle puisse répondre, Bender entra dans le salon.

— Vous avez une visite, lady Cassandra. M. Mansfield.

— S'il vous plaît, faites-le entrer, Bender, répondit son père avec un sourire.

Le majordome se retira, et le duc gonfla la poitrine.

— Il n'a pas de titre, mais il vient d'une bonne famille. Je vais me retirer pour ne rebuter personne.

Il adressa un clin d'œil à Cassandra, comme s'il ne venait pas de se comporter comme un homme autoritaire. Puis il s'en alla, tandis que sa fille restait bouche bée.

— Je veux trouver Ruark, marmonna-t-elle avant d'afficher un large sourire.

Heureusement, Prudence était à ses côtés pour l'aider à supporter ce qui ressemblait à un défilé interminable de gentlemen qui n'avaient aucune chance de conquérir son

cœur. Un séducteur irlandais au charme irrésistible le possédait déjà.

CHAPITRE 22

— Je me fiche de savoir à quoi cela ressemble, affirma Cassandra lorsque la berline arriva devant la maison de Ruark. Tu pourrais me féliciter de ne pas avoir pris celle qui porte les armoiries ducales.

— Je suis une dame de compagnie, pas un chaperon, remarqua Prudence avec un petit froncement de sourcils.

— Je le sais et je te suis reconnaissante de m'accompagner, bien que tu sois contre ma venue ici.

Elle leva les yeux vers la charmante façade de la maison de Ruark sur George Street et imagina vivre ici. C'était étonnamment facile. Elle sourit.

— Comment pourrais-je refuser, quand je sais que tu viendras de toute façon ? Ou quand tu souris comme ça ? ajouta Prudence avec douceur.

Cassandra lui lança un regard enthousiaste avant de descendre du véhicule. Elle s'avança à grands pas vers la porte d'entrée, qui s'ouvrit avant même qu'elle n'ait eu le temps de frapper.

— Bonjour ! lança-t-elle au majordome avec un hochement de tête. Je vous prie d'annoncer à lord Wexford que lady Cassandra est ici pour le voir.

Le majordome avait un visage rond et joufflu, ce qui le faisait paraître plus jeune qu'il ne l'était probablement. Il semblait quelque peu déconcerté, sans doute parce qu'il était très inhabituel, voire inconvenant, pour une lady de rendre visite à un gentleman.

— Je suis désolé, mais il n'est pas à la maison.

Bien qu'elle se soit attendue à cette réponse, elle fut tout de même déçue et s'exclama :

— Où est-il ?

Elle voulait absolument le voir.

— Euh… Je ne crois pas que ce soit à moi de le dire, répondit l'homme, dont les joues rosirent.

— S'il vous plaît, dites-le-moi, insista-t-elle, passant devant lui pour pénétrer dans le hall d'entrée. Je ne partirai pas tant que vous ne l'aurez pas fait.

— Faire quoi ? demanda la mère de Ruark, qui arriva en trombe.

— Bonjour, madame Shaughnessy. Je cherche Ruark, expliqua Cassandra.

Elle se fichait de savoir si son anxiété transparaissait sur son visage.

— Savez-vous où il est ?

Une lueur d'espoir jaillit dans les yeux bleus de sa mère.

— Êtes-vous la femme dont Ruark est amoureux ?

Cillant, Cassandra peina à répondre. Sa mère était au courant ?

— Oui ?

— Pourquoi avez-vous l'air si incertaine ?

— Parce qu'il m'a simplement envoyé un mot ce matin, accompagné d'un poème ridicule et d'un immense bouquet de fleurs.

Mme Shaughnessy sourit.

— Un poème ? Était-il affreux ?

— Plutôt, oui.

— C'est mon garçon, murmura-t-elle, toujours souriante. Vous pouvez être certaine qu'il vous aime. Au début, il s'est montré assez obtus à ce sujet, jusqu'à ce que je lui explique qu'il n'aurait pas dû suivre les conseils de son père.

Elle secoua la tête, puis fit claquer sa langue.

— Mon premier mari a semé le doute dans la tête du pauvre Ruark.

— Il vous a parlé de moi ?

— Pas de vous en particulier, mais j'ai deviné qu'il était amoureux. Une mère sait ce genre de choses, même si son enfant n'en est pas conscient, expliqua Mme Shaughnessy avec un sourire compatissant. Ne le jugez pas trop sévèrement. Comme je l'ai dit, c'était une tête de mule, avec un esprit rempli de doutes.

Cassandra était encore plus impatiente de le voir.

— Savez-vous où il est ? Je voudrais lui parler.

— Je ne l'ai vu que brièvement avant qu'il ne parte. Il se rendait à un événement de boxe ou quelque chose comme ça, dit-elle, puis elle se tourna vers le majordome. N'est-ce pas, Bartholomew ?

L'homme avait encore les joues roses.

— Oui. Il y a un combat ce soir et il a accepté d'y participer.

Vraiment ? Son ventre se noua à l'idée qu'il se batte. Elle devait le retrouver.

— Savez-vous où il a lieu ?

Mme Shaughnessy secoua la tête, puis se dirigea vers le majordome.

— Le savez-vous ? Ce serait d'une grande utilité à lady Cassandra. Ainsi qu'à lord Wexford.

— Je ne sais pas, mais ce sera en dehors de Londres.

Oh, bon sang ! Qui pourrait savoir où le combat aurait

lieu ? Glastonbury, probablement. Mais elle ne pouvait pas le lui demander.

Lucien devait le savoir, non ? Sauf qu'elle lui en voulait d'être allé voir leur père au sujet de la situation financière du vicomte, et pas elle. Malgré cela, il restait son meilleur espoir.

— Merci. Je vous suis sincèrement reconnaissante de votre aide.

Mme Shaughnessy se rapprocha d'elle.

— Puis-je supposer que vous partagez les sentiments de mon fils ?

— Oui. Il le sait déjà… Je lui ai proposé de l'attendre jusqu'à ce qu'il soit prêt à se marier.

Les yeux de sa mère s'arrondirent.

— Vraiment ? Et il n'a pas fait sa demande à ce moment-là ? s'exclama-t-elle, l'air renfrogné. C'est *vraiment* une tête de mule !

— Il semble qu'il soit revenu à la raison.

Cassandra imagina cette femme comme une figure maternelle dans sa vie et sentit une émotion monter en elle.

— Ce sera merveilleux de vous avoir dans la famille, ma chère. Je savais que vous étiez spéciale.

Avant de faire quelque chose de stupide, comme pleurer, Cassandra se retourna, manquant de heurter Prudence qui se tenait derrière elle.

— Nous allons chez Lucien. Il saura où se déroule ce combat.

Elles remontèrent dans la berline et se mirent rapidement en route vers la maison mitoyenne de Lucien sur King Street. Prudence tourna la tête vers Cassandra alors qu'elles traversaient Mayfair.

— Ton plan consiste à trouver le lieu de son match de boxe et à… faire quoi ?

— Je ne sais pas encore.

— Tu pourrais simplement attendre qu'il te rende visite demain.

— Je pourrais, mais il a dit qu'il était mon « amour éternel ». Je veux que cette éternité commence le plus tôt possible ! s'exclama-t-elle, agrippant la main de Prudence. Tu penses sans doute que je suis stupide, mais je sais au fond de moi que c'est la bonne chose à faire.

Prudence serra la main de Cassandra, avant de la relâcher.

— Ce n'est pas ce que je pense. Je veux juste te voir heureuse.

Cassandra réfléchit à l'idée de se rendre au combat de boxe. Son ventre se noua, et de la sueur froide perla sur sa nuque.

— Prudence, je vais avoir besoin d'aide. S'il y a du sang, je risque de m'évanouir.

Prudence pâlit.

— J'avais oublié. Tu ne devrais pas y aller. Et pas seulement pour cette raison. Je ne crois pas que tu devrais être vue lors d'un tel événement.

— Il y aura des femmes. Certaines sont des dames patronnesses.

Cassandra croyait même savoir que sa tante avait assisté à l'un d'entre eux.

— Mais tu n'es pas mariée. Les femmes qui assistent à ces matchs sont sûrement mariées.

Prudence avait raison, mais Cassandra s'en moquait.

— J'y vais.

Elle devait retrouver Ruark, et régler la question de leur avenir.

~

À la grande déception de Cassandra, Lucien n'était pas chez lui. Elle fut toutefois soulagée d'apprendre qu'il se trouvait juste en bas de la rue, chez Evie Renshaw. Cassandra et Prudence descendirent de la berline et furent rapidement conduites dans le salon de la jeune femme, où Lucien et elle étaient réunis.

Cassandra épingla son frère d'un regard impatient, puis en vint immédiatement à l'objet de sa visite.

— Je suis venue pour savoir où se déroule le combat de ce soir, annonça-t-elle sans préambule.

Lucien s'était levé quand elle était entrée, et il fit un petit pas en avant.

— Quel combat ?

— Celui auquel Ruark participe. Je dois le rejoindre immédiatement.

Son frère fronça les sourcils.

— Je croyais que tu en avais fini avec Wexford.

— Tout comme je devrais en avoir fini avec Glastonbury ? rétorqua-t-elle.

Elle haussa un sourcil, planta les mains sur ses hanches et avança de quelques pas menaçants vers lui.

— Tu t'es révélé aussi indiscret et irritant que papa. Dis-moi où a lieu le combat.

Lucien hésita.

— Non.

Cela faisait des années que Cassandra n'avait pas eu envie de frapper son frère. Là, elle voulait le pousser en arrière pour qu'il tombe sur les fesses.

— Tu m'es redevable.

— Qu'as-tu fait ? s'enquit Evie en se plaçant face à Lucien.

Elle se tourna ensuite brusquement face à Cassandra.

— Qu'a-t-il fait ?

— Il a découvert que Glastonbury était dans une situation

financière difficile et qu'il ne voulait m'épouser que pour ma dot. Au lieu de m'en informer, il l'a dit à notre père, raconta-t-elle, adressant un regard noir à son frère. Essayais-tu de gagner les faveurs de papa ?

Lucien ricana.

— Ce serait plutôt inutile.

— C'est précisément pour cette raison que tu l'as fait, constata Evie d'une voix douce, avant de se rapprocher de Cass. Ignore ton frère. Le combat se déroule à Croydon. Tu dois partir immédiatement si tu veux arriver à temps. En fait, il se peut que tu arrives trop tard pour le combat.

Cassandra passa le dos de sa main sur son front. Avait-elle espéré empêcher Ruark de se battre ? Elle n'y avait pas pensé, mais elle aurait sans doute essayé. L'idée qu'il soit blessé la rendait malade.

— Tu as raison, souffla Lucien. Je l'ai dit à notre père en espérant qu'il trouverait l'information utile. Qu'il *me* trouve-rait utile.

Une partie de la colère de Cassandra se dissipa.

— Je comprends.

Il lui adressa un regard empreint de regrets.

— Je suis désolé, Cass. J'aurais dû te le dire. Pourquoi veux-tu voir Wexford, après tout ce que je t'ai raconté ?

— Parce qu'il m'a écrit une lettre.

— Et il a envoyé un arrangement floral assez remar-quable, ajouta Prudence.

Cassandra fit un signe de tête vers elle.

— Oui, il est gigantesque. Il m'aime… pas seulement pour l'instant, mais pour toujours. Je le crois.

— Es-tu sûre que c'est une bonne idée ? insista Lucien.

Plutôt que d'expliquer pourquoi, elle se contenta de regarder son frère dans les yeux et lui dit :

— L'amour vaut tous les risques. Je l'aime, Lu, et je vais découvrir ce que nous réserve l'avenir.

Il la dévisagea un moment, puis hocha légèrement la tête.

— Je vais t'emmener.

— Excuse-moi, mais je préférerais ne pas y aller avec toi, répliqua Cassandra.

Elle lui pardonnait sa mauvaise conduite, mais elle ne voulait pas qu'il l'accompagne pour cette mission particulière.

— Prudence sera avec moi.

Lucien plissa le front et leva un bras en l'air.

— Il s'agit d'un combat primé. Des milliers de personnes seront présentes. Tu ne peux pas y aller seule.

— Je ne serai pas seule. Je serai avec Prudence.

— Elle n'est pas un chaperon, et elle ne sera pas en mesure de te protéger, affirma Lucien, dont le front se plissa davantage. Prends mon carrosse, avec mon cocher et mon valet de pied. Ce dernier t'accompagnera au combat, et il veillera à votre sécurité.

— J'ai la berline de notre père.

— Je vais m'en occuper. Tu prends mon carrosse et mes domestiques, ou tu n'y vas pas, insista-t-il, puis il se tourna vers Evie. Je t'en prie, convaincs-la.

Evie acquiesça.

— Il a raison, Cassandra. Tu dois y aller avec une escorte. Personnellement, je n'irais pas sans.

Cassandra devait bien admettre qu'elle se sentirait plus à l'aise si elle voyageait avec les domestiques de Lucien. Ceux de son père refuseraient probablement de l'emmener.

— D'accord.

— Tu devrais aussi porter quelque chose pour te déguiser, ajouta Evie. Bien que des femmes assistent souvent à ces événements, *tu* ne devrais pas. Je vais te chercher quelque chose.

Elle quitta le salon en hâte.

— Tu devrais passer la nuit là-bas, déclara Lucien. La lune

est presque pleine, et, heureusement, il fait beau, mais rentrer de nuit n'est pas conseillé. Je vais demander au cocher de trouver un logement pendant que Mlle Lancaster et toi irez au combat. Je te dirais bien de l'accompagner d'abord au logement, mais je sais que tu ne le feras pas.

— Tu as raison. Ne devrais-tu pas aller chercher ton carrosse ? Je dois me mettre en route.

— Tu as raison, lui dit-il, puis il lui prit la main, et elle le laissa faire, en dépit de son agacement persistant. Je suis sincèrement désolé. Je n'essayais pas simplement d'impressionner notre père. Je croyais t'aider également. Mais j'aurais dû te le dire à toi aussi.

Elle laissa échapper un soupir, et, avec lui, les restes de sa colère.

— Tu es pardonné.

— Merci. Es-tu certain que Wexford te mérite ?

— Oui. Il avait de bonnes raisons de croire qu'il devait attendre pour se marier. Je crois que ces mêmes raisons lui ont permis de comprendre qu'il m'aimait vraiment.

Lucien pencha la tête.

— Que veux-tu dire ?

— Dans son message, il a décrit ce qu'il ressentait pour moi, et cela ressemble à ce que je ressens pour lui. Si nous pensons tous les deux que c'est de l'amour, pourquoi ne serait-ce pas le cas ?

— Dit comme ça, je ne sais pas, répondit-il tout bas. Je crois qu'il t'aime. Pour quelle autre raison mettrait-il notre amitié en péril ?

Cassandra rit.

— Voilà une affirmation quelque peu prétentieuse.

— Je voulais simplement dire qu'il n'a pas choisi de tomber amoureux de toi. Il ne l'aurait pas fait, sachant ce que j'en pensais. Cela a dû échapper totalement à sa volonté, dit-il, un sourire se dessinant sur ses lèvres. Je vais chercher mon carrosse.

Il déposa un baiser sur sa joue et quitta la pièce.

— Ta famille est très compliquée, remarqua Prudence en secouant la tête.

— Les frères peuvent être une plaie, confirma Cassandra, souriant à la porte par laquelle Lucien était sorti. Mais ils peuvent être aussi merveilleux.

Evie revint avec une cape violette.

— Cela suffira, je pense. Elle est dotée d'une grande capuche, qui devrait dissimuler ton visage, affirma-t-elle, tendant le vêtement à Cassandra, avant de se tourner vers Prudence. Et une pour vous.

Prudence saisit la cape bleu foncé.

— Merci.

— Je te remercie d'être intervenue auprès de Lucien, dit Cassandra. Il est allé chercher son carrosse.

Evie répondit d'une voix douce.

— Il peut se comporter comme un idiot, mais il a de bonnes intentions. Promets-moi que vous serez prudentes à Croydon.

— Nous le serons.

Il était hors de question que Cassandra laisse quiconque l'empêcher de rejoindre Ruark.

CHAPITRE 23

Ruark se tenait dans son coin du ring, envahi par l'anticipation et la tension. Morti était à ses côtés, murmurant de temps à autre un mot d'encouragement.

Alors qu'il observait Glastonbury de l'autre côté du ring, il se demanda s'il avait rendu visite à Cassandra, s'il lui avait fait sa demande. Lucien n'avait-il rien fait des informations qu'il lui avait données ?

Secouant les épaules, Ruark se rappela de ne pas penser à elle et à ce qu'il espérait être le début de leur vie commune. Il devait se concentrer entièrement sur ce combat. Il devait *gagner*. Perdre à nouveau contre Glastonbury était tout à fait inconcevable.

Morti se rapprocha et lui parla tout bas à l'oreille.

— Bouge vite, vise d'abord ses bras, puis son ventre. Avec un peu de chance, tu vas le fatiguer. Il n'est pas très fort pour conserver son énergie. Il va t'envoyer presque tout ce qu'il a dès le début.

Ruark acquiesça. Il se présenta au centre du ring, où il retrouva son adversaire. Ils se serrèrent la main et prirent leurs positions. La cloche retentit.

Conformément à la prédiction de Morti, Glastonbury envoya son poing vers l'épaule de Ruark. Celui-ci se déplaça aisément sur le côté, esquivant le coup.

— Je suis curieux, Glastonbury. Pourquoi vous battez-vous ? Je comprends que vous ayez besoin d'argent, mais il y a sûrement un meilleur moyen de faire. Vendre quelque chose, peut-être ?

— Comment avez-vous… ?

Les yeux de Glastonbury étaient sombres, son visage rougi. Il lança un autre coup, mais Ruark bougea avant qu'il atteigne sa cible.

— Vous êtes ruiné, ou presque, d'après ce que j'ai entendu dire. Que s'est-il passé ?

— Allez vous faire voir ! s'exclama le vicomte, dont le charme habituel était totalement absent.

En fait, il semblait si agité que cela en devenait presque effrayant. Était-il à ce point nerveux à cause du combat ? Ruark supposa qu'il devait gagner pour remporter le prix.

Glastonbury s'élança vers l'avant et le repoussa. À ce rythme, Ruark n'aurait rien à faire : le vicomte allait s'épuiser tout seul.

— Un peu sensible, ce soir ? se moqua Ruark. Je ne vous laisserai pas épouser Cassandra. Elle mérite mieux qu'un pauvre type comme vous.

— C'était *vous* ! grogna Glastonbury, dont le coup atteignit Ruark au ventre. Je l'épouserai, avec ou sans la permission de quiconque.

Il poursuivit son offensive, acculant Ruark contre les cordes et lui assenant plusieurs coups de poing, dont le dernier l'atteignit en plein milieu de la poitrine, avec une telle force qu'il tituba en arrière.

Qu'avait voulu dire Glastonbury ? Qu'avait fait Ruark ?

Distrait, ce dernier glissa et s'effondra. La cloche retentit, signalant la fin du round, car Ruark avait touché le sol.

Se relevant d'un bond, il retourna dans son coin et faillit s'écrouler à nouveau : Cassandra se tenait à côté de Morti.

Ruark se précipita vers elle.

— Que diable fais-tu ici ?

L'envie de la prendre dans ses bras était irrésistible, mais il n'avait que trente secondes avant le début du prochain round. Enfin, moins que cela, maintenant.

— J'ai reçu ta note, lui répondit-elle simplement. Je ne pouvais pas attendre jusqu'à demain pour te voir.

Il lui adressa un sourire d'excuse.

— Je crains d'avoir eu un autre engagement aujourd'hui. Mais je veux que tu saches qu'il s'agit de mon dernier combat, à la grande déception de Morti.

Il jeta un coup d'œil à son entraîneur, qui semblait plutôt mécontent. Morti lui toucha le bras.

— Tu dois y retourner. Quoi que tu aies fait pour attiser la colère de Glastonbury, arrête. Contente-toi de l'épuiser. Tu peux résister plus longtemps que lui.

— Oui, fais ça, intervint Cassandra. S'il te plaît, évite de te faire blesser. Je t'aime tel que tu es.

— Je ne saignerai pas… Je ne supporte pas l'idée de te faire ça, affirma-t-il, puis il repensa à ce que lui avait dit le vicomte. Glastonbury t'a-t-il fait sa demande ?

Elle secoua la tête.

— Mon père a découvert qu'il n'était intéressé que par ma dot et lui a également envoyé un message.

Ruark prit la main de la jeune femme, soulagé.

— Je t'aime. Épouse-moi. Pas dans trois ans ni à la fin de la saison. Demain. S'il te plaît.

Morti poussa Ruark.

— Tu dois y aller !

Cassandra lui adressa un sourire rayonnant, ses yeux brillant à la lumière de centaines de lanternes.

— Oui !

Souriant, il tourna les talons et revint au centre du ring au moment où la cloche retentissait. Débordant de joie, conscient qu'il allait commencer le reste de sa vie avec la femme qu'il aimait, il entraîna Glastonbury dans une joyeuse poursuite, sans jamais le laisser s'approcher de trop près.

— Qui est dans le coin ? l'interrogea le vicomte, dont le regard se tourna vers Cass suffisamment longtemps pour que Ruark profite de l'ouverture.

Il s'élança et assena deux coups de poing rapides dans le ventre de son adversaire. Glastonbury grogna, puis il chancela sur le côté, ce qui le rapprocha de Cassandra. Ruark passa à l'offensive, puis l'éloigna de ce coin. Il frappa le bras du vicomte. Celui-ci se ressaisit, recula en sautillant puis s'avança vers Ruark.

Rapprochant ce dernier de son coin, il coula un autre regard en direction de Cassandra. Cette fois, ses yeux s'écarquillèrent.

— Est-ce Cassandra ? Espèce de vaurien fouineur !

Ruark aurait pu en profiter pour le frapper, mais il ne le fit pas. Il le regretta une seconde plus tard, lorsque Glastonbury poussa un cri effroyable. Il lança alors contre lui son attaque la plus terrifiante.

Levant les bras, Ruark esquiva et se mit de côté. Mais plusieurs coups atteignirent leur cible. Il sentait la fureur et la frustration qui émanaient de son adversaire.

Déterminé à ne pas perdre, ou à ne pas saigner, Ruark ignora les conseils de Morti, et il se défendit avec tout ce qu'il avait. Sans colère pour le stimuler, Ruark agissait de manière plus mesurée, ses gestes étaient plus calculés. Il toucha davantage Glastonbury que celui-ci ne le frappa, et, dans un geste désespéré pour mettre fin au combat, Ruark envoya un uppercut au menton du vicomte, dont la tête bascula en arrière, juste avant qu'il ne s'écroule au sol.

La cloche sonna. Glastonbury ne se releva pas.

Fred l'appela, lui intimant de se mettre debout. Ruark envisagea de l'y aider, mais il n'était pas censé le faire. Les combattants devaient rejoindre le centre du ring avant que la cloche ne sonne. Il prit de profondes inspirations pour calmer son pouls, puis il tourna la tête vers Cassandra. Ses traits trahissaient son inquiétude. Ruark sut à cet instant qu'il ne se battrait plus jamais, et cela lui convenait parfaitement.

Glastonbury leva la tête et roula sur le côté. Prenant une grande inspiration, puis une autre, il s'agenouilla. Puis il se releva en titubant.

— Je suis désolé. Je ne voulais pas vous frapper comme ça. Vous pouvez prendre mon prix, dit Ruark à voix basse, de sorte que seul son adversaire pouvait l'entendre.

— Je ne veux pas de votre charité ! s'exclama Glastonbury, crachant du rouge sur le sol.

Ruark glissa un regard vers Cassandra et vit qu'elle s'était détournée. Une autre femme, vêtue d'une cape, et dont le visage était dissimulé par la capuche, se tenait à ses côtés. Était-ce Prudence ? Il n'aurait su le dire, mais il le supposa quand il la vit passer son bras autour de Cassandra. Il était heureux que quelqu'un soit là pour veiller sur elle.

— Vous ne pouvez pas continuer, lança Ruark à Glastonbury. Il n'y a pas de honte à avoir. C'était un bon combat.

Glastonbury se retourna et frappa. Il y avait eu des cris pendant tout le combat, mais l'ambiance changea. Le vicomte n'avait pas le droit de faire ce qu'il venait de faire.

Le combat s'acheva aussitôt.

Ruark n'attendit pas de savoir ce que Glastonbury ferait ensuite. Il rejoignit son coin en hâte et franchit les cordes.

— Tu as gagné ! s'écria Morti en lui donnant une tape sur l'épaule.

Il prit la chemise que lui tendait son entraîneur et la passa par-dessus sa tête.

— Pas comme je l'aurais souhaité. Allons-nous-en d'ici, dit-il ensuite, prenant le bras de Cassandra, avant de regarder sa compagne. Mademoiselle Lancaster ?

— Merci, my lord. Nous avons une chambre au King's Arms.

Cassandra leva les yeux vers lui, tandis qu'ils s'éloignaient du ring.

— Où séjournes-tu ?

— Au Red Fox.

Mlle Lancaster regarda Cassandra derrière lui.

— Tu devrais aller avec lui.

— Qu'en est-il des hommes de mon frère ? chuchota Cassandra, dont les yeux se posèrent sur deux hommes qui se tenaient non loin.

Ruark les reconnaissait : ils appartenaient à la maisonnée de Lucien. Il avait été heureux de constater que Cassandra avait sa compagne pour la réconforter, mais il était doublement satisfait que Lucien ait jugé bon de les envoyer à Croydon sous escorte.

Un sourire malicieux se dessina sur les lèvres de Mlle Lancaster.

— Peut-être que si nous échangeons nos capes, et que tu gardes la tête baissée, ils croiront que c'est moi qui me sauve.

— Comment allons-nous faire cela ? l'interrogea Cassandra.

Ruark regarda les deux hommes d'un air déterminé.

— Laissez-moi me charger de cela. Faites vite pendant que je les distrais.

— Un instant, intervint Mlle Lancaster, prenant la main de Cassandra. Vous méritez de passer une nuit seuls ensemble.

La gratitude brillait dans les yeux de Cassandra.

— Merci. Nous viendrons te chercher demain matin.

— Tôt… juste après l'aube, précisa Ruark.

Il se dirigea vers le cocher et le valet de pied, qu'il salua chaleureusement, et engagea la conversation avec eux au sujet du combat. Plusieurs personnes s'approchèrent pour le féliciter, et il se servit d'elles pour empêcher les hommes de voir Cassandra et Mlle Lancaster. Mais Ruark veilla à pouvoir continuer de les observer.

Les femmes agirent rapidement, échangèrent leurs capes, puis ramenèrent leurs capuches sur leur visage, tout en baissant la tête.

— Et si nous raccompagnions lady Cassandra et sa compagne au carrosse ?

Ruark se mit en route à côté de Cassandra, désormais vêtue de bleu foncé et non plus de violet. Lorsqu'ils arrivèrent au véhicule, il posa une main sur le bras du valet de pied.

— Mlle Lancaster a fait tomber quelque chose. Je vais l'accompagner à l'intérieur, où je dois récupérer mes affaires, puis je la conduirai au King's Arms.

Le valet de pied acquiesça, avant d'aider la véritable Mlle Lancaster à monter dans le carrosse. Ruark tourna les talons avec Cassandra, et ils repartirent vers le ring.

— As-tu vraiment besoin d'y retourner ? demanda-t-elle.

— Non. Morti récupérera le reste de mes vêtements. Le Red Fox est près d'ici. Viens.

Il la tint étroitement contre lui tandis qu'il les guidait à travers la foule.

Moins de dix minutes plus tard, il l'accompagnait dans les escaliers de l'auberge jusqu'à sa grande chambre, dotée d'une large fenêtre donnant sur la foule qui s'agitait à l'extérieur. Cassandra alla se placer devant, tandis que Ruark fermait et verrouillait la porte.

Elle repoussa la capuche de sa tête.

— Combien de temps dureront les festivités ?

— Sans doute toute la nuit. J'espère que tu ne prévois pas de dormir paisiblement.

Elle se détourna de la fenêtre, les sourcils froncés.

— Allons-nous dormir ?

Ruark prit place dans un fauteuil près de l'âtre, où quelqu'un avait allumé un petit feu.

— Que voulais-tu faire ?

Il retira ses chaussures et agita ses orteils, impatient de retirer ses chaussettes. Mais il ne voulait pas la choquer. Peut-être voulait-elle *vraiment* dormir.

Détachant sa cape, elle la fit glisser de ses épaules et alla la suspendre à un crochet près de la porte.

— Puisque nous allons nous marier… demain, as-tu dit ?

— Dès que j'aurai pu obtenir un permis spécial.

Cassandra hésita, et Ruark se détesta d'avoir semé le doute dans son esprit.

— En es-tu certain ?

Se levant d'un bond, il s'avança vers elle à grands pas pour lui prendre les mains.

— Je n'ai jamais été aussi sûr de quoi que ce soit. Je croyais avoir aimé avant, mais ce n'était pas vraiment le cas. Pas comme ça.

Il posa une main sur sa joue.

— Comment peux-tu être sûr que je suis différente ?

— Parce que je le suis.

— N'as-tu pas peur que tes sentiments changent ?

Il secoua la tête avec fermeté.

— Plus maintenant. Je ne peux pas voir l'avenir, mais je le *ressens*. Je m'attends à t'aimer davantage dans cinquante ans que dans cinq ans, et plus encore qu'aujourd'hui.

— Oh, Ruark !

Elle lui sourit, le regard rayonnant d'une joie absolue qui fit chavirer son cœur. Il baissa la tête pour l'embrasser, déversant tous ses sentiments en elle. Un long moment s'écoula avant qu'il n'éloigne sa bouche de celle de Cassandra.

— Maintenant, et si nous dormions, ma presque-comtesse ?

La jeune femme empoigna le col de sa chemise et le ramena vers elle.

— Il en est hors de question.

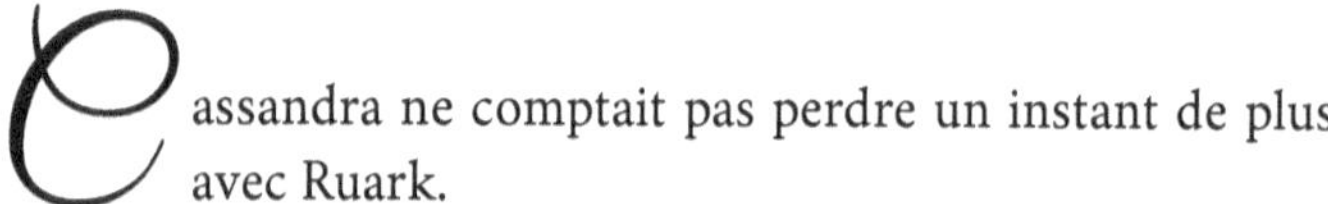

Cassandra ne comptait pas perdre un instant de plus avec Ruark.

— Et je me refuse à accepter ta règle interdisant les relations sexuelles. Nous allons nous marier demain… ou très bientôt. Je t'en prie, ne me fais pas attendre. N'avons-nous pas attendu assez longtemps ?

Ruark lui saisit la nuque, les yeux brillants.

— J'ai attendu toute une vie pour toi. Et chaque instant en valait la peine.

Il posa ses lèvres sur les siennes, la revendiquant comme il ne l'avait pas fait quelques instants plus tôt. Ce baiser avait été doux et généreux. Celui-ci était passionné et exigeant, sa langue s'introduisant dans sa bouche pour prendre ce qu'il désirait. Elle était plus qu'heureuse de lui rendre la pareille, agrippant ses épaules en collant son corps contre le sien.

L'une des mains de Ruark caressa l'épaule de Cassandra, avant de descendre sur sa poitrine.

— Tu portes beaucoup trop de vêtements, murmura-t-il contre ses lèvres. Enfin, je vais te voir complètement nue.

— Tu as de la chance que je sois encore habillée pour les visiteurs. Cette robe est bien moins compliquée qu'une tenue de soirée.

— *Voilà* qui est une bonne nouvelle.

Il trouva les attaches à l'avant qui, une fois défaites, laissèrent tomber le corsage jusqu'à sa taille, dévoilant ses sous-vêtements.

L'assistant, elle le guida pour qu'il l'aide à retirer sa robe, qui se retrouva bientôt sur le dos d'une chaise plutôt que sur elle. Elle se tourna ensuite pour lui présenter son dos afin qu'il puisse défaire son jupon, qui rejoignit rapidement la robe sur la chaise.

Elle entreprit de défaire les lacets de son corset, mais il prit rapidement le relais, ses doigts bougeant avec habileté et précision.

— Tu as déjà fait ça.

— Pas comme ça, la rassura-t-il, effleurant son cou de ses lèvres. *Jamais* comme ça.

Il lança le corset, ne lui laissant que sa chemise et ses bas, ainsi que le seul élément qu'elle avait modifié dans sa tenue avant de se lancer à sa poursuite : ses chaussures. Elle avait troqué ses souliers pour des bottines de marche, une décision qu'elle était maintenant reconnaissante d'avoir prise.

— Peut-être pourrais-tu délacer mes bottines avec la même habileté et la même rapidité que mon corset ?

Avec un regard grivois, elle alla s'asseoir sur le côté du lit.

Ruark retira rapidement ses chaussettes, avant de s'agenouiller devant Cassandra. Il croisa son regard lorsqu'il délia une bottine, puis l'autre. Il les lui retira ensuite avec délicatesse, puis les mit de côté.

— Je suppose que cela ne te dérangerait pas de retirer ta chemise ? s'enquit-elle, la gorge sèche, tandis qu'un sentiment d'impatience s'emparait d'elle. J'ai plutôt aimé la vue de ton torse nu.

— Vraiment ? demanda-t-il, tout en passant le vêtement par-dessus sa tête, avant de le laisser tomber derrière lui. C'est mieux ?

— Infiniment.

Elle l'observa tout son saoul, se remémorant leur nuit dans l'écurie lors du bal des Crimshaw. Ces derniers jours, elle n'aurait jamais cru revivre un tel bonheur.

Il saisit délicatement ses chevilles, puis fit glisser ses mains le long de l'arrière de ses jambes. Elle frissonna lorsqu'elles se déplacèrent vers l'intérieur, glissant juste sous les attaches de ses bas.

— Devrais-je les laisser ? murmura-t-il. Non, aussi séduisante que soit cette idée, je ne pense pas. *La prochaine fois.* Ce soir, comme je l'ai dit, tu seras entièrement nue lorsque je m'enfouirai enfin en toi.

Il desserra les jarretières, et elle soupira doucement, impatiente.

Ruark fit glisser un bas le long de la jambe de Cassandra et se pencha en avant. Ses lèvres se posèrent sur l'intérieur de son genou, et sa langue parcourut sa peau en remontant vers sa cuisse.

Tremblante de désir, elle lui saisit l'épaule. Il laissa échapper un son et tressaillit.

Se redressant, Cassandra le lâcha.

— Es-tu blessé ? l'interrogea-t-elle, puis elle baissa les yeux vers son épaule et ne vit que de la chair rougie. Peut-être devrions-nous reporter cette occasion. Tu viens de te battre. Je ne peux pas imaginer que tu te sentes assez en forme pour faire ça.

En guise de réponse, il lui retira son autre bas, se leva entre ses genoux et fit un geste vers l'excitation évidente qui tendait son pantalon.

— Comme tu peux le constater, je suis plus qu'assez *en forme* pour ça. Il est hors de question de repousser ce moment pour moi. À moins que tu ne préfères attendre ?

Constatant le désir évident que Ruark éprouvait pour elle, Cassandra se lécha les lèvres.

— Juste ciel, non ! Simplement, je ne veux pas te faire mal.

— Tu ne me feras pas mal. Sauf si tu continues à te lécher les lèvres et à me regarder comme si j'étais un *flummery* à l'ananas.

— Un *flummery* ? répéta Cassandra, hilare.

— C'est mon dessert préféré.

La jeune femme plissa les yeux, impatiente de le toucher, impatiente qu'il pose les mains sur elle.

— Voilà une description parfaite... parce que c'est *toi*, mon dessert favori.

— *Cass.*

Le mot sortit dans un murmure rauque, effleurant sa peau avec une sensualité troublante. Remuant les hanches, Cassandra saisit l'ourlet de sa chemise et tira le vêtement par-dessus sa tête.

— Là. Maintenant, je suis nue, comme tu le voulais, lança-t-elle, roulant le tissu en boule avant de le jeter de côté. Que prévois-tu de faire ?

— Je veux juste... Laisse-moi te contempler un moment.

Son regard se posa sur sa poitrine, et il se lécha les lèvres. Un désir intense l'envahit, irradiant depuis ses mamelons, qui se durcirent sous le regard du jeune homme, jusqu'à son sexe, désormais chaud et impatient de le sentir.

Ruark la parcourut des yeux, s'arrêtant au sommet de ses cuisses. Cass écarta les jambes pour lui en montrer davantage. Elle tremblait de désir et d'appréhension, inquiète d'être si impatiente.

— Allonge-toi.

Il ne regardait pas son visage, se concentrant uniquement sur son sexe.

Elle hésita, trop captivée par l'attirance qui les liait pour réagir rapidement.

Il toucha sa poitrine, son pouce passant rudement sur son mamelon. Cassandra se cambra sous sa caresse, laissant échapper un doux gémissement alors que les sensations la submergeaient. Puis il déplaça ses mains vers ses cheveux, retira rapidement les épingles, les rassemblant dans ses mains pour les déposer sur la table près du lit.

Lorsqu'il revint vers elle, ses yeux étaient sombres, et son visage tendu par le désir. Ruark plongea les doigts dans les cheveux de Cassandra, glissant dans ses mèches pour les faire retomber en cascade sur ses épaules et son dos. Puis il se pencha en avant, la repoussant tandis qu'il l'embrassait sauvagement, ses lèvres et sa langue lui ordonnant de se soumettre à ce qu'il désirait. À ce qu'*elle* désirait.

La jeune femme le serra contre elle, prenant garde de ne pas toucher cet endroit de son épaule droite. La bouche de Ruark ne resta pas longtemps sur la sienne ; il glissa le long de sa mâchoire, puis de son cou, avant de trouver son sein. Il serra sa chair tandis qu'il se régalait de son mamelon. Jamais elle n'avait éprouvé un tel plaisir, qui la faisait se tordre désespérément.

— Ruark, je t'en prie, gémit-elle, alors que son corps s'agitait sous celui du jeune homme.

— Dis-moi. Que veux-tu ?

Il la mordilla, ses dents l'effleurant avant qu'il ne l'aspire à nouveau dans sa bouche.

— Ça. Encore.

Il tira sur son mamelon, tandis qu'il entreprenait de l'embrasser dans le cou, sous l'oreille.

— Tu peux être plus précise, n'est-ce pas ? Qu'est-ce que tu *veux* ?

— Je te veux, haleta-t-elle, la respiration laborieuse, le cœur battant à un rythme fou. Tout entier. Je veux que tu m'emmènes là où tu l'as déjà fait. Touche-moi, s'il te plaît.

— Où ? exigea-t-il, sa langue caressant son cou et sa clavicule, tout en continuant à lui toucher les seins. Est-ce que ça ne suffit pas ?

Il tordit à nouveau son mamelon ; elle se cambra et poussa un cri.

— Si. Non… touche-moi plus bas, murmura-t-elle, la gêne menaçant de lui voler ses mots.

Mais pourquoi se laisser aller à un sentiment si ridicule que la gêne ?

— Mon sexe.

Il fit glisser lentement sa main sur le ventre de la jeune femme, attisant son désir par le simple effleurement de ses doigts.

— Ah ! Ici ? l'interrogea-t-il, frôlant les boucles entre ses jambes.

Sa bouche était contre son oreille lorsqu'il murmura :

— Ta *chatte*. Si tu veux être crue. Je me sens un peu cru en ce moment.

Ses paroles l'enflammèrent, son désir exacerbé prenant le pas sur toute notion de honte.

— Sois aussi vulgaire que tu le souhaites.

Ruark caressa les replis de son sexe.

— La question est de savoir à quel point *tu* aimerais que je sois vulgaire.

Cassandra plongea ses doigts dans ses épais cheveux noirs, et se perdit dans ses yeux très bleus.

— Fais ce qui te plaît. Je sais que ça me plaira aussi.

Chassant la tension accumulée dans ses muscles, elle s'étendit sous lui, ouvrant complètement les jambes et écartant les bras sur les côtés.

Un sourire diabolique ourla les lèvres de Ruark.

— Agrippe la couverture et ne la lâche pas, lui intima-t-il, puis il descendit le long de son corps et glissa une main sous ses fesses. Soulève-toi pour moi. Donne-toi à moi, Cass.

Sa langue se promena sur sa peau, taquine et séductrice. Elle se souleva du lit, enfonçant à nouveau ses doigts dans les cheveux de Ruark. Puis Cassandra perdit tout semblant de pensée ou de réalité alors qu'il la conduisait vers un état de pure sensation et de félicité. Complètement étourdie, elle se cambra et se tordit, son corps remuant sans qu'elle le veuille, en quête du soulagement qu'il lui avait déjà procuré auparavant.

Avec sa bouche et ses doigts, il la conduisit au bord de l'extase, l'excitant et la stimulant jusqu'à ce qu'elle frémisse et gémisse, ses lèvres prononçant un flot incessant de paroles incohérentes.

Il empoigna ses fesses, et elle jouit violemment, ses jambes enroulées autour de ses épaules. Avant qu'elle ne revienne à elle, il la fit tourner sur le lit, et s'installa à côté d'elle. Puis le corps de Ruark couvrit le sien, et elle sentit son sexe qui la frôlait.

— Prête, mon amour ? murmura-t-il, ses lèvres caressant les siennes.

En guise de réponse, elle enroula ses jambes autour de ses hanches.

— Plus que prête. Je t'aime, Ruark.

— Je t'aime.

Il l'embrassa, la distrayant dans une certaine mesure de la façon dont il l'étirait en la pénétrant. L'inconfort le disputait avec l'extase dont elle se délectait encore.

— Encore un instant, murmura-t-il contre elle, se guidant en elle jusqu'à ce qu'elle se sente comblée.

Il s'arrêta alors, pour l'embrasser sur la joue.

— Est-ce douloureux ? Je ne l'ai jamais fait… pas avec une vierge.

— Ce n'est pas douloureux, juste… peut-être un peu inconfortable ?

Les hanches de Ruark tressaillirent, et Cassandra ressentit une étincelle de plaisir.

— Dis-moi quand bouger.

— Je crois… maintenant, répondit-elle, s'obligeant à se détendre. Embrasse-moi.

Il s'exécuta, glissant sa langue contre la sienne, tout en se retirant légèrement, pour mieux revenir en elle. Il recommença plusieurs fois, et à chaque doux balancement de ses reins, elle s'habitua de plus en plus à sa présence… là où elle le désirait. Là où était sa place. Il faisait partie d'elle. Pour toujours.

— Peux-tu aller plus vite ? murmura-t-elle.

Ruark rit doucement contre son cou.

— Je peux faire tout ce que tu veux. Mais oui, plus vite, sans problème. Dis-moi simplement ce dont tu as besoin : plus lentement, plus vite, plus fort, n'importe quoi.

« Plus fort » capta son attention, mais ensuite, il accéléra le rythme, lui coupant le souffle. Le plaisir grandit et l'emporta, la poussant vers cette délicieuse explosion. Pourrait-elle ressentir cela à nouveau après avoir atteint ce sommet ?

— Plus vite, souffla-t-elle, car elle voulait à nouveau ressentir cette plénitude, ainsi que la friction de ses caresses envoûtantes. Et plus profond.

— Accroche-toi à moi, Cass.

Il la pénétra fort, maintenant elle savait ce que cela signifiait, et en profondeur, et des lumières dansèrent derrière ses paupières. Son univers explosa à nouveau très vite, et elle eut sa réponse. Oui, elle la ressentait à nouveau.

Cassandra resserra ses jambes autour de Ruark, enfonçant ses doigts dans son dos tandis qu'elle criait son extase. Puis il la rejoignit ; son corps se tendit quand il cria son nom.

— Chut ! gloussa-t-elle contre son cou, ivre de joie et d'émerveillement.

Quelques secondes plus tard, il s'effondra sur elle, tout en veillant à ne pas l'écraser.

— Tu es merveilleuse, et je ne te mérite pas.

Il l'embrassa à nouveau.

— Ne dis pas ça. Tu mérites l'amour, comme tout le monde, et il se trouve que j'en ai beaucoup à donner. Il est tout à toi, affirma-t-elle en posant les mains sur ses joues pour se plonger dans ses beaux yeux.

— Je ne tiendrai jamais pour acquise la chance que j'ai.

— Que *nous* avons. À partir de maintenant, nous sommes un couple. Nous sommes inséparables.

CHAPITRE 24

’aube s’infiltra dans la pièce, silencieuse et grise, tirant Ruark de la meilleure nuit de sommeil qu’il ait jamais connue. Son corps était endolori par le combat, mais il ressentait une profonde satisfaction et un bonheur intense. Il y avait aussi une excitation persistante, car Cassandra se tortillait doucement contre son pénis désormais en pleine érection.

— Fais-tu cela délibérément ? murmura-t-il contre sa nuque, glissant sa main sous son bras pour prendre son sein dans sa paume.

— Faire quoi ?

Sa voix, grave et lourde de sommeil, s’étendit sur ses membres qui s’éveillaient, le plongeant dans un état désespéré.

Il ne voulait pas la taquiner à nouveau après leurs activités de la nuit passée. En outre, ils devaient prendre la route pour Londres. D’abord, ils iraient chercher Mlle Lancaster. Ruark roula sur le dos et s’efforça de détendre son corps.

Apparemment, sa fiancée avait d’autres idées. Elle se retourna et se blottit contre lui.

— Pourquoi es-tu parti ? Tu étais si chaud. Et délicieux.

Elle étendit sa main sur sa poitrine et fit glisser le bout de ses doigts sur sa chair jusqu'à ce qu'elle trouve son mamelon. Puis elle referma sa bouche autour, et Ruark gémit.

— Nous devons nous mettre en route, Cass.

— Nous avons certainement quelques minutes à perdre.

Elle fit glisser sa main le long de son abdomen, avec une intention claire, jusqu'à ce qu'elle referme sa paume autour de son sexe.

À ce rythme, il n'aurait pas besoin de plus de quelques minutes.

— Je pensais t'accorder un peu de répit après la nuit dernière. N'es-tu pas endolorie ?

— Pas particulièrement. À moins que toi, tu ne le sois. Tu as gagné un combat, la nuit dernière.

Elle le caressait tout en parlant, l'empêchant efficacement de formuler une réponse cohérente. Même si elle n'avait pas posé de question.

— Si tu insistes.

Elle se redressa au-dessus de lui et l'embrassa.

— J'insiste.

Ruark guida la jambe de Cassandra par-dessus ses hanches, écartant la couverture, les exposant ainsi tous deux à l'air frais du matin. Elle haleta, et ses mamelons durcirent.

Lorsqu'elle se retrouva à califourchon sur lui, il leva une main pour caresser son sein.

— Approche-toi, insista-t-il en la tirant jusqu'à ce qu'elle se penche sur lui, amenant son mamelon suffisamment près pour qu'il puisse le goûter.

Se soulevant sur son coude, il la prit dans sa bouche et aspira, lui arrachant un gémissement de plaisir.

— Voyou, dit-elle d'un ton taquin, prenant sa tête entre ses mains pour l'encourager à continuer.

Il se servit de sa langue et de ses dents, l'incitant à plaquer ses hanches contre les siennes. Le sexe de la jeune femme humidifia son membre, et il dut lutter pour ne pas lui empoigner les hanches et s'enfoncer en elle.

— Pouvons-nous… comme ça ?

— Oui, confirma-t-il en retombant sur l'oreiller, sa main toujours sur son sein. Prends-moi et guide-moi en toi, comme je l'ai fait la nuit dernière.

— Je crois que tu devrais m'aider, répondit-elle en se penchant en arrière pour se repositionner.

Au moment où elle enroula sa main autour de lui, il laissa retomber la sienne sur le lit et agrippa les draps pour ne pas perdre le contrôle. De l'autre main, il lui montra ce qu'il fallait faire. Ensemble, ils le positionnèrent là où il devait être.

— Descends sur moi, souffla-t-il d'une voix rauque, le corps tendu par le désir.

Elle s'abaissa sur lui, l'enveloppant dans son corps, se mouvant lentement, mais de manière extrêmement érotique. Ruark ferma les yeux.

— Cass, je ne peux pas…

Il posa une main sur la taille de Cassandra et serra.

— Tu ne peux pas quoi ?

— C'est tellement dur de ne pas perdre la tête. Je ne veux pas t'effrayer ou te faire mal.

— Tu ne pourrais jamais faire ni l'un ni l'autre, répondit-elle en se laissant retomber sur lui, ses cheveux frôlant ses épaules. Montre-moi.

Ruark ouvrit les yeux et les fixa sur elle, tout en la repoussant vers le haut.

— Chevauche-moi. *Fort.*

Puis il lâcha prise, s'enfouissant en elle avec frénésie. Les cuisses de Cassandra enserraient ses flancs tandis qu'elle bougeait avec lui. Elle formait un étau exquis autour de lui, qui l'envoyait à toute vitesse vers le précipice. Il se retint, car il ne voulait pas que cela se termine. Pas encore.

Ruark glissa une main entre eux pour taquiner son clitoris. Tout en la caressant, il s'avança pour suçoter son sein une fois encore, tirant fort sur la pointe. Il ne lui en fallait pas davantage pour se mettre à crier encore et encore, tandis que ses muscles se contractaient autour de lui.

C'était tout ce qu'il voulait : son extase. Il donna trois coups de reins supplémentaires et se répandit en elle, poussant des grognements comme un animal jusqu'à ce qu'il soit repu. Et, *bon sang*, il était comblé !

Cassandra s'effondra sur lui, sa respiration haletante se mêlant à la sienne. Ruark lui caressa le dos, embrassa son épaule, murmurant des mots d'amour, de gratitude, et d'émerveillement.

Après quelques instants, elle s'éloigna brusquement.

— Je pense que nous devrions nous dépêcher. Pru va nous attendre.

Surpris, il l'observa verser de l'eau dans une bassine posée sur la commode. Puis il se redressa et se frotta les yeux.

— As-tu réfléchi à ce que nous devrions dire à ton père ?

— J'ai pensé à beaucoup de choses, déclara-t-elle. Aucune d'entre elles n'était agréable. Nous l'informerons simplement que nous allons nous marier. Il peut choisir de partager notre bonheur ou de se montrer grincheux.

— Que crois-tu qu'il choisira ? s'enquit Ruark en se glissant hors du lit et en la rejoignant pour se nettoyer.

Cassandra lui donna un rapide baiser, puis alla récupérer ses vêtements.

— Honnêtement, je ne sais pas. En fait, nous avons eu une conversation plutôt agréable, l'autre jour. Il semblait disposé à me laisser me marier lorsque j'en déciderai, et avec l'homme de mon choix. Ensuite, il a lancé un avertissement à Glastonbury sans se soucier de ce que je pouvais souhaiter, ajouta-t-elle, l'air renfrogné, tout en enfilant ses bas. Non pas que je voulais l'épouser. Le problème, c'est que c'est censé être *mon* choix. Si je souhaite épouser un homme qui ne veut de moi que ma dot, qu'il en soit ainsi.

Ruark termina sa toilette, puis se tourna vers Cassandra.

— Le savais-tu ?

— Pas du tout. J'étais très en colère contre Lucien, pour avoir prévenu mon père plutôt que moi. Il n'a pourtant pas hésité à me dire que *tu* n'étais pas digne de moi, expliqua-t-elle.

Cassandra attacha ses bas au-dessus de ses genoux, puis passa sa chemise par-dessus sa tête, empêchant Ruark de profiter de la jolie vue.

— Et il n'a pas fait preuve de la même courtoisie en ce qui concerne Glastonbury.

S'avançant vers elle, Ruark grimaça.

— J'espère que tu ne vas pas te mettre en colère contre moi aussi. Je crains d'être celui qui a appris pour la situation financière de Glastonbury. Je te l'aurais bien annoncé moi-même, mais Lucien m'a dit que tu ne voulais pas me voir. Alors, je le lui ai raconté… Je me suis dit qu'il était primordial que quelqu'un découvre la vérité.

Cassandra se leva, tenant son corset, et se rapprocha de Ruark.

— Bien sûr que non, je ne suis pas en colère contre toi. Je n'aurais sans doute pas voulu l'entendre de ta bouche, répondit-elle d'une voix douce.

— Je suis sincèrement désolé pour ce que je t'ai fait subir.

Posant une main sur la joue de son fiancé, Cassandra secoua la tête.

— Ne le sois pas. Douter, et surtout douter de soi-même, est une chose terrible. Et les promesses faites à nos parents décédés sont importantes, même si elles n'ont pas de sens.

— As-tu fait une promesse à ta mère ?

Elle abaissa sa main sur le torse de Ruark.

— D'une certaine manière. J'espérais la rendre fière de moi. Je pense que c'est pour cette raison que j'ai repoussé ma saison pendant si longtemps. J'avais peur de tout gâcher.

Ruark sourit en écartant ses cheveux, qui étaient passablement ébouriffés, de son visage.

— Tu ne pourrais jamais faire une telle chose. Je n'ai pas connu ta mère, mais elle ne pourrait pas ne pas être fière de toi.

— Même en tenant compte de mon comportement d'hier soir ?

Elle jeta un coup d'œil vers le lit et laissa échapper un rire chargé d'ironie.

— Elle serait ravie que tu sois heureuse et aimée, affirma-t-il, puis il l'embrassa, et elle poussa sur son torse.

Les yeux brillants, elle recula.

— Tu vas nous distraire davantage. Nous devons nous dépêcher.

Bouche bée, il l'observa tandis qu'elle s'éloignait de lui en dansant, les yeux brillants.

— Moi ? C'est *toi* qui nous as retenus au lit !

Elle le fixa par-dessus son épaule d'un regard extrêmement provocateur, le faisant gémir.

— Je ne t'ai pas entendu te plaindre…

En riant, il finit de s'habiller, aidant Cassandra avec ses vêtements quand elle en avait besoin. Peu après, la femme de l'aubergiste leur remit un panier rempli de pain, de fromage et de bière pour leur voyage.

Ruark discuta de leurs plans de départ avec son cocher, précisant qu'ils s'arrêteraient d'abord au King's Arms, puis il aida Cassandra à monter dans le véhicule. Elle enroula sa cape autour d'elle tandis que Ruark s'asseyait à ses côtés.

Alors que le carrosse sortait de la cour, il attira Cassandra contre lui.

— Nous irons directement chez toi.

— Avec ton carrosse ou celui de Lucien ?

Ruark réfléchit à sa question.

— Cela a-t-il de l'importance ? C'est toi qui choisis.

Elle répondit d'un ton déterminé.

— Nous prendrons ton carrosse. Cela enverra un message à mon père… s'il le voit.

— Tu es toujours aussi audacieuse, murmura Ruark, avant de déposer un baiser sur sa tempe. C'est une chose que j'adore chez toi. Sera-t-il réveillé ou est-ce un lève-tard ?

Cassandra se serra plus étroitement contre lui.

— Il se lève beaucoup trop tôt pour quelqu'un qui reste aussi tard qu'il le fait à son club. Parfois, je me demande s'il dort suffisamment. Nous pourrons le voir immédiatement, si c'est ce que tu te demandes.

— Je suis impatient.

Elle éclata de rire.

— Menteur ! Ne le laisse pas te perturber. Si jamais il t'insulte, même très légèrement, nous partirons immédiatement. Je séjournerai chez Tine et Sabrina jusqu'au mariage, affirma-t-elle, tournant la tête vers lui. Crois-tu vraiment pouvoir obtenir un permis spécial ?

— Ce serait sans doute plus aisé avec le soutien du duc, mais je suis sûr que tout s'arrangera. Avec un peu de chance, nous pourrons nous marier demain ou le jour suivant.

— Mes frères nous aideront, si tu penses que cela peut jouer en ta faveur.

— Je prendrai tout le soutien que je pourrai obtenir, confirma-t-il, puis il l'embrassa sur le front. Où veux-tu te marier ?

Cassandra appuya sa tête contre la banquette.

— Je n'y ai pas réfléchi. À la maison, je suppose. Sauf si mon père se montre odieux. Dans ce cas, chez Tine et

Sabrina, je suppose ? Nous pourrions nous tenir dans le placard sous l'escalier.

Ruark éclata de rire, tandis que le carrosse entrait dans la cour du King's Arms.

— Va à l'intérieur chercher Mlle Lancaster, et je vais retrouver les hommes de Lucien. Ainsi, ils ne sauront pas que tu n'étais pas à l'auberge de toute la nuit.

— Comme c'est brillant de ta part.

Il sauta hors du carrosse et aida Cassandra à descendre à son tour. Ils se séparèrent pour que chacun puisse accomplir la mission qui lui avait été confiée. Ruark supposa que le cocher et le palefrenier avaient logé dans les écuries. Une fois là, il demanda à l'un des palefreniers de l'auberge de lui indiquer le chemin.

— Les cochers dorment là-haut, répondit-il avec un geste du pouce vers un étroit escalier dans le coin.

— Merci.

D'un pas léger, Ruark gravit l'escalier et pénétra dans la longue pièce sombre. Plusieurs couchettes étaient disposées contre les murs, la plupart occupées. Certains hommes ronflaient encore, tandis que d'autres s'activaient pour se préparer à partir. À mi-chemin environ, il trouva les hommes de Lucien, à qui il annonça que lady Cassandra et sa compagne rentreraient à Londres dans son carrosse.

— Lord Westbrook ne va pas aimer ça, remarqua le plus grand des deux hommes.

— Lord Westbrook devra s'en accommoder, car sa sœur et moi allons nous marier.

Avant que Ruark ne puisse en dire plus, un cri strident retentit de l'autre côté de la pièce.

— Ruark ! l'appela Cassandra en courant vers lui, sa cape et ses jupes se gonflant autour de ses chevilles. Elle n'est pas là !

— Ralentis, mon amour, l'apaisa-t-il en lui serrant doucement les bras, essayant de ne pas s'alarmer. Mlle Lancaster n'est pas à l'auberge ?

Cassandra secoua violemment la tête.

— Je suis allée dans sa chambre, et son lit n'a pas été défait !

Inquiet, Ruark se tourna vers les domestiques.

— Quand avez-vous vu Mlle Lancaster pour la dernière fois ?

— Qui est-ce ? s'enquit le plus petit des hommes, qui, si Ruark ne se trompait pas, se nommait Bridger.

— La femme que vous avez amenée ici après le combat de la nuit dernière, expliqua Ruark, sachant ce qui allait suivre.

Les yeux de Bridger s'arrondirent quand il regarda Cassandra.

— Nous pensions que c'était madame.

Le visage de Cassandra était tendu par l'appréhension.

— Ce n'était pas moi. J'étais avec lord Wexford. Mlle Lancaster et moi avons échangé nos capes. Vous l'avez amenée à l'auberge.

— Elle y est entrée, et nous ne l'avons pas revue depuis.

Bridger pâlit en échangeant un regard avec l'autre homme. Ruark saisit la main de Cassandra.

— Retournons dans sa chambre. Peut-être y trouverons-nous un indice.

Ils se précipitèrent vers l'auberge, suivis par les domestiques, et montèrent à l'étage. Cassandra ouvrit la porte et les fit entrer.

Ruark balaya la chambre du regard. Comme Cassandra l'avait dit, personne n'avait dormi dans le lit.

— Cherchez attentivement tout ce qui pourrait nous aider à comprendre ce qui s'est passé. Avait-elle une valise de voyage ?

— Oui. Nous en avions une toutes les deux, et je n'en vois aucune, confirma Cassandra. Ruark, il y a une note !

Celui-ci se détourna du lit : il s'apprêtait à regarder dessous. Cassandra se tenait devant l'âtre, un morceau de parchemin à la main.

Ne vous inquiétez pas pour moi. Je suis partie retrouver mon amour, pour que nous puissions nous marier. Je sais que cela vous paraîtra à tous choquant, mais sachez que je suis très heureuse. S'il vous plaît, ne me recherchez pas. Ce n'est pas nécessaire, car je vous reverrai dans quelques semaines.

Cassandra regardait fixement Ruark, ses mains cramponnant le papier devant sa poitrine.

— Elle s'est enfuie ?

Ruark semblait aussi consterné qu'elle.

— Avec qui ?

— Je n'en sais absolument rien. Prudence n'a jamais parlé de personne. Jamais, répondit-elle, tandis que ses bras s'abaissaient lentement, le billet serré dans une main. Elle s'absente toujours le samedi matin, c'est son temps libre. Je suppose qu'elle a pu rencontrer quelqu'un.

— Elle était plutôt heureuse de te proposer de passer la soirée avec moi, hier, remarqua Ruark, se rapprochant de Cassandra. Crois-tu qu'elle avait prévu cela ?

— C'est possible, mais notre venue ici était spontanée. Après le départ de mon dernier visiteur hier, nous sommes allées chez toi, car je ne pouvais pas attendre jusqu'à aujourd'hui.

Ruark sourit malgré la situation.

— Mon majordome savait-il où se déroulait le combat ? s'enquit-il, car il ne le lui avait pas dit.

— Non. J'ai dû aller retrouver Lucien jusque chez Evie. En fait, c'est elle qui m'a donné l'information.

— Et c'est à ce moment-là que Lucien a insisté pour que tu prennes son carrosse et ses hommes.

Ruark fit un signe de tête en direction des deux domestiques qui se tenaient juste devant la porte. Il se tourna vers Cassandra.

— Je ne vois pas comment elle aurait pu organiser cela.

— Moi non plus, mais, apparemment, elle l'a fait, répliqua Cassandra, dont le regard s'assombrit. Je n'arrive pas à croire qu'elle ne m'ait rien dit. Surtout que je lui avais enfin parlé de toi.

Elle croisa le regard de Ruark, puis marqua une pause avant de poursuivre.

— D'un autre côté, elle comprenait aussi que je ne veuille pas rompre la promesse que je t'avais faite, de garder cela pour nous. Peut-être cet homme et elle se sont-ils fait une promesse similaire.

— Il semblerait qu'elle soit sur le point de faire une autre promesse, remarqua Ruark.

— Je suis triste à l'idée de ne pas être présente. Et elle n'assistera pas non plus à notre mariage.

Ruark prit la main de sa future comtesse.

— Nous ferons la fête à son retour.

— Et nous rencontrerons son mari, ajouta Cassandra en souriant. Je suppose que nous n'avons plus qu'à retourner à Londres, alors.

Ruark déposa un baiser sur l'intérieur du poignet de sa fiancée.

— Notre avenir nous attend, my lady.

CHAPITRE 25

Au lieu de se rendre directement à Grosvenor Square, Cassandra estima qu'il serait plus judicieux de faire venir des renforts. À cette fin, ils commencèrent par rencontrer Constantine et Sabrina. Heureusement, ils étaient déjà réveillés et recevaient des visiteurs.

Sabrina fut ravie d'apprendre leur projet de mariage, tandis que Tine était un peu surpris. Debout dans le salon de sa maison, il plissa les yeux en observant Ruark.

— Il me semblait que Lucien avait dit que vous ne vous marieriez pas.

— Je n'avais pas rencontré la bonne personne. Cassandra est la bonne personne.

Ruark lui prit la main et la regarda dans les yeux avec tant d'amour que Cassandra eut l'impression qu'elle allait éclater de bonheur.

— Est-il au courant ? s'enquit Tine.

— Pas que nous allons nous marier, précisa Cassandra. Nous allons le lui dire maintenant. Je me suis dit qu'il vaudrait mieux que toi et lui soyez avec moi lorsque j'annoncerai la nouvelle à papa.

— Pourquoi ? Il sera ravi que tu sois fiancée.

— Pas avec moi, intervint Ruark avec une grimace. J'ai, euh… j'ai prétendu faire la cour à Cassandra il y a quelques semaines, et cela ne s'est pas bien passé.

— Il n'a cessé d'insulter Ruark, parce qu'il est irlandais.

— N'oublie pas que ma mère a épousé un intendant irlandais, ajouta Ruark.

— Oui, ça aussi, confirma Cassandra, qui regarda son frère. Tu comprends pourquoi j'ai besoin de ton soutien ?

Il passa un bras autour de Sabrina.

— Oui. Nous vous rejoindrons là-bas.

Le soulagement et la joie envahirent Cassandra.

— Merci.

Elle se précipita vers son frère et l'embrassa sur la joue, avant d'étreindre sa belle-sœur. Quelques minutes plus tard, Ruark et elle se rendaient chez Lucien. Son majordome les fit entrer dans son salon, à l'arrière du rez-de-chaussée.

Ruark se caressa la mâchoire.

— J'espère qu'il ne va pas encore me frapper.

— Il t'a frappé ? s'exclama Cassandra, qui se rapprocha de lui et posa une main sur son visage.

— Quand il m'a banni du Phœnix Club.

Elle le regarda, bouche bée.

— Il t'a banni du club ? Peut-il faire une chose pareille ?

Haussant une épaule, Ruark l'embrassa sur le front.

— Il dit que c'est son club, qu'il peut donc tout faire.

— Pourtant, il a dû remuer ciel et terre pour inviter Glastonbury, ironisa Cassandra. Ses règles sont extrêmement pratiques.

— Il me semble que Wexford a dit quelque chose de similaire, lança Lucien en entrant dans la pièce.

Il portait une robe de chambre bleu foncé sur une chemise et un pantalon bouffant, ses pantoufles glissant sans bruit sur le tapis.

— Dois-je m'attendre à des nouvelles ?

— Nous allons nous marier, déclara Cassandra sans préambule. Demain, si possible. Dès que Ruark aura obtenu un permis spécial.

— Notre père est-il d'accord pour vous apporter son aide à ce sujet ?

— Il ne le sait pas encore. Tu viens avec nous pour le lui annoncer.

Lucien éclata de rire.

— En quoi *ma* présence vous sera-t-elle utile ?

— Parce que tu es mon frère, et que je veux que tu me soutiennes, expliqua-t-elle, puis elle se plaça près de Ruark, qui glissa son bras autour d'elle. Je sais que tu penses que je ne devrais pas épouser Ruark, mais nous nous aimons, et, de toute manière, ce ne sont pas tes affaires.

L'air renfrogné, Lucien s'avança vers eux d'un pas lent, les yeux rivés sur son ami.

— Si tu lui fais du mal, je te rendrai la vie vraiment très désagréable.

— Je ne ferai jamais une telle chose. Je l'aime vraiment, Lucien. Plus que tout.

Cassandra ne se lasserait jamais de l'entendre dire cela.

— S'il te plaît, Lucien. Tine et Sabrina nous retrouvent à Grosvenor Square. Nous devons nous dépêcher.

— Voilà qui est sacrément gênant. Mon meilleur ami et ma sœur, déclara Lucien en frémissant.

— Réfléchis… pour nos enfants, tu seras l'oncle Lu, intervint Cassandra, espérant qu'il y en aurait plusieurs.

Lucien leva la main.

— Arrête ! S'il te plaît. D'abord, Tine, et maintenant, toi. Je croule sous les gens trop heureux ! s'exclama-t-il, arborant un large sourire. Je suis très heureux pour vous.

Cassandra s'éloigna de Ruark pour étreindre son frère, qui la serra fort contre sa poitrine.

— Si jamais tu as besoin de moi, pour quoi que ce soit, je serai toujours là, murmura-t-il.

La jeune femme s'éloigna et sourit avec gratitude. Puis elle haleta lorsque son frère leva la main, comme s'il allait frapper Ruark.

Au lieu de cela, il étreignit son ami, lui tapotant le dos.

— J'ai menti au sujet du bannissement. MacNair avait raison… tu ne peux pas être banni. Je crois qu'il a dit : « Une fois que tu es admis, tu es admis. »

Ruark retourna aux côtés de Cassandra.

— Je dois admettre que je suis soulagé. Mais je ne passerai plus de temps là-bas, à moins que ma femme ne reçoive une invitation.

Le souffle de Cassandra se bloqua dans sa poitrine. Être membre du Club Phœnix… où elle serait intégrée, et où, chaque jour, elle pourrait trouver camaraderie et amitié…

— Comme vous le savez, les décisions relatives à l'adhésion ne dépendent pas entièrement de moi, mais je pense pouvoir vous assurer que Cassandra recevra une invitation. Je ferai de mon mieux pour que cela se fasse rapidement.

Il décocha un clin d'œil à sa sœur, qui l'étreignit une nouvelle fois, riant de joie.

C'était tout ce qu'elle avait toujours voulu : une famille qui l'aimait, des amis qui tenaient à elle, un sentiment d'appartenance. À présent, elle espérait que son père compléterait le cercle.

⌁

Tine et Sabrina arrivèrent à Evesham House juste avant Cassandra et Ruark, accompagnés de Lucien. Ils prirent la direction du salon, pendant que Bender allait chercher le duc.

Tout le monde s'assit, sauf Cassandra. Ruark la regarda

faire les cent pas près de l'âtre. Il sentait son anxiété depuis l'endroit où il était assis. Mais, pourquoi était-il assis ? Il devait être à ses côtés lorsque le duc entrerait.

Ruark se leva et la rejoignit juste au moment où son père arrivait.

— Que diable faites-vous tous ensemble ici ? s'enquit le duc, avant de poser son regard sur Ruark.

Ses yeux s'écarquillèrent : apparemment, le majordome ne l'avait pas informé de la présence de ce dernier. Quel vieil homme rusé ! Ou peut-être n'avait-il pas remarqué Ruark et avait-il besoin de lunettes.

Dans tous les cas, la réaction de surprise était satisfaisante. Contrairement au regard méprisant qui suivit.

Cassandra cessa de faire les cent pas et s'approcha de son père.

— Papa, la très grande composition florale venait de lord Wexford. Il m'a demandé de l'épouser et j'ai dit oui.

Étonnamment, l'attention du duc se porta immédiatement sur Aldington.

— As-tu facilité cela pendant qu'elle était chez toi hier soir ?

Aldington jeta un coup d'œil vers sa femme, puis vers Cassandra.

— Euh…

— Elle n'était pas chez Tine, déclara Lucien, se levant de son fauteuil. Je ne t'ai dit cela que pour cacher le fait qu'elle était à Croydon avec Wexford.

Le duc bafouilla, et son regard passa de Lucien à Cassandra, puis à Aldington. Finalement, son attention se fixa de manière plutôt menaçante sur Ruark.

— Vous avez ruiné ma fille ?

Cassandra se plaça devant Ruark.

— Non, papa. Nous sommes amoureux, et c'est l'homme que j'ai choisi d'épouser. Tu as dit que je pouvais choisir.

— Pas lui, grogna le duc.

— Je vous jure, votre blason a besoin d'un loup, marmonna Ruark, contournant sa fiancée. Pardonnez-moi, my lord. J'aurais dû vous parler avant de demander votre fille en mariage.

— Non, tu n'aurais pas dû, répliqua Cassandra, grognant à son tour. Comme je l'ai dit, c'était ma décision. Je choisis Ruark, papa. J'espère que tu seras heureux pour nous.

Le duc dévisagea Cassandra un moment.

— Je t'ai dit que l'amour…

Il s'interrompit, puis se détourna.

— Quelle est exactement votre objection à l'égard de lord Wexford ?

Tout le monde tourna la tête vers Sabrina.

— Fais attention, père, l'avertit Tine. Si c'est parce qu'il est irlandais ou à cause de l'époux de sa mère, tu devras passer outre. C'est un homme bien, et il aime Cassandra.

— Il a aussi de l'argent et une bonne réputation, ajouta Lucien. Tout le monde l'apprécie. Cassandra et lui seront probablement parmi les hôtes les plus recherchés de Londres lorsqu'ils décideront de recevoir.

Le silence s'installa dans la pièce ; le duc semblait fulminer. Il tourna les talons et sortit. Lucien s'élança à sa suite, tandis que Tine se levait d'un bond.

— Non ! s'exclama Cassandra, les coupant dans leur élan. Laissez-moi lui parler.

Elle regarda Ruark et sourit.

— Je t'aime, murmura-t-il.

Elle quitta la pièce à son tour. Ruark espérait que les choses tourneraient comme elle le voulait. Il savait que, d'une manière ou d'une autre, ils se marieraient. Mais, pour le bien de Cassandra, il voulait que son père soit à ses côtés.

Cassandra prit une profonde inspiration alors qu'elle suivait son père hors du salon. Il se tenait en haut des escaliers, les sourcils froncés.

Elle se dirigea lentement vers lui, ne souhaitant pas le contrarier davantage. Lorsqu'il avait parlé d'amour, elle s'était demandé si son opposition à son mariage avec Ruark était due au fait qu'ils étaient amoureux. Il ne voulait pas qu'elle souffre.

Elle s'approcha de lui et lui prit la main : elle était fraîche et sèche.

— Je sais que tu veux que je sois heureuse, que tu ne veux pas que je connaisse la douleur ou la souffrance. Quand maman est morte, j'ai eu l'impression que mon monde s'arrêtait. Je me suis sentie très seule pendant longtemps. Tu as fait de ton mieux, mais, pour la première fois, j'ai l'impression d'avoir ma place auprès de quelqu'un. J'ai l'opportunité d'entrer dans une famille nombreuse et aimante. Et maintenant que mes frères ne sont plus des imbéciles, j'ai aussi ma famille. Je t'en prie, dis-moi que tu en feras partie. Je ne pourrais pas le supporter si tu refusais.

Les traits du duc se radoucirent.

— Je n'ai jamais rien pu te refuser, dit-il, lançant un regard en direction du salon. Tu es sûre qu'il te rendra heureuse ?

— Tout à fait certaine.

Il se pencha pour lui embrasser la joue.

— Alors, je te donne ma bénédiction.

— Merci, papa. Cela représente tout pour moi.

Elle le serra dans ses bras, mais il resta raide. Il avait besoin de temps pour accepter la situation. Malheureusement, il n'en aurait pas beaucoup.

— Ruark va demander un permis spécial. Cela te dérangerait-il que nous nous mariions ici ?

— Je… ah… d'accord, répondit-il, l'air renfrogné. Je vais te perdre plus tôt que je ne le pensais.

— Je croyais que tu étais pressé que je me marie !

— Je l'étais. Mais, maintenant que le moment est venu, je suppose que je me rends compte à quel point j'aime ta présence. J'aurais dû te le dire plus souvent. J'aurais dû le faire davantage après la mort de votre mère. Je suis désolé, Cass.

Le cœur de la jeune femme se serra. Il ne l'avait pas appelée ainsi depuis qu'elle était petite.

— Tu as fait de ton mieux, papa. Contente-toi de m'aimer. C'est tout ce dont j'ai besoin.

— Je peux faire ça.

Puis il la prit dans ses bras et la serra étroitement.

Jamais Cassandra n'avait vécu une aussi belle journée.

Jusqu'au jour de son mariage, deux jours plus tard.

ÉPILOGUE

Le Phœnix Club

Le mariage de lord et lady Wexford avait pris Londres par surprise. Ils avaient reçu une multitude d'invitations depuis leur union trois jours plus tôt, les trois jours les plus heureux de la vie de Ruark. À présent, alors qu'il entrait au Phœnix Club avec son épouse à son bras, il se disait qu'il ne pourrait jamais être plus heureux. Et pourtant, lorsqu'il regarda le visage radieux de Cassandra, il comprit qu'il n'avait même pas encore commencé à éprouver la joie que leur vie commune leur apporterait.

D'un côté, il était reconnaissant envers son père pour ses conseils, car ceux-ci lui avaient permis de rester célibataire jusqu'à ce qu'il tombe sur Cassandra dans ce placard. De l'autre, il regrettait d'avoir douté de lui-même, ou de son amour pour la jeune femme.

Ils n'avaient pas eu de nouvelles de Mlle Lancaster, mais ils n'étaient pas inquiets. Elle avait clairement exprimé dans sa note qu'elle était heureuse. Cassandra attendait son retour avec impatience.

— C'est tellement différent maintenant que je suis membre, déclara-t-elle, alors qu'ils traversaient le hall d'entrée, du côté du club réservé aux hommes.

Comme c'était un mardi, elle avait accès à l'ensemble des locaux.

— Vraiment ? s'enquit Ruark, qui leva la tête vers la peinture de Pan et la pointa du doigt, attirant ainsi l'attention de Cassandra. Si tu regardes dans le coin, ici, tu peux voir ton frère, avec Deane, MacNair, et moi.

Elle en resta bouche bée.

— C'est vous ? Comme c'est malin !

— Ton frère est un sentimental.

— J'en suis venue à cette conclusion lorsqu'il m'a donné la miniature de ma mère.

Elle était posée sur sa table de chevet, dans leur chambre à coucher.

Ruark aurait aimé connaître sa mère, tout comme il regrettait qu'elle n'ait pas connu son père. Il était bien content que sa mère et ses sœurs aient pu assister au mariage et accueillir Cassandra dans la famille, ce qu'elles avaient fait avec joie. Ruark ne savait pas qui était la plus heureuse, entre Kat et sa mère.

Il avait enfin convaincu cette dernière que sa sœur devait rester à Londres. Il attribuait cette réussite au fait qu'il s'était enfin marié. Elle était heureuse de remporter au moins une victoire, même si elle n'y était pour rien.

— Où allons-nous en premier ? demanda Ruark. Je te proposerais bien de te faire visiter, mais tu es déjà venue.

— J'ai vu très peu de choses. Principalement l'intérieur d'un placard.

Le regard de Cassandra s'emplit soudain de chaleur. Il faillit faire demi-tour pour la ramener à la maison.

— Alors, laisse-moi te montrer.

Il la conduisit de pièce en pièce, explorant tout le rez-de-chaussée, puis il l'escorta à l'étage. Le salon des membres était très animé, comme c'était généralement le cas les mardis soir.

Morti était assis dans son fauteuil préféré, mais il se leva à l'approche de Ruark et de Cassandra.

— Bonsoir, lord Wexford, lady Wexford, les salua-t-il en s'inclinant.

— Cassandra, permets-moi de te présenter mon ancien entraîneur de boxe, M. Mortimer Dodd. Morti a été une sorte de père pour moi.

La jeune femme lui adressa un large sourire et lui fit une révérence.

— C'est un réel plaisir de faire votre connaissance. Je ne savais pas que Ruark avait quelqu'un comme vous dans sa vie, lui dit-elle, avant de couler un regard vers son mari, et de poursuivre en murmurant. C'est adorable.

Les traits marqués par un profond regret, Morti lui dit :

— Il va me manquer au club de boxe. Au moins, ta dernière montée sur le ring a été absolument brillante.

— Glastonbury s'est-il présenté au club ? s'enquit Ruark.

— Personne ne l'a vu depuis le combat. Je me demande s'il est retourné dans le Wiltshire pour panser ses plaies.

C'était ce que pensait Ruark. Il avait perdu le combat, ainsi que l'argent qui aurait dû lui être versé, de même que la dot de Cassandra. Plus que de panser ses blessures, il était probablement en train d'élaborer un nouveau plan pour obtenir les fonds dont il avait besoin.

Ils s'entretinrent encore quelques minutes avec Morti, avant de se rendre dans la bibliothèque. Evie les croisa au moment où ils y entraient.

— Comme c'est merveilleux de vous voir tous les deux !

Le mariage vous va vraiment bien, mais je n'en suis pas surprise.

— Pour quelle raison ? demanda Ruark avec un sourire.

— En dehors de l'incident à la fête d'anniversaire de Cassandra ?

Ruark réprima un rire en l'entendant utiliser le mot « incident ». Il jeta un coup d'œil à son épouse, qui faisait la même chose.

— Il semblait toujours y avoir une sorte de… quelque chose entre vous, poursuivit Evie. Mais je suppose que c'est parce que je savais que vous vous étiez retrouvés enfermés ensemble dans un placard il y a quelques semaines.

Cassandra haleta.

— Tu savais ?

— Une femme de chambre a vu Ruark sortir du placard. J'ai assemblé les pièces du puzzle, et j'ai compris, déclara-t-elle, souriant à Ruark. Ada serait si fière !

Ada était la comptable du club. Ruark ne put s'empêcher de rire.

— Tu sais merveilleusement bien garder les secrets.

— Dans ma position, c'est obligatoire, répliqua-t-elle d'un ton ironique. Si tu savais tous les ennuis que s'attirent les gens entre ces murs, dit-elle, reportant son regard vers la porte. Excusez-moi un instant.

Cassandra secoua la tête.

— Je n'arrive pas à croire qu'elle savait depuis tout ce temps.

— Et si nous finissions notre visite ? proposa Ruark.

— Quelle bonne idée !

Ruark l'accompagna hors de la bibliothèque, puis acheva de lui faire visiter le rez-de-chaussée. Ils s'attardèrent devant le placard, *leur* placard, mais il y avait trop de personnes pour qu'ils puissent s'y glisser.

À la place, il la conduisit au deuxième étage, beaucoup

plus calme, où se trouvaient plusieurs chambres et au moins deux placards. Il la mena dans le coin le plus éloigné, où il sortit une clé de sa poche et ouvrit la porte.

— Où m'emmènes-tu ?

— Nous visitons les lieux, tu te souviens ?

Il la fit entrer et referma la porte derrière eux. Une lanterne éclairait une chambre à coucher, petite, mais bien aménagée. Cassandra s'approcha du lit et enroula sa main autour du montant.

— Ruark, essaierais-tu de me séduire dans toutes les pièces du club ? l'interrogea-t-elle en se retournant pour lui lancer un regard provocateur.

— Je me suis dit que nous pourrions voler quelques minutes en tête-à-tête.

Il se débarrassa de sa veste, qu'il jeta sur un fauteuil avant de s'avancer vers Cassandra.

— Mais, nous venons tout juste d'arriver.

— Je t'ai montré tout le club. Nous n'en avons que pour quelques minutes.

Il lui prit la main et l'attira contre lui.

— Cela ne dure jamais que « quelques minutes », remarqua-t-elle, partagée entre exaspération et chaleur.

— Je te promets que, cette fois-ci, je serai rapide. Ou que j'essaierai de l'être… en réalité, cela ne tient qu'à toi.

Il l'embrassa, et elle lui rendit son baiser avec enthousiasme. Empoignant sa taille, il la hissa sur le lit.

— Tu vois, je vais relever tes jupes et enfouir ma langue en toi. Ensuite, je peux faire durer le plaisir, ou viser la rapidité, si c'est ce que tu désires vraiment.

Cassandra remonta sa robe, puis s'allongea.

— Surprends-moi.

Avec un sourire, Ruark abaissa sa tête entre ses jambes écartées. Il lécha son sexe, mais elle se redressa brusquement, interrompant son plan.

Elle lui agrippa le cou pour l'embrasser passionnément.

— Je t'aime. Et j'espère que tu me surprendras toujours.

— Je ferai de mon mieux, car je t'aime aussi. Au-delà de toute mesure. Je ne peux imaginer ce que serait ma vie sans toi.

Avec un sourire séducteur, Cassandra passa son pouce le long de sa lèvre.

— C'est pourtant facile. Elle serait parfaitement *insupportable*.

Souhaitez-vous découvrir où Prudence est allée, et avec qui elle s'est enfuie ? Ne manquez pas le prochain livre captivant du *Phœnix Club*, INDÉCENT !

Si vous voulez savoir quand mon prochain livre sera disponible et être averti des ventes spéciales, inscrivez-vous à ma newsletter en anglais sur https://www.darcyburke.com/join ou en français https://darcyburkefrancais.com/newsletter/ et suivez-moi sur les réseaux sociaux :

Facebook: https://facebook.com/DarcyBurkeFans
Instagram darcyburkeauthor

Vous aimez les romans Régence ? Découvrez mes autres séries historiques :

Les Insaisissables
Laissez-vous charmer par les douze célibataires les plus séduisants et les plus insaisissables de la société, ainsi que par les jeunes filles discrètes et marginales qui les font chavirer !

Les Insaisissables : Les Imposteurs

Au cœur de l'univers captivant des *Insaisissables*, suivez la saga d'une fratrie de trois enfants qui excellent dans l'art d'être ce qu'ils ne sont pas. Un intrépide coureur de Bow Street, un vicomte anéanti et une demoiselle de la société désabusée peuvent-ils dévoiler leurs secrets ?

Chroniques de rencontres

Le chemin de l'amour véritable n'est jamais sans embûches. Il est parfois nécessaire que quelqu'un joue les entremetteurs. Lorsque des couples se retrouvent à l'occasion d'une partie de campagne, badinage provocateur, rendez-vous secrets et amour sont au rendez-vous !

Il y a de l'amour dans l'air

Des contes de Noël classiques réconfortants (écrits après la Régence !) revisités au temps de la Régence, mettant en scène un village chaleureux, une fratrie de trois enfants, et le plus beau des cadeaux : l'amour.

Le Club des ducs fringants

Six livres écrits avec ma meilleure amie, Erica Ridley, auteure de best-sellers du New York Times. Rencontrez les hommes inoubliables de la taverne la plus célèbre de Londres, *Le Duc fringant*. Beaux, attirants, charmants et pleins d'esprit, une nuit avec ces séducteurs et voyous ne sera jamais suffisante…

J'espère que vous accepterez de laisser un avis sur le site de votre boutique en ligne ou de votre réseau préféré ! J'aime tellement mes lecteurs. Merci beaucoup!

xo,

Darcy

Le Duc inattendu

Le Marquis charmeur

Le Vicomte blessé

Les Insaisissables : Les Imposteurs

Une capitulation secrète

Une scandaleuse aubaine

Un voyou à briser

Chroniques de rencontres

Un comte de Noël

Le Duc inflexible

Le Comte sans héritier

Le Vicomte en fuite

Le Veuve imaginaire

Il y a de l'amour dans l'air

Le Comte flamboyant

Le Cadeau du marquis

La Joie du duc

Le Club des Ducs Fringants

Une nuit de séduction par Erica Ridley

Une nuit d'abandon par Darcy Burke

Une nuit de passion par Erica Ridley

Une nuit de scandale par Darcy Burke

Une nuit d'adieu par Erica Ridley

Une nuit de tentation par Darcy Burke

À PROPOS DE L'AUTEUR

Darcy Burke est l'auteure à succès USA Today de romance sexy, sentimentale historique et contemporaine. Darcy a écrit son premier livre à 11 ans, une fin heureuse entre un cygne accro à la magie et une femelle cygne qui l'aimait, avec des illustrations extrêmement pauvres.

Native de l'Oregon, Darcy vit en bordure des vignes avec son mari guitariste, une fille artiste d'un incroyable talent, et un fils débordant d'imagination qui écrira sans doute un jour mieux qu'elle (et peut-être dès demain). Ils forment une famille-à-chats un peu folle, avec deux bengals, un petit chat en quête de notoriété qui porte le nom d'un fruit, un vieux maine-coon rescapé plutôt arrogant, et une collection de chats du voisinage qui trainent sur la terrasse et entrent quelquefois. Vous trouverez Darcy au chai, dans son confortable fauteuil d'écrivain avec son portable et un ou trois chats sur les genoux, en train de plier son linge (ce qu'elle adore), ou encore devant le télévision avec sa famille. Ses havres de bonheur sont Disneyland, le week-end du Labor Day au Gorge, Le Danemark et partout au Royaume-Uni – tant que sa famille y est aussi. Retrouvez Darcy en ligne à https:// www.darcyburkefrancais.com et suivez-la sur ses réseaux sociaux.